Ken McClure lebt und arbeitet in Schottland. Er schreibt Spannungsromane mit medizinischem Hintergrund und packt dabei viele umstrittene Themen aus diesem Bereich an. Alle seine Bücher sind im Fischer Taschenbuch Verlag erschienen: »Der Schwarze Tod« (Bd. 11675), »Requiem« (Bd. 11782) und »Virusjagd« (Bd. 12242).

Panik Im *Kerr Memorial Hospital* in der nordenglischen Stadt Leeds sterben junge Frauen reihenweise nach gynäkologischen Operationen an rätselhaften Wundinfektionen. Mit herkömmlichen Medikamenten ist den äußerst resistenten Erregern nicht beizukommen; die Wirkung von Antibiotika verpufft.
Irgendwo in dem veralteten Krankenhaus muß es aber eine Infektionsquelle geben. Die Bekämpfung dieser Situation wird jedoch dadurch erschwert, daß sich Dr. Thelwell, der Chef der gynäkologischen Chirurgie, und der Leiter der mikrobiologischen Abteilung, Dr. Richardson, nicht ausstehen können und sich gegenseitig die Schuld in die Schuhe schieben. In dieser Situation schickt der Medizinische Kontrollausschuß, eine staatliche Aufsichtsbehörde in London, den jungen Arzt Scott Jamieson nach Leeds. Seine Mission steht von Anfang an unter keinem guten Stern: In dem kalten, verregneten Leeds kommt es gerade zu einer grauenhaften Serie von Prostituiertenmorden; Dr. Thelwell erweist sich als äußerst schwieriger, unsympathischer Arbeitspartner; das rätselhafte Sterben in der Klinik geht trotz aller Hygienemaßnahmen weiter.
Allmählich endeckt Jamieson Anhaltspunkte für einen Verdacht. Aber immer wieder fehlen die Beweise.

Ken McClure

Panik

Roman

Aus dem Englischen
von Werner Peterich

Fischer Taschenbuch Verlag

Deutsche Erstausgabe
Veröffentlicht im Fischer Taschenbuch Verlag GmbH
Frankfurt am Main, Juli 1995

Die englische Originalausgabe erschien unter dem Titel
»Chameleon« bei Simon & Schuster Ltd., London / England

Published by Arrangement with
Simon & Schuster Ltd., London / England

Gesamtherstellung: Clausen & Bosse, Leck
Printed in Germany
ISBN 3-596-12811-0

Gedruckt auf chlor- und säurefreiem Papier

What man that sees the ever whirling wheel
Of change, the which all mortal things doth sway
But that thereby doth find and plainly feel
How mutability in them doth play
Her cruel sports, to many men's decay.

(Der Mensch, der das ewig sich drehende Rad
Des Schicksals erblickt, das aller Sterblichen Belange
unsicher schwanken läßt,
Erkennt darin und spürt mit Macht,
Wie der Wandel sein grausam Spiel mit ihnen treibt,
Das manchen ins Verderben stürzt.)

Edmund Spenser
(1522 – 1599)

Prolog Als Gail Spooner sah, daß der Wagen langsamer fuhr, strich sie sich ihren Rock glatt und verteilte den Lippenstift, indem sie die Lippen spannte und mehrmals aufeinanderpreßte. Sie hatte schon damit gerechnet, daß der Ford-Orion langsamer würde, denn der Wagen fuhr nun schon zum dritten Mal an ihr vorüber. Jetzt hielt er, und Gail setzte ein Lächeln auf. Dann trat sie aus dem Schatten heraus, ging zum Auto hinüber und stützte sich mit dem Ellbogen auf dem Wagendach ab, um sich hinunterzubeugen und durch das geöffnete Fenster mit dem Fahrer zu sprechen. »Hallo, du«, sagte sie, als wäre er ein alter Freund. Der Fahrer lehnte sich herüber, um die Beifahrertür zu öffnen, und sagte: »Steig ein!«

»Ach, einer vom Typ Herr und Gebieter«, scherzte Gail beim Einsteigen und schwang die Beine besonders demonstrativ herein, so daß möglichst viel von ihren bestrumpften Schenkeln zu sehen war. »Ich mag Männer, die wissen, was sie wollen.« Als sie den Kopf wandte, um den Fahrer anzusehen, stellte sie fest, daß dieser keine Miene verzog und nicht lächelte. »Mein Gott, Sie sind doch nicht etwa von der Polizei, oder?« fragte sie nervös.

»Nein. Wohin fahren wir?«

»Am besten auf den Parkplatz hinterm Supermarkt. Da ist es schön dunkel, und kein Mensch stört uns.«

»Nein, nicht im Auto.«

»Ich hab eine Wohnung, aber dann kostet es mehr.«

»Wieviel?

»Fünfundvierzig. Und wenn du Extras willst, noch mehr.«

»Extras?«

»Ich mein, wenn ich was Ausgefallenes anziehn soll, oder wenn du von mir verlangst, daß ich irgendwas Besonderes...«

»Was soll das heißen?«

»Ach, ist schon in Ordnung; ist ja nicht bös gemeint. Sag mir einfach, was dich anmacht. Ich bin zu allem bereit, solange es nicht weh tut.«

»Nein, so was nicht.«
»Na ja, dann steht unserer kleinen Party ja nichts mehr im Wege. Wie wär's mit einem Drink vorher?«
»Keinen Alkohol. Wohin fahren wir?«
»Ich wohn in der Spicer's Row. Eine Atelierwohnung, eigentlich nur ein ausgebautes Dach, aber gemütlich.«
Das Auto rollte langsam durch die dunklen Straßen und kam an der Kreuzung Barto Road Spicer's Row sanft zum Stehen.
»Von hier aus gehen wir zu Fuß.«
»Wie du möchtest.«
Die beiden liefen die Spicer's Row hinunter und bogen in eine im Dunkeln liegende Toreinfahrt ein; er wartete, während Gail in ihrer Handtasche herumkramte. Immer wieder klirrte es leise, wenn Lippenstift und Puderdose aneinanderstießen, bis es einen metallischeren Laut gab, als sie ihren Schlüsselbund fand. Sie steckte den Schlüssel in das Haustürschloß und hielt dabei die Handtasche unbeholfen unter den Arm geklemmt. Vorhänge bewegten sich hinter einem Erdgeschoßfenster linker Hand, und dort erschien ein Gesicht.
»Neugierige blöde Kuh!« zischte Gail.
Der Mann drehte den Kopf weg und stellte den Kragen hoch. Gail dachte sich nichts weiter dabei. Sie war Männer gewohnt, denen es peinlich war, mit ihr gesehen zu werden; hochgeschlagene Kragen und verstohlene Blicke über die Schulter nach hinten gehörten nun mal zu ihrem Gewerbe.
Gail stieg eine gewundene und arg knarrende Treppe hinauf. Als sie sie halb geschafft hatte, blieb sie stehen, drehte sich um und sagte: »Du hast mir nicht den Hintern getätschelt. Das tun sonst alle, wenn ich vor ihnen die Treppe raufgeh. Du weißt also, was sich gehört. Das gefällt mir.«
Der Mann reagierte nur mit einem Brummen auf diese Feststellung; gemeinsam stiegen sie bis ganz nach oben, wo Gail eine Tür aufmachte und das Licht anknipste. Sie traten ein, und sie stellte einen Heizlüfter an, dessen Ventilator ab und zu leise surrte und das Zimmer mit dem Geruch von versengtem Staub erfüllte. Offenbar war hier lange nicht sauber gemacht worden. Gail zog ihre Jacke aus und warf sie lässig aufs Bett. Dann legte sie dem Mann die Hände auf die Schultern, lächelte ihn an und sagte verführerisch: »Machen wir es uns gemütlich, ja?«

Der Mann ging nicht darauf ein und sah sich um. Als er die Poster an der Wand sah, fing er an zu grinsen. Bei den meisten handelte es sich um die Bilder von Film- und Popstars, aber es gab auch ein großes Poster von einem Reisebüro, ein Plakat mit Werbung für die griechischen Inseln. »Bist du da schon mal gewesen?« fragte er.

»Bis jetzt noch nicht.«

Ausdruckslos sah der Mann sie für einen Moment an, dann nahm er das Zimmer weiter in Augenschein.

»Es ist nichts Besonderes, aber immerhin ein Zuhause«, erklärte Gail ein wenig verlegen und lachte gezwungen. Der Mann lächelte nicht.

Da sie sein Schweigen als Schüchternheit deutete, sah Gail ihn freundlich an, trat einen Schritt zurück und begann, sich auszuziehen. Die Art, wie sie das machte, verriet, daß sie wußte, was Männern gefiel und wie sich die gewünschte Wirkung erzeugen ließ. Als sie nur noch die Unterwäsche anhatte, drehte sie sich zur Seite und sagte geziert: »Vielleicht möchtest du mir beim Rest helfen?«

»Leg dich hin!«

»Also doch der Herr und Gebieter!« Lächelnd ließ Gail sich auf dem Bett nieder, machte die Beine breit und verschränkte die Hände hinterm Kopf.

Am Kopfteil des Bettes waren ein paar Bänder befestigt. Der Mann nahm sie spielerisch in die Hand und ließ sie durch die Finger gleiten; offenbar gefiel ihm, was er dabei empfand.

»Das also ist es, was du möchtest... Nun, warum nicht?« Gail hielt ihm die Handgelenke hin und flüsterte heiser: »Feßle mich! Feßle mich, dann bin ich dir total ausgeliefert. Würde dir das gefallen?«

Zum ersten Mal lächelte der Mann, was Gail als ein Zeichen dafür nahm, daß sie ihn richtig eingeschätzt hatte. Also wimmerte sie gekonnt, als der Mann jede Hand an eine Ecke des Bettes fesselte, dann noch zwei Bänder losband und anfing, sich an ihren Fußgelenken zu schaffen zu machen. Sie fing an zu kichern und sagte: »Meinst du nicht, du solltest mir erst den Schlüpfer ausziehen?« Das sagte sie im Tonfall eines Schulmädchens, doch der Mann tat so, als hätte er sie nicht gehört, und fesselte auch den zweiten Fuß am Bettpfosten. Dann richtete er sich auf, betrachtete das Ganze mit zufriedener Miene, und Gail tat so, als versuchte sie, sich von ihren Fesseln zu befreien. »Jetzt bin ich dir ausgeliefert«, flüsterte sie schließlich. »Was willst du mit mir machen?«

Schweißperlen bildeten sich auf der Oberlippe des Mannes, und ein Muskel seiner linken Backe zuckte, als er etwas brummelte, was Gail für eine andere Sprache hielt. »Hör mal, wovon redest du?« fragte sie. In ihrer Stimme schwang nun auch ein bißchen Verunsicherung mit.

Der Mann wich Gails Blick nicht aus. Er griff in die Innentasche seines Jacketts und holte einen Gegenstand hervor, der in ein Stück Samt eingewickelt war. Vorsichtig wickelte er ihn aus, nahm den metallenen Gegenstand in die Hand und hielt ihn vor ihr in die Höhe. »Weißt du, was das ist?« fragte er mit plötzlich heiser gewordener Stimme.

Gails Augen weiteten sich vor Angst. »Ein Messer!« stammelte sie. »Eins von diesen Messern, wie Ärzte sie benützen…« Hilflos mußte sie mit ansehen, wie der Mann die Klinge langsam auf sie herniedersenkte. Er durchtrennte die Träger ihres Büstenhalters. Er zog den Stoff weg und fuhr sanft mit der flachen Klinge auf ihrem Bauch hin und her, ehe er auch noch den Schlüpfer durchschnitt und von ihrem Körper wegriß.

Der Mann lächelte ein wenig, und Gail fand ihre Stimme wieder. »Nun mal immer langsam. Das Zeug hat mich ein Vermögen gekostet«, witzelte sie nervös. »Es ist französische Ware.«

Wie in einem Traum schaute der Mann eine Zeitlang auf ihren nackten Körper herab, doch dann wurde sein Blick plötzlich steinhart. Gails Furcht schlug in Todesangst um. Sie machte den Mund auf, um zu schreien, doch der Mann hielt ihn ihr mit der Hand zu und beugte sich ganz nahe an ihr Ohr. »Du hast recht«, flüsterte er. »Es ist ein Messer, wie Ärzte es benützen…«

Erstes Kapitel »Wie fühlst du dich?« fragte Sue Jamieson ihren Mann.

Scott Jamieson sah zu der hübschen jungen Frau auf, die ihn, den Kopf ein wenig zur Seite geneigt, von oben betrachtete. »Zu allem bereit. Eine Runde mit dir könnte ich gut vertragen.«

»Mal im Ernst.«

»Ich bin ernst.«

»Nein, bist du nicht.« Sue lachte.

»Komm wieder ins Bett!«

»Wir haben nicht genug Zeit. Du darfst zu deinem Vorstellungsgespräch nicht zu spät kommen«, sagte sie, setzte sich auf den Bettrand und fuhr ihrem Mann mit der Hand durch sein dunkles Haar.

»Natürlich reicht die Zeit«, entgegnete Scott Jamieson, schlang Sue den Arm um die Hüfte und zog sie zu sich auf die Bettkante, doch sie ließ sich nicht erweichen. »Sie reicht nicht!« erklärte sie kategorisch und stemmte sich mit beiden Händen abwehrend gegen seine Brust.

Lächelnd lockerte Jamieson seinen Griff. »Ich liebe dich«, flüsterte er.

»Ich weiß. Und ich dich auch. Aber jetzt... geh dich duschen!«

»Du hast gewonnen«, räumte Jamieson ein und schwang die Beine über den Bettrand. Als er sich aufsetzte, betrachtete Sue die Narben an seinem Körper und drückte ihm impulsiv einen Kuß auf die Schulter. »Hast du's dir etwa anders überlegt?« fragte er.

»Geh du lieber zuerst ins Bad! Ich mach uns inzwischen das Frühstück.«

In der Dusche wollte Jamieson den Wasserhahn aufdrehen, doch schoß ihm bei der ersten Drehbewegung ein heftiger Schmerz in die Finger, so daß er leise fluchend zunächst davon abließ. Er streckte vorsichtig seine Finger und betrachtete sie eingehend, wie schon tausendmal zuvor in der letzten Zeit, doch war nichts Besonderes zu erkennen, weder eine Mißbildung noch etwas, das auf ein falsches

Zusammenwachsen der gebrochenen Knochen hingewiesen hätte, nichts, was darauf hätte schließen lassen, daß er in Zukunft kein Skalpell mehr führen durfte – bis eben auf eine gewisse Steifheit, die ihm die frühere vollkommene Beherrschung der Hand unmöglich machte. Du mußt abwarten, Jamieson, sagte er sich und freute sich über die neugefundene gelassene Einstellung seinem Problem gegenüber.

In den ersten Monaten seiner Genesung war er von einer solchen Haltung zu seinem Problem noch weit entfernt. Damals hatten sich bei ihm nur Frustration, Selbstmitleid und blinde Wut abgewechselt, was seiner Frau das Zusammenleben mit ihm unsäglich schwer gemacht hatte. Trotzdem hatte sich Sue nie beirren lassen, sondern war ihm vom Tag des Unfalls an Halt und Stütze gewesen, sowohl in der physischen als auch in der später einsetzenden psychischen Krise. Sie war es auch, die ihn dazu gebracht hatte, zuerst an das eigentlich Nächstliegende zu denken – daran, vielleicht das Fachgebiet zu wechseln, eine Vorstellung, die er anfangs sehr befremdlich fand, mit der er sich aber schließlich angefreundet hatte.

Eine der Möglichkeiten, die sich anboten, war die Pathologie gewesen, doch sich zwischen Leichen und in dem ekelerregend süßlichen Geruch von Formaldehyd zu bewegen, war nicht gerade reizvoll für ihn gewesen. Zu viele von den Pathologen, die er kannte, waren mehr oder weniger Alkoholiker; die Gründe konnte er verstehen. Um was es für ihn bei der Medizin ging, war, Leben zu retten, und nicht, herauszufinden, warum das in bestimmten Fällen nicht möglich gewesen war. Natürlich wußte er, daß dies eine grob vereinfachende Sicht der Dinge war, aber weiße Fliesen an der Wand und der allgegenwärtige Geruch des Todes waren nun einmal nichts für ihn.

Blieben also noch die Radiologie sowie Spezialgebiete im Labor wie Hämatologie, Biochemie und Mikrobiologie. Alles in allem hatte Jamieson inzwischen anderthalb Jahre damit zugebracht, für sich eine geeignete Tätigkeit im medizinischen Bereich zu finden, mußte sich jedoch am Ende eingestehen, daß all dies nicht das richtige für ihn war. Bei den Umschulungs- und Fortbildungskursen hatte er zwar sehr erfolgreich mitgearbeitet, doch nachdem der Reiz, etwas Neues zu lernen, verflogen war, hatte er gemerkt, daß es keinen Zweck hatte, sich etwas vorzumachen: Diese hochspezialisierten Labortä-

tigkeiten würden ihn auf die Dauer nicht befriedigen. Für so etwas taugte er einfach nicht; dazu hatte er auch das Erregende und die Herausforderung der Chirurgie zu gut gekannt.
Jamieson war schon soweit gewesen, die Medizin ganz und gar an den Nagel zu hängen und in die Firma seines Vaters einzutreten, doch da hatte einer der fachärztlichen Berater bei seinem letzten Umschulungskurs ihn gebeten, seinen Namen für eine Stelle nennen zu dürfen, von der er meinte, daß Jamieson dafür besonders gut geeignet wäre. Scott Jamieson hatte dem Berater nicht entlocken können, an was für eine Aufgabe genau er dachte, nur, daß es sich weder um eine Routinetätigkeit noch um reine Schreibtischarbeit handelte. Da er einräumen mußte, daß er durch eine Bewerbung nichts zu verlieren hätte, bekam Jamieson schließlich eine Aufforderung, sich zu einem Vorstellungsgespräch im Innenministerium einzufinden.

Scott Jamieson war achtunddreißig – acht Jahre älter als seine Frau Sue. Er war in Galashiels aufgewachsen, einer Kleinstadt mit mehreren Sägewerksbetrieben an der Grenze zu Schottland, die recht hübsch in dem sanft hügeligen Gelände an den Ufern des Tweedflusses liegt. Als ältester Sohn eines Sägewerksbesitzers hatte Jamieson, wie schon zuvor sein Vater, die Merchiston Castle School in Edinburgh absolviert. Dank seines ungezwungenen und gewinnenden Wesens sowie seiner Intelligenz und seines Fleißes hatte er seine gesamte Schulzeit problemlos absolviert. So verfügte er über die natürliche Selbstsicherheit derjenigen, die nie etwas anderes kennengelernt hatten als den Erfolg.
Das gute Verhältnis zu seinem mit beiden Beinen auf der Erde stehenden Vater sowie die nüchterne Denkweise des Menschenschlages an der englisch-schottischen Grenze, aus dem sich seine Freunde und Nachbarn zusammensetzten, hatten verhindert, daß seine Selbstsicherheit in Überheblichkeit umschlug. In Fällen von Selbstüberschätzung neigte man in seiner Heimat dazu, dem Betreffenden tüchtig den Kopf zurechtzurücken.
Nach dem Internat hatte Jamieson zunächst ein Jahr im Sägewerk seines Vaters gearbeitet, sich dann jedoch auf der Universität Glasgow eingeschrieben, um Medizin zu studieren. Zwar hatte ihm die Arbeit im väterlichen Betrieb durchaus Spaß gemacht, doch hatte er immer gewußt, daß dies kein Leben für ihn war; und da er noch zwei

jüngere Brüder hatte, schien sein Vater auch nicht sonderlich enttäuscht, als sein Sohn Scott ihm seine weiteren Pläne eröffnete.
An der Uni machte er den ersten Fehler seines jungen Lebens und unterschätzte die Anforderungen des ersten Jahres beim Medizinstudium; er hatte einfach zu viele Partys besucht, statt sich auf den Hosenboden zu setzen und zu studieren. Infolgedessen war er nahe daran gewesen, beim Examen durchzufallen; er hatte es jedoch gerade noch geschafft und achtete darauf, seinen Fehler nicht zu wiederholen. Letztendlich ging er als einer der besten seines Jahrgangs ab. Einem Freiwilligenjahr an einer Bostoner Lehrklinik in den Vereinigten Staaten waren dann Assistenzarztstellen an zwei Londoner Krankenhäusern gefolgt; erst danach hatte er sich entschlossen, Chirurg zu werden.
Sue, damals Lernschwester, hatte er während seiner Zeit als Oberarzt in der Chirurgie des Addenbrooke's Hospital in Cambridge kennengelernt; wie so viele Männer mit einem ganzen Schwarm von Verehrerinnen hatte Jamieson sich, als die richtige kam, Hals über Kopf verliebt. Ihm war von Anfang an klar gewesen, daß dies die Frau war, die er heiraten sollte, was dann acht Monate später auch geschah.
Sues Vater, ein Börsenmakler aus Surrey, hatte ihnen in dem kleinen Ort, in dem Sue aufgewachsen war, eine glänzende Hochzeit ausgerichtet. Getraut worden waren sie an einem wunderschönen sonnigen Tag in der normannischen Dorfkirche, und Scott und seine Brüder hatten auf dem sanften Grün des englischen Rasens in ihrer Nationaltracht bunte Farbtupfer abgegeben. Das Muster der Schottenröcke hatte sich mühelos mit den Taftkleidern der Damen vertragen, und der Champagner hatte geperlt in Gläsern, die beschattet wurden von weichkrempigen Hüten, da beide Familien samt einem großen Freundeskreis die Hochzeit eines Glückspaares feierten, dessen Aussichten grenzenlos schienen.
Ironischerweise machte es Jamieson ausgerechnet der Umstand, daß er noch nie eine Enttäuschung oder wirklichen Mißerfolg erlebt hatte, schwer, mit der neuen Situation nach dem Verkehrsunfall fertigzuwerden. Er hatte fast zwei Wochen lang im Koma gelegen und war, als er endlich wieder zu sich kam, sehr schwach; doch sobald er wieder zu Kräften gelangte, glaubte er fest daran, daß es nicht lange dauern würde, bis das Leben weiterging wie zuvor. Er würde wieder anfangen zu operieren und seine Karriere fortsetzen. Als es ihm schließlich

klar wurde, daß es sich sehr lange hinziehen würde, bis er wieder genesen war, war es auch noch fraglich, ob er jemals vollständig wiederhergestellt würde. Auf diese Unsicherheit reagierte er mit einer Launenhaftigkeit und Gereiztheit, wie man sie früher nie an ihm gekannt hatte.

Sein ungehobeltes Benehmen dem Krankenhauspersonal, aber auch den Menschen gegenüber, die ihm besonders nahestanden, wurde nur noch überboten von langen Perioden unkontrollierten Selbstmitleids, in denen häufig von Selbstmord die Rede war. Während dieser ganzen Zeit hatte Sue eine bemerkenswerte Reife an den Tag gelegt, die kaum jemand bei ihr vermutet hätte; sie war es, die ihn in dieser schlimmsten Krise seines Lebens dazu brachte, sich mit dem, was vor ihm lag, abzufinden. Vor ihnen beiden lag, wie sie nicht müde wurde zu betonen. Schließlich gelang es ihr, Jamieson so weit zur Vernunft zu bringen, daß er sich wegen seines unerträglichen Verhaltens zutiefst schämte. Von da an war es ihm von Tag zu Tag besser gegangen, bis er – selbst als hinter seiner Zukunft als Chirurg immer noch ein großes Fragezeichen stand – für sie wieder der Ehemann von früher war, der alte Scott Jamieson.

»Viel Glück!« sagte Sue jetzt, als Scott sich unter der Tür umwandte und ihr zum Abschied einen Kuß auf die Wange drückte.

»Wenn sie von mir wollen, daß ich Bettpfannen zähle, nehm ich den Job nicht an. Ist das klar?«

»Klar«, bestätigte Sue lächelnd. »Trotzdem werde ich für alle Fälle was Besonderes fürs Abendessen besorgen.« Winkend stand sie auf dem Gehsteig und sah dem Wagen nach, bis dieser am Ende der Straße um die Ecke bog.

Scott Jamieson kostete es im Juli oder August immer Überwindung, das idyllische Dorf in Kent, in dem Sue und er lebten, zu verlassen, um nach London hineinzufahren. Die Menschenmassen und die drückende Hitze machten ihn an solchen Sommertagen unweigerlich reizbar. Es herrschte große Schwüle, ein dumpfer Grauschleier lag in der City über den Gebäuden. Er fuhr in eine Tiefgarage hinter dem Trafalgar Square und zog an der Schranke sein Ticket. Es dauerte geschlagene fünf Minuten, bis er einen Parkplatz erwischte, der gerade von einem älteren Herrn freigemacht wurde. Der Mann hatte sichtlich Schwierigkeiten, den Kopf zu drehen, und deshalb Mühe,

richtig zurückzusetzen. Jeder neue Versuch wurde von einem Aufheulen des Motors begleitet, so daß der gesamte Parkbereich schließlich von bläulichem Qualm erfüllt war.
Jamieson verschloß seinen Wagen und sprang die Treppe hinauf; dann wandte er sich zum Regierungsviertel von Whitehall, wobei er sich immer wieder an Touristengruppen vorbeischlängeln mußte, die ziellos dahinschlenderten und selten aufpaßten, wo sie entlanggingen. Einmal war er gezwungen stehenzubleiben und machte dreimal vergeblich den Versuch, an einem Japaner vorbeizukommen, der sich seine Nikon vors Gesicht hielt und sich jedesmal, wenn Jamieson beschloß, die Richtung zu wechseln, auf dieselbe Seite bewegte. Die Frau des Japaners legte ihrem Mann schließlich eine Hand auf den Arm, und unter vielen Verbeugungen und entschuldigendem Lächeln wurde der Durchgang endlich freigegeben.
Am Eingang zum Innenministerium wurde Jamieson von einem Pförtner angehalten, dem Jamieson seine Einladung vorwies. Geduldig wartete er, bis der Mann sie durchgelesen hatte. Er erklärte dann, Jamieson anmelden zu wollen, griff zum Telefon und sagte schließlich: »Miss Roberts kommt gleich runter.« Dann forderte er Jamieson auf, Platz zu nehmen, und zeigte dabei auf eine Bank im Korridor.
Jamieson setzte sich hin und verfolgte müßig das Getriebe um ihn herum. Ein ernsthaft dreinblickender Mann mit einer Brille, die ihm jeden Augenblick von der Nase herunterzurutschen drohte, ging mit schleppendem Schritt den Korridor hinunter und blätterte dabei in ein paar Unterlagen. Die Füße des Mannes zeigten nach außen, und so wirkte er wie ein Stummfilmkomiker. Da er nicht darauf achtgab, wohin er ging, stieß er mit zwei jungen Frauen zusammen, die Teetassen in der Hand hielten. Der Tee schwappte auf den Boden, die jungen Damen wichen unsicher zurück und hielten dabei die Teetassen so weit wie möglich von sich. Da der Mann mit der Brille gar nicht bemerkt hatte, daß er der Anlaß für diese ganze Konfusion war, blickte er nur ein wenig irritiert von seinen Papieren auf, lächelte flüchtig und ging weiter, während die Frauen ihm mit mörderischen Blicken folgten. Jamieson mußte voller Mitgefühl lächeln, und eine der Frauen schüttelte nur den Kopf über soviel Zerstreutheit.
Aus der entgegengesetzten Richtung näherten sich langsam ausschreitend und dabei laut diskutierend zwei in dunkle konservative Anzüge gekleidete Herren. Jamieson fiel auf, daß das am Eingang her-

umstehende uniformierte Wachpersonal bei ihrem Näherkommen so etwas wie Haltung annahm.
»Keine Frage!« erklärte einer der Herren, offenbar ohne von Jamieson Notiz zu nehmen. »Daß so was autorisiert wird, das kann nur vom Minister selbst kommen.«
Jamieson beobachtete die beiden weiter von hinten, als sie, völlig in ihr Gespräch vertieft, an den Uniformierten vorübergingen, ohne sie eines Blickes zu würdigen. Gott bewahre mich vor einem Dasein im öffentlichen Dienst, dachte er.
Eine in ein mauvefarbenes Kostüm gekleidete Frau trat aus einem der Aufzüge und kam zielstrebig mit einem Klemmbrett in der Hand auf ihn zu. »Dr. Jamieson?« fragte sie. Jamieson bejahte, woraufhin die Frau auf dem Papier auf ihrem Klemmbrett einen Haken machte. »Mein Name ist Roberts. Wenn Sie mir bitte folgen würden?«
Als sich ihre Blicke im Aufzug begegneten, lächelten sich beide ein wenig verlegen an. Dann starrte die Frau angestrengt auf ihr Klemmbrett, während Jamieson mitverfolgte, wie die Ziffern der Stockwerkanzeige eine nach der anderen aufleuchteten. Dabei bemühte er sich, sich an den Namen des Parfums zu erinnern, das die Frau trug und das sich in dem engen Lift kräftig zur Geltung brachte und ihm aus irgendeinem Grund nicht behagte. *Femme*, so hieß es, fiel ihm ein, kurz bevor die Aufzugstüren auseinanderglitten. Und jetzt fiel ihm auch ein, warum er es nicht mochte. Als Teenager hatte er eine Ferienliebe mit einem Mädchen erlebt, die hinterher alle ihre Briefe mit dem Zeugs getränkt hatte.
Die Türen öffneten sich, und Miss Roberts führte ihn durch einen Korridor bis zu einer Tür mit dem Schild SUITE 4. Miss Roberts ließ Jamieson für einen Moment im Vorraum allein, doch gleich darauf kehrte sie wieder zurück und sagte: »Die Herren vom Ausschuß sind bereit, Sie zu empfangen.«
Miss Robertson hielt Jamieson die Tür auf, und er betrat einen großen Raum, den helles Sonnenlicht durchflutet hätte, wäre der Himmel draußen nicht so dunstig gewesen. Er sah sich drei Männern gegenüber, von denen der in der Mitte sitzende die Vorstellung übernahm. »Dr. Amour«, sagte er und zeigte auf einen kleinen, grauhaarigen Mann mit großgepunkteter Fliege, »und Dr. Foreman«, wobei er sich an den rechts von ihm sitzenden, schwergewichtigen Mann wandte, dessen borstiges Haar ließ sich offensichtlich nur mit reichlich

Frisiercreme einigermaßen zu einer Frisur kämmen. Der Genannte nickte nur beiläufig. »Ich selbst heiße Macmillan«, sagte der Mann in der Mitte und wandte sich wieder Jamieson zu. Daß er ihn so anstarrte, hatte nichts Ungehöriges, doch war Jamieson sich bewußt, kritisch abgeschätzt zu werden. Macmillan war in den Fünfzigern, ein großer schlanker Mann mit einer sonnengebräunten Haut, für Jamieson ein Zeichen guten Lebens. Er hatte noch volle, aber inzwischen ergraute Haare, die er straff aus der Stirn gekämmt trug. Zu seinem Anzug trug er ein breit gestreiftes Hemd. »Ich glaube, wir sind Ihnen eine Erklärung schuldig. Wir drei bilden gewissermaßen den Medizinischen Kontrollausschuß des britischen Gesundheitsamtes, welches, wie Sie ja wissen, dem Innenminister untersteht.«
Jamieson machte ein verständnisloses Gesicht, woraufhin Macmillan fortfuhr: »Wir sind ein relativ kleines Gremium, verfügen nur über zwanzig Mitarbeiter und untersuchen Probleme, die insbesondere auf wissenschaftlich-medizinischem Gebiet in unserem Lande auftauchen; und wo es möglich ist, bereinigen wir sie.«
»Tut mir leid, aber ich verstehe Sie nicht.«
Macmillan fuhr fort: »Offen gesagt, ist es schwierig, Konkreteres zu sagen. Dafür ist unser Aufgabenbereich zu weit gespannt und vielfältig.«
»Sie haben von Problemen gesprochen«, versuchte Jamieson den Faden aufzunehmen. »Um welche Art von Problemen handelt es sich denn?«
Macmillan wedelte mit den Händen, eine Geste, mit der er andeutete, daß er sich über die Unbestimmtheit seiner Äußerungen im klaren war. »Dinge, die die medizinische Praxis betreffen, Fragen der Ethik, Dinge, bei denen es um die Begleitumstände geht, und gelegentlich um kriminelle Machenschaften.«
»Ich muß gestehen, ich bin immer noch ein wenig am Schwimmen«, sagte Jamieson und sah dabei Foreman an. »Für kriminelle Machenschaften welcher Art auch immer ist doch wohl die Polizei zuständig, oder?«
»So ist es«, antwortete Foreman. »Das trifft jedoch immer nur dann zu, wenn feststeht, daß eine Straftat begangen wurde – und genau da liegen manchmal die Schwierigkeiten. Es gibt Fälle, bei denen die Polizei einfach nicht über den notwendigen Hintergrund, beispielsweise das Fachwissen, verfügt, um tätig zu werden. Selbstverständlich ha-

ben die ihre Spezialisten, etwa im Bereich der Betrugskriminalität, aber wenn es um Wissenschaft und Medizin geht, sind sie auf die Hilfe von wirklichen Fachleuten angewiesen.«

»Und warum greifen sie da nicht auf die Gerichtsmediziner zurück?« wollte Jamieson wissen.

»Der Gedanke liegt natürlich nahe, doch Forensiker sind ihrer ganzen Neigung und auch ihrer Ausbildung nach Schreibtischgelehrte und kommen eigentlich nur dann zum Zug, wenn schon etwas passiert ist. Ab und zu brauchen wir Praktiker, die sozusagen vor Ort tätig werden – und da kommt dann der MedKa, kommen wir ins Spiel. Lassen Sie mich Ihnen ein Beispiel geben. Vor kurzem kam es in einer Universitätsstadt im Norden zu einem explosionsartigen Anstieg von Delikten, die alle im Zusammenhang mit Designer-Drogen standen. Der Polizei gelang es nicht dahinterzukommen, woher das Zeugs kam, bis wir einen unserer Leute dort einsetzten. Drei Wochen später hatten wir die Antwort, die wir suchten. Vier Studenten in höheren Semestern brauten das Zeugs zusammen und hatten praktisch den Markt für Halluzinogene in der Hand. Alle vier arbeiteten in verschiedenen Fakultäten, und jeder von ihnen sorgte dafür, bestimmte für den Herstellungsprozeß wichtige Substanzen zu besorgen. Da das Material über vier verschiedene Einkaufslisten lief, schöpfte kein Mensch Verdacht, bis unser Mann, der Zugang zu sämtlichen Unterlagen hatte und außerdem noch über die Zeit verfügte, sich eingehend damit zu beschäftigen, herausfand, was da los war.«

»Ich verstehe. Ich jedoch hätte da nicht Lunte gerochen, denn ich habe keine Ahnung, wie man LSD herstellt.«

»Das erwarten wir auch nicht von Ihnen«, sagte Armour. »In diesem bestimmten Fall war unser Gewährsmann Biochemiker. Denn da unser Aufgabenbereich, wie Macmillan schon sagte, so weit gespannt ist, müssen wir jeweils den richtigen Mann für eine Aufgabe finden. Beispielsweise ist vor einiger Zeit eine der größten Firmen unserer Pharmaindustrie in Teufels Küche geraten, weil plötzlich Erfolgsgerüchte die Runde machten, die jeder Grundlage entbehrten. Einer unserer Leute verfolgte die Sache bis zu einem Wissenschaftler, der an einem angesehenen biotechnischen Institut an einer unserer besten Universitäten arbeitete. Der Mann, um den es hier geht, hatte jeden Penny, den er besaß, in Aktien der betreffenden Pharmafirma angelegt und den Zeitungen gegenüber dann Andeutungen fallen lassen, sein Institut hätte einen wirksamen Impfstoff gegen Aids entwickelt und die in Frage stehende Firma hätte das Recht erworben, ihn herzustellen. Da die vermeintliche Indiskretion aus solch einem über jeden Zweifel erhabenen Institut stammte, schluckte die Presse sie und ging mit der Geschichte an die Öffentlichkeit. Die Aktien der Gesellschaft schossen natürlich in die Höhe, und der Mann machte entsprechend seinen Reibach.«

»Ich besitze nicht mal Aktien von *British Gas*«, witzelte Jamieson.

»Auch in diesem Fall wären wir uns natürlich darüber im klaren gewesen, daß Sie auf diesem Gebiet kein Experte sind«, entgegnete Macmillan ernst.

»Aber um was geht es dann?« fragte Jamieson.

»Sie sind Chirurg und verfügen dank der Zusatzausbildung, die Sie nach Ihrem unseligen Unfall gemacht haben, über ein beträchtliches Wissen auf anderen medizinischen Spezialgebieten. Und das läßt uns vermuten, daß Sie für MedKa genau der richtige Mann sind.«

»Ich bin ganz Ohr«, sagte Jamieson. Das klang verheißungsvoll.

Macmillan schlug einen vor ihm liegenden Aktenordner auf und entnahm ihm das obenauf liegende Blatt Papier. Es handelte sich um einen auf blaues Papier getippten einseitigen Bericht, den Macmillan jetzt Jamieson hinüberreichte.

Schweigend las Jamieson den Bericht durch und war unter den eindringlichen Blicken der drei Männer bemüht, sich zu konzentrieren. Er erfuhr, daß vor kurzem zwei Frauen nach einer Operation in der Gynäkologie des *Kerr Memorial Hospital* in Leeds gestorben waren. Beide hatten sich postoperative Infektionen zugezogen, die auf keinerlei Behandlung angesprochen hatten.

»Wo liegt das Problem?« fragte Jamieson.

»Beide Patientinnen, die beide keine besonders schweren Eingriffe hinter sich hatten, zogen sich nach der Operation eine *Pseudomonas*-Infektion zu, und alle Gegenmaßnahmen erwiesen sich als ineffektiv«, sagte Macmillan.

»Wissen Sie, warum?«

»Der Stamm erwies sich als resistent gegen Antibiotika.«

»Das kommt bei *Pseudomonas* häufiger vor«, erklärte Jamieson.

»Richtig«, sagte Armour, »aber der Organismus, um den es sich in diesem Fall handelt, erwies sich als besonders hartnäckig. Nicht mal Spezialmedikamente konnten was gegen ihn ausrichten.«

»Schlimm, schlimm«, sagte Jamieson. »Hat man denn die Infektionsquelle feststellen können?«
»Nein, und das ist das eigentliche Problem«, erklärte Macmillan. »Trotz intensivster Nachforschungen von seiten der Mitarbeiter des krankenhauseigenen mikrobiologischen Labors und trotz aufwendigster Desinfektionsmaßnahmen nach dem zweiten Todesfall ist das Problem geblieben; vor drei Tagen hat sich wieder eine Frau dieselbe Infektion zugezogen. Sie schwebt in Lebensgefahr.«
»Das ist schon ein bißchen seltsam«, meinte Jamieson. »Mit etwas gutem Willen zur Zusammenarbeit zwischen den Labors und den Chirurgen sollte es doch möglich sein, die Quelle des ganzen herauszufinden und zu beseitigen, oder?«
»Sie sprechen von Zusammenarbeit und gutem Willen – und damit legen Sie den Finger auf die Wunde«, erklärte Armour. »Der Chefarzt der Chirurgie am *Kerr Memorial* ist ein schwieriger Mann. Thelwell heißt er. Im Moment macht er dem Labor heftigste Vorwürfe, die Infektionsquelle nicht feststellen zu können. Richardson, der Leiter des Labors und verantwortliche Bakteriologe, läßt sich das natürlich nicht gefallen und behauptet, wenn die einzelnen Stationen und die OPs sauber sind, muß der Fehler irgendwo bei den Chirurgen selbst liegen.«
»Beide Seiten führen jetzt einen Grabenkrieg gegeneinander«, fügte Macmillan noch hinzu.
»Was die Sache noch heikler macht«, stimmte Jamieson zu.
»Bis jetzt hat die Lokalpresse von den Spannungen innerhalb der Ärzteschaft noch keinen Wind bekommen, doch das dürfte nur eine Frage der Zeit sein. Die Journalisten lassen jetzt schon erkennen, daß sie das Problem als politischen Fußball betrachten. Sie kennen so was ja: Budgetkürzungen gleich schmutzige Krankenhäuser, und mangelnde Ausstattung mit medizinischem Personal gleichbedeutend mit Gefahren für die Patienten.«
»Und wo genau soll ich ins Spiel kommen?« tastete Jamieson sich vor.
»Sie sind Chirurg, können also gute praktische Arbeit von schlechter unterscheiden. Außerdem haben Sie lange genug in mikrobiologischen Labors gearbeitet, um mit deren Sichtweise vertraut zu sein. Wenn Sie sich entschließen könnten, zu uns zu stoßen, hätten wir es gern, daß Sie rauffahren und sich ein genaues Bild von der Situation

machen. Versuchen Sie herauszufinden, wo das Problem liegt, und wenn irgend möglich, bringen Sie die Sache wieder in Ordnung.«

»Man wird mich als Eindringling oder gar als Störenfried betrachten.«

»Ja, das wird man wohl«, gab Armour zu. »Das, was man als Einmischung von außen betrachtet, sieht man in keinem Beruf gern – und in unserem vielleicht ganz besonders ungern.«

Jamieson nickte und fragte: »Und wenn die sich weigern, mit mir zusammenzuarbeiten?«

»Das können sie nicht«, erklärte Macmillan. »Sie werden von der Regierung Ihrer Majestät vollumfänglich autorisiert, alles zu untersuchen, was Sie wollen. Natürlich würden wir es gern sehen, wenn Sie nicht allzu vielen Leuten auf die Füße treten, doch wenn es darum geht, daß larifari mit Menschenleben umgegangen wird, haben solche eventuellen Eitelkeiten allemal zurückzustehen.«

»Verstehe.«

»Sie haben Zeit, sich bis morgen mittag zu entscheiden, ob Sie das für uns machen wollen oder nicht. Aber bis dahin müßten wir es wissen.«

»Wenn Sie das nicht als ungehörige Frage betrachten...«, begann Jamieson vorsichtig.

»Sie bekommen ein Gehalt, das dem eines Chefarztes entspricht«, sagte Macmillan.

»Bedenkzeit brauche ich nicht«, sagte Jamieson mit fester Stimme. »Ich habe mich bereits entschieden. Sie können auf mich zählen.«

»Ausgezeichnet«, sagte Macmillan, erhob sich und schüttelte Jamieson die Hand. Armour und Foreman taten es ihm nach. »Miss Roberts wird Ihnen, wenn Sie rausgehen, die Einzelheiten mitgeben. Je früher Sie anfangen, desto früher wird die Sache bereinigt werden.«

»Wenn nichts dagegen einzuwenden ist, fahre ich gleich morgen rauf.«

»Dann nehmen Sie besser dies hier mit«, sagte Macmillan und übergab Jamieson die Unterlagen über das *Kerr Memorial*, die vor ihm lagen. »Hierin finden Sie alle Informationen über die oberen Ränge des Klinikpersonals. Kann nicht schaden, wenn Sie vor Ihrer Ankunft ein bißchen über die Klinik erfahren.«

Jamieson verließ den Raum und nannte Miss Roberts die nötigen Daten, die sie brauchte, um den Papierkram für seine Ernennung zu erledigen; sie wiederum stattete ihn mit den nötigen Vollmachten und zwei Kreditkarten sowie einem Heft aus, in dem die erlaubten Spesen aufgeführt wurden. Dann wurde er gefragt, ob es ihm am Nachmittag passe, sich fotografieren zu lassen und sich routinemäßig einer medizinischen Untersuchung zu unterziehen. Jamieson erwiderte, er werde jetzt zu Mittag essen und danach gleich wiederkommen.

Als Jamieson das Innenministerium verließ, fühlte er sich so wohl wie schon seit langem nicht mehr. Er hatte eine richtige Aufgabe an Land gezogen, nicht nur einen Platz in einem Umschulungs- oder Weiterbildungskurs; vor allem aber versprach die ihm gestellte Aufgabe interessant zu sein. Von der nächsten Telefonzelle aus rief er Sue an und erzählte ihr die Neuigkeit.

»Aber das ist ja wunderbar!« rief Sue. »Um was genau geht es da?«

»Das erzähl ich dir, wenn ich heimkomme; aber es ist etwas Vernünftiges, und ich habe ein gutes Gefühl dabei.«

»Das höre ich an deiner Stimme.« Sue lachte. »Wann fängst du an?«

»Morgen.«

»Das geht aber schnell!«

»In Leeds.«

»Leeds!« wiederholte Sue, Verzweiflung in der Stimme. »Bedeutet das, daß wir umziehen müssen...?«

»Nein, das tut es nicht«, fiel Jamieson ihr ins Wort. »Wir bleiben, wo wir sind, aber wenn ich die Aufgabe zufriedenstellend löse, könnte es sein, daß ich ziemlich häufig außerhalb arbeiten muß. Darüber reden wir, wenn ich zurück bin.«

»Und wann wird das sein?«

»Am frühen Abend.«

»Bring ein bißchen was zu trinken mit«, sagte Sue.

Als Jamieson auf der A 2 in Richtung Canterbury nach Kent zurückfuhr, fing es an zu regnen, und als er die Vororte von London hinter sich hatte und die heckengesäumten Straßen mit den Obstfarmen links und rechts entlangfuhr, verriet ihm die bleierne Farbe des Himmels, daß noch viel mehr herunterkommen würde.

Wasser strömte an den Fensterscheiben des Cottages herunter, als Sue das Abendessen auftrug und Jamieson ihr von seinem neuen Job erzählte.

»Hört sich an, als ob du Krankenhausdetektiv spielen sollst.«

»Ach, eigentlich nicht. Ich glaube, es geht mehr darum, daß ein Outsider mehr sieht als Leute, die zu dicht dran sind.«
»Und den Wald vor lauter Bäumen nicht sehen.«
»So in der Art.«
»Noch ein Glas Wein?«
»Ich muß noch arbeiten.«
»An unserem letzten gemeinsamen Abend?«
»Ich muß noch ein paar Unterlagen über die Klinik durchlesen. Tut mir leid, aber es ist wichtig...«
Als Sue erkannte, daß es Scott auch nicht leicht fiel, heute noch etwas tun zu müssen, lächelte sie und gab ihm einen Kuß auf die Stirn. »Dann setz dich an die Arbeit«, sagte sie. »Ich räume inzwischen ab.«
Jamieson trug den Ordner, den er mit nach Hause genommen hatte, nach oben in eine kleine Kammer, die er als Arbeitszimmer benutzte, und knipste die Schreibtischlampe an. Der Schreibtisch stand direkt unter dem Fenster, und er sah kurz zu, wie der Regen gegen die Scheibe prasselte, ehe er die Lampe zum Lesen zurechtdrehte und anfing, sich durch die Papiere hindurchzuarbeiten. Die Deckenbeleuchtung machte er aus, denn er zog es vor, sich in dem runden Lichtkreis der Schreibtischlampe auszubreiten und diesen als Insel der Konzentration zu betrachten.
Zwei Stunden später glaubte Jamieson, sich zur Genüge mit allen notwendigen Informationen vertraut gemacht zu haben, um im *Kerr Memorial* nicht völlig wie ein dummer Junge dazustehen, der von Tuten und Blasen keine Ahnung hatte. Er hatte sich mit den Namen und dem Hintergrund von einem halben Dutzend leitender Ärzte vertraut gemacht und eine gute Vorstellung, wo genau in der Klinikhierarchie sie ihren Platz hatten. Er ließ den Ordner zuschnappen und lehnte sich auf seinem Sessel zurück, um die Arme auszustrecken, in die Dunkelheit hinein, die von der Lampe nur spärlich erhellt wurde.
Sue trat ein, stellte sich hinter ihn, schlang ihre Arme um seine Schultern und legte zärtlich die Wange auf seinen Scheitel.
»Wir haben da noch was zu Ende zu bringen«, sagte sie.
»So? Meinst du?«
»Heute morgen...«
Auf dem Treppenabsatz vor der Kammertür blieben sie stehen, und Sue sagte: »Pssst! Horch!« Gemeinsam lauschten sie dem Rauschen

des Regens auf dem Dach und den Lauten, die die dickeren Tropfen machten, wenn sie von den Zweigen der Weide vor dem Cottage herunterplatschten. »Ich liebe dieses Haus«, sagte Sue.
Jamieson küßte sie aufs Haar. »Ich weiß, und ich auch. Ich hätte nichts dagegen, mit dir hier alt zu werden. Eine schöne Vorstellung, an Sommerabenden draußen zu sitzen und zu beobachten, wie unsere Enkelkinder um dieses Haus tollen, das schon hundert Jahre hier stand, bevor Bonnie Prince Charlie in den Süden abmarschierte.«
»Ja, wer ist denn da der sentimentale alte Softy?« fragte Sue.
»Ich«, erklärte Jamieson. »Jedenfalls bis morgen.«
Sue kauerte sich vor Scott hin und sah ihn an. »Jedenfalls habe ich dich bis dahin.« Dann zog sie seinen Kopf an ihre Lippen.

Am nächsten Morgen war Jamieson als erster auf und befand sich bereits im Bad, als er Sue aufstehen und nach unten gehen hörte. Als er sich abrubbelte, drangen Radioklänge herauf. Dann schaute er hinaus, um nachzusehen, ob es immer noch regnete. Leise fluchte er bei der Vorstellung, auf einer nassen Autobahn Richtung Norden fahren zu müssen, wenn die vor ihm fahrenden Laster den ganzen Dreck aufwirbelten. Er musterte den Himmel nach allen Richtungen, immer in der Hoffnung, die Wolkendecke aufreißen zu sehen, doch vergebens. Er verzog das Gesicht und kehrte barfuß zurück ins Schlafzimmer, um sich anzuziehen.
In einen blauen Anzug gekleidet kam Jamieson die Treppe herunter und lockerte dabei ein wenig die Krawatte, weil er sie zunächst zu eng gebunden hatte. »Sehe ich wie ein Detektiv aus?« fragte er.
»Nein, wie ein Arzt.«
»Ist das schlecht?«
Sue lächelte. »Nein, genau richtig siehst du aus.«
»Vielleicht sollte ich einen dreckigen Regenmantel überziehen und mich dauernd am Kopf kratzen?«
»Da riskierst du nur, daß die Schwestern dich in die Badewanne stekken.«
»Da hast du wohl recht«, räumte Scott ein.
»Gestern ist in Leeds eine Prostituierte ermordet worden. Hab ich gerade im Radio gehört«, sagte Sue und schenkte ihm Kaffee ein.
»Nicht gerade der sicherste aller Berufe.«

»Das werde ich mir merken für den Fall, daß du dich in dem neuen Job nicht gut machst.«

Scott lächelte, und Sue sagte: »Du bist nervös. Ich spüre das.«

»Ein bißchen schon«, gestand er. »Jedenfalls werde ich froh sein, wenn der heutige Tag vorbei ist und ich einen Anfang gemacht habe.«

»Das kann ich verstehen«, sagte Sue. »Versuchst du, mich heute abend anzurufen?«

»Selbstverständlich«, versprach Scott. »Mit ein bißchen Glück sollte die ganze Sache nicht allzu lange dauern.«

»Dies Tierchen, das da oben die ganzen Probleme auslöst – worum genau handelt es sich eigentlich?«

»Die Dinger heißen *Pseudomonas*. Eigentlich ganz gewöhnliche Bakterien, die sich mit Vorliebe dort einnisten, wo Feuchtigkeit vorhanden ist. Im Krankenhaus findet man sie häufig in Blumenvasen und dergleichen, aber zum Problem werden sie erst, wenn sie in offene Wunden geraten und eine Infektion hervorrufen, denn es ist wirklich schwierig, ihnen beizukommen. Und diejenigen, um die es hier geht, scheinen besonders widerspenstig zu sein.«

»Es muß der reinste Alptraum sein, wegen einer relativ harmlosen Sache als Patient in ein Krankenhaus zu müssen und sich dann dort eine viel schlimmere Krankheit zu holen«, sagte Sue.

Jamieson nickte. »So was geschieht nur allzu leicht und gehört zu den Dingen, die das Vertrauen der Öffentlichkeit untergraben. Deshalb liegt dem Ministerium ja gerade soviel daran, dem Ganzen ein Ende zu bereiten.« Jamieson griff nach seiner Tasche und legte Sue den freien Arm um die Taille. »Heute abend ruf ich dich an.«

»Paß auf dich auf«, sagte Sue.

Zweites Kapitel Gordon Thomas Thelwell war ganz das Produkt seiner Erziehung. Welche warmherzigen Gefühle er auch immer einmal gehabt haben mochte, sie waren ihm von einem Schulwesen ausgetrieben worden, das besessen war von den puritanischen Wertmaßstäben der oberen Mittelklasse in bezug auf Wohlanständigkeit und tadelloses Benehmen. Er lächelte nur selten, und wenn er es dennoch tat, wirkte er unsicher. Seine Stimme war genauso unauffällig wie die Farbe seiner Anzüge, und seine steifen Hemdkragen schienen eigens dafür gemacht, ihm ein Höchstmaß an Unbequemlichkeit zu bereiten.

Dabei konnte er durchaus eloquent sein, beispielsweise wenn es darum ging, die Ansichten von anderen, insbesondere von medizinischen Koryphäen an angehende Ärzte weiterzugeben, oder wenn es sich etwa darum handelte, in der Sonntagsandacht seiner Kirchengemeinde als Laienprediger aufzutreten. Aber die ganz alltägliche Kommunikation mit seinen Mitmenschen, zu denen auch seine Kollegen gehörten, hatte für Thelwell immer eine Art Problem dargestellt. Unverfängliches Geplauder war für ihn eine Art *Terra incognita*, und Humor lag sogar im Bereich des Vulgären. Ärger zeigte sich bei ihm darin, daß er beim Sprechen die Vokale leicht verschluckte; was ihn aber auszeichnete, war eine leichte Neigung zu beißendem Sarkasmus, der auf die Empfindlichkeiten anderer nur selten Rücksicht nahm. Zufriedenheit kam bei ihm durch ein beiläufiges Kopfnicken sowie ein leichtes Kräuseln der Lippen zum Ausdruck. Kurz gesagt, war G. T. Thelwell nicht der Mann, der bei den Mitarbeitern des *Kerr Memorial Hospital* einen Beliebtheitswettbewerb gewinnen würde; gleichwohl galt er als tüchtiger, wenngleich unnahbarer Chef der Chirurgie und als Säule seiner Kirchengemeinde.

Die Tatsache, daß Thelwell Vater von zwei Töchtern war, provozierte die jüngeren Schwestern des Krankenhauses manchmal zu respektlosen Bemerkungen, denn diese konnten oder wollten sich nicht vorstellen, daß Thelwell jemals mit einer Frau schlief. Diejenigen unter ihnen, die seine Frau Marion kannten, wußten, daß sie auf ihre Weise Thelwell genau entsprach; während er nur selten lächelte, trug Marion ständig jenes unverbindliche Lächeln zur Schau, das man von Angehörigen der königlichen Familie kannte, wenn sie eine Keksfabrik zu eröffnen hatten und dabei sämtlichen Mitarbeitern die Hand schüttelten.

Wenn Marion sich nicht mit den Alltagsproblemen von *Les girls* beschäftigte, wie sie ihre Töchter gewohnheitsmäßig nannte, ging sie ganz in ihren Wohltätigkeitsverpflichtungen auf. Ihr besonderes Interesse galt der stummen Kreatur und unterprivilegierten Kindern, doch hatte sie es sich in der letzen Zeit auch zur Aufgabe gemacht, Spendensammlungen für den Erwerb neuer medizinischer Geräte für die Klinik zu organisieren. Als Vorsitzende der »Gesellschaft der Freunde des *Kerr Memorial Hospital*« hatte sie dem Krankenhaus vor kurzem in einer kleinen Feierstunde, über die in der Lokalpresse ausgiebig berichtet worden war, zwei Brutkästen übergeben. Das in der Zeitung neben dem Bericht abgedruckte Bild hatte sie rahmen lassen; es zierte jetzt ihren Frisiertisch.

Wie ihr Mann betrachtete Marion Thelwell Humor und Spontaneität als Erzfeinde der Pflichterfüllung. In einem anderen Zeitalter hätten sie und ihr Mann ihre ideale Erfüllung möglicherweise in Indien oder an irgendeinem anderen Ort des weltumspannenden Britischen Empires gefunden, wo Thelwell als autoritärer District Commissioner gearbeitet hätte, während Marion voll in ihrer Rolle als Stütze ihres Mannes hätte aufgehen können, die darin bestand, den Eingeborenen Ordnung einzubleuen.

Um sieben rasselte im Schlafzimmer der Thelwells der Wecker; wie immer stand Marion als erste auf und warf ihren Morgenmantel über, bevor sie in die Küche ging, um den Wasserkessel aufzustellen. Auf dem Rückweg ins eheliche Schlafgemach sah sie nach, ob die Mädchen schon wach waren. Dann zog sie die Vorhänge im Schlafzimmer auf. »Ach du liebes bißchen! Es regnet noch mehr als gestern!«

»Ach du liebe Güte!« reagierte ihr Mann.

»Hast du heute viel zu tun, mein Lieber?«

»Nur zwei Voruntersuchungen und eine Hysterektomie. Und dann noch dieser Blödmann, den das Ministerium uns auf den Hals schickt.«

»Das Ministerium, mein Lieber?«
»Irgendso ein Wichtigtuer vom Medizinischen Kontrollausschuß kommt von London rauf, um sich mit ›unserem Problem‹ zu befassen, wie sie schreiben.«
»Ach, sie versuchen gewiß nur, euch zu helfen, mein Lieber. Meinst du, du bist um vier schon zurück?«
»Das kommt mir eher unwahrscheinlich vor. Unser erlauchter medizinischer Leiter hat mir, wie er sich vornehm ausdrückte, ›nahegelegt‹, diesen neugierigen Schnüffler zu ertragen und ihm in jeder Beziehung behilflich zu sein.« Thelwells Ton hatte etwas Ätzendes. »Warum fragst du?«
»Weil ich um vier eine Komitee-Sitzung habe. Soll ich nicht Mrs. Rivers bitten, sich um die Mädchen zu kümmern?«
»Das wäre vielleicht gar nicht schlecht. Ich rufe dich später an, sobald ich mit diesem Schnüffler aus London fertig bin.«
»Bist du diesem Mann gegenüber nicht ein bißchen ungerecht?« gab Marion zu bedenken. »Je früher diese Infektionssache aufgeklärt wird, desto besser doch für alle Beteiligten, oder?«
Thelwell betrachtete seine Frau mit einem Blick, als stelle sie das Wort Gottes in Frage, und sagte: »Am *Kerr Memorial* brauchen wir keinen Mann aus London, sondern eine tüchtige Mikrobiologie-Abteilung. Hätten wir ein Labor, das etwas von seiner Arbeit verstünde und imstande wäre, herauszufinden, wo diese verdammten Bakterien herkommen, könnten wir auf eine Einmischung von außen verzichten. Ich dachte, das hättest du begriffen?«
»Schon, mein Lieber.«
»Guten Morgen, Daddy.« Mit rosigem Gesicht von der morgendlichen Wäsche kam ein elfjähriges Mädchen hereingestürzt.
»Guten Morgen, Nicola.«
»Guten Morgen, Daddy.« Ein zweites, aber etwas größeres Mädchen mit der gleichen frischen Gesichtsfarbe trat ein und stellte sich neben Nicola.
»Guten Morgen, Patricia.«
Nachdem dieses Ritual vollzogen war, wurden die beiden Mädchen von ihrer Mutter hinausbegleitet, so daß G. T. Thelwell aufstehen und den Tag beginnen konnte.
»Die Polizei hat gestern nacht in der Innenstadt eine ermordete Frau gefunden«, berichtete Marion eine Viertelstunde später in der Küche

ihrem Mann, was sie gerade im Radio gehört hatte, und setzte ihm das aus zwei gekochten Eiern (weich, drei Minuten, fünfzehn Sekunden) bestehende Frühstück vor. »Eine Prostituierte.«
Thelwell gab durch ein gedämpftes Knurren seiner Mißbilligung Ausdruck und sah sich dabei umständlich nach dem Salzfäßchen um. Seine tapsigen Bewegungen und sein suchender Blick sagten Marion auch ohne Worte, was er benötigte. Sie reichte ihm den Salzstreuer. »Wenn ich bedenke, was für ein Leben sie führen, wundert es mich, daß es nicht viel mehr sind«, sagte er und köpfte sein erstes Ei mit einem entschlossenen Hieb mit dem Messer.

John Richardson, der leitende Bakteriologe des *Kerr Memorial*, gähnte und kratzte sich an den Bartstoppeln seines Kinns. Als er den Regen draußen sah, verzog er das Gesicht und sagte: »Ach du meine Güte, wieder einen Tag dem Grabe näher!«
»Ich glaube, deswegen habe ich dich geheiratet«, ließ sich eine Frauenstimme unter der Bettdecke vernehmen. »Wegen deines ausgeprägten Optimismus.«
»Ich glaube, mit dieser Bemerkung hast du dich um eine Tasse Tee gebracht«, sagte Richardson.
»Dann nehme ich sie zurück.«
Richardson lächelte. »Mit deiner klettenhaften Prinzipientreue hättest du Politikerin werden sollen«, sagte er. »Tee oder Kaffee?«
»Tee. Du stehst früh auf.«
»Ich hab eine Menge zu tun; außerdem kommt heute dieser Bursche aus London, von dem ich dir erzählt habe.« Richardson schaute immer noch auf den Regen hinaus.
»Der Untersuchungsbeamte von der Regierung«, sagte Claire Richardson aufgesetzt feierlich.
»Genau den meine ich.«
»Und was genau ist er eigentlich? Ein typischer Bürohengst, der vom Krankenhausbetrieb keine Ahnung hat?«
»Nein, soviel ich weiß, versteht er was von Medizin. Jedenfalls kommt er von einem Gremium, daß sich MedKa nennt. – Medizinischer Kontrollausschuß.«
»Glaubst du, der kann was ausrichten?«
Achselzuckend rieb sich Richardson wieder über sein Kinn. »Normalerweise hätte ich nein gesagt, aber wer weiß? Im Augenblick bin ich

bereit, mich mit allem abzufinden, was uns weiterhilft; sonst beißt noch jemand unnötigerweise ins Gras. Um der Infektionsquelle auf die Spur zu kommen, haben wir alles versucht, was uns eingefallen ist, aber es ist nichts dabei herausgekommen.«

»Das ist ja frustrierend.«

»Und peinlich. So sagt Thelwell es jedesmal aufs neue, und er läßt es sich nicht nehmen, mich als kompletten Versager hinzustellen.«

»Sie können dir doch keinen Vorwurf daraus machen. Du hast jeden Test versucht, den es gibt, und du bist weit und breit der erfahrenste Bakteriologe.«

»Aber das zählt nicht, wenn Frauen anfangen zu sterben und ich kann nicht sagen, warum.«

»Du hast immer noch keine Ahnung, woher die Infektion kommen könnte?«

»Nicht die geringste.«

»Ist das nicht ein bißchen sonderbar?«

Richardson stieß ein bitteres Lachen aus und sagte: »Du hörst dich schon an wie Thelwell.«

»Das tut mir leid. So habe ich das nicht gemeint. Es kommt einem bloß komisch vor, daß du es immer noch nicht geschafft hast, die Quelle zu orten, wo du doch selbst gesagt hast, daß es sich um keineswegs ungewöhnliche Bakterien handelt, über die man eigentlich auch genug weiß.«

Richardson blickte in das besorgte Gesicht seiner Frau, lächelte und sagte dann sanft: »Ich weiß, daß du es nicht so gemeint hast, und du hast recht, es ist in der Tat sonderbar. Genau das gibt mir ja das Gefühl, daß wir bei den Tests nichts unversucht gelassen haben. Die Viecher verstecken sich nicht irgendwo in der Klinik, sondern stecken in einem der Mitarbeiter.«

»Aber die hast du doch bestimmt alle überprüft, oder?«

»Selbstverständlich«, bestätigte Richardson. »Nur waren alle negativ.«

»Dann stehst du also wieder ganz am Anfang.«

Richardson nickte und wandte sich zum Gehen, als ein lauter Pfeifton aus der Küche ihm verriet, daß das Wasser im Kessel kochte.

»Wie macht sich denn dein neuer Assistent?« rief Claire hinter ihm her.

»Evans? Erstklassige Kraft.«

Als ihr Mann samt Tablett mit dem Tee und den Keksen darauf zurückkam, sah Claire Richardson ihn liebevoll an und sagte: »Das behauptest du von all deinen Mitarbeitern. Du hast ein viel zu großes Herz, John Richardson.«
»Unsinn«, wehrte Richardson verlegen ab. »Er ist ein ausgezeichneter Mikrobiologe und entlastet mich ganz schön.«
Claire lächelte über das Unbehagen, das ihr Mann immer bewies, wenn ihm auch nur die Andeutung eines Kompliments gemacht wurde. Unbewußt hob er in solchen Situationen stets die Hand und rieb sich am Hals, als ob ihn etwas juckte. Diese Angewohnheit hatte sie ihm gegenüber nie erwähnt. »Wenn ich dreißig Jahre jünger wäre – ich könnte mich wieder in dich verlieben«, sagte sie.
»Was manche Frauen so reden, um den Tee ans Bett gebracht zu bekommen«, murmelte Richardson und schlurfte aus dem Zimmer.

Scott Jamieson lenkte den Wagen durch die Einfahrt des *Kerr Memorial Hospital* und wurde von einem Pförtner zum Halten aufgefordert. Er blieb still sitzen, während der Mann eingehend seine Windschutzscheibe musterte und ihn dann durch Zeichen aufforderte, das Seitenfenster herunterzukurbeln.
»Keine Parkerlaubnis«, sagte der Mann, als verkündete er die Todesstrafe.
Jamieson griff in die Innentasche seiner Jacke und zog den Ausweis hervor, der ihm vom Innenministerium ausgestellt worden war. Der Mann betrachtete erst das Paßfoto und dann Jamieson, wiederholte diesen Vorgang dreimal, bevor er sich dazu herabließ zu lesen, was in dem Ausweis stand. Was er wiederum mit einer Gründlichkeit tat, von der Jamieson annahm, daß sie einem Buchhalter der Bank of England gut angestanden hätte. Der Uniformierte reichte ihm den Ausweis zurück und warf sich in die Brust. »Davon steht nichts in meinen Anweisungen«, sagte er, verschränkte die Hände hinterm Rücken und stand aufrecht da wie ein Monolith.
»Wie soll ich das verstehen?« erwiderte Jamieson, als er das Gefühl hatte, daß nichts mehr kommen würde.
»Meine Anweisungen sind ganz klar«, sagte der Mann. »Kein Mensch kommt mit dem Wagen durch dieses Tor, es sei denn, er kann eine von der Krankenhausverwaltung unterschriebene und gestempelte Erlaubnis vorweisen. Sie werden zurück müssen.«

Jamieson sah den Mann fest an, woraufhin dieser die Augen abwandte und den Blick irgendwo in die Ferne richtete – eine Vorgehensweise, die bei solchen Vertretern der Obrigkeit sehr beliebt ist. Jamieson biß sich auf die Lippen, setzte zurück und fuhr wieder zum Tor hinaus. Wegen des Regens, der an der Heckscheibe hinunterfloß, war das schwieriger als sonst, und das trug natürlich nicht gerade dazu bei, seine Stimmung zu heben. »Ein schöner Anfang ist das!« murmelte er. »Da hat man die ›volle Unterstützung der Regierung Ihrer Majestät‹, und ich komm noch nicht mal durchs Tor rein…«
Nach fünf Minuten mühevollen Suchens fand Jamieson in einer der Seitenstraßen schließlich eine Parklücke und stellte mit einem Aufseufzen den Motor ab. Danach gönnte er sich ein paar Minuten, um abzuwarten, ob der Regen nicht nachließ, ehe er sich auf den halben Kilometer Fußmarsch zurück zum Krankenhaus machte, doch die leichte Aufhellung in dem Wolkengrau, die er meinte entdeckt zu haben, war schon wieder verschwunden. Im Gegenteil, der Regen verstärkte sich, und Jamiesons Stimmung verfinsterte sich in dem Maße, wie seine Haare naß wurden. Er hing dem selbstquälerischen Gedanken nach, daß man den Torhüter angewiesen haben könnte, so zu handeln; immerhin paßte das zu seiner Erwartung, daß man ihm, wo immer möglich, Knüppel zwischen die Beine werfen würde. Doch dann tat er seinen Verdacht hinsichtlich des Pförtners als unsinnig ab. Das wäre doch wohl allzu kindisch, oder? Er vermied es, den Mann am Tor anzusehen, als er es zu Fuß durchschritt, und kam sich vor wie ein gefangener Soldat, der gezwungen ist, durch die Straßen einer Stadt seiner Eroberer zu marschieren. Dann folgte er den Hinweisschildern für die VERWALTUNG.

»Haben Sie einen Termin?« fragte die Frau auf Jamiesons Bitte hin, den kaufmännischen Leiter des Krankenhauses zu sprechen. Die Frage stellte sie mit einer näselnden Stimme, die sie noch unattraktiver machte als die Tatsache, daß sie abfallende Schultern und eine pergamenttrockene Haut hatte. Ihre Haare waren hinten zu einem festen grauen Knoten zusammengedreht, und ihre Brille hing an einem Goldkettchen.
»Nicht direkt, aber Sie werden bestimmt feststellen, daß er mich erwartet.«

Die Frau verzog das Gesicht zu einer humorlosen Grimasse, als hätte sie Jamieson bei einer Lüge ertappt, und sagte: »Mr. Crichton empfängt nie jemanden, der keinen Termin mit ihm hat.«

Jamiesons Haare waren von dem Fußmarsch patschnaß geworden, und so kostete es ihn alle Mühe, angesichts dieser anmaßenden Person nicht gleich in die Luft zu gehen. Er zog seinen Ausweis hervor und legte ihn betont langsam auf den Tisch, an dem die Frau saß. »Sagen Sie ihm einfach, daß ich da bin... bitte!«

Die Selbstgefälligkeit der Subalternbeamtin geriet ins Wanken. »Ich muß nachsehen...«, stammelte sie, drehte sich dann auf der Stelle um und verschwand mit Jamiesons Ausweis in der Hand durch eine andere Tür. Wenige Augenblicke später kam sie, gefolgt von einem eher untersetzten Mann, zurück, der Jamiesons Ausweis in der linken Hand hielt und sich mit der anderen ein großes weißes Taschentuch an die Nase drückte. Jamieson mußte warten, bis er mit dem Trocknen seiner Nase fertig war, bevor er etwas sagte: »Womit kann ich dienen?« fragte er.

»Sind Sie der Verwaltungsdirektor des Krankenhauses?«

Der Mann setzte ein flehentliches Lächeln auf und erklärte: »Eigentlich nicht, mein Name ist Cartwright. So leid es mir tut, aber Mr. Crichton empfängt nie jemanden unangemeldet.«

Das brachte für Jamieson das Faß zum Überlaufen; um seine Füße herum hatte sich eine kleine Wasserlache gebildet. Er lehnte sich über den Schaltertisch und betonte jedes einzelne Wort: »Mr. Cartwright, würden Sie Mr. Crichton bitte davon in Kenntnis setzen, daß ich hier bin. Und zwar ein bißchen dalli, wenn ich bitten darf!«

Mr. Cartwrights Gebaren schlug in kaum unterdrückte Empörung um. Man hatte seine Autorität in Frage gestellt, und er war die Entrüstung in Person.

Jamieson bemerkte, daß auch der Frau die Sprache weggeblieben war und sie sich darauf einstellte, ihrem Kollegen beizuspringen. Falls das Ganze wirklich ein Komplott war, um ihn von Anfang an einzuschüchtern, wollte Jamieson dem sofort einen Riegel vorschieben. »Das Innenministerium hat mich im Einvernehmen mit dem Medizinischen Kontrollausschuß den ganzen Weg von London hierhergeschickt, um Ihren Verwaltungschef aufzusuchen, und Sie beide sind offenbar entschlossen, mich in meiner Arbeit zu behindern. Bedenken Sie bitte, was ich in meinem Bericht über Sie schreiben könnte...

und jetzt fordere ich Sie zum letzten Mal auf... es sich anders zu überlegen!«
Für einen Moment sah es so aus, als wolle Cartwright noch einmal Widerworte geben, doch dann kapitulierte er und verließ das Zimmer. Die Frau vermied es, Jamieson in die Augen zu blicken, und setzte sich wieder vor ihre Schreibmaschine.
Nach wenigen Augenblicken betrat ein unglaublich hagerer, über einsneunzig großer, nahezu glatzköpfiger Mann mit einer Brille, die viel zu klein für ihn zu sein schien, den Raum und reichte Jamieson seinen Ausweis zurück. Lächelnd streckte er seinem Besucher die Hand entgegen. »Dr. Jamieson? Ich bin Hugh Crichton. Ich habe Sie erwartet. Sie sehen ja aus, als wären Sie bis auf die Haut naß.«
Crichton begleitete Jamieson in sein Büro und bot ihm einen Whisky an, ein Angebot, das Jamieson in große Versuchung brachte, doch dann beschloß er, es um vier Uhr nachmittags doch besser zu lassen. Ihm fiel auf, daß Crichtons Gesichtsfarbe einen ausgesprochen gelblichen Ton hatte, und er fragte sich, ob Alkohol etwas damit zu tun haben könnte.
»Dann vielleicht etwas anderes?«
»Eine Parkerlaubnis würde mir schon eher gefallen.«
Crichton warf den Kopf in den Nacken und lachte. »Ach, ich verstehe. Sie haben sich mit unserem Mr. Norris angelegt. Tut mir leid, das hätte ich vorhersehen müssen. Aber das wird gleich in Ordnung gebracht.« Crichton drückte auf einen Knopf seiner Gegensprechanlage und bat die Frau am anderen Ende der Leitung, einen Parkschein für Jamieson auszustellen. Er drückte den Knopf weiterhin und fragte dann: »Tee? Kaffee?«
»Tee, bitte.«
Während die Empfangsdame den Tee hereinbrachte, erkundigte sich Crichton, womit das Krankenhaus Jamieson bei seinen Ermittlungen helfen könne.
»Mit einem Zimmer, einem Telefon, Zugang zu sämtlichen medizinischen Unterlagen und möglicherweise einem Laborplatz.«
Crichton nickte und sagte: »Nun, ich denke, für das meiste habe ich vorgesorgt. Sie bekommen im Block der Verwaltung ein Büro, und Dr. Carew, unser Chefarzt, hat gebeten, daß sich sämtliche Oberärzte schon mal insofern auf die Zusammenarbeit mit Ihnen vorbereiten, als sie passende Arbeitsmöglichkeiten in ihrer Abteilung für Sie zur

Verfügung stellen, sofern Sie die brauchen. Außerdem habe ich mir erlaubt, in unserem Ärztehaus von der Hausdame ein Zimmer für Sie vorbereiten zu lassen. Ich wußte ja nicht, ob Sie im Krankenhaus wohnen wollen oder nicht.«

»Ich würde gern hier bleiben, und ich bin Ihnen dankbar.«

»Nicht der Rede wert. Vielleicht würden Sie jetzt gern rübergehen und sich was Trockenes anziehen, bevor Sie mit Ihrer Arbeit beginnen?«

Jamieson stimmte zu und trank seinen Tee aus.

»Und danach?« fragte Crichton. »Womit würden Sie gern beginnen?«

»Als erstes würde ich mich gern mit Mr. Carew unterhalten, wenn sich das machen läßt.«

»Auch das habe ich bereits vorgesehen.« Crichton lächelte. »Dr. Carew erwartet Sie um fünf Uhr.«

Diesmal war es an Jamieson zu lächeln. Er sagte: »Vielleicht sagen Sie mir einfach, was Sie sonst noch vorausgesehen haben; dann kommen wir wohl am besten weiter.«

»Ich habe mir gedacht, daß Sie sich vermutlich gern mit den leitenden Stationsärzten unterhalten würden, also mit Thelwell und Richardson. Deshalb habe ich für eine kleine Zusammenkunft hier bei mir alles in die Wege geleitet – um sechs, wenn Ihnen das recht ist. So lernen Sie die Leute zwanglos bei einem Sherry kennen und können für morgen Ihre Verabredungen treffen.«

»Ausgezeichnet«, sagte Jamieson.

Crichton drückte auf den Knopf seiner Gegensprechanlage, lehnte sich hinüber und sprach: »Dr. Jamieson wohnt im Ärztehaus. Würden Sie die Hausdame bitte unterrichten und Miss Dotrice bitten, so freundlich zu sein, Dr. Jamieson hinzubringen?«

Jamieson dankte der jungen Frau, die ihn ins Ärztehaus hinübergebracht hatte, schloß dann die Tür und atmete endlich tief durch. Das Zimmer war ziemlich lieblos und spartanisch eingerichtet, aber es gab alles, was er brauchte: Bett, Tisch, Stuhl, Telefon und Leselampe – die Jamieson sofort anknipste, um die Düsternis zu vertreiben – und dazu ein kleines Badezimmer, das offensichtlich erst in jüngster Zeit eingebaut worden war, indem man einfach eine Ecke des Raumes abgetrennt hatte. Jamieson ließ die Wanne vollaufen und entledigte sich

seiner Kleidung. Er tastete den alten gußeisernen Heizkörper ab und stellte fest, daß er kalt war; die heizbare Handtuchhalterung war gleichfalls eiskalt. Über der Wanne an der Wand hing eine vorsintflutliche Heizschlange; er zog an der Schnur, um sie anzuknipsen, und war nicht wenig erstaunt, als ein leichtes Summen verriet, daß sie funktionierte.
Jamieson steckte prüfend einen Fuß ins Wasser und fand die Wärme angenehm. Dann stieg er in die Wanne und ließ sich vollends hineingleiten, so daß nur noch Gesicht und Knie zu sehen waren. Er stieß einen langgezogenen Laut des Wohlbehagens aus, blieb still liegen und beobachtete, wie der Dampf zu der hohen, mit Rissen überzogenen Decke aufstieg. Die Anstrengung der Fahrt auf der Autobahn und der Ärger über das Gerangel mit den Subalternbeamten fielen allmählich von ihm ab.
Nach einer Weile wurde die dämmrige Stille jäh vom Klingeln des Telefons unterbrochen. Jamieson schloß ungläubig die Augen. Einen Moment lang dachte er daran, es einfach klingeln zu lassen, doch war es ja immerhin möglich, daß Sue anrief, um zu erfahren, ob er sicher angekommen war. Deshalb streckte er die rechte Hand aus und packte den verchromten Griff an der Wand über der Badewanne, um sich hochzuziehen.
Er stand schon beinahe, als der Griff sich plötzlich aus der Wand löste, worauf Jamieson das Gleichgewicht verlor und wieder ins aufspritzende Wasser fiel. Dabei verstauchte er sich das Steißbein und prallte mit dem linken Ellbogen heftig gegen die Seitenwand der Wanne. Er wollte schon lauthals losfluchen, hielt aber vor Schreck den Atem an, als er nach oben blickte. Ihm wurde schlagartig schlecht vor Angst. Anderthalb Meter über ihm an der Wand hatte sich die Heizschlange aus ihrer Halterung gelöst und baumelte jetzt gefährlich an einer Schraube, die nicht mehr als einen Millimeter in der Wand festsitzen konnte. Dadurch, daß er den Griff praktisch aus der Wand herausgerissen hatte, war der gesamte Kabelkanal in der Wand freigelegt und der Putz hinter der Heizschlange bröselte herunter.
Noch während Jamieson zu der glühenden Heizschlange hinaufstarrte und fast nicht zu atmen wagte aus Angst, daß sie ins Wasser fallen und ihn mit einem Elektroschlag ins Jenseits befördern könnte, sah er, wie sie um ein Stück weiter herausrutschte. Das Telefon im Hintergrund klingelte immer noch. In Panik wollte er sich hochraffen

und über den Badewannenrand steigen, doch erkannte er gerade noch rechtzeitig, daß genau das das Falsche wäre. Das konnte nur tödlich enden. Der Heizstrahler hing sozusagen nur noch am seidenen Faden. Die kleinste Bewegung, und er fiel herunter ins Wasser.

Das Wasser! dachte Jamieson. Er mußte das Wasser auslaufen lassen! Gelang ihm das, bevor der Heizstrahler herunterfiel, schaffte er es vielleicht, dem unweigerlich tödlichen Stromschlag zu entgehen.

Vorsichtig tastete er mit dem großen Zeh unter Wasser nach dem Stöpsel, ohne den Blick von der rotglühenden Schlange über ihm zu wenden. Er fand die Kette, an der der Stöpsel hing, und schaffte es, sie zwischen die Zehen zu bekommen, um zu ziehen. Er spürte, wie die Kettenglieder sich ihm in die weiche Haut zwischen den Zehen fraßen, da der Stöpsel sich zunächst nicht rührte. Aber der Schmerz war jetzt zweitrangig. Infolgedessen verstärkte er den Zug, bis er fühlte, wie der Stöpsel herauskam, und hörte, wie das Wasser durch das Abflußrohr hinuntergurgelte.

Abermals mußte er gegen seinen Instinkt ankämpfen. Holte er den Stöpsel mit einem Ruck ganz heraus, konnte eine Luftblase in der Leitung genug Vibration hervorrufen, den Heizstrahler heruntersausen zu lassen. Folglich gab er sich alle Mühe, den Stöpsel nur ein kleines Stückchen offenzuhalten, so daß das Wasser in einem kleinen Rinnsal ablaufen konnte.

Die Badewanne war schon halb leer, als Jamieson hörte, wie nebenan ein Schlüssel ins Schloß gesteckt wurde. Vor Entsetzen sträubten sich ihm die Haare. Mein Gott, schlag jetzt nicht die Tür hinter dir zu! flehte er, als er hörte, wie die Tür aufging. Es schien eine Ewigkeit zu dauern, ehe diese Tür dann ins Schloß fiel und sich der Heizstrahler endgültig aus seiner Verankerung löste.

Obwohl nun alles rasend schnell ging, kam es Jamieson so vor, als würde sich alles in Zeitlupe vollziehen. Er riß den Stöpsel vollständig heraus, warf den verchromten Griff, den er immer noch in der Hand hielt, beiseite und riß abwehrend die Hände hoch, dem Heizstrahler entgegen. Dieser versengte ihm die Handflächen, und der Geruch von verbranntem Fleisch stieg ihm in die Nase.

Ein starker elektrischer Schlag bewirkte, daß seine Kiefermuskeln sich verkrampften und sein ganzer Körper zu zucken anfing, doch Jamiesons verzweifelte Abwehrreaktion war erfolgreich. Der Heizstrahler war von seinem Kabel abgerissen, der Strom war weg.

Aus Angst vor bleibenden Schäden an seinen Händen ignorierte Jamieson sowohl die Schmerzen als auch die Tatsache, daß der immer noch sehr heiße Strahler den Teppichboden im Badezimmer zu verkohlen begann. Jamieson riß als erstes den Griff der alten Mischbatterie hoch und hielt die Hände unter das kalte Wasser. Vor Schmerz und Schock zitterte er am ganzen Leib.
Jemand klopfte an der Tür, doch Jamieson blieb in der Wanne hocken und hielt die Hände unter das reichlich fließende Wasser.
»Ist auch alles in Ordnung bei Ihnen?« ließ sich gedämpft eine Stimme vernehmen.
Jamiesons Zähne klapperten dermaßen, daß er nicht antworten konnte. Das Klopfen wurde lauter und die Stimme auch: »Hallo! Es riecht verbrannt. Ist alles in Ordnung mit Ihnen da drinnen?«
Jamieson brachte zunächst nur ein Krächzen hervor, schaffte es dann aber mit einiger Anstrengung, einen schwachen Hilfeschrei auszustoßen.
Die Tür flog auf, und ein dünner Mann mit rotem Haarschopf steckte den Kopf ins Badezimmer hinein. »Großer Gott!« rief er aus, als er die heruntergerissenen Leitungsdrähte an der Wand und den schwelenden Teppichboden gesehen hatte. Er wickelte sich ein Handtuch um die Hände, hob den Strahler auf und warf ihn ins Handwaschbekken. Danach trat er rasch den schwelenden Teppich aus und kam Jamieson zu Hilfe. »Wie schlimm ist es?« fragte er und versuchte, Jamiesons Hände in Augenschein zu nehmen.
Dieser hielt sie immer noch unter den Wasserstrahl und schüttelte den Kopf.
»Lassen Sie mal sehen!« sagte der Mann.
Langsam zog Jamieson seine Hände unter dem kalten Wasser hervor, und der Mann drehte den Hahn ab. Innerlich stellte Jamieson sich darauf ein, daß der Schmerz sich verstärkte, sobald er die Wunden an den Händen der frischen Luft aussetzte, und war daher leicht überrascht, als es dann doch nicht so weh tat wie erwartet.
»Ich glaube, Sie sind noch einmal mit einem blauen Auge davongekommen«, sagte der Rotschopf und betrachtete dabei mitfühlend Jamiesons Hände. Jamieson, der immer noch teilweise unter Schock stand, merkte, daß er den Mann anglotzte. Hakennase, hohle Wangen und diese sehr helle Haut, die fast alle Rothaarigen haben. Die Narben einer schlimmen Pubertätsakne waren deutlich sichtbar.

»Die Brandwunden sind hauptsächlich oberflächlich. Sie haben es geschafft, die Hände gerade noch rechtzeitig unter kaltes Wasser zu halten«, sagte der Mann.

Jamieson nickte. Für einen Moment tauchte eine Kindheitserinnerung auf. Er war am Flußufer auf einer Schaukel gesessen, hatte den Halt auf der Sitzfläche verloren und war die Seile entlang nach unten gerutscht, wobei seine Handflächen den Absturz wie Bremsbeläge verlangsamten. Die durch die Reibung am Tau verursachten Verbrennungen der Handflächen hätten ernster ausfallen können, hätte seine Rutschpartie nicht im Fluß geendet und das plötzliche Eintauchen in kaltes Wasser die Hände vor dauerndem Schaden bewahrt – eine Lektion über Brandwundenbehandlung, die er nie vergessen hatte.

Erleichtert schloß Jamieson die Augen; dann überfiel ihn unvermittelt eine bleierne Müdigkeit. Der Rotschopf erkannte die Lage genau und sagte: »Ich denke, wir bringen Sie besser rüber ins Krankenhaus, mein Bester. Sie stehen außerdem unter Schockeinwirkung.« Er hob das auf dem Boden liegende Handtuch auf und legte es Jamieson um die Schulter; dann half er ihm aufstehen.

Bis zu diesem Augenblick hatten die beiden Männer übersehen, daß zwar der Heizstrahler selbst sich von der Wand gelöst hatte, die Drähte aber, mit denen er verbunden gewesen war, immer noch aus dem Leitungskanal an der Rückwand des Bades heraushingen und unter Strom standen. Als der rothaarige Mann Jamieson half aufzustehen, kam dieser mit dem Schenkel dagegen. Abermals schoß ihm ein Stromstoß durch den Körper und schleuderte ihn mit großer Heftigkeit über den Wannenrand hinweg. Er landete auf dem verkohlten Teppichboden. Der Rotschopf verfluchte unter einem Schwall von Verwünschungen seine eigene Dummheit.

Jamieson hatte sich wieder gefangen und war hauptsächlich heilfroh, daß mit seinen Händen nichts Schlimmeres passiert war. Als er den bekümmerten Gesichtsausdruck des anderen sah, gelang ihm ein schiefes Lächeln.

»Ist Ihnen wirklich nichts weiter passiert?« fragte der Mann voller Besorgnis.

Heiser krächzte Jamieson: »Ich hab, offen gestanden, schon bessere Tage erlebt.«

Der Mann lächelte nun etwas entspannter und sagte: »Ich bin Clive Evans.«

»Scott Jamieson. Sie werden entschuldigen, wenn ich Ihnen nicht die Hand gebe.«

Eine ganze Schar von Besuchern umringte das Bett von Jamieson. Zu dem großen, hageren Verwaltungsdirektor hatte sich ein etwas kleinerer und wendigerer Mann mit silbrigem Haar und akkurat geschnittenem weißen Lippenbart gesellt, der sich als Norman Carew vorstellte, der medizinische Leiter des *Kerr Memorial*. Und ein dritter, weniger geschniegelter und eher etwas stoppelhaariger Mann, der ihm als der Leiter der Bakteriologie, John Richardson, vorgestellt wurde.
»Mein lieber Doktor«, begann Crichton, der Verwaltungsdirektor der Klinik, »wir wissen gar nicht, was wir dazu sagen sollen. Das ist ja entsetzlich. Wie konnte so was bloß passieren? Ich weiß wirklich nicht, was ich dazu sagen soll.«
»So was kommt halt vor«, erwiderte Jamieson in der Hoffnung, daß Crichton aufhören würde, sich so überschwenglich zu entschuldigen. Irgendwie ließ das die Verletzungen schlimmer aussehen, als sie es in Wirklichkeit waren, und das fuchste ihn. Carew stieß die gleiche Art von schnaubenden Lauten aus, und Jamieson war gezwungen, nochmals nachdrücklich darauf hinzuweisen, daß es sich um einen völlig unvorhersehbaren Unfall handelte, der überall hätte passieren können, und daß – abgesehen von ein paar oberflächlichen, wenn auch schmerzlichen Verbrennungen – keine schlimmen Verletzungen entstanden waren. »Dabei hatte ich mich so auf meinen Sherry gefreut«, sagte Richardson, was die Stimmung sofort ein wenig auflockerte. Jamieson lächelte, und die anderen lächelten zurück.
Crichton warf einen Seitenblick auf Carew und sagte dann, nicht ganz unbefangen, wie Jamieson fand: »Mr. Thelwell bedauert, heute abend nicht kommen zu können, und hat mich gebeten, Ihnen sein Mitgefühl zu übermitteln. Er läßt ausrichten, er freue sich, Sie kennenzulernen, wenn Sie wieder auf dem Damm sind.«
Jamieson erinnerte sich, daß Thelwell derjenige war, der als ›schwierig‹ galt, und war nicht unglücklich darüber, daß sich ihr Kennenlernen damit hinauszögerte. Für einen Tag hatte er genug ›Schwierigkeiten‹ gehabt.
»Gibt es etwas, das ich Ihnen besorgen könnte?« wollte Crichton wissen, als die drei sich anschickten zu gehen.

»Ich würde gerne meine Frau anrufen.«
»Natürlich. Die Schwester wird Ihnen das Rolltischchen mit dem Telefon bringen. Und wir wünschen Ihnen eine gute Nacht.«
Jamieson sah zu, wie die Herren nach draußen defilierten. Wenige Augenblicke später schob eine Krankenschwester ein Telefontischchen herein, und Jamieson rief Sue an.
»Scott! Von wo aus rufst du an?« fragte Sue offensichtlich erleichtert.
»Im Moment liege ich im Bett.«
»So früh schon?«
»Ich habe so was wie einen Unfall gehabt.«
Jamieson erstattete Sue Bericht, wobei er das, was geschehen war, zwar herunterspielte, aber sie war trotzdem entsetzt.
»Du hättest sterben können!« meinte sie.
»Aber ich lebe noch, und es ist nichts weiter geschehen«, beschwichtigte Jamieson sie.
»Aber deine Hände. Du hast gesagt...«
»Es sind nur leichte Verbrennungen, das ist alles«, fiel Jamieson ihr ins Wort.
»Ich nehme den nächsten Zug rauf nach Leeds.«
»Nein, das wirst du nicht tun«, widersprach er. »Mit mir ist alles in Ordnung, und ich möchte so schnell wie möglich mit meiner Arbeit beginnen. Ich möchte nicht, daß – was den Unfall betrifft – aus einer Mücke ein Elefant gemacht wird. Bleib also, wo du bist, und wir sehen uns, wenn ich übers Wochenende oder wann auch immer nach Hause komme. Okay?«
Es entstand eine längere Pause, bis Sue einwilligte. »Du fehlst mir schon jetzt«, sagte sie.
»Das geht mir genauso.«
Jamieson hatte gerade aufgelegt, als es an die Tür klopfte und Clive Evans eintrat.
»Ich dachte, ich schau mal bei Ihnen rein und sehe nach, wie es Ihnen geht«, sagte Evans.
»Das ist sehr nett von Ihnen.« Jamieson lächelte. Erst jetzt hatte er Gelegenheit, seinen Retter genauer ins Auge zu fassen. Evans war von durchschnittlicher Größe, mochte Anfang Dreißig sein, und Jamieson meinte, einen leichten Waliser Anklang in seiner Aussprache zu entdecken.

»Ich bin noch gar nicht dazu gekommen, Ihnen zu erklären, daß ich im Ärztehaus das Zimmer neben Ihnen habe. Daher kommt es, daß ich den Brandgeruch bemerkt habe.«
»Ich verstehe. Dann gehören Sie zu den Klinikärzten?«
»Ich bin Assistent in der Mikrobiologie.«
»Also Assistent von Dr. Richardson?«
»Ja, das ist richtig.«
»Schon lange hier?«
»Seit fast zwei Monaten.«
Jamieson lächelte. Er war erfreut, jemand außerhalb der oberen Krankenhaushierarchie kennengelernt zu haben, mit dem er sich unterhalten konnte. »Dann sind Sie wohl vollauf damit beschäftigt, das Infektionsproblem zu lösen, nicht wahr?« fragte er.
Evans nickte. »Wir tun alles, was in unseren Kräften steht, um die Ursache zu finden, haben aber überhaupt keinen Erfolg und kriegen nichts als Vorwürfe zu hören.«
»Haben Sie selbst irgendeine Vorstellung?«
»Das Ganze ist von vorn bis hinten verwirrend und mysteriös«, erklärte Evans. »Sämtliche Abstriche, die wir in der Chirurgie und in den OPs gemacht haben – und das sind immerhin Hunderte – sind negativ, doch davon will Mr. Thelwell nichts wissen. Er hält uns für inkompetent und bemüht sich nicht mal, damit hinterm Berg zu halten.«
»Und wie ist Ihre Meinung?«
»Dr. Richardson ist einer der besten Mikrobiologen, die wir haben.«
»Und Mr. Thelwell?«
»Es steht mir nicht zu, über einen Chirurgen zu urteilen – das ist nicht mein Gebiet. Tut mir leid.«
Erfreut über die Loyalität und den gesunden Menschenverstand seines Besuchers, lächelte Jamieson.
»Wann, meinen Sie, können Sie wieder aufstehen und ans Werk gehen?« fragte Evans.
»Morgen«, sagte Jamieson mit fester Stimme. »Ich lasse morgen früh die Verbände wechseln, und dann mach ich mich an die Arbeit.«
»Dann werde ich Sie vermutlich morgen früh sehen.« Evans streckte die Hand aus, um die von Jamieson zu schütteln, bis ihm plötzlich aufging, daß das vielleicht kein so guter Einfall war. Beide lachten,

und Jamieson bemerkte, daß Evans auf dem rechten Handgelenk so etwas wie eine rote Wunde hatte. »Die müssen Sie von dem Heizstrahler in meinem Bad bekommen haben«, sagte er besorgt.

»Ach, das ist nichts weiter«, versicherte Evans ihm, zog die Manschette hinunter und stand auf.

»Aber Sie sollten dafür sorgen, daß jemand sich das ansieht«, sagte Jamieson mit Nachdruck. »Verbrennungen entzünden sich sehr leicht. Sie sollten eine der Schwestern bitten, daß sie Ihnen das sachgerecht verbindet.«

»Ach, es ist nichts weiter«, versicherte Evans ihm. »Es ist ja kaum die Haut versengt.«

Jamieson sah ihn zweifelnd an und sagte dann: »Jedenfalls bin ich Ihnen für Ihre Hilfe sehr dankbar.«

»Nicht der Rede wert«, wehrte Evans ab. »Aber ich gehe jetzt lieber. Ich habe heute nacht Bereitschaftsdienst.«

Als die Tür sich hinter Evans schloß, legte Jamieson sich auf dem Kissen zurück, betrachtete seine bandagierten Hände und dachte über den Tag nach. »Das war ein Start«, murmelte er. »Ein völlig vermasselter Start!«

Drittes Kapitel Draußen auf dem Hof zwischen dem Klinikblock, in dem Jamieson schlief, und dem alten Steingebäude mit der Entbindungsstation und der Gynäkologie prasselte der Regen nieder. Sally Jenkins hörte ihn unten auf das Kopfsteinpflaster aufplatschen. Wegen der Schmerzen in ihrem Unterleib konnte sie nicht einschlafen. »Das ist nach einer Operation ganz natürlich«, hatte die Schwester ihr versichert. Sie würden ihr jetzt eine Tablette geben, und morgen früh werde sie sich schon viel besser fühlen.

Ihr Mann Keith hatte sie ebenfalls beruhigt. Er habe mit Dr. Thelwell gesprochen; im OP sei alles glatt gelaufen. Der Chirurg hatte die Verklebungen in ihren Eileitern, die eine Empfängnis verhinderten, entdeckt. Die große Angst, daß die Eileiter allzu sehr in Mitleidenschaft gezogen sein könnten, um noch in Ordnung gebracht werden zu können, hatte sich als grundlos erwiesen. Jetzt gebe es überhaupt keine Hindernisse mehr, Kinder zu bekommen.

Sally Jenkins wünschte sich einen Sohn für Keith, einen Jungen, mit dem er samstags am Kanal angeln gehen konnte, während sie und ihre Tochter – jawohl, eine Tochter wollte sie auch noch – während sie und Alice es sich zu Hause gemütlich machten. Alice sollte sie heißen, nach Keith' Mutter. Das würde der gefallen. Zwischen Schwiegermutter und Schwiegertochter hatte immer eine gewisse Frostigkeit geherrscht, nichts Ernsthaftes, doch wußte Sally, daß seine Mutter überzeugt war, es liege an ihr, daß sie nach fünf Jahren Ehe immer noch keine Enkelkinder hatte.

Ihre Schwiegermutter hätte es lieber gesehen, wenn Keith Stella Gorman geheiratet hätte, das Mädchen, mit dem er gegangen war, als Sally ihn kennengelernt hatte. Stella Gormans Vater hatte eine Kfz-Werkstatt in der Trafalgar Street, und Keith' Mutter hatte schon Pläne für die Zukunft ihres Sohnes geschmiedet, da war plötzlich alles ganz anders gekommen. Keith hatte Sally geheiratet und nicht Stella, und da ihr Vater weder eine Kfz-Werkstatt noch irgend etwas anderes besaß, arbeitete Keith immer noch nur als Kfz-Schlosser im Busbahnhof von Leeds.

Sally lächelte tapfer im Dunkeln, obwohl die Schmerzen nicht besser, sondern schlimmer wurden. Dennoch wollte sie die Schwestern nicht noch einmal belästigen. Wenn sie sich in Gedanken weiterhin mit Kindern beschäftigte oder vielleicht auch nur auf das Prasseln des Regens draußen konzentrierte – wer weiß, ob sie das nicht ablenkte und nicht mehr an den Schmerz denken ließ.

Sally liebte das Geräusch des fallenden Regens. Aus irgendeinem Grund mußte sie dann jedesmal an die Ferien vor vielen Jahren denken, als sie mit der Mädchengruppe der Pfadfinder in ein Zeltlager gefahren war. Das Lager war in Forest of Dean gewesen, und es hatte die ganze Woche hindurch ununterbrochen geregnet. Stundenlang hatten sie in ihrem Zelt gelegen und nur dem Prasseln auf der Zeltleinwand gelauscht, während ihre Anführerin sich immer wieder neue Varianten von Wort- und Ratespielen ausgedacht hatte, um sie bei Laune zu halten.

Sally war damals froh gewesen, diesen Spielen zu entrinnen, denn sie wurde jeden Morgen zum Milchholen auf die nahegelegene Farm geschickt. Mit ihren hohen Gummistiefeln war sie durch den Schlamm gestapft, und der Regen war auf die Kapuze ihres Anoraks geprasselt, genauso, wie er jetzt auf die Markise unter ihrem Fenster prasselte.

Eine neue Welle von Schmerzen lief durch ihren Körper und löschte jeden Gedanken an Regen und Kinder aus. Keuchend mußte sie nach Atem ringen, und schließlich streckte sie doch die Hand nach der Klingel aus. Ihre Finger schlossen sich darum wie eine Klaue; der Schmerz schien sich aber auch die empfindlichsten Nervenenden in ihrem ganzen Körper auszusuchen. Im unbewußten Bemühen, ihm zu entgehen, drückte sie das Rückgrat durch, was jedoch nur unnötigerweise den Druck auf die Stiche an ihrer unteren Bauchpartie ausübte. Der Schrei, den Sally Jenkins ausstieß, übertönte selbst das Schrillen der Klingel.

Die Nachtschwester der Princess-Mary-Station rief den diensthabenden Arzt, der Sally Jenkins' Beschwerden für normale postoperative Schmerzen hielt, doch die Schwester ließ sich nicht abwimmeln und setzte sich mit der kaum verhüllten Drohung durch, Dr. Thelwell persönlich zu rufen. »Ich fürchte, es handelt sich um einen neuerlichen Problemfall«, sagte sie.

»Aber das kann nicht sein.« Der Assistenzarzt war sich ganz sicher. »Dr. Thelwell hat heute im OP der Orthopäden operiert, und in der Orthopädie hat es nie Schwierigkeiten mit irgendwelchen Infektionen gegeben.«

»Vielleicht ist es jetzt aber anders«, sagte die Schwester und legte den Hörer auf, als erneut ein Schrei die Stille zerriß und den Rest der Station weckte. Während sie den Korridor hinuntereilte, suchten verschlafene Stimmen Beruhigung bei ihr. »Kein Grund zur Sorge, Mrs. Elms ... Ist schon in Ordnung, Mrs. Cartwright, wir kümmern uns darum ... Schlafen Sie nur weiter, Mrs. Brown. Kein Anlaß zu irgendwelcher Beunruhigung ...«

Der Assistenzarzt, der sich hastig ein Hemd übergezogen hatte und in den weißen Ärztekittel geschlüpft war, bei dem immer noch drei Knöpfe offenstanden, war binnen fünf Minuten zur Stelle. Er strich sich mit den gespreizten Fingern durch sein verwuscheltes Haar, während die Schwester ihn mit der Krankengeschichte der Patientin bekanntmachte. Eine oberflächliche Untersuchung ergab, daß Sally Jenkins' Temperatur bei knapp neununddreißig lag und die Patientin sämtliche Anzeichen einer klassischen Bakterieninfektion aufwies. Wäre dies ein Einzelfall gewesen, hätte er ein gängiges Antibiotikum verordnet und wäre überzeugt gewesen, daß damit alles in Ordnung kommen würde, doch bei der augenblicklich grassierenden Probleminfektion in dieser Abteilung zögerte er, das zu tun. Wenn auch in diesem Fall *Pseudomonas*-Bakterien für die Infektion verantwortlich waren – und damit mußte er rechnen –, würde er mit Penicillin nichts bewirken; dabei war das sonst das Mittel, das man am besten verschrieb, da es keine Nebenwirkungen aufwies. Andererseits hatte keines der anderen Mittel, die ihm zur Verfügung standen, bei den bisherigen *Pseudomonas*-Fällen nennenswerte Wirkungen gezeigt. Der Assistenzarzt zögerte einen Moment und wog das Pro und Kontra, ob er sich um Rat und Hilfe an jemand anderes wenden sollte, gegeneinander ab. Mitternacht war längst vorüber, doch der Wunsch, die Verantwortung in diesem Fall jemand anderem zuzuschieben, war überwältigend.

Er rief Thelwell zu Hause an. Thelwells Frau war es, die sich meldete.

»Tut mir leid, Sie um diese unheilige Stunde zu stören, Mrs. Thelwell, aber wäre es wohl möglich, Ihren Gatten zu sprechen? Ich bin

Graham Dean, aus dem Krankenhaus. Ich habe da ein kleines Problem.«
»Tut mir leid, Graham, aber Gordon ist noch nicht zu Hause. Er hat heute abend an einem Dinner teilgenommen. Soll ich ihm etwas ausrichten?«
Dean unterrichtete Marion Thelwell kurz über Sally Jenkins' Zustand, damit sie ihrem Mann bei seiner Heimkehr davon erzählte, und erklärte dann, er werde versuchen, Thelwells Stellvertreter zu erreichen. Nachdem er von einer Liste, die hinter dem Telefon an die Wand gepinnt war, die entsprechende Nummer abgelesen hatte, rief Dean Thelwells Oberarzt, Phillip Morton, an, bei dem er mehr Glück hatte. Er erklärte Morton, worum es ging, und dieser versprach, in einer Viertelstunde in der Klinik zu sein. Immerhin solle Dean schon mal sofort mit einer Antibiotika-Therapie beginnen, und zwar in der Annahme, daß es sich auch hier wieder um eine *Pseudomonas*-Infektion handelte wie bei den anderen. »Fangen Sie mit Pyopen an.«
»Und was ist mit den Schmerzen?« fragte der Assistenzarzt.
»Omnipon, die übliche Dosis«, sagte Morton.

Die Tür zum Souterrain ging auf, und schwere Vorhänge wurden vor die regennassen Fenster gezogen, bevor die Tür wieder zuging und der Schlüssel von innen zweimal umgedreht wurde. Der Mann blieb einen Moment im Dunkeln stehen, den Rücken gegen die Tür gelehnt, horchte auf sein Atmen und spürte die klamme Kälte um sich herum. Er mußte grinsen, denn das kam gerade recht. Er knipste das Licht an. Die Vierzig-Watt-Birne erhellte das Dunkel allerdings nur wenig. Langsam ging er zum Badezimmer hinüber, wo über der Wanne eine Gummischürze auf der Leine hing und hinter dem Ausguß eine Reihe chirurgischer Instrumente genau dort säuberlich aufgereiht nebeneinander lagen, wo er sie hingelegt hatte. Sie waren sauber, trocken und einsatzbereit.
Er nahm die Schürze von der Leine, faltete sie ordentlich zusammen und verstaute sie in seiner Aktentasche. Diese war innen mit wasserundurchlässigem Material ausgefüttert, denn der Mann war stolz darauf, nichts dem Zufall zu überlassen und auf die Einzelheiten zu achten. Es durfte keinerlei verräterische Blutspuren geben.
Eine Innentasche der Aktenmappe enthielt eine Reihe von Plastikbeuteln. Er zählte sie und beschloß, noch ein paar hinzuzufügen.

Heftpflaster war noch reichlich vorhanden. Er stellte die Mappe für einen Moment auf den Boden, trat an den Kühlschrank in der Küche und machte ihn auf. In zwei Plastikbeuteln befand sich das, was er von der Frau, dieser Spooner, abgetrennt und mitgenommen hatte. Der Mann war zufrieden. Eine weniger von diesen Schlampen, die ihrem Drecksgewerbe nachgingen, eine weniger, die Ahnungslose und Unachtsame mit ihren Seidenstrümpfen und Parfums becircten und in die Falle lockten. Was für Trottel Männer doch waren, daß sie nicht erkannten, was für widerwärtige Kreaturen sich hinter lächelnden Gesichtern und hübschen Kleidern verbargen. Freilich, ihnen allein konnte man nicht die Schuld geben. Die Natur hatte die Nutten bestens ausgestattet. Wie leicht man ihren Ränken verfallen konnte. Das wußte er nur allzu gut.

Der Mann machte die Augen zu und zitterte, als er die ganze schreckliche Sache noch einmal durchlebte. Seine Mutter, Gott hab sie selig, hatte ihn großgezogen und ihn gelehrt, sich weiblicher Tücken und Verführungskünste stets bewußt zu sein, und er wiederum hatte ihr geglaubt. Doch an jenem Abend damals, als die Hure in der Stadt aus der Toreinfahrt herausgetreten war, war er trotzdem plötzlich schwach geworden. Er hatte sie von sich stoßen wollen, doch irgend etwas hatte ihn daran gehindert. Er erinnerte sich, dagestanden und ihren süßen Duft eingeatmet und gespürt zu haben, wie sie ihren Körper an seinem rieb, bis ihm die Härte hochkam und es ihn danach verlangt hatte, ihre Brüste zu drücken, die sich ihm aus der halb geöffneten Bluse entgegenreckten.

Die Schlampe hatte ihn kichernd und lächelnd bei der Hand genommen und in die Dunkelheit der Toreinfahrt hineingezogen, wo sie ihm zwischen die Beine gegriffen und Komplimente zu dem gemacht hatte, was sie dort fühlte. »Du willst mich, nicht wahr?« hatte sie gegurrt, und je mehr sie sprach, desto mehr hatte er sie haben wollen.

Er hatte ihr gezahlt, was sie verlangte, und sie hatte ihn mitgenommen in einen schmutzigen Raum in einer heruntergekommenen Wohnung, in der das Bett nach Schweiß gerochen hatte und die Laken hart gewordene Flecken aufwiesen. Doch in dem Augenblick hatte das alles keine Rolle gespielt. Inmitten des ganzen Schmutzes hatte er immer noch nach ihr verlangt. Gelodert hatte er, sämtliche Selbstkontrolle fahren lassen in der Gier, sie zu besitzen. Die Hure hatte ihn

weiterhin gereizt, bis er sie rasch und drängend genommen hatte wie ein brünstiges Tier.
Hinterher hatte er dagelegen, und ihr Lachen hatte ihm in den Ohren geklungen. Nachdem das Feuer erloschen, seine Leidenschaft gestillt war, hatte er klarer erkennen können, daß die Nutte ihn umgarnt und in die Falle gelockt hatte. Sie hatte ihn trickreich dazu gebracht, etwas ganz gegen seinen Willen zu tun. Von einem Augenblick auf den anderen war er imstande gewesen, alles mit kristallener Klarheit zu durchschauen. Geschämt hatte er sich, beschmutzt und von einer unbändigen Wut war er erfüllt gewesen.
Er hatte die Hure verprügelt, hatte gemeint, daß das seine Pflicht wäre. Mit der Faust hatte er ihr ins Gesicht geschlagen und sie bewußtlos getreten. Es würde lange dauern, bevor sie wieder jemanden mit ihrem Aussehen becircen konnte. Doch für ihn war alles zu spät gewesen. Die Hure hatte ihm etwas angehängt – eine schreckliche Krankheit.
Zuerst hatte es sich nur als eine Art Brennen beim Wasserlassen bemerkbar gemacht. Er wollte einfach nicht glauben, daß es etwas mehr sei als eine vorübergehende Harnleiterentzündung, doch dann war der harte Schanker zum Vorschein gekommen. Der war zwar von selbst wieder weggegangen, doch wußte er, daß das nur eines von den Symptomen war, eine der Tücken der *Treponema pallidum*, die mit Sicherheit wieder durchbrach und beim nächsten Mal die Sekundärphase der Krankheit einleitete, die Verseuchung seines gesamten Körpers, krankhafte Veränderungen in den Knochen, den Gelenken, ja, vielleicht des gesamten Zentralnervensystems. Er würde erblinden, vielleicht sogar verrückt werden. Er hatte sich bei der Hure die Syphilis geholt.
Die moderne Behandlung mit Antibiotika hätte damit fertig werden müssen. Weiß Gott, es war schon peinlich genug, sich überhaupt behandeln lassen zu müssen und auf diese verdammte Scheißklinik angewiesen zu sein, wo einem in dem rührenden Versuch, die Anonymität zu wahren, eine Nummer gegeben wurde, doch hielt das Schicksal noch etwas anderes für ihn bereit. Ausgerechnet der Syphilisstamm, dem er zum Opfer gefallen war, erwies sich einer solchen Behandlung gegenüber als resistent. Die Bakterien wollten und wollten einfach nicht sterben. Ein Krieg spielte sich in seinem Körper ab, und *Treponema* gewann. Die Klinikärzte blieben bei einem endlo-

sen Strom von Platitüden und mutmachendem Gefasel, um ihn zu überzeugen, daß sie alles unter Kontrolle hätten, doch er wußte es besser und ließ sich nichts vormachen. Sie taten ihr möglichstes, ihn zu behandeln, aber die Behandlung schlug nicht an. Seine Krankheit war unheilbar.

Menschen haben eine eingebaute Hemmschwelle, die darüber befindet, wieviel Schmerz und Qual sie zu ertragen bereit sind, bevor sie die Kontrolle verlieren und anfangen, geistig zu zerbrechen. Zum Glück nähern sich in Friedenszeiten nur wenige von uns dieser Grenze. Doch für einen Mann, der sein Leben lang ein Einzelgänger gewesen war, in der Schule schon der komische Vogel, derjenige, über den die Mädchen lachten und den die Jungs hänselten, derjenige, der es einfach nicht fertiggebracht hatte, die Geborgenheit der mütterlichen Liebe hinter sich zu lassen, war die Krankheit in ihm etwas, das das Faß zum Überlaufen brachte.

Ein erstes Mal hatte er sich der gefährlichen Schwelle genähert, als seine Mutter vor kaum einem Jahr gestorben war. Es war alles ganz plötzlich gekommen, ihm war keine Zeit geblieben, sich darauf einzustellen. Eines Morgens war er wie immer in ihr Schlafzimmer gegangen und hatte sie dort eiskalt und mit offenen Augen daliegen sehen. Daraufhin war er sich dermaßen verraten und alleingelassen vorgekommen, daß er wochenlang nicht hatte sprechen können. Sie hatten ihn in die Klinik auf dem Berg gebracht, wo er in einem Rohrstuhl gesessen und tagelang die Wand angestarrt hatte, völlig in sich zurückgezogen und nicht bereit, mit der Umwelt zu kommunizieren – und das alles aus Angst vor dem, was das Leben womöglich noch für ihn bereit hielt.

Man hatte ihm Tabletten gegeben, die ihm gestatteten zu schlafen, und andere, die der Wirklichkeit tagsüber den Schrecken nahmen. So wurde er künstlich von Streß befreit, bis er sich nach einiger Zeit soweit erholt hatte, um dem Leben noch mal eine Chance zu geben. Für ihn war die Krankheit nichts weiter als eine Folge seines völlig unangebrachten Vertrauens.

Diesmal verfiel er nicht in Trance und kapitulierte nicht vor den überwältigenden Kräften des Schicksals; diesmal beugte er nicht bekümmert das Haupt. Es war nicht so, daß er sich an der bewußten Schwelle zwischen Wirklichkeit und Wahn nicht hätte entscheiden können und mit dem einen oder dem anderen geliebäugelt hätte. Er überschritt sie einfach, und diesmal gab es kein Zurück. Diesmal kochte er innerlich vor Wut. Diesmal war er von einem brennenden Zorn erfüllt, der keine Grenzen kannte. Was er jetzt wollte, waren weder Pillen noch freundliche Worte. Was er diesmal wollte, war Rache.

Vor dem bösen Zauber der Huren würde er sich schützen müssen, denn immun war er dagegen immer noch nicht. Das war ihm beim letztenmal klargeworden, als die Nutte gefesselt vor ihm gelegen und er gespürt hatte, wie übermächtig es sich in seinen Lenden regte. Das spürte er sogar jetzt, wenn er nur daran dachte. Er riß sich den Hosenschlitz auf, packte sein hartes Glied und malte sich die Verführungskünste aus, zu denen die Schlampe greifen würde. Stellte sich die Seidenstrümpfe vor, die Reizwäsche, das Parfum, die lachenden roten Lippen. Er mußte sich schützen. Er machte das Licht aus und entlud sich im Dunkel des Souterrains, befreite sich von einer Begierde, die sich in der vor ihm liegenden Aufgabe nur als Schwäche bemerkbar machen konnte.

Nachdem er die chirurgischen Instrumente in Stoff eingewickelt hatte, damit sie nicht klirrten, und die Klingen in Folienscheiden, damit sie nicht stumpf wurden, ließ er die Aktentasche zuschnappen und knipste, bevor er die Tür aufmachte, das Licht aus. Einen Moment blieb er in Kellerhöhe stehen und spitzte die Ohren, ob er nicht Schritte hörte, doch alles blieb ruhig. Das war gut. Viele Menschen waren um diese Zeit ohnehin nicht unterwegs. Die Huren aber wohl. Sie waren immer da, bei jedem Wetter, und er würde sich aufmerksam umsehen.

Gordon Thelwell rief Viertel vor eins im Krankenhaus an, um zu sagen, er sei gerade heimgekommen und habe gehört, daß der diensthabende Arzt, Dr. Dean, ihn früher am Abend zu erreichen versucht hatte. Er sprach mit der Nachtschwester der Station, auf der Sally Jenkins lag, und ließ sich über ihren augenblicklichen Zustand informieren; außerdem ließ er sich in groben Zügen sagen, welche Behandlung sein Oberarzt Phillip Morton verordnet hatte.

»Erschreckend!« platzte es aus Thelwell heraus. »Das ganze Krankenhaus ist ein einziger Infektionspfuhl.«

Die Schwester erwiderte nichts und wartete darauf, daß Thelwell fortfuhr. Er fragte sie, welche Proben man zur Untersuchung ins Labor geschickt habe, was sie ihm beantwortete, nachdem sie im Behandlungsbuch der Station nachgesehen hatte.

»Hoffentlich liegen sie nicht nur rum und warten noch darauf, untersucht zu werden«, sagte Thelwell.

»Sie sind als dringlich gekennzeichnet worden, und der diensthabende Mikrobiologe wurde ausgerufen, Sir«, erwiderte die Schwester.

Thelwell knurrte und fragte, ob Morton noch in der Station sei.

»Nein, Sir«, gab die Schwester ihm Bescheid. »Dr. Morton ist vor etwa einer Viertelstunde wieder gegangen.«

Thelwell knurrte abermals und bat darum, informiert zu werden, falls sich am Zustand der Patientin etwas änderte.

»Selbstverständlich, Sir«, sagte die Schwester.

»Wir werden sehen, wie es ihr morgen früh geht.«

»Ja, Sir.«

Thelwell legte auf.

»Schwierigkeiten, mein Lieber?« fragte Marion Thelwell, setzte sich im Bett auf und blinzelte in das Licht, das ihr Mann angeknipst hatte.

»Eine meiner Patientinnen. Möglich, daß sie an einer Wundinfektion leidet«, erwiderte Thelwell reserviert.

Marion Thelwell hörte auf zu blinkern und setzte ein besorgtes Gesicht auf. »Doch nicht wieder ein Problemfall?« Sie seufzte auf. »Ich dachte, du hättest heute den OP der Orthopädie benutzt.«

»Das habe ich ja – den OP der Orthopädie benutzt«, fauchte Thelwell.

»Schon gut, mein Lieber.«

Thelwell bedauerte seine Bissigkeit und entschuldigte sich. »Ich fürchte, ich gehe ein bißchen auf dem Zahnfleisch. Die ganze Geschichte zerrt an meinen Nerven.«

»Das verstehe ich ja, mein Lieber. Komm jetzt ins Bett.«

»Später.«

»Wie du meinst, mein Lieber.«

Um drei Uhr in der Frühe wachte Scott Jamieson auf. Das passierte ihm öfter, wenn ihn etwas beunruhigte. Da war es ihm auch kein Trost zu wissen, daß er einer von Tausenden im Lande war, die regelmäßig zu dieser frühen Stunde aufwachen. Die Natur wollte es nun einmal so, daß drei Uhr morgens die Stunde war, da Menschen mit Problemen – gleichgültig, ob es sich dabei um unzumutbar hohe Hypotheken handelte oder um echte manische Depressionen – erwachten und ihre ganz persönliche Hölle erlebten. Optimismus brauchte Tageslicht, wohingegen die Verzweiflung in der Dunkelheit gedieh.

Er kam sich allein und verlassen vor in der gedämpften Nachtbeleuchtung des fremden Krankenhauses und lauschte den Geräuschen um ihn her. Sue fehlte ihm. Es wäre jetzt schön, einfach den Arm auszustrecken, ihn über seine schlafende Frau zu legen und sich an sie zu kuscheln. Deshalb faßte er den festen Entschluß, sich dagegen zu wehren, falls sie in den kommenden Jahren irgendwann vorschlagen würde, doch wieder zu Einzelbetten zurückzukehren.

Es wurmte ihn, bei seiner neuen Aufgabe einen so schlechten Start gehabt zu haben. Fast unbewußt krümmte er die Finger beider Hände unter den Verbänden, um festzustellen, wie groß die Schmerzen waren. Das war rein theoretische Liebesmüh, denn in Wirklichkeit hatte er längst beschlossen, gleichgültig, wie schlecht es ihm ging, morgen früh mit seinen Ermittlungen zu beginnen. Wie das Schicksal es wollte, fühlten sich die Hände gar nicht mal so schlecht an.

Die Ungeduld, die ihn drängte, mit der Untersuchung voranzukommen, beruhte nicht nur auf seiner Unfähigkeit, sich mit der erzwungenen Muße abzufinden. Hinzu gesellte sich noch die Überzeugung, daß MedKa sich womöglich einfallen ließ, jemand anderen zu schikken, was bedeuten würde, daß er versagt hätte – für Scott Jamieson etwas völlig Unakzeptables, egal, wie mildernd die Umstände für ihn auch sein mochten.

Während Jamieson die Augen schloß und versuchte, wieder einzuschlafen, klingelte neben John Richardsons Bett das Telefon und riß ihn aus dem Tiefschlaf. Er brauchte eine Weile, um einen klaren Kopf zu bekommen, doch dann hielt er sich den Hörer ans Ohr.

»Tut mir leid, Sie zu wecken«, hörte er Clive Evans' Stimme sagen, »aber ich bin vor ein paar Stunden zu einer Patientin in den Aufwachraum gerufen worden – einer von Dr. Thelwells Patientinnen, einer Mrs. Sally Jenkins. Sie weist Symptome einer Wundinfektion auf. Dr. Thelwells Assistent hat Abstriche gemacht, um sie zu untersuchen.«

»Und?«
»Gramnegative Bakterien und ein positiver Oxidasetest. Sieht ganz so aus, als hätten wir es wieder mit *Pseudomonas* zu tun, und da dachte ich, ich sollte Sie informieren.«
»Richtig, ja, vielen Dank«, sagte Richardson und legte den Hörer auf. Seine Frau, die durch den Anruf gleichfalls geweckt worden war, wollte anteilnehmend wissen, worum es sich handelte.
»Wieder eine postoperative Infektion in der Gynäkologie.«
»Und ich dachte, Thelwell hätte den OP der Gynäkologie dichtgemacht.«
»Hat er auch«, erwiderte Richardson nachdenklich. »Er bestand darauf, die für ihn angesetzten Operationen in der Orthopädie vorzunehmen, bis wir die Infektionsquelle festgestellt haben.«
»Dann sieht ja alles danach aus, als hätte er die Infektion mitgebracht.«
Richardson sah seine Frau bedeutungsvoll an. »Das ist genau das, was ich schon die ganze Zeit über sage. Wenn wir die Quelle der Infektion nicht im OP selbst orten können, muß die Ursache bei den Menschen zu finden sein, die mit der Operation befaßt sind. Es wird Zeit, daß wir bei dem gesamten chirurgischen Team Abstriche machen; der Bakterienträger muß unter ihnen sein. Das ist die einzige logische Erklärung. Aus irgendeinem unerfindlichen Grund muß er uns entgangen sein...«
»Oder sie.«
»Oder sie. Beim ersten Mal, jedenfalls.«

Jamieson konnte die beiden Schwestern miteinander reden hören. Sie standen unter der Tür zu seinem Zimmer, die eine mit der Hand auf der Klinke, die andere mit einem Tablett aus rostfreiem Stahl in der Hand auf dem Korridor draußen.
»Er soll sie ja regelrecht zerstückelt haben«, sagte eine der jungen Frauen gerade.
»Das habe ich auch gehört«, stimmte die andere zu. »Ich begreife nicht, warum kein Mensch sie hat schreien hören.«
»Vielleicht hat es doch jemand gehört«, sagte die andere. »Und die Leute tun jetzt bloß so, als hätten sie nichts mitbekommen. Typisch für unsere Zeit. Die Menschen wollen mit so was einfach nichts zu tun haben.«

Diejenige, die die Hand auf der Klinke hatte, merkte, daß Jamieson wach war, und beendete abrupt das Gespräch, um einzutreten und die Tür hinter sich zuzumachen.
»Worum ging es denn?« fragte Jamieson.
»Um die Prostituierte, die sie vor ein paar Tagen ermordet in der Stadt gefunden haben«, erwiderte die Schwester.
»Meine Frau hat mir davon erzählt«, sagte Jamieson. »Sie hat im Radio davon gehört.«
»Sie wurde aber nicht einfach ermordet«, berichtete die junge Frau. »Es heißt, sie sei verstümmelt worden, regelrecht zerstückelt.«
Jamieson verzog das Gesicht.
»Genauso wie Jack the Ripper, sagt man.«
Jamieson vermutete, daß mit »man« die Reporter der Sensationspresse gemeint waren.
»Wie fühlen Sie sich?«
»Pudelwohl. Ich möchte raus, sobald mir die Verbände erneuert werden können.«
»Ich meine, Sie sollten warten, bis Dr. Carew sich Ihre Hände angesehen hat. Sie sind ein wichtiger Patient.«
Jamieson mußte angesichts der Offenheit der Schwester lächeln und sagte: »Ich übernehme die Verantwortung.«
»Wenn Sie meinen, Doktor.«
Jamieson war kurz nach dem Frühstück wieder in sein Zimmer im Ärztehaus hinübergegangen und stellte erfreut fest, daß die Wand hinter der Badewanne repariert worden war und der Heizstrahler wieder in seiner Halterung saß. Trotzdem hatte er nicht die Absicht, ihn noch einmal zu benutzen, mochte es im Bad auch noch so kalt sein. Er rief in der Krankenhausverwaltung an und ließ dem Direktor sagen, er sei jetzt bereit, sich mit Leuten zu unterhalten.
Crichton wunderte sich, daß Jamieson schon wieder voll in Aktion war, und brachte Besorgnis darüber zum Ausdruck, ob es denn klug sei, das Krankenbett so schnell wieder zu verlassen. Das ertrug Jamieson mit einer Engelsgeduld, doch dann bat er um Hilfe, den Tag zu organisieren.
»Das Schicksal hat wieder zugeschlagen, Doktor«, berichtete Crichton. »Eine Patientin, die gestern von Dr. Thelwell operiert worden ist, hat sich eine Infektion zugezogen, und das trotz der Tatsache, daß die Operation in einem anderen OP vorgenommen wurde. Für zehn

ist eine Besprechung angesetzt; dabei soll die neue Situation diskutiert werden. Vielleicht möchten Sie daran teilnehmen?«
»Das würde ich sehr gern«, stimmte Jamieson ihm zu. »Nur eine Frage vorweg. Wohin ist die Patientin nach der Operation gebracht worden?«
»In den Aufwachraum der Gynäkologie.«
»Vielen Dank, Mr. Crichton«, sagte Jamieson und legte auf. Sie hatten also die OPs gewechselt, was aber nichts genützt hatte. Damit blieb als mögliche Quelle der Ansteckung nur das Personal; vielleicht aber auch der Aufwachraum in der Gynäkologie. Dorthin war die Patientin nach der Operation gebracht worden. Jamieson stellte in Gedanken eine Liste der Fragen zusammen, die er bei der Besprechung vorbringen wollte.

Die Männer, die sich in Hugh Crichtons Büro versammelten, um den neuesten Problemfall zu besprechen, machten allesamt einen gedrückten Eindruck. Crichton wandte sich an einen ernst dreinblikkenden, schmallippigen Mann und sagte: »Ich glaube, Sie haben Dr. Jamieson noch nicht kennengelernt, nicht wahr? Dr. Jamieson, darf ich Ihnen Dr. Thelwell, den leitenden Chirurgen der Gynäkologie, vorstellen?«
Über den Tisch hinweg lächelte Jamieson den Mann an, worauf Thelwell mit einem kaum wahrnehmbaren Nicken reagierte. Jamieson wurde dann noch mit Thelwells Oberarzt Phillip Morton bekannt gemacht. Clive Evans, den er bereits von seinem Badezimmerunfall her kannte, war auch anwesend.
»Zunächst einmal, Gentlemen, wie geht es der Patientin, Mrs. Sally Jenkins, heute morgen?« fragte Crichton.
»Besorgniserregend schlecht«, sagte Thelwell. »Die Antibiotika schlagen nicht an.«
»Dann handelt es sich also um denselben Stamm wie bei den anderen?«
»Sieht ganz so aus«, erklärte John Richardson. »Genau werden wir es aber erst wissen, wenn das Antibiogramm fertig ist.«
»Sind bei der Bestimmung der Ansteckungsquelle irgendwelche Fortschritte gemacht worden?« fragte Carew.
Richardson schüttelte den Kopf, und Thelwell schnaubte vernehmlich, was die anderen dazu brachte, unbehaglich auf ihren Stühlen hin

und her zu rutschen. Richardson fuhr fort, als hätte er nichts gehört: »Sämtliche Abstriche, die wir in den OPs und in den Pflegestationen gemacht haben, sind in bezug auf den fraglichen Organismus negativ ausgefallen. Der Sauberkeitsgrad war übrigens ziemlich hoch.« Thelwell gab neuerlich ein Schnauben von sich, woraufhin Carew ihm einen wütenden Blick zuwarf; aber er sagte immer noch nichts.

»Wo wurden die Abstriche genommen?« fragte Jamieson.

»Von allen glatten Oberflächen, die Wände eingeschlossen. Dann von sämtlichen Feuchtbereichen, darunter Ausgüssen und Spülen, sowie den Blumenvasen auf den Stationen«, lautete Richardsons Auskunft.

»Und kein *Pseudomonas*?«

»Wir haben *Pseudomonas*-Bakterien gefunden, aber einen anderen Stamm«, bemerkte Clive Evans. Jamieson fiel auf, daß die Aknepickel auf Evans' Gesicht deutlich hervortraten, wenn er sich in einer Streßsituation befand, wie eben jetzt.

»Und wie sieht es bei den Luftproben aus?«

»Auch das haben wir gemacht«, sagte Richardson. »In bezug auf *Pseudomonas* bei sämtlichen Tests negativ.«

»Gehe ich recht in der Annahme, daß – da der neueste Fall in der Orthopädie operiert wurde – die OPs in der Gynäkologie jetzt von jedem Verdacht frei sind?« fragte Hugh Crichton.

»Ich denke, davon können wir ausgehen«, sagte Richardson.

»Was bleibt uns dann noch?«

»Pflegepersonal und ärztliches Personal als mögliche Infektionsträger, oder etwas in den Pflegestationen, an das wir bis jetzt nicht gedacht haben.«

»Ich darf doch davon ausgehen, daß Sie beim Personal bereits Abstriche gemacht haben, oder?« wollte Jamieson wissen.

Richardson nickte. »Durch die Bank bei allen. Entnommen der Nase und den Achselhöhlen, und zwar doppelt an zwei verschiedenen Tagen. Bei einer Schwester haben wir zwar hämolysierende Streptokokken gefunden, aber keine Pseudomonaden.«

»Und wie sieht es mit den Instrumenten und dem Verbandzeug aus?«

»All das wird in unserer zentralen Sterilisationsanlage sterilisiert und geht von dort aus in steriler Verpackung in die verschiedenen Abteilungen und OPs.«

»Wie oft werden die Sterilisatoren gecheckt?«
»Die Autoklaven sind mit einer ganzen Reihe von Sicherheitsmaßnahmen gegen Versagen geschützt.«
»Sonst noch was?« fragte Jamieson.
»Dr. Evans ist in der Zentralsteri zuständig für die Bio-Sicherheit«, sagte Richardson und sah zu seinem jungen Kollegen hinüber.
»Der Hauptsterilisator wird jede Woche auf die Thermokopplung überprüft«, gab Evans Auskunft. »Diese Tests führe ich persönlich durch. Das Gerät ist in allerbestem Zustand. Außerdem überprüft jemand aus der Mikrobiologie, für gewöhnlich auch hier wieder ich persönlich, einen um den anderen Tag den Linienschreiber für die Steriblätter. Wir haben für jeden einzelnen Autoklaven-Einsatz die Kontrollunterlagen. Sie werden im Büroteil des Labors aufbewahrt – wenn Sie sie sich ansehen möchten?«
»Ich denke, im Moment möchte ich alles sehen, die Berichte über die Luftproben und die Abstrichergebnisse inbegriffen«, sagte Jamieson.
Evans machte ein etwas verdutztes Gesicht, doch Richardson sagte einfach: »Selbstverständlich. Wann möchten Sie rüberkommen?«
»Gleich im Anschluß an die Besprechung, wenn Ihnen das paßt?«
»Natürlich.«
Carew räusperte sich und sagte: »Und jetzt, Gentlemen, kommen wir zu der entscheidenden Frage. Können wir zulassen, daß in der gynäkologischen Abteilung des *Kerr Memorial* weiterhin operiert wird?«
Gordon Thelwell reagierte so, als hätte er niemals eine andere Möglichkeit in Erwägung gezogen. »Das müssen wir«, sagte er mit Entschiedenheit. »Meine Warteliste ist ziemlich lang, und wenn wir zwischendurch pausieren, verschlimmern wır alles nur noch.«
»Wir müssen dabei aber berücksichtigen, daß zwei Frauen nach der Operation gestorben sind und eine dritte ernstlich erkrankt ist«, entgegnete Carew.
»Diese Fälle müssen aber im Zusammenhang mit der Gesamtzahl der Operationen gesehen werden, die in meiner Abteilung vorgenommen werden«, erwiderte Thelwell.
Die Kälte, mit der Thelwell diese Erklärung abgab, verursachte Jamieson ein gewisses Unbehagen, und er erkannte, daß das den anderen nicht anders erging.

»Die Männer der toten Frauen sehen deren Tod aber nicht im Zusammenhang mit irgendwelchen Operationsgesamtzahlen«, versetzte Richardson bissig.
Thelwell reagierte wie von der Tarantel gestochen: »Wenn Ihre Abteilung richtig arbeiten würde, brauchten wir uns jetzt nicht mit diesem Problem herumzuschlagen, oder, Doktor?«
Richardson lehnte sich wütend vor, schaffte es jedoch, sich noch rechtzeitig zu zügeln. Er holte tief Atem und sagte: »Wir tun alles Menschenmögliche, um die Infektionsquelle zu identifizieren, und werden das auch weiterhin tun – als erstes werden wir ein weiteres Mal bei Ärzten und Pflegepersonal der Intensivstationen Abstriche machen.«
»Vielleicht sollten wir die Proben diesmal direkt an die Labors des Gesundheitsamtes schicken«, sagte Thelwell. »Vielleicht finden die die verdammten Viecher.«
Jamieson sah, wie es in Richardsons Augen zornig aufblitzte, und er erkannte, daß Carew sich außerstande sah, in diese offensichtliche Rivalität einzugreifen. Deshalb entschied er selbst: »Die Abstriche werden wie gewöhnlich im hauseigenen Labor untersucht.«
Thelwell reagierte, als hätte Jamieson ihm eine Ohrfeige gegeben. Langsam und mit vollem Bedacht sagte er: »Und wer, wenn ich fragen darf, sind Sie, daß Sie sich anmaßen, eine solche Entscheidung zu fällen?«
Jamieson erwiderte ungerührt: »Ich denke, Sie werden feststellen, daß ich dazu autorisiert bin.« Er sah zu Crichton und Carew hinüber.
Crichton sagte: »Dr. Jamieson ist dazu befugt, Mr. Thelwell.«
Thelwell grinste sarkastisch. Er sagte: »Dann führt also jetzt ein Beamter das Regiment in der Chirurgie des *Kerr Memorial*?«
»Nun, ich *bin* Chirurg, wenn Sie das gerne wissen möchten«, sagte Jamieson. »Und meine Tätigkeit hier im *Kerr Memorial* findet genau dann ein Ende, wenn in Ihrer Abteilung keine Menschen mehr unnötigerweise sterben. Und da wir gerade bei Ihrer Abteilung sind, Mr. Thelwell, ich würde mich dort gern einmal umsehen... heute noch.«
Jamieson wich Thelwells giftigem Blick nicht aus. Es war Thelwell, der den Augenkontakt als erster abbrach. Er sagte: »Ich werde Dr. Morton anweisen, Sie zu begleiten.«

»Ich hätte es aber lieber, Sie täten das persönlich«, sagte Jamieson, entschlossen, gleich von Anfang an klarzustellen, wer hier das Sagen hatte – schon allein in der Hoffnung, daß es sich dann erübrigen würde, das noch einmal tun zu müssen.

Wieder war Thelwell drauf und dran, sich mit ihm zu streiten, und Jamieson sah die Wut in seinen Augen, als er sich seine Antwort überlegte. Die schmalen Lippen zitterten, bevor er barsch und zu jedermanns Erleichterung sagte: »Wie Sie wünschen. Rufen Sie meine Sekretärin an, sie wird Sie in meine Terminplanung einfügen.«

»Bis jetzt haben wir noch keine Entscheidung über die Warteliste in der Chirurgie getroffen«, rief Carew ihnen ins Gedächtnis.

»Ich dachte, das wäre klar«, sagte Thelwell kalt.

»Sie haben Ihre Ansicht dargelegt, Dr. Thelwell«, erwiderte Carew. »Aber entschieden haben wir nichts. Wir müssen sehen, was für andere Möglichkeiten uns bleiben.«

»Was für andere Möglichkeiten?«

»Im Grunde haben wir drei Optionen. Erstens: Wir suspendieren vorübergehend jede chirurgische Tätigkeit. Zweitens: Wir fangen an, die Patienten an andere Krankenhäuser abzugeben. Und drittens: Es wird weiter operiert in der Hoffnung, daß das Problem bei gesteigerter Aufmerksamkeit aller Beteiligten nicht wieder auftaucht.«

»Die zweite Möglichkeit können wir uns abschminken«, erklärte Crichton. »Ich habe mich mit allen anderen Krankenhäusern in Verbindung gesetzt; es besteht keinerlei Möglichkeit, irgendwelche von unseren Patienten zu übernehmen, außer in Notfällen. Deren Wartelisten sind genauso lang wie unsere.«

»Dann unterbrechen wir, oder wir machen mit noch größerer Umsicht weiter.«

»Was Sie mit dieser Bemerkung implizieren, Carew, geht mir gewaltig wider den Strich«, sagte Thelwell eisig.

»Ich hatte das aber überhaupt nicht persönlich gemeint, Thelwell. Wenn wir beschließen, daß in der Gynäkologie weiter operiert wird, müssen die Vorkehrungen für aseptisches Arbeiten in allen Bereichen gestrafft werden.«

Es wurde einmütig beschlossen, daß fürs erste in der Gynäkologie des *Kerr Memorial Hospital* weiter operiert werden sollte.

»Ich bin nur für eine Veränderung«, meldete sich Jamieson noch einmal zu Wort.

»Und zwar, Doktor?« fragte Carew.
»Sie benutzen nach wie vor denselben Aufwachraum für die Patientinnen der Gynäkologie. Ich denke, wir wären gut beraten, vorerst auf einen anderen auszuweichen. Ließe sich das machen?«
Nach einigem Überlegen erklärte Crichton, daß das möglich sei. Aufgrund des Schwesternmangels oder, richtiger gesagt, aufgrund des Mangels an Geld, um sie zu bezahlen, war die Station Alexandra vor einigen Monaten geschlossen worden. Man könne sie aber wieder eröffnen und nach angemessener Vorbereitung und Reinigung durchaus für die postoperative Pflege nutzen.
»Wie lange würde das dauern?« fragte Jamieson.
»Zwei Tage«, erklärte Crichton.
»Dann schlage ich vor, daß mit den Operationen fortgefahren wird, sobald die neue Station zur Verfügung steht.«
Rings um den Tisch wurde zustimmend genickt.
»Sobald die alte Station leergeräumt ist, werden wir dafür sorgen, daß sie mit Gas sterilisiert wird«, erklärte Richardson.
»Gut«, kam es von Crichton.
»Ja, und wenn es sonst nichts gibt, Gentlemen...?« Carew sah sich in der Runde um. Keiner sagte etwas. »Sehr schön. Wollen wir dann wieder an die Arbeit gehen?«

Viertes Kapitel Nach der Besprechung sagte Jamieson zu Clive Evans, er würde gern zum Ärztehaus hinübergehen, um seine Aktenmappe zu holen, und erst danach die Mikrobiologie aufsuchen. Evans bot an, mitzukommen und ihn dann hinzubringen.

»Ich habe noch nie jemand erlebt, der Dr. Thelwell so offen die Stirn geboten hat«, gestand Evans in sehr ernstem Ton, als sie den kopfsteingepflasterten Hof zu dem im Laufe der Zeit schwarz gewordenen Backsteinbau überquerten, der den Ärzten als Wohnheim diente. Besonders gefallen hatte Jamieson die erste Begegnung mit Thelwell nicht, und er räumte ein, daß es noch schlechter gelaufen war, als er befürchtet hatte. Trotzdem widerstrebte es ihm, sich mit einem anderen Arzt des *Kerr Memorial* über Thelwell auszulassen. Deshalb ließ er es sich angelegen sein, die Bemerkung zu ignorieren, und blickte ostentativ zu einer Reihe von Marmorbüsten hinüber, die seitlich vom Eingang zum Ärztehaus auf Sockeln standen. Die Verwitterung des Sandsteins hatte die Vorderkante der Sockel ebenso weggefressen wie die darauf befindlichen Inschriften. Infolgedessen war es schwierig, die Namen und Daten zu lesen, doch bei der offensichtlich wichtigsten Büste gelang es ihm: John Thurlow Kerr, Professor der Medizin, 1881–88, lautete die Inschrift.

»Der Versuch unseres Klinikgründers, Unsterblichkeit zu erlangen«, sagte Evans.

Für einen Moment fragte Jamieson sich, warum sämtliche Büsten und Statuen für seine Begriffe ziemlich gleich aussahen. Was sollte das Ganze eigentlich? Evans hatte mit seiner Bemerkung, »Versuch, Unsterblichkeit zu erlangen«, den Nagel vermutlich auf den Kopf getroffen. Rührend, wirklich.

Wie das Krankenhaus wohl 1881 ausgesehen haben mochte, und wieviel Schmerz und menschliches Leiden diese Mauern mit angesehen hatten. Wenn sie doch reden könnten! Aber vielleicht war es auch ebensogut, nichts davon zu hören. Ob die Menschen damals genauso

viel Vertrauen in ihre Heilkundigen gesetzt hatten wie heute? Den gleichen blinden Glauben? Hatten die Menschen vertrauensvoll zugesehen, wenn ihnen unter den »wissenden Augen« der gehrocktragenden »Weisen«, der Herren Ärzte, Blutegel angesetzt wurden – den Thelwells eines anderen Zeitalters, Männern, denen Selbstzweifel völlig fremd gewesen waren?
Jamieson sann ohne sonderliches Vergnügen über die Geschichte seines Berufes nach. Ob es noch einen anderen Berufsstand mit ähnlich konservativen Ansichten gab, einen, der sich so verbissen von allem anderen abgrenzte und so entschlossen war, Außenseitern keinerlei Zugang zu gestatten? Er bezweifelte das, und seine Schlußfolgerung erfüllte ihn nicht gerade mit Stolz.
Jamieson schaute das strenge, bärtige Gesicht von John Thurlow Kerr an und überlegte, wie die Medizin im späten neunzehnten Jahrhundert ausgesehen hatte. Für die Chirurgie hatte es die Schreie der Menschen bedeutet, die ohne Betäubung operiert wurden, eine Tortur, der sich fast nahezu mit Sicherheit eine eitrige Wundinfektion angeschlossen hatte. Geburten hatten für viele Frauen Wochenbettfieber bedeutet, eine Krankheit, die in den meisten Fällen von den behandelnden Ärzten selbst verursacht worden war, die in der Ahnungslosigkeit ihrer Zeit arrogant zwischen Obduktionsraum und Wochenstation hin und her gingen und, ohne es zu wissen, die Infektionen übertrugen, von denen sie ihre Patienten hinterher zu heilen versuchten.
Wie viele Ärzte einer späteren Zeit erkannten diese Tatsache an, als schließlich begriffen wurde, welche Rolle Bakterien oder Viren bei Infektionen spielten? Demut gehörte nicht zu den hervorstechenden Merkmalen der Ärzte. Das war überall auf der Welt so, gleichgültig, ob es sich um Modeärzte aus der Harley Street handelte oder um afrikanische Medizinmänner. Jeder auf seine Weise waren sie bestrebt, ihre Patienten in Unwissenheit über den eigenen Körper zu halten, und entschlossen, daran in ihrem ureigensten Interesse auch nichts zu ändern. Beide verabreichten Pillen und Tränke und taten das mit einer Geheimniskrämerei, die sie pflegten, um ihre Stellung in der Gesellschaft nicht zu gefährden. »Was bewirkt denn das Penicillin, Doktor?« – »Es bekämpft die Infektion, Mrs. Brown.« Wie viele Allgemeinmediziner aber wußten, was das Penicillin wirklich tut? Grob geschätzt: einer von hundert. Jamieson wußte es zum Beispiel, weil

Jamieson es hatte wissen wollen. Das lag in seiner Natur, und diese Eigenschaft wiederum war es, weswegen er dem MedKa ursprünglich gemeldet worden war.
»Ich bin gleich wieder da«, sagte Jamieson zu Evans und sprang die Treppe hinauf, um seine Aktentasche zu holen. Für einen Moment blieb er in seinem Zimmer stehen, um den Verband an seiner linken Hand festzuziehen, der aufzugehen drohte. Beim Straffziehen und Festbinden des Verbandes überlegte er, was er bei der Besprechung erfahren hatte. Mit »schwierig« konnte man einen Mann wie Thelwell nicht wirklich charakterisieren. Der Mann war, soweit Jamieson sah, ein lupenreiner Schweinehund, ohne irgendwelche mildernden Umstände, die das wettgemacht hätten.
Carew war zu weich, um sich als medizinischer Leiter des Krankenhauses durchsetzen zu können. Er eignete sich sicherlich vorzüglich, wenn es darum ging, Krankenhaus-Fêten zu eröffnen und vor den versammelten Damen des Luncheon-Clubs eine kleine Ansprache zu halten, war jedoch zu nichts zu gebrauchen, wenn es darum ging, Menschen wie Thelwell in die Schranken zu weisen. Crichton schien ein guter Mann zu sein, war aber selbstverständlich nur ein Verwaltungsfachmann, der es nicht wagen konnte, sich in irgendwelche medizinischen Dinge einzumischen. Phillip Morton schien nach dem wenigen, das er von sich gegeben hatte, ganz in Ordnung, aber Jamieson beneidete ihn nicht um seine Stellung als Untergebener von Thelwell. Auch Richardson schien ein guter Mann zu sein. Jamieson bewunderte die Art, wie er sich unter der extremen Provokation von seiten Thelwells zusammengerissen und gezügelt hatte; allerdings fragte es sich, ob das wirklich Selbstbeherrschung war oder nur ein Mangel an Zivilcourage. Möglicherweise eine Folge seines bereits fortgeschrittenen Alters. Clive Evans schien tüchtig zu sein, Richardson gegenüber vollkommen loyal und begierig, auf jede nur mögliche Weise zu helfen. Was im Moment jedoch noch wichtiger war: Er wartete unten auf ihn.
Jamieson folgte Evans durch einen schmalen Gang, der den Pfeilen zufolge einerseits zur Hautklinik und in die entgegengesetzte Richtung zur Wäscherei führte. Jamieson hoffte auf eine moderne mikrobiologische Abteilung, doch als Evans nach links abbog und es eine kleine Steintreppe hinunterging, fürchtete er das Schlimmste und sah sich in seinen Erwartungen dann auch bestätigt. Die Mikrobiologie

war im Erdgeschoß und im Keller eines der ältesten Krankenhausgebäude untergebracht.

»Dr. Richardson hat sein Büro gleich da vorn«, sagte Evans, der immer noch voranging. Eine Technikerin an der Probenannahme sah lächelnd auf, als Jamieson vorüberkam, und Jamieson erwiderte das Lächeln. Lächeln war wichtig, wenn man ganz auf sich allein gestellt war. Das hatte etwas Beruhigendes, wie dem Seemann der Anblick einer Navigationsboje in fremden Gewässern.

Als sie den langen Korridor mit mehreren kleinen Laborräumen entlangschritten, die man eigentlich nur als Zellen bezeichnen konnte, spürte Jamieson, wie mehr und mehr klaustrophobische Gefühle von ihm Besitz ergriffen. Alles wirkte so bedrückend. Wo aus Mangel an Stellfläche Kühlschränke und andere Einrichtungsgegenstände aufgestellt waren, verengte sich der Durchgang auf weniger denn die Breite eines Menschen, so daß man sich nur seitlich gehend vorbeischlängeln konnte.

Wenngleich Richardsons Arbeitsraum größer war als die übrigen und ein hohes Fenster aufwies, erkannte Jamieson sofort, daß niemals genug Tageslicht hereinkam, um ganz ohne künstliche Beleuchtung auszukommen. Das Haus auf der anderen Seite vom Fenster war weniger als zwei Meter entfernt.

»Ich habe Ihnen einen Raum unten bereitmachen lassen«, sagte Richardson. »Nichts Großes, gewiß, aber Sie sehen ja selbst, daß wir ziemlich beengt sind.«

»Ach, es wird schon gehen.« Jamieson bedankte sich.

»Wenn Sie etwas benötigen, Sie brauchen es nur zu sagen.«

Clive Evans zog sein Jackett aus und schlüpfte in einen weißen Laborkittel. Als er die Ärmel aufkrempelte, sah Jamieson wieder die roten Brandmale an seinem Handgelenk und erkundigte sich danach.

»Ach, es ist wirklich weiter nichts«, erklärte Evans mit Nachdruck. »Überhaupt kein Problem.«

»Was ist denn passiert?« wollte Richardson wissen.

»Dr. Evans hat mir gestern geholfen, dem Tod durch einen Stromschlag zu entgehen«, erklärte Jamieson.

»Wirklich?« rief Richardson aus und machte sich offensichtlich echte Sorgen um die Verbrennungen seines Mitarbeiters. »Hat sich das auch jemand richtig angesehen?« fragte er. »Vielleicht sollten Sie sich fachmännisch verbinden lassen.« Er lehnte sich vor, um sich die Brandstellen genauer anzusehen, doch wieder erklärte Evans, es sei nichts weiter, und krempelte den Ärmel wieder herunter. Dann wandte er sich Jamieson zu und sagte: »Wenn Sie möchten, führe ich Sie im Labor herum.«

Jamieson folgte Evans von einem Kabuff des Erdgeschosses zum nächsten, und der junge Mikrobiologe erklärte ihm, was in jedem einzelnen gemacht wurde; dann führte er ihn hinab in den in kalte Neonbeleuchtung getauchten Keller und wies ihn dort in einen langen, niedrigen Raum. »Das hier ist der Präparationsraum«, erklärte er. »Sämtliche Geräte und Behälter, Glas und Operationsbestecke werden hier gereinigt und sterilisiert.«

Drei Frauen arbeiteten an großen Becken aus rostfreiem Stahl, und Jamieson bemerkte den Dampfsterilisator, der im Augenblick gerade an war. Ein Relais klickte, so daß weiterer Dampf einfließen konnte.

»Wie Sie sehen, haben wir einen großen Autoklav, der direkt von der krankenhauseigenen Dampfversorgung gespeist wird. Damit sterilisieren wir nach Gebrauch alle Geräte und sämtliches Zubehör. Darüber hinaus haben wir drei kleine Druckkocher; damit kann jeder einzeln sterilisieren, was er gerade dringend braucht.«

»Wird hier auch für die anderen Stationen oder Abteilungen sterilisiert?« erkundigte sich Jamieson.

»Nein. Das läuft alles über die Zentralsterilisation.«

»Ich verstehe«, sagte Jamieson. Er bemerkte, wie den arbeitenden Frauen bei der Arbeit an den Becken der Schweiß übers Gesicht lief, und suchte über sich nach einer Absaugvorrichtung.

Evans las seine Gedanken und sagte: »Ich fürchte, so etwas wie Aircondition haben wir hier nicht. Dr. Richardson fordert das, soviel ich weiß, zwar schon seit geraumer Zeit an, aber bis jetzt ohne Erfolg. Dafür gibt es zuviel anderes, was noch dringender benötigt wird. Aber wenn der Sterilisator nicht gerade an ist, ist es nicht ganz so schlimm wie jetzt.«

»Aber ziemlich scheußlich, wenn er läuft«, fügte Jamieson hinzu.

Die beiden Männer gingen weiter den Kellerkorridor entlang, und Jamieson mußte mehr als einmal den Kopf einziehen, um sich nicht an einem Gewirr von Rohren den Kopf zu stoßen, die unter der ohnehin niedrigen Decke angebracht waren. Evans, der ein paar Zentimeter kleiner war als Jamieson, hatte dieses Problem nicht.

»Das hier ist mein Labor«, sagte Evans und machte die Tür zu einem quadratischen Raum auf, der – mit Ausnahme von dem von Richardson – um ein weniges größer war als die anderen, die Jamieson gesehen hatte. »Und das hier, fürchte ich, ist für die Dauer Ihres Aufenthaltes Ihres.« Evans stieß die Tür auf der gegenüberliegenden Seite des Korridors auf, und Jamieson blickte in einen schmalen Raum, der ihn an einen begehbaren Kleiderschrank erinnerte. Es gab einen Schreibtisch, ein Telefon und eine Schreibtischlampe. Für anderes war kein Platz vorhanden. Auf dem Schreibtisch lagen zwei Faltordner aus Pappe.
»In diesen Unterlagen finden Sie sämtliche Informationen, um die Sie gebeten hatten«, sagte Evans. »Wenn Sie sonst noch was brauchen – ich bin im Labor gegenüber.«
Jamieson dankte ihm, zog sein Jackett aus und hängte es über die Stuhllehne. Dann nahm er Platz und betrachtete die Wände, die ihn umgaben. Er brauchte nur die Arme auszustrecken, und er konnte sie alle vier berühren. Am oberen Rand gab es eine Schicht von Glasbausteinen, die einen Hauch von Tageslicht hereinließen – kaum mehr als beim fahlsten Morgengrauen, fand Jamieson. »Einhundertfünf North Tower«, flüsterte er und knipste die Schreibtischlampe an. Dann klappte er die Ordner auf und vertiefte sich in die Unterlagen.

Als er nach zwei Stunden fertig war, hatte Jamieson keinen Fehler in der Vorgehensweise der Mikrobiologie-Abteilung beim Versuch gefunden, die Infektionsquelle festzustellen. Den Unterlagen zufolge waren sämtliche Standardmethoden peinlich genau befolgt worden; darüber hinaus hatte man sämtliche Tests offenbar mehr als einmal durchgeführt, manchmal sogar drei- bis viermal. Das Ergebnis war immer dasselbe geblieben. Nichts wies auf das Vorhandensein von Bakterien hin, die die Chirurgie der Gynäkologischen Abteilung verseuchten.
Jamieson ging nochmals die Ergebnisse der Untersuchungen beim Personal durch und hielt nach etwas Ausschau, das in irgendeiner Weise aus dem Rahmen des Üblichen herausfiel. Als er schließlich doch auf etwas stieß, blieb sein Finger auf dieser Stelle liegen. Eine Schwester und ein Angehöriger des Chirurgenteams waren bei zwei unabhängig voneinander durchgeführten Tests völlig negativ gewesen, und das gab ihm so etwas wie ein Rätsel auf. Die meisten Menschen schleppten in Hals und Nase oder an der Haut immer irgend-

welche Bakterien mit sich herum. Für gewöhnlich befand sich eine Reihe von harmlosen Tierchen darunter; nur in wenigen Fällen waren Leute Träger von Organismen, die unter bestimmten Umständen bei anderen zu einer Krankheit führen konnten. Für solche Angehörigen des Personals war es natürlich nicht ratsam, sich in der Nähe von Patienten mit offenen Wunden aufzuhalten.

Für absolut negativ ausfallende Tests gab es eine Reihe möglicher Erklärungen, die Jamieson jetzt eine nach der anderen im Geist Revue passieren ließ. Unterzog der Betreffende sich gerade einer antibakteriellen Behandlung, konnte die normale Bakterienflora natürlich zerstört sein. Denkbar war aber auch, daß die Bereiche, an denen der Abstrich vorgenommen werden sollte, zuvor mit einer antiseptischen Salbe eingecremt worden waren, was jedoch dann näher erklärt werden müßte. Jamieson notierte sich die beiden Referenznummern, die auf dem Bogen standen, und beschloß, der Sache nach Erledigung der Schreibtischarbeit nachzugehen. Er las die Berichte über die einzelnen Angehörigen des Pflegepersonals sowie der Ärzteschaft zu Ende durch und vertiefte sich danach in den Laborbericht über die Organismen, die für die Infektion verantwortlich waren.

Die besonderen Charakteristika der betreffenden Bakterienkultur waren aufgelistet und die Identität zweifelsfrei festgestellt worden. Erst als er sich die Ergebnisse der Antibiotika-Tests neuerlich vornahm, entdeckte er, was der eigentliche Knackpunkt war. Die Organismen schienen immun gegen jedes handelsübliche und in den Kliniken verwendete Antibiotikum. Es gab einfach keine Möglichkeit, eine solche Infektion zu bekämpfen. »Kein Wunder, daß sie gestorben sind«, sprach er leise vor sich hin.

Daß Bakterien eine Resistenz gegen Antibiotika entwickelten, war nicht neu. Das geschah immer wieder, und zwar vertrackterweise besonders in Krankenhäusern. Wo eine Vielzahl von Mitteln verwendet wurde, lief das Ganze nur auf einen Fall natürlicher Selektion hinaus. Zu spontanen Mutationen kam es in Bakterienpopulationen dauernd; wurde einem Patienten ein Antibiotikum gespritzt, überlebte der gelegentlich vorhandene Mutant, der der Wirkweise des Antibiotikums gegenüber resistent war, und vermehrte sich, wurde damit zur dominanten Infektionsform und konnte, sofern er nicht entdeckt und ausgeschaltet oder vernichtet wurde, lange genug überleben, um auch andere Patienten zu befallen.

Die *Pseudomonas*-Bakterien, auf die die ganzen Schwierigkeiten zurückgingen, hatten von vornherein den Nachteil, vielen Antibiotika gegenüber relativ resistent zu sein. Dadurch, daß Pseudomonas in einer Krankenhausumwelt lebten, vermochten sie ständig weitere Resistenz zu erwerben, was sie in der Tat zu einem gefährlichen Kunden machte. Trotzdem fand Jamieson die Virulenz des Kerr-Stammes schon erstaunlich.

Clive Evans steckte den Kopf zur Tür herein und fragte, wie Jamieson denn vorankomme.

»Ich weiß jetzt ein bißchen mehr als zuvor«, erwiderte Jamieson.

»Gut. Soll ich Ihnen die Personalkantine zeigen?«

Jamieson warf einen Blick auf die Uhr, stellte überrascht fest, daß es schon nach eins war, sagte jedoch: »Darf ich Ihnen zuvor ein paar Fragen stellen?«

»Natürlich.«

»Es gibt zwei Angehörige des Chirurgenteams, bei denen die Untersuchungen der Abstriche zweimal nacheinander negativ ausfielen. Ist man dem nachgegangen?«

»Nein, ich glaube nicht, daß mir das aufgefallen ist«, gestand Evans.

»Vielleicht wäre es keine schlechte Idee, das zu überprüfen.«

»Ich habe heute morgen zwar noch mal bei allen einen Abstrich gemacht, aber vielleicht haben Sie recht; wir hätten da stutzig werden müssen. Um welche beiden handelt es sich denn?«

»Die Namen weiß ich natürlich nicht. Es waren nur Zahlen auf dem Bogen, den Sie mir gegeben haben. Diese beiden hier.« Jamieson reichte Evans ein Blatt Papier mit den Referenznummern darauf. Evans steckte es ein und versprach, das herauszufinden. »Und was wollten Sie mich sonst noch fragen?«

»Ich wollte wissen, ob Sie die *Pseudomonas* auf das Vorhandensein von Transferfaktoren untersucht haben.«

»Nein, das haben wir nicht«, antwortete Evans. »Dr. Richardson fand, das hätte nicht viel Sinn. Wenn die Viecher gegen eine Antibiotika-Behandlung resistent sind, sind sie resistent. Seiner Ansicht nach spielte es für den Patienten keine Rolle, weshalb sie resistent sind.« Evans bemerkte den Gesichtsausdruck von Jamieson und beeilte sich hinzuzufügen: »Nun, das hat jedenfalls Dr. Richardson gesagt.«

Jamieson sagte rundheraus: »Es könnte aber helfen herauszufinden, woher die Bakterien kommen.«

»Verstehe«, sagte Evans betreten. »Da haben wir wohl nicht drüber nachgedacht. Wir haben uns darauf konzentriert, die synergistische Wirkungsweise zwischen den uns zur Verfügung stehenden Antibiotika festzustellen. Dr. Richardson meinte, wir müßten irgendeine Kombination von Antibiotika finden, mit denen man den Viechern wirksam zu Leibe rücken könnte.«

»Mit Hilfe des Eins-plus-eins-gleich-drei-Effekts.« Jamieson lächelte. »Ein guter Gedanke. Haben Sie Erfolg damit gehabt?«

»Noch nicht, aber wir sind weiterhin dabei, es zu versuchen.«

»Vielleicht könnten die Leute in London Ihnen auch dabei behilflich sein«, sagte Jamieson.

»Wohin sollte ich den Stamm Ihrer Meinung nach schicken?«

»Schicken Sie ihn an die MedKa-Laboratorien in London und markieren Sie sie als Dringlichkeitsstufe E«, sagte Jamieson und bediente sich dabei des Codes, den man ihm gegeben hatte, wenn es darum ging, sich rasch und fachmännisch von Spezialisten beraten und helfen zu lassen. Er nannte Evans die Adresse der Laboratorien.

»Noch was?« fragte Evans.

»Haben Sie nicht was von Mittagessen gesagt?«

Nach einem Lunch in der Kantine für das Krankenhauspersonal, der wirklich miserabel war, kehrte Jamieson in sein Kabäuschen in der Mikrobiologie zurück und rief Thelwells Sekretärin an, um mit ihr eine passende Zeit für seinen Besuch abzusprechen. Um vier würde es dem Chirurgen am besten passen, wurde ihm gesagt. Jamieson erklärte, zur angegebenen Zeit da zu sein. Als er auflegte, kam Evans herein und reichte ihm ein Stück Papier. »Die Namen der beiden, deren Test zweimal negativ ausfiel... Wäre mir das doch bloß schon früher aufgefallen.«

Laut las Jamieson die Namen vor. »Oberschwester Laura Fantes und... Dr. Gordon Thomas Thelwell. Vielen Dank«, sagte er, bemüht, mit seinem Tonfall nicht zu verraten, wie betroffen er war. »Ich werde das zur Sprache bringen, wenn ich nachher raufgehe.«

»Sehr gut«, sagte Evans mit einem Hauch von Belustigung in der Stimme.

»Gibt es noch was, das ich für Sie tun kann?«

»Ich hätte gern einen Laborplatz.«

»Einen Laborplatz?« wiederholte Evans echogleich.

»Jawohl, einen Arbeitsplatz im Labor und eine *Pseudomonas*-Kultur. Ich möchte die Dinger selber sehen und selbst ein paar Tests durchführen.«

Die Bitte schien Evans für einen Moment zu irritieren. »Wie Ihnen bestimmt nicht entgangen ist, sind wir, was die Laborplätze betrifft, ein bißchen beengt. Ich wüßte nicht, wo... Aber natürlich, wie wäre es, wenn Sie mein Labor mit mir teilten?«

»Das wäre sehr freundlich von Ihnen.« Jamieson lächelte. »Mir reicht ein ganz kleines Stück vom Arbeitstisch.«

Evans ging mit Jamieson in sein gegenüberliegendes Labor hinüber und machte ihn mit einer ernsthaft aussehenden jungen Frau bekannt. Der Eindruck von Ernsthaftigkeit beruhte zum Teil darauf, daß die Frau ihr straff zurückgesträhltes brünettes Haar im Nacken zu einem Knoten zusammengesteckt trug und außerdem eine betont große Brille aufhatte. Sie schien sich ganz auf das zu konzentrieren, was sie gerade machte, und sah zuerst gar nicht auf.

»Das ist Moira Lippman, eine unserer leitenden Technikerinnen. Moira hilft Ihnen bestimmt gern bei allem, was Sie in Richtung Geräte brauchen, und wird Ihnen gewiß mit Rat und Tat zur Seite stehen.«

Endlich blickte die junge Frau auf und lächelte. Sie wies die behandschuhten Hände vor, als eine Art Entschuldigung, weil sie ihm nicht die Hand geben konnte.

»Selbstverständlich«, sagte Jamieson und erwiderte das Lächeln.

»Moira, Doktor Jamieson hätte gern eine *Pseudomonas*-Kultur. Vielleicht beschaffen Sie ihm eine, sobald Sie Zeit haben?«

Moira Lippman beendete schnell die Arbeit, mit der sie gerade beschäftigt war, und trat dann an ein Waschbecken, wo sie die kontaminierten Handschuhe abstreifte und in den geöffneten Schlund eines per Pedal zu betätigenden Abfalleimers warf, ehe sie mit den Ellbogen die Mischbatterie betätigte, um sich die Hände zu waschen. Sich abtrocknend, kam sie wieder auf Jamieson zu und zeigte auf eine Reihe von Pappkartons über ihrem Arbeitstisch. »Handschuhe und Masken finden Sie hier oben«, sagte sie. »Chirurgenhandschuhe werden Ihnen bei den Verbänden an den Händen nichts nutzen. Ich schlage vor, Sie nehmen die großen Inspektions-Handschuhe aus Plastik; neben der Tür steht ein Karton. Und jetzt werde ich versuchen, einen Laborkittel für Sie aufzutreiben.«

Nachdem sie Jamieson mit Mundschutz, Handschuhen, Laborkittel

und Plastikschürze ausgerüstet hatte, sagte Moira: »Die gefährlichsten Bakterien werden alle im Gefrierschrank auf dem Gang draußen aufgehoben, der mit einem roten Klebestreifen quer über die Tür gekennzeichnet ist.«
»Hab schon verstanden«, sagte Jamieson und bemerkte den Totenschädel sowie die gekreuzten Knochen in der Mitte des roten Streifens.
»Normalerweise würden wir die *Pseudomonas* nicht als lebensgefährlich einstufen, aber der Stamm, mit dem wir es hier zu tun haben, hat es bestimmt verdient.« Moira schloß den Gefrierschrank mit einem Schlüssel auf, den sie von einer Nadel nestelte, die sie unter dem Revers ihres Kittels festgesteckt hatte, und holte einen Plastikbehälter hervor, der eine strohfarbene Gallerte enthielt. Die Gallertmasse war mit Bakterienkolonien getüpfelt; die Oberfläche hatte sich blaugrün verfärbt. »Sie können sie mit nichts anderem verwechseln«, erklärte Moira. »Das Pigment verrät sie immer.«
»*Pyocyanin*«, sagte Jamieson.
»Sie haben Ihre Hausaufgaben gemacht.« Die junge Frau lächelte. »Irgendwer hat mir gesagt, Sie wären Chirurg?«
Diesmal lächelte auch Jamieson, als er sagte: »Im Moment bin ich Hans Dampf in allen Gassen.« Er betrachtete das Behältnis mit der Bakterienkultur und entdeckte den leichten Duft nach frisch gemähtem Gras, den er seit seiner Zeit in der Mikrobiologie mit *Pseudomonas* verband. Wie harmlos das Ganze wirkte, wenn es sich auf eine Petrischale beschränkte. Das Pigment war sogar eine hübsche Farbe, und sein Name *Pyocyanin* hatte etwas ausgesprochen Wohlklingendes, bis man über die Bedeutung des Wortes nachdachte: Blau-Eiter-Erzeuger.

Sally Jenkins' Leibesinneres kannte die Wirklichkeit von Pseudomonas. Sie war dabei, an einer Infektion zu sterben, die ihren Unterleib in eine schwärende Wunde verwandelt hatte. Die Mikroorganismen waren in ihr gesamtes Körpergewebe eingedrungen, ohne daß es irgendwelchen Widerstand gegeben hätte; ausgegangen waren sie von den Operationsnarben, von wo aus sie sich auf den umliegenden Bereich ausgebreitet hatten; leider waren sie immun gegen sämtliche Antibiotika, mit denen man die junge Frau vollgepumpt hatte. Jetzt waren sie in ihren Blutkreislauf eingedrungen und schickten sie in ein

Delirium, das sie vollständig von ihrem Mann trennte, der in seiner eigenen Hölle der Hilflosigkeit an ihrem Bett saß. »Können Sie denn gar nichts tun?« flüsterte er heiser. »Verdammt noch mal, es *muß* doch etwas geben!«
Phillip Morton schüttelte den Kopf und unterdrückte die Gefühle, die in ihm aufwallten. »Es tut mir leid«, sagte er nur. »Vielleicht wäre es besser, Sie würden eine Weile draußen warten?«
»Nein!« Das ließ Jenkins sich nicht sagen; er packte vielmehr erneut die Hand seiner Frau. »Ich will bei ihr sein. Ich rühre mich nicht von der Stelle! Sally! Kannst du mich hören?«
Morton tauschte einen Blick mit der Stationsschwester. Beide kamen sich unter den gegebenen Umständen ohnmächtig vor. Es gab nichts Schlimmeres als zu wissen, daß ein Fall hoffnungslos war, und das in der Gegenwart von Verwandten, die etwas anderes erwarteten.
Sally Jenkins warf den Kopf von einer Seite auf die andere und machte es der neben ihr stehenden Schwester schwer, ihr den Schweiß vom Gesicht zu wischen. Ihr Atem ging schnell und mühselig zugleich, und ihre Finger bewegten sich unablässig und voller Unruhe, so als suchten sie irgendwelchen Schmerzen zu entkommen.
Plötzlich hörte sie auf, sich zu bewegen. Ihr Hals versteifte sich. Für einen kurzen Moment verharrte sie in absolutem Schweigen, dann entrang sich ihrer Kehle ein gurgelnder Seufzer, und ihr Leib ergab sich langsam dem Tod.
Der Tod stellte für Morton und die Schwestern so etwas wie ein Ordnungsgefühl wieder her, doch für Jenkins fing die Qual erst richtig an. Er warf sich über den Leichnam seiner Frau und schluchzte in ungleichmäßigen Abständen konvulsivisch auf. Seine Lippen suchten ihre toten Finger, um sie zu küssen, als könnte er sie in seiner Verzweiflung doch erreichen und sie zurückrufen. »Verlaß mich nicht!« schluchzte er. »Du darfst mich nicht allein lassen, Sal!«
Morton schickte die Schwestern zur Tür und sagte leise zu ihnen: »Gebt ihm einen Moment.«

Moira Lippman verfolgte, wie Jamieson sich hinsetzte, um eine frische Kultur mit *Pseudomonas* zu impfen, die sie dem Kühlschrank entnommen hatte. Er erhitzte den Inokulationsdraht über dem Bunsenbrenner, bis er rot glühte, und ließ ihn dann einen Moment lang abkühlen, bevor er ihn mit dem Spender in Berührung brachte und

mit dem nunmehr befallenen Draht in regelmäßigen Abständen über die Oberfläche der neuen Kultur hinstrich.
»Durch die Art und Weise, wie jemand das tut, kann man eine ganze Menge über den Betreffenden erfahren«, sagte Moira.
»Wirklich?« Jamieson war bei dem Gedanken leicht amüsiert.
»Ein bißchen ist das wie bei der Handschrift. Stille, schüchterne Menschen ziehen einen Haufen dicht beieinander liegender Linien. Extrovertierte machen nur wenige große Striche und beenden den letzten mit einem Schnörkel, fast so, als leisteten sie ihre Unterschrift.«
»Und wie komme ich dabei weg?«
Moira nahm die neue Kultur zur Hand und betrachtete durch den Deckel hindurch die Oberfläche. »Vollkommen parallele, saubere, wohlproportionierte und genau im richtigen Winkel zueinander liegende Linien. Ich würde sagen: ein sehr präziser Arbeiter, der großen Wert auf Details legt.«
»So was hört man gern«, meinte Jamieson lächelnd.
Moira stellte den Kulturbehälter in den Inkubator und fragte: »Was genau wollen Sie mit den Viechern machen?«
»Ich möchte ein paar biochemische Routinetests durchführen, wenn Sie so wollen, ein Gefühl für die Biester bekommen. Im Augenblick stellen sie für mich eine Ansammlung von Fakten und Zahlen auf dem Papier dar. Wenn ich diese Sache aber selber mache, meine ich, bekomme ich ein besseres Gefühl dafür, um was es hier eigentlich geht.«
»Die ganze Bandbreite von Standardtests?«
»Die ganze Bandbreite.«
»Das können Sie aber erst machen, nachdem Ihre Kultur über Nacht gewachsen ist und sich entwickelt hat. Möchten Sie, daß ich Ihnen morgen früh die Reagenzgläser hinstelle?«
»Das wäre eine große Hilfe«, bedankte Jamieson sich. »Aber ich möchte Ihnen nicht bei Ihrer sonstigen Arbeit in die Quere kommen.«
»Kein Problem«, sagte Moira. »Ich zeige Ihnen, wo Sie sie finden, falls ich morgen früh hinauf muß auf die Stationen.«

Jamieson sprach im Verwaltungstrakt vor, um sich nach Oberschwester Laura Fantes zu erkundigen, erfuhr aber nur, daß sie laut Dienst-

plan bis morgen früh Viertel vor acht dienstfrei hatte. Schon hatte er sich damit abgefunden, bis dahin warten zu müssen, um mit der Schwester zu sprechen, als der Angestellte noch hinzusetzte, sie wohne im krankenhauseigenen Schwesternheim. Vielleicht würde er sie dort finden. Jamieson bedankte sich und fragte, wo das Heim liege, folgte den ihm angegebenen Richtungsanweisungen und stand schließlich auf dem Hof eines bedrückend düster aussehenden dreistöckigen Gebäudes, das direkt neben der Krankenhausküche lag.
Auf einem Schild stand THELMA MORRISON SCHWESTERNHEIM, und auf einem farbigen Glasfenster an der Vorderseite des Hauses überm Eingang war eine Krankenschwester beim Pflegen der Verwundeten des Krimkrieges zu sehen. Das allgegenwärtige Florence-Nightingale-Syndrom. War es wirklich von so großer Wichtigkeit, ein ›Erbe‹ oder eine ›Tradition‹ zu haben? überlegte er. Die ganze Geschichte schien voll zu sein von ständigen Anspielungen auf eine Geschichte, die mit dem Töten oder dem Verstümmeln anderer zu tun hatte. Es ging darum, sie zu glorifizieren, nicht darum, sie zu verteufeln. Manchmal, dachte er, mußte es einfach schön sein, in einem Land mit nur wenig ›Erbe‹ zu leben. Irgendwo, wo es solchen hehren Mist nicht gab. Irgendwo, wo die Gebäude neu waren und alles funktionierte. Ob es einen solchen Ort wohl gab?
Auf dem Hof ging es lärmig zu. Da klapperten Rollwagen mit Essen darauf, zischte es aus der Küche, deren drei Ladebuchten auf den Hof hinausgingen. Ein Gehilfe schmetterte, während er einen schweren Container mit blockierten Rädern übers Kopfsteinpflaster schob, falsch eine Opernarie. Der Mann wartete nach Jamiesons Einschätzung offenbar darauf, ›entdeckt‹ zu werden. Auf irgend jemand vom Fernsehen, der plötzlich zwischen den Müllcontainern hervortrat und ihn über Nacht zu einem Star machen würde. Der Mann hatte etwas Treuherzig-Schreckliches an sich. Jamieson bedauerte die Nachtschwestern, die bei einem solchen Tohuwabohu tagsüber schlafen mußten.
Er betrat das Schwesternheim und sah vor sich eine Treppe sowie links und rechts einen Korridor, doch keinerlei Hinweis darauf, wer hier lebte; und von einem Zimmerplan war auch nichts zu sehen. Zwar stand ein Schreibtisch da wie in einer Rezeption, doch war der unbesetzt. Jamieson empfand das ganze Haus als beklemmend. Es hatte die Atmosphäre einer Kirche, was vornehmlich an dem Licht

lag, das durch die Glasmalerei hereinfiel, die, wie Jamieson jetzt erkannte, die gesamte Wand des ersten Treppenabsatzes einnahm.
Der glanzlose rote Teppich dämpfte das Geräusch von Jamiesons Schritten, als er den Korridor entlangging, in der Hoffnung, sich doch noch irgendwie orientieren zu können. Die Luft roch sehr abgestanden, und überall lag Staub in den Ecken herum. Er betrachtete gerade ein vollkommen geformtes Spinnennetz an einer Aufhängevorrichtung für einen Feuerwehrschlauch, da hörte er, wie die Vordertür aufging, und sah einen Mann in schlechtsitzender marineblauer Uniform mit einer Tasse und Untertasse in der Hand über den Korridor schlurfen. Der Mann ließ sich hinter dem Schreibtisch nieder und griff nach der darauf liegenden Zeitung. Da er Jamieson nicht gesehen hatte, fuhr er zusammen, als dieser auf ihn zukam und hüstelte, um auf sich aufmerksam zu machen. »Nanu? Was haben Sie denn hier zu suchen?« entfuhr es dem offensichtlich überraschten Mann. »Sie dürften eigentlich gar nicht hier drin sein.«
»Ich suche Oberschwester Fantes«, erklärte Jamieson.
»Nun, da hätten Sie an der Rezeption fragen müssen und nicht über die verdammten Korridore laufen dürfen.«
»Der Tisch war aber unbesetzt«, erklärte Jamieson ungerührt, warf aber einen bedeutsamen Blick auf Tasse und Untertasse.
Der Mann meinte offenbar, jemand von der Verwaltung vor sich zu haben, und beschloß, nichts zu riskieren. Er wechselte daher zu einem etwas beflisseneren Tonfall über und fragte: »Und wer, wenn ich fragen darf, möchte zu ihr?«
»Dr. Jamieson. Und es handelt sich um etwas Dienstliches, nichts Persönliches«, setzte Jamieson noch hinzu, da er die nächste Frage schon ahnte.
»Ich seh mal nach, ob sie da ist, Doktor«, sagte der Mann und setzte ein Grinsen auf, das er offenbar für freundlich hielt, ihn in Wahrheit aber aussehen ließ wie einen Dackel mit Zahnschmerzen. Einhändig setzte er eine Brille auf und fuhr mit dem Finger die Liste der Bewohner herunter, bevor er nach dem Hörer des Haustelefons griff und auf drei Tasten drückte. Er bedachte Jamieson nochmals mit einem Grinsen, wartete, daß jemand sich meldete, und schien enttäuscht, daß sein Gegenüber das Grinsen nicht erwiderte. Gleichwohl meldete sich offenbar jemand am anderen Ende der Leitung, und der Mann übermittelte die Nachricht, wie von Jamieson gewünscht.

»Sie ist gleich unten, Doktor«, schloß er, legte den Hörer auf und verfehlte die Gabel beim ersten Versuch. »Sie können im Aufenthaltsraum warten. Er ist da weiter unten.«

Jamieson folgte der gebückt gehenden Gestalt den Erdgeschoßkorridor hinunter und wurde in einen großen Raum mit hoher Decke gewiesen, wo er auf die Schwester warten sollte. Am einen Ende des Raums befand sich ein hoher, eleganter Kamin mit schön verziertem Funkenschild davor und einem Messingkasten für die Holzscheite daneben. Kalte Räumlichkeiten und leere Kamine, dachte Jamieson. Das Ganze hatte schon etwas sehr Britisches. Verblaßte Ölgemälde ländlicher Szenen hingen in regelmäßigen Abständen an der weißen Wand, und auf dem linoleumbedeckten Boden stand ein kunterbuntes Durcheinander von Sesseln, die einmal bessere Tage gesehen hatten. Auf einem kleinen schwarzen Tisch lagen säuberlich aufeinander gelegt verschiedene Exemplare einer Schwestern-Zeitschrift.

Jamieson warf einen Blick auf die Uhr; es war Viertel nach drei. Die Tür ging auf, und eine kleine, dunkelhaarige Frau Ende Zwanzig, schmal in den Schultern, jedoch mit breiten Hüften, kam herein und schloß die Tür leise hinter sich, ehe sie sich als Laura Fantes vorstellte.

Jamieson stellte sich vor und erklärte, warum er ins *Kerr Memorial* gekommen war.

»Ich verstehe«, sagte die junge Frau, doch verrieten ihre Augen, daß sie versuchte dahinterzukommen, was Jamieson ausgerechnet von ihr wollte.

»Es geht um die Abstriche, die bei der Überprüfung der Mitarbeiter der Chirurgie gemacht wurden«, sagte Jamieson.

»Aber sie waren negativ«, erklärte die Frau rasch.

»Ja, das ist ja gerade der Grund, warum ich hier bin.«

»Das verstehe ich nicht.«

»Sie waren *zu* negativ.«

Leicht verdattert schüttelte die junge Frau den Kopf. »*Zu* negativ?«

»Es gab bei Ihnen überhaupt keine Bakterien.«

»Ist das schlimm?« fragte Schwester Fantes erstaunt.

»Schlimm nicht«, erklärte Jamieson ruhig. »Es ist nur ungewöhnlich, es sei denn, Sie wurden gerade mit irgendwelchen Antibiotika behandelt... aber davon steht nichts in Ihren medizinischen Unterlagen.«

Die junge Frau hielt Jamiesons Blick für einen Moment stand, doch

dann ließ sie den Kopf sinken. »Ich Trottel«, sagte sie leise. »Ich hätte daran denken müssen. Wie idiotisch und töricht von mir!«
Jamieson wartete darauf, daß die Schwester weitersprach. Irgendwo im Haus wurde eine Tür zugeschlagen; der Lärm hallte im Raum wider und unterstrich noch, wie sehr sich das Schweigen der Schwester in die Länge zog.
»Sie haben recht«, sagte Laura Fantes leise. »Ich bin in Behandlung.«
»Worum geht es?«
»Um eine Zystitis. Ich nehme Ampicillin.«
Im ersten Augenblick konnte Jamieson nicht begreifen, warum die Schwester sich so aufregte. Zystitis kommt bei jungen Frauen ziemlich häufig vor, vielleicht hatte das mit sexueller Aktivität zu tun und wurde daher häufig augenzwinkernd als ›Lustbarkeits-Blasenentzündung‹ bezeichnet, galt aber kaum als etwas, das man geheimhalten mußte oder das einem peinlich zu sein hatte. Dann begriff er, wo hier der Hase im Pfeffer lag. »Sie sind nicht zu Ihrem Arzt gegangen?« fragte er.
Die junge Frau schüttelte den Kopf.
»Sie haben sich das Medikament aus dem Arzneischrank der Station geholt?«
Laura Fantes nickte.
Jamieson stieß einen langgezogenen Seufzer aus und sagte dann: »Sie sind sich doch darüber im klaren, daß die Entnahme von Medikamenten aus der Stationsapotheke ein Verstoß gegen die Vorschriften ist, der eigentlich mit sofortiger Entlassung geahndet wird?«
Die Frau nickte und sagte: »Natürlich. Es war furchtbar dumm von mir, so etwas zu tun. Ich habe wohl einfach nicht darüber nachgedacht. Ich leide recht häufig an einer Zystitis, und mein Arzt verschreibt mir immer Ampicillin. Da habe ich wohl gedacht, daß es diesmal genauso sein würde, und habe mir die Fahrt ans andere Ende der Stadt und die lange Herumsitzerei im Wartezimmer ersparen wollen. Das ist so ätzend.«
»Wie lange sind Sie schon Krankenschwester?« fragte Jamieson.
»Neun Jahre.«
»Und noch nie ans Heiraten gedacht?«
Die junge Frau stieß ein bitteres Lachen aus und sagte: »Es ist wirklich eine Ironie des Schicksals. Diese Blasenentzündung habe ich mir

nach einer Woche Urlaub mit meinem Freund im Lake District geholt. Am Ende des Urlaubs haben wir uns für immer getrennt, und jetzt auch noch das hier!« Resigniert sah sie Jamieson an und fragte: »Und was passiert jetzt?«

Jamieson betrachtete die mitleiderregende Gestalt, die vor ihm stand, und überlegte, welche Möglichkeiten ihm offenstanden. Was er von Amts wegen zu tun hätte, war klar. Er sollte die Schwester melden, und sie würde entlassen werden. Ende der Geschichte. Aber es galt auch noch anderes zu berücksichtigen. Die Schwester war fast dreißig. Sie hatte ihren Freund verloren und war auch nicht gerade die attraktivste, die er jemals gesehen hatte. Was mochte aus ihr werden, wenn sie jetzt auch noch die Stellung verlor – nicht nur ihre Stellung, ihre ganze berufliche Laufbahn war im Eimer. Er sah eine verbitterte alte Jungfer. Ihren Unterlagen zufolge war sie eine ausgezeichnete Kraft. War es wirklich recht, das alles kaputtzumachen? Die Vorschriften besagten, all das hätte nichts zu bedeuten, aus welchem Grund auch immer Medikamente entwendet wurden.

Jamieson beschloß, sich dieser Meinung nicht anzuschließen. Jede Frau, die neun Jahre ihres Lebens in Krankenhäusern wie dem *Kerr Memorial* gearbeitet und in Häusern wie dem Thelma Morrison-Schwesternheim gelebt hatte, verdiente es, daß man all das berücksichtigte; außerdem war es kein Morphium, das sie entwendet hatte, nur Ampicillin, ein Antibiotikum, das sich in den meisten Badezimmerschränkchen des Landes fand. Jamieson holte tief Luft und sagte: »Nichts.«

»Ich verstehe nicht«, sagte Laura und machte ein verwirrtes Gesicht.

»Sie werden heute abend quer durch die Stadt fahren und zusammen mit greinenden Gören und Bronchitishusten vierzig Minuten lang warten. Sie werden alte Ausgaben von *Punch* und *What Car* lesen, bis der Summer für Sie ertönt, und dann gehen Sie zu Ihrem Hausarzt und sagen ihm, Sie hätten wieder eine Zystitis. Das wird – in Zukunft – die einzige Möglichkeit für Sie sein, zu Ampicillin zu kommen. Sie werden nie wieder etwas aus dem Medikamentenschrank der Station entwenden. Ist das klar?«

Laura Fantes sah aus, als traute sie ihren Ohren nicht. Ihr Gesicht strahlte auf, sie suchte nach Worten, um ihre Dankbarkeit zum Ausdruck zu bringen. »Das werde ich Ihnen nie vergessen«, sagte sie.

»So, und jetzt – ab«, sagte Jamieson und warf wieder einen Blick auf die Uhr. Es war Zeit zu gehen und Thelwell aufzusuchen. Darauf freute er sich keineswegs. Als er aus dem Schwesternheim ins Freie hinaustrat, suchte der Arbeiter gerade den höchsten Ton am Ende der *Nessun dorma*-Arie zu erreichen. Er siegte nicht.

Fünftes Kapitel Jamieson betrat die Gynäkologische Abteilung durch einen Seiteneingang, stellte jedoch fest, daß der enge Flur, der zur Treppe führte, durch eine Anzahl großer Kartons versperrt wurde. Zwei Pfleger standen vor den Kartons und warteten darauf, daß der Lastenaufzug herunterkam.

»Er muß gleich kommen«, sagte einer der Männer, als er Jamieson eintreten sah. Jamieson nickte und wartete. Bei dem Aufzug handelte es sich um ein altmodisches Modell, das nach allen Seiten offen und einzusehen war und mehr von einem Eisenkäfig hatte als von einem modernen Lift. Jamieson sah die Bodenplatte durch die Decke herabschweben und in Bodennähe langsam abbremsen. Einer der Männer schob das Scherengitter auseinander, während der andere ihm die Kartons über den Fußboden zuschob, damit sie drinnen verstaut werden konnten. Nachdem der Weg frei für ihn war, stieg Jamieson die Treppe hinauf und folgte den Zeichen, die ihn zu Thelwells Büro brachten. Er klopfte einmal und trat dann ein.

»Doktor Jamieson?« fragte die Frau hinter einer Schreibmaschine. »Mr. Thelwell erwartet Sie schon. Gehen Sie nur hinein!« Sie zeigte auf eine der beiden dunklen Holztüren hinter sich. »G. T. Thelwell« stand in Augenhöhe auf einem Messingschild daran.

Jamieson trat ein und fand Thelwell im Gespräch mit Phillip Morton. Thelwell gab durch ein knappes Kopfnicken zu verstehen, daß er Jamiesons Ankunft wahrgenommen hatte, und bewegte sich auf seinem Sessel, als wolle er Morton damit zu verstehen geben, daß ihr Geplauder zu Ende sei. Morton verstand den Wink, erhob sich und lächelte Jamieson beim Hinausgehen zu. »Was machen Ihre Hände?« fragte er.

»Die sind schon viel besser«, antwortete Jamieson.

»Nehmen Sie sich einen Stuhl«, sagte Thelwell.

Jamieson nahm Platz.

»Unsere Patientin, Mrs. Jenkins, ist heute nachmittag leider gestorben«, begann Thelwell, nachdem die Tür sich hinter Morton geschlossen hatte.

»Das tut mir leid. Dann muß es ja sehr schnell mit ihr bergab gegangen sein.«

»Was soll das heißen?«

»Knapp einen Tag vom Beginn der Infektion an«, erklärte Jamieson. »Finden Sie das nicht ungewöhnlich schnell?«

»Was wollen Sie damit sagen?« Thelwell schien gereizt zu sein. Jamieson meinte, förmlich zu sehen, wie dem Mann der Kamm schwoll, weil er sich einbildete, seine Bemerkung sei ein versteckter Angriff auf seine Abteilung. Er bewahrte jedoch die Ruhe und sagte: »Ich will nur sagen, daß die Organismen, auf denen die Infektion beruht, nicht nur schwierig zu behandeln sind, sondern auch ungewöhnlich virulent.«

Thelwell begriff, vorschnell mit seiner Verurteilung gewesen zu sein, und brummte verlegen vor sich hin. »Ich dachte, das wüßten Sie. In allen drei Fällen setzte auf die Infektion innerhalb von zwölf Stunden eine allgemeine Septikämie ein.«

»Ich verstehe«, sagte Jamieson.

»Nun, was genau möchten Sie von mir gezeigt bekommen?« fragte Thelwell.

»Alles. Die Stationen, den OP, die Intensivstationen, die Aufwachräume, die Waschräume fürs Personal ... alles.«

Thelwell wirkte für einen Moment so, als wollte er Einwände erheben. Doch dann stand er einfach auf und sagte: »Dann fangen wir am besten gleich an.«

Im Verlauf des Rundgangs erkannte Jamieson, daß er genau das zu sehen bekam, was er erwartete: Eine in jeder Hinsicht intakte, höchst effiziente Abteilung, so gut wie jede andere im Bereich des öffentlichen Gesundheitswesens, auf jeden Fall genauso sauber und modern, wie das Budget und die Zustände in den überalterten Gebäuden es erlaubten. Er konnte nirgendwo einen offensichtlichen Fehler entdecken, weder in der Einrichtung noch im Ablauf der Behandlung oder der Pflege.

Thelwell erklärte ihm auf dem Rundgang in großen Zügen, wie die Abteilung funktionierte, und Jamieson machte sich Notizen, doch fiel nichts von dem, was er sah, aus dem Rahmen des Normalen heraus.

»Wo bewahren Sie die chirurgischen Instrumente auf?« fragte er, nachdem Thelwell ihm den OP gezeigt hatte.
Thelwell trat an einen Stahlschrank und machte ihn auf. Es lagen drei Sätze von Instrumenten darin, eine jede mit einem Etikett der Zentralsterilisation darauf, das anzeigte, daß der Inhalt der Pakete den Sterilisator passiert hatte. Jedes Päckchen war außerdem mit einem breiten Autoklav-Klebestreifen versehen, dessen Farbindikator sich schwarz verfärbt hatte und somit anzeigte, daß die Instrumente für die vorgeschriebene Zeit bei entsprechender Temperatur im Sterilisationsapparat gewesen waren.
Jamieson nickte befriedigt, woraufhin Thelwell die Tür wieder zumachte. »Wann operieren Sie wieder?« fragte er.
»Morgen«, erwiderte Thelwell.
Das überraschte Jamieson. »Ich dachte, wir hätten uns darauf geeinigt, die Operationen erst dann wieder aufzunehmen, wenn der neue Aufwachraum wieder in Betrieb genommen werden kann?«
»Es handelt sich um einen Notfall«, erklärte Thelwell. »Aber wir haben Ihre Wünsche berücksichtigt und unten ein Einzelzimmer für die Patientin als Aufwachraum vorbereitet.«
»Um was geht es?«
»Um einen Ovarientumor. Der kann nicht warten.«
»Wieder im OP der Orthopädie?«
Thelwell schüttelte den Kopf und sagte: »Nein, wir wissen ja, daß die Infektion mit dem OP nichts zu tun hat, deshalb arbeite ich wieder hier, allerdings wird dieser OP heute abend von oben bis unten neu desinfiziert, die Decke eingeschlossen. Wir wollen eben ganz sichergehen. Außerdem wird bei allen, die an der Operation teilnehmen, heute noch ein Abstrich gemacht, um zu gewährleisten, daß keiner von uns der Träger des verdammten Bakterienstamms ist. Nach der Operation wird die Patientin sofort in das Zimmer gebracht, das ich eben erwähnt habe, und bis zur Genesung gesondert gepflegt. Zimmer wie OP werden, wie gesagt, von oben bis unten desinfiziert.«
»Nun, daran ist nichts auszusetzen«, erklärte Jamieson.
»Wie freundlich von Ihnen, es gutzuheißen«, erwiderte Thelwell.
Jamieson überging den Seitenhieb. »Ich würde der Operation morgen gern beiwohnen.« Er spürte Thelwells Groll, doch blieben dessen schmale Lippen fest geschlossen, und seine Miene verriet – abgesehen von den Augen – ganze zehn Sekunden nichts, bevor er sagte:

»Zu welchem Zweck, wenn Sie erlauben, daß ich frage?« Dabei sprach er jede einzelne Silbe peinlich genau aus.

»Nur um zu beobachten«, sagte Jamieson. Seine Ruhe schien Thelwell bis aufs Blut zu reizen.

»Bei Ihnen ist kein Abstrich gemacht worden«, sagte Thelwell.

»Aber ja doch«, entgegnete Jamieson. »Bevor ich hierher zu Ihnen gekommen bin, habe ich mich in der Mikrobiologie überprüfen lassen.«

Thelwell schluckte, denn er konnte nichts mehr einwenden. »Sehr gut«, sagte er. »Dann seien Sie, vorausgesetzt, daß Ihr Test negativ ausfällt, um zehn Uhr in steriler Kleidung zur Stelle.«

»Danke.«

Thelwell warf einen Blick auf die Uhr und sagte: »Wenn es sonst nichts weiter gibt... Ich habe heute abend Chorprobe.«

»Doch, da gibt es noch etwas«, sagte Jamieson, so daß Thelwell, der schon im Gehen begriffen war, stehenblieb. »Ich wollte noch über Ihre eigenen Abstriche mit Ihnen sprechen und hätte es gern, wenn Sie mir erklären, wieso es bei den beiden letzten Mitarbeiterüberprüfungen zu zwei völlig negativen Nasenabstrichen gekommen ist.«

»Ich verstehe nicht«, stotterte Thelwell, doch roch Jamieson förmlich, daß er sehr wohl verstand. Er wartete noch etwas ab, und dann lenkte Thelwell ein. »Im Interesse meiner Patientinnen benutze ich immer Naseptinsalbe. Deshalb waren meine Abstriche völlig negativ. Es fällt schwer, mit alten Gewohnheiten zu brechen, und ich muß vergessen haben, sie an dem Tag, an dem die Abstriche gemacht wurden, nicht zu benutzen.«

Jamieson ließ Thelwell noch einen Moment länger am Haken zappeln, bevor er das auf der Hand Liegende feststellte. »Aber Ziel der Mitarbeiterüberprüfung war es festzustellen, ob irgend jemand von Ihnen Organismen mit sich herumträgt, die für die Patienten gefährlich sind. Wenn alle sich vor dem Test den Nasengang sterilisieren, hätte es doch gar keinen Sinn, sie überhaupt zu machen...« Jamieson wußte, daß Thelwell sich trotz zur Schau getragener Sicherheit vor Verlegenheit innerlich wand.

»Wie ich schon sagte«, meinte Thelwell, »ich muß vergessen haben, an den Tagen, an denen die Tests vorgenommen wurden, mit dem Eincremen der Nase auszusetzen. Ich habe im Moment ziemlich viele Sorgen.«

Jamieson starrte Thelwell weiterhin durchdringend an. Sein Schweigen trug Früchte. »Na schön, wenn Sie es unbedingt wissen müssen: Ich wollte diesem Trottel Richardson keine Gelegenheit geben, mich mit seiner Inkompetenz in Verlegenheit zu bringen. Dieser Mensch würde vermutlich sagen, er hätte bei mir im Nasen-Rachenraum Typhuserreger gefunden.«

Jamieson fiel es schwer, Haltung zu bewahren. War er hier in einer Klinik oder in einem Irrenhaus? fragte er sich. Thelwells Paranoia grenzte schon ans Pathologische, doch für den Moment durfte er das nicht überbewerten und immerhin in Betracht ziehen, daß Thelwell die Wahrheit sprach, als er erklärte, die Salbe routinemäßig zu benutzen. Deshalb sagte er: »Vielleicht lassen Sie morgen nach der Operation im Labor einen weiteren Abstrich machen?«

»Natürlich«, murmelte Thelwell peinlich berührt.

Jamieson sah auch keinen Grund, ihn weiter festzunageln. »Viel Spaß bei der Probe«, sagte er. »Ist es ein städtischer Chor?«

»Ja... ja«, stammelte Thelwell, dem der Übergang zu gesellschaftlichem Geplauder nicht leicht fiel. »Der Chor von St. Serf's. Wir proben das *Te Deum*.«

»Hübsch«, sagte Jamieson, was nun so überhaupt nicht zum *Te Deum* paßte.

Der Mann stand im Schatten eines Ladeneingangs und beobachtete, was sich weiter unten auf der Straße abspielte. Die Nutten waren immer noch da, kamen in Leopardenfell-Imitation und Kunstleder aus der Dunkelheit und verschwanden wieder, aber sie konnten ihm nichts vormachen. Die Hälfte von ihnen hatte einen Haftbefehl in der Handtasche, und der Ford Sierra, der in der Clarion Street stand, hätte genausogut Blaulicht auf dem Dach haben können statt daß die beiden Blödiane drinsaßen, Sandwiches kauten und dauernd auf die Uhr sahen. Hielten sie ihn denn für einen Vollidioten? Dachten die wirklich, daß er noch einmal auf die gleiche Weise vorgehen, wie ein Bekloppter in ihre kleine Falle laufen würde? Wütend war er nicht, nur überrascht, daß sie so dumm sein konnten. Was nützte alle Vorsicht, wenn das Kind schon in den Brunnen gefallen war...

Ein Bus kam bedrohlich hoch aufragend von rechts und blieb vor ihm stehen. Er schlug den Kragen hoch und stieg ein. Heute abend würde er sich auf andere Dinge konzentrieren, und die Tatsache, daß die

Bullen die ganze Nacht über draußen in der Kälte bibberten, machte diese Aussicht um so angenehmer. Wer seine Hand über diese Miststücke hielt, hatte es nicht besser verdient und sich die ganze Unbill selbst zuzuschreiben.

Der Bus hielt auf der anderen Seite des Kreisverkehrs, und der Mann stieg aus, wobei er die Aktenmappe in der Hand trug und seinen Hut noch ein wenig fester aufsetzte. Es hatte angefangen zu regnen, doch hatte er es nicht weit bis zu der Souterrainwohnung, und dort konnte er mit seiner abendlichen Arbeit fortfahren. Er bog in die schmale Gasse ein, die die Hauptstraße mit jener Straße verband, in der seine Wohnung lag, durchmaß sie und ging vorsichtig den Pappe- und Papierstapeln aus dem Weg, die gebündelt dalagen, um am Morgen eingesammelt zu werden.

Die Wohnung war für seine Zwecke ideal gelegen, denn sämtliche Gebäude drum herum wurden als Büros genutzt. Nachts trieb sich hier so gut wie niemand herum. Die Fenster der gesamten Straße lagen im Dunkeln, bis auf eines im ersten Stock, dem Büro des Hausmeisters schräg gegenüber. Das war so ungewöhnlich, daß er am Ende der Seitengasse kurz im Dunkel stehenblieb und hinaufsah. Er war neugierig. Kein Mensch hatte hier je zuvor so spät noch gearbeitet. Seine angeborene Vorsicht ließ ihn überlegen, was das zu bedeuten haben konnte.

Während er noch hinaufsah, tauchte eine junge Frau am Fenster auf. Sie lachte, und während sie hinauflangte nach der Schnur für das Rollo, trat ein Mann hinter sie und schlang ihr den Arm um die Hüfte. Der Mann draußen in der Dunkelheit verfolgte, wie der Mann am Fenster seine Hand hinaufgleiten ließ zu den Brüsten der Frau und sein Gesicht an ihren Hals schmiegte. »Trottel!« zischte er, und in seinen Augen loderte die Wut, als er sah, wie die Frau wieder auflachte und ihrerseits die Hand hob, um dem Gefährten übers Haar zu streichen. »Siehst du denn nicht, daß sie versucht, dich ins Messer laufen zu lassen?«

Das Rollo ging hinunter, und die beiden Gestalten blieben seinem Blick entzogen, während der Mann an der Straßenecke weiterhin zum Fenster hinaufstarrte. Er mußte zweimal schlucken, hatte sich dann jedoch wieder in der Gewalt. Es galt, eine Arbeit zu verrichten, er hatte zu tun. Er stieg die Kellertreppe hinunter und machte leise die Tür auf. Dem Paar auf der anderen Straßenseite würde er keine Gele-

genheit geben, ihn vom Fenster aus zu beobachten, auch wenn ziemlich unwahrscheinlich war, daß sie hinaussahen. Der arme Verblendete dachte bestimmt an etwas ganz anderes. Aber Vorsicht war, wie immer, von allergrößter Wichtigkeit.
Leise zog er die Tür hinter sich zu und die Vorhänge vor den Fenstern vor, bevor er das Licht anknipste. Eine Spinne krabbelte, da er vor der weißgetünchten Wand jetzt besonders gut zu sehen war, die Rettungsleine ihres Netzes hinauf, doch der Mann achtete nicht darauf. Er machte die Tür eines kleinen Metallschränkchens auf und betrachtete den Inhalt. Ausgezeichnet, dachte er, es ging alles gut. Wenn der Zeitpunkt gekommen war, würde er bereit sein, und alles konnte von vorn anfangen.
Er machte die Schranktür zu und ging in die Küche, um einen kleinen Strahler anzuknipsen, der in der Mitte des Küchentisches stand. Zuerst kam nur ein matter violettfarbener Schimmer von der Lampe, doch je mehr Zeit verging, desto heller leuchtete sie. Angetan mit einem weißen Overall und einem Gesichtsschutz aus Plastik kam der Mann aus dem Schlafzimmer zurück. Er prüfte, ob die Handschuhe auch richtig saßen, daß die Revers seines Overalls auch darüber gingen und der Kittel bis zum Hals geschlossen war. Er konnte sich keine weiteren Schnitzer leisten. Nachdem er alles noch einmal gründlich überprüft und genau durchgesehen hatte, schien er zufrieden mit seiner Schutzkleidung und machte sich an die Arbeit.
Zwei Stunden vergingen, bevor er fand, für einen Abend genug getan zu haben. Er knipste die Lampe aus und nahm den Mundschutz ab. Die kalte Kellerluft fühlte sich auf dem dünnen Schweißfilm auf seiner Stirn feucht an, und so zitterte er leicht, als er aufstand und sich ans Aufräumen machte. Nachdem alles wieder sicher in dem Metallschränkchen verstaut war, seufzte er zufrieden auf und warf einen Blick auf die Uhr. Ein letzter Blick auf das Thermometer, das oben aus dem Schränkchen herausschaute, dann gab es für diesen Abend nichts mehr zu tun.
Als er die Zimmerbeleuchtung ausschaltete, ehe er die nach außen führende Wohnungstür öffnete, wurde er sich einiger Stimmen auf der Straße über ihm bewußt und blieb in der Dunkelheit stehen, um zu lauschen. Ein Mann und eine Frau redeten miteinander, aber er konnte nicht verstehen, was sie sagten. Minuten vergingen, und er wurde immer ungeduldiger. Da er mucksmäuschenstill dastand,

wurde er sich der Kälte und der Feuchtigkeit noch deutlicher bewußt. Sehr langsam drehte er das Sicherheitsschloß der Tür zu und stemmte sich mit seinem ganzen Gewicht dagegen, falls die Tür gegen die Zarge scheuerte und dabei ein Geräusch verursachte. Mit schmerzlicher Langsamkeit zog er die Tür Zentimeter um Zentimeter weiter auf, bis er hören konnte, was gesprochen wurde.

Beim Lauschen wurde ihm klar, daß die Stimmen dem Mann und der Frau gehörten, die er früher am Abend am erhellten Fenster gegenüber gesehen hatte. Ihr sündhaftes Bürotechtelmechtel war beendet, und jetzt gingen sie nach Hause. Wo im Büro hatten sie es wohl getrieben? überlegte er. Auf einem Schreibtisch? Oder sich auf dem Fußboden windend wie Tiere? Oder vielleicht an eine Wand gedrängt, wobei die Schlampe den Mann weiter reizte? Diesen Klammern fiel immer etwas Neues ein. Aus diesem Grunde mußte er ja genauso trick- und einfallsreich vorgehen, damit das Gleichgewicht gewahrt wurde.

Die Frau betonte, es wäre keineswegs nötig, nach Hause gebracht zu werden. Er verspäte sich sowieso schon, was ihm zu Hause nur Ärger einbringen würde. Sie habe nichts dagegen, mit dem Bus heimzufahren; die Haltestelle liege ja gleich um die Ecke; folglich werde sie in einer Viertelstunde schon daheim sein.

»Wenn du wirklich meinst«, sagte der Mann.

Ein langes Schweigen schloß sich an, und der Mann im Souterrain nahm an, daß das Pärchen sich umarmte und küßte. Ein Ausdruck des Abscheus huschte ihm im trüben gelben Licht, das gedämpft von der Straße herunterfiel, übers Gesicht.

Die beiden wünschten sich leise eine gute Nacht, und dann verriet das Klicken hochhackiger Schuhe auf dem Pflaster, daß sie sich getrennt hatten. Als wenige Sekunden darauf ein Auto anfuhr, war dem Mann klar, daß er den Keller jetzt verlassen konnte. Allerdings war ihm mittlerweile eine Idee gekommen. Geplant hatte er das Ganze vorher nicht, aber konnte er eine Chance, wie sie sich ihm hier bot, einfach ungenutzt vorübergehen lassen?

Umsichtig vorgehen! Vor allem mußte er Vorsicht walten lassen! Ungeplantes, impulsives Handeln barg immer Gefahren. Spontaneität konnte eine Katastrophe bedeuten, doch andererseits konnte er nicht die Gelegenheit verstreichen lassen, die Gesellschaft erneut von einer dieser Teufelinnen zu befreien. Er schloß die Tür noch einmal auf und zog wieder die Vorhänge zu, ehe er das Licht anknipste. Dann ging er ins Bad, nahm die Gummischürze von der Leine und faltete sie rasch zusammen, ehe er sie in die Aktenmappe stopfte. Die Instrumente lagen neben dem Ausguß bereit. Rasch wickelte er sie in das Samttuch.

Das war ja regelrecht eine Probe aufs Exempel, dachte er, als er die Wohnungstür leise hinter sich zumachte. Wenn die Schlampe bei seinem Eintreffen noch an der Bushaltestelle stand, würde das ein Zeichen dafür sein, daß das Schicksal auf seiner Seite war. War sie es nicht, würde er ins Souterrain zurückkehren und das ganze Unternehmen abblasen.

Als er die Straße hinuntereilte, streifte er mit dem Fuß einen Pappkarton und wäre fast auf allen vieren gelandet, fing sich jedoch noch rechtzeitig und sah sich von da an besser vor. Am Ende der Gasse blieb er stehen, um sich zu fassen; er strich die Vorderseite seiner Jacke fest und setzte den Hut im korrekten Winkel auf, ehe er um die Ecke herumging und sich der Bushaltestelle näherte.

Sie stand noch da! Die Schlampe stand da, und der Wind drückte ihr den Rock an den Hintern; der Schlitz im Rücken ließ das schmale Dreieck eines weißen Unterrocks erkennen; ihre Jacke war so geschnitten, daß sie die Wölbung ihrer Brüste betonte. Als er sich zu ihr stellte, drehte sie sich um, doch ihr Gesichtsausdruck veränderte sich bei seinem Anblick nicht. So schauten die Nutten ihn immer an – als ob er nicht da wäre! Er starrte ihr auf den Nacken, und dann, als sie den Kopf leicht wandte, betrachtete er ihr Profil, das eine gewisse Hochmütigkeit auszudrücken schien. Wem, glaubte sie, mit ihrem Anschein von Wohlanständigkeit etwas vormachen zu können? Ob sie sich wirklich einbildete, daß er die ganze Maskerade nicht durchschaute und darunter den Schmutz und das Böse nicht erkannte?

Der Bus kam, und die Frau stieg ein. Da sie einen so engen Rock trug, hatte sie Schwierigkeiten, die hohe Stufe zu erklimmen, und so mußte sie hinunterlangen, um den Saum ein bißchen hochzuschieben. Der Mann hinter ihr spürte, wie der Druck in seinen Augen sich verstärkte, als ihm klar wurde, daß sie das vor allen Dingen für ihn tat. Sie versuchte, ihn von seiner Aufgabe abzulenken, indem sie ihn mit ihrem Charme bestrickte. Sie setzte die gleichen Waffen ein, denen er früher erlegen war. Er merkte, daß Härte sich in ihm regte;

kleine Schweißperlen traten ihm auf die Oberlippe. Er kämpfte gegen das Gefühl an! Er durfte nicht schwach werden!
Die Frau bat um einen Fahrschein für fünfzig Pence, und nach einer passenden Verzögerung, in deren Verlauf er tat, als suche er in der Hosentasche nach Kleingeld, verlangte er dasselbe. Er entnahm dem Automaten das Ticket, doch während er das tat, schlug seine Aktenmappe gegen den unteren Teil des Apparats, und die Instrumente klirrten; wahrscheinlich hatte sich das Samttuch gelöst.
»Was haben Sie denn da drin?« fragte der Fahrer. »Die Kronjuwelen etwa?«
Der Mann schaffte es, ein Lächeln aufzusetzen, das jedoch gezwungen wirkte. Er versuchte so zu tun, als wäre er die Ruhe selbst, und ging bis zu einem Sitz hinten im Bus durch. Dort würde er geschützt sein vor den Blicken Neugieriger. So saß er nun vier Reihen hinter der Frau, und war insgeheim wütend auf sich selbst. Er hatte seine Chance verspielt! Jetzt konnte er seinen Plan nicht mehr ins Werk setzen. Der Fahrer würde sich bestimmt an ihn erinnern – genauso wie er sich daran erinnern würde, daß er an derselben Haltestelle zugestiegen war wie die Ermordete. Daß die Instrumente aus ihrer Umhüllung herausgerutscht waren und geklirrt hatten, vergaß bestimmt niemand. Warum hatte er sich nicht die Zeit genommen, die Instrumente so zu verpacken, wie es sich gehörte?
Der Bus bog in eine hell erleuchtete Straße ein; die Pubs schlossen gerade und die Gäste strömten ins Freie – wie das Gesetz es verlangte. Lärmig und unordentlich ging es dabei zu, und der Mann verzog unwillkürlich das Gesicht, als er sah, wie eine Gruppe von jungen Leuten auf das Erscheinen des Busses reagierte und zur Haltestelle lief. Die Türen glitten zur Seite, und zwei der Jugendlichen gerieten in Streit, da keiner dem anderen den Vortritt lassen wollte. Der Fahrer machte ihnen Vorhaltungen und handelte sich damit einen Schwall von Flüchen ein. Als sie ihr Geld auf die Schale legten und fortfuhren, sich anzurempeln und zu drängeln, zog er es vor, den Mund zu halten und sich nicht einzumischen.
Sie waren zu fünft. Als sie ins Businnere drängten, schoben sie einem alten Mann die Mütze in die Augen, und als der protestierte, machten sie sich laut über ihn lustig.
»Was ist los, Opa? Plötzlich blind geworden?«
Sie wandten ihre Aufmerksamkeit einem noch keine zwanzig Jahre

alten Mädchen zu, das puterrot anlief, als sie sich laut über sein Äußeres ausließen.

»Hübsche Titten, aber mit dem Gesicht ist kein Staat zu machen«, sagte einer der Halbstarken zum johlenden Gelächter der anderen.

»Der kleine Arsch ist aber auch nicht schlecht. Wetten, daß die ganz schön bumsen kann?«

»Was meint ihr, sollen wir sie mal ausprobieren?« fragte ein anderer, woraufhin plötzlich eine Pause im allgemeinen Lärm entstand.

»Ja... los!« rief einer der Halbstarken und betrachtete die Beine des Mädchens.

Das Mädchen sprang auf, lief bis zum Vordereingang des Busses und verlangte, auszusteigen und die Polizei zu rufen. Der Fahrer zögerte, irgend etwas zu unternehmen, doch als ein anderer Fahrgast, eine ältere Frau, die weiter vorn saß, gleichfalls protestierte, griff er nach seinem Mikrofon.

»Rühr das an, und wir schlagen dich krankenhausreif!« warnte ihn der Anführer der Rowdys und rückte auf dem Mittelgang näher auf den Fahrer zu.

Dieser setzte ein verzeihungheischendes Lächeln in Richtung auf das Mädchen auf und legte das Mikro wieder hin. Dann machte er die Bustür auf und sagte: »Sieh zu, daß du nach Haus kommst, Kleine. Es ist zu deinem eigenen Besten.«

Das Mädchen sprang hinaus, und der Halbstarke kehrte zu seinen Freunden zurück und übergoß das Mädchen durchs Fenster mit einer Flut von unflätigen Ausdrücken, die er dann auch noch mit vielsagenden Gesten unterstrich, und die unmißverständlich klarmachten, was die Bande mit ihr machen würde.

Jetzt wandten sie sich der Frau im engen Rock zu.

»Was haben wir denn da?« fragte einer und schob sich auf den Sitz der Frau gegenüber. Die anderen rückten nach und bildeten einen Halbkreis um die beiden.

»Nun sieh dir mal das an...«

Die Frau bewahrte ein würdevolles Schweigen, bestrafte die jungen Leute mit Mißachtung und schaute angelegentlich zum Fenster hinaus.

»Die Älteren sind immer die besten«, erklärte der Anführer der Bande. »Die wissen jedenfalls, worauf's ankommt.« Dann wandte er sich der Frau zu und sagte: »Hab ich nicht recht, Darling?«

Die Frau gab sich weiter Mühe, ihn zu ignorieren.
Der Anführer der Bande ließ sich auf dem Sitz neben ihr nieder und schob sich dicht an sie heran. »Du weißt schon, was ich mein, nich' wahr, Darling? Du hast dich in deiner Zeit doch bestimmt gern aufs Kreuz leg'n lass'n, oder? 'türlich hast du das! Wetten, daß du ganz schön heiß bist, wenn du erst mal in Fahrt bist...?«
Einer der Rüpel sprang auf den Gang hinaus und bewegte die Hüften unter dem Gejohle der anderen rasch vor und zurück.
Die Frau drehte sich vom Fenster weg und zischte wütend: »Tiere!«
Dieser Kommentar rief von seiten der Halbstarken, die vom Bus durchgeschüttelt wurden, nur lautes Gelächter hervor. Einer der Fahrgäste, ein Mann in mittleren Jahren im Anorak, konnte es nicht mehr ertragen. »Warum haltet ihr nicht euer dreckiges Schandmaul!« knurrte er rot im Gesicht und mit einer Mischung aus Wut und peinlichem Berührtsein. Die Rüpel drehten sich zu ihm um und tauschten amüsierte Blicke, ehe sie gegen ihn vorrückten.
»Na, was haben wir denn hier?« zischte der Wortführer.
»Sieht mir nach'm richtig'n Knallkopp aus«, ließ sich einer der anderen vernehmen.
»Der arbeitet bestimmt inner Bank; sieht aus wie'n feiner Pinkel, der inner Bank arbeitet«, sagte der Anführer.
»*Yes, Sir, no Sir*, drei Sack Knete, *Sir*«, äffte einer den Umgangston in einer Bank nach.
»Na, wie isses, malochst du inner Bank oder nich'?« wollte der Leithammel wissen und schob sein Gesicht tief hinab vor das des Mannes.
»Halt die Klappe und hau ab!« sagte dieser.
»Willst du uns etwa dazu bringen, Leine zu zieh'n?« fragte der Anführer bedrohlich leise und mit einem Grinsen im Gesicht, das alles andere als humorvoll war.
»Habt ihr denn überhaupt kein' Anstand im Leib?« platzte es aus dem Mann heraus. »Habt ihr keine Eltern, oder sind die wie ihr? Abschaum!«
Langsam wich dem Anführer das Grinsen aus dem Gesicht, bevor er sich den anderen zuwandte und sagte: »So redet der nich' über meine Mum. Habt ihr gehört, was der über meine Mum gesagt hat?«
»Alter Knacker!«

»Dem verpassen wir eine!«
»Um Gottes willen, hört auf! Laßt ihn in Ruhe!« legte die Frau sich ins Mittel, der der Mann in ihrer Not zur Hilfe gekommen war.
»Halt's Maul! Zu dir komm' wir noch, Darling!« sagte der Anführer, ohne die Augen von dem Mann zu lassen, der sein augenblickliches Ziel war. »Kein Mensch red't so über meine Mum, kein Mensch... kapiert?«
Dem Mann wurde keine Gelegenheit gegeben, etwas zu sagen, denn mit dem letzten Wort ließ der Rüpel seine Stirn auf den Nasenrücken des Mannes niedersausen, so daß darauf plötzlich eine Riesenwunde klaffte. Die Brille des Mannes zerbrach; Blut schoß aus der Wunde und spritzte, als er japsend zusammenbrach, auf den Sitz ihm gegenüber.
»Verdammt noch mal, hört auf!« kreischte eine Frau vorn, und andere forderten den Fahrer auf, anzuhalten.
Das Gefühl, daß die anderen Fahrgäste, die bisher nichts weiter gewesen waren als ein bunter Haufen von schwächlichen Individuen, zu einer zusammenhängenden Opposition zusammenwuchsen, verfehlte seine Wirkung auf den Anführer der Bande nicht. »Sie haben gehört, was er über meine Mum gesagt hat!« verteidigte er sich offensichtlich in dem Gefühl, jetzt einen stichhaltigen Grund dafür haben zu müssen, sich zu verhalten, wie er es immer tat. »Ihr habt es alle gehört! Der alte Knacker hat seine Abreibung verdient, alles, hat er!«
Die anderen Rüpel stimmten ihm zu, doch verlor ihre Unterstützung an Boden, da auch sie den Druck der übrigen Fahrgäste gegen sich spürten und die aufgebrachten Bürger die bemitleidenswerte Gestalt des Mannes ins Auge faßten, der die Hände vors Gesicht geschlagen hielt, während ihm das Blut zwischen den Fingern an den Handgelenken herunterlief und im Ärmel verschwand.
Die Frau im engen Rock schlüpfte auf den Gang hinaus und drückte auf den Notknopf für die Tür. Zischend fuhren die Türen beiseite, und sie stieg aus dem Bus und war bald im Dunkel der Nacht verschwunden.
Die Halbstarken waren sich ihrer Position immer noch nicht sicher und sahen einander an. Jetzt gewann auch der Fahrer Zuversicht; er griff bereits zum Mikrofon.
»Ach, scheiß doch auf sie!« fauchte der Anführer. »Diese Spießer! Laß uns mach'n, daß wir hier rauskomm'n!« Die Bande sprang durch

die offenstehende Tür und lief in die Nacht hinaus. »Schnapp'n wir uns die Nutte!« lautete der letzte Kommentar, den die Fahrgäste im Bus zu hören bekamen.
»Um Gottes willen, fahren Sie weiter!« verlangte einer der Fahrgäste. »Sonst überlegen die sich's womöglich und kommen noch mal wieder!«
Hatte er ein Schwein gehabt! sagte sich der Mann auf der hintersten Bank im Bus. Weil ein Haufen biersaufenden Drecksgesindels sich unmöglich benommen hatte, hatte niemand mehr von ihm Notiz genommen. Er erhob sich von seinem Platz und drückte auf die Klingel. Der Fahrer vermied es, ihm im Spiegel in die Augen zu sehen, und der Mann freute sich, daß er recht hatte. Jetzt würde der Fahrer sich, was seine Person betraf, an nichts mehr erinnern. Die Sache mit den klirrenden Instrumenten war bestimmt längst vergessen. Der Fahrer würde nur eine einzige Erinnerung an diesen Abend haben – die an den Zusammenstoß mit dem Gesindel, das seine Fahrgäste terrorisiert hatte, während er feige auf seinem Hintern gesessen und viel zuviel Angst gehabt hatte, um irgend etwas zu unternehmen.
Während der Mann ausstieg, drängten die Leute sich um den verwundeten Passagier und diskutierten darüber, ob es das beste wäre, ihn sofort ins Krankenhaus zu bringen, oder ob sie halten und warten sollten, bis die Polizei eintraf. Als der Mann ausstieg und am Rinnstein wartete, daß der Bus weiterfuhr, bekam er gerade noch mit, daß man sich mehrheitlich fürs Krankenhaus entschied. Dann erst ging er in die Richtung zurück, in der die Frau und die Halbstarken den Bus verlassen hatten.
Bis zu der bewußten Stelle waren es nur dreihundert Meter, und als der Mann dort ankam, war alles ruhig. Für einen Moment stand er still da und blickte sich um wie ein Tier, das in der Nacht schnuppernd Witterung aufzunehmen versucht. Er befand sich in einem ruhigen Wohngebiet. Die Straße war breit. Zu beiden Seiten standen Bäume, und ein breiter Grasstreifen auf der einen Seite trennte eine Wohnsiedlung von der Straße. Auf der anderen Seite, der Seite, auf der er stand, gab es einen Zaun, der den Weg offensichtlich von einem Park trennte, obwohl er das nicht genau sagen konnte, weil er sich hier überhaupt nicht auskannte. Wegen der dicht stehenden Büsche hinter dem Zaun war es schwer zu sagen. Dahinter konnte sich

ein Bowlingplatz verbergen, Tennisplätze oder sogar ein Teich zum Bootsfahren.

Er bildete sich ein, in der Ferne Lachen zu hören, und spitzte die Ohren in der Richtung, von der er meinte, daß das Lachen kam. Da war es wieder. Diesmal war er sich sicher. Es kam aus einem Gebüsch kaum hundert Meter weiter die Straße hinunter. Betont gemächlich ging er weiter, bewußt bemüht, keinen Lärm zu machen. So schob er sich auf die Stelle zu, von der das Lachen und die Geräusche kamen.

Sie waren es! Und sie hatten die Frau! Sie machten sich über sie her, und er hörte sie wie auf einer Bühne flüsternd darüber streiten, wer als nächster an die Reihe kam.

»Halt ihr'n Mund zu!« zischte einer.

»Verdammt noch mal, halt ihr die Beine aus'nander!« verlangte ein anderer.

»Hastu Angst, sie beißt'n dir ab?« kam es kichernd von einem anderen im Dunkel.

»Nu mach schon!«

Dreckskerle, dachte der Mann. Ungebildeter Pöbel, der alles verdiente, was man sich bei der Schlampe holen konnte, doch heute abend kamen sie ihm äußerst gelegen. Wie gut, daß die Fahrgäste sich morgen daran erinnern würden, wie diese Halbstarken hinter der Frau ausgestiegen waren, und an das letzte, was sie von dem Anführer gehört hatten: »Schnapp'n wir uns die Nutte!«

Es wurde spät. Die Straße würde nicht ewig ruhig bleiben.

Der Mann schob sich weitere dreißig Schritt übers Pflaster voran und schwang sich dann über den Zaun. Auf der anderen Seite fiel er auf die Knie und verharrte so für einen Moment, ehe er lautlos in den Büschen verschwand. Er umkreiste den Bereich, wo die Halbstarken seiner Meinung nach waren. Als er an der Stelle angelangt war, die er sich vorgenommen hatte, rief er mit lauter Stimme: »Polizei! Kommt raus da!«

Plötzlich ertönten Flüche und man hörte Zweige und Äste krachen, als die Schläger in Panik durchs Gebüsch flüchteten. Der Mann blieb mucksmäuschenstill stehen, bis die Geräusche verklungen waren; dann erst näherte er sich dem schluchzenden Opfer.

Weinend und sich auf einen Ellbogen stützend, fand er die Frau auf der Erde liegen. Die untere Hälfte ihres Körpers war entblößt, die

Kleidung darüber zerfetzt. »Gott sei Dank!« flüsterte sie mit versagender Stimme. »Gott sei Dank, daß Sie gekommen sind!«

Der Mann blickte auf sie hernieder: Erde im Haar und Blut an ihrem Gesicht, wo sie geschlagen worden war. Er sah, daß ihr die Brüste auf den Bauch hingen, bemerkte die rührende Art, mit der sie mit einer Hand ihre Scham zu bedecken versuchte. Die Hure in ihr aber übte weiterhin ihre Wirkung auf ihn aus. Er spürte, wie die Härte sich wieder regte, und war wütend auf sich selbst.

»Mich kannst du nicht täuschen, du Hure!« zischte er, löste die Hose und holte den erigierten Penis heraus.

Angst malte sich in den Augen der Frau, als ihr Alptraum von neuem einsetzte. Für einen Moment wollte sie das, was geschah, nicht glauben, dann machte sie den Mund auf, um zu schreien. Der Mann schlug ihr weit ausholend mit der Hand übers Gesicht, und sie fiel wieder zurück auf den Boden, ehe sie auch nur einen Ton hervorgebracht hatte. Wütend masturbierte er über ihr, während er auf die Rundungen ihres Leibes und ihrer glatten Schenkel hinabstarrte. Über der daliegenden Frau kam er zum Höhepunkt, und er erklärte keuchend: »Ich brauch dich nicht, du Schlampe! Mich kannst du nicht einfangen!«

Die Frau wimmerte und wühlte in der Erde. Schrecken und Schock drohten, sie vollends um den Verstand zu bringen. Sie sah nicht, wie der Mann die Aktenmappe aufmachte und die Gummischürze herausholte, hatte keinen Blick für das Blitzen der chirurgischen Instrumente, als er sie auf dem Plastiklaken zurechtlegte.

Der Mann brachte die Frau um. Wieder schnitt er das Böse aus einer dieser Kreaturen heraus. Freilich galt es, mehr als das zu tun, wenn das Rudel der Halbstarken die ganze Schuld treffen sollte. Hier war eine vollständige Verstümmelung vonnoten. Das Skalpell zerhackte und zerschnitt die Leiche von Kopf bis Fuß.

Der Mann trat zurück und band die Schürze ab. Dann legte er sie auf den Boden und schlug sie nach innen ein, so daß das Blut nur an der Innenseite zu sehen war; dann verstaute er sie in einem Plastikbeutel und stopfte diesen zurück in die Aktenmappe. Die Instrumente wickelte er ein und verstaute sie in einer anderen Plastiktüte. In einer dritten verschwanden die Handschuhe – dann erst machte er die Aktenmappe zu.

Ohne noch einen Blick auf den Leichnam zu werfen, zwängte der

Mann sich durch das Gebüsch und erstarrte, als irgendwo zwischen den Bäumen ein Licht aufblitzte. Im hohen Gras der Zaunnähe kauerte er sich nieder und wartete, bis das Licht im Näherkommen heller wurde. Blaulicht.

Ein Fiat-Panda von der Polizei kam langsam die Straße heruntergerollt; die beiden Insassen spähten leidenschaftslos zum Fenster hinaus. Der Mann wußte, daß sie nach den Rowdys suchten. Der Busfahrer oder das Krankenhaus, in das sie den verwundeten Fahrgast gebracht hatten, mußte von dem Zwischenfall berichtet haben. Die Polizei würde durch die Straßen patrouillieren und damit ihre Anwesenheit demonstrieren, doch würde nichts geschehen, solange die Frau nicht gefunden wurde. Dann freilich würde die Hölle los sein.

Als das Auto am Ende der Straße um die Ecke gefahren war und alles wieder ruhig schien, kletterte der Mann rasch über den Zaun und befleißigte sich der zuversichtlichen und zielgerichteten Gangart, wie man sie normalerweise von einem Mann mit Aktenmappe erwartete.

Sechstes Kapitel Um neun kehrte Jamieson in sein Zimmer im Ärztehaus zurück. Da er das Gefühl hatte, unbedingt für eine Weile aus dem Krankenhaus hinauskommen zu müssen, war er zum Essen in die Stadt gefahren. Dort hatte er ein italienisches Restaurant gefunden, das genug Atmosphäre besaß, ihn dank Musik vom Band und sonnigen Reiseposter vom Regen draußen abzulenken. Jetzt jedoch war er zurück im beengenden Bereich der viktorianischen Bauten mit der unzureichenden Heizung. Trotz des leichten Verbands an den Händen befühlte er den Heizkörper unterm Fenster und kam zu dem Schluß, daß die Heizung an war – wetten hätte er darauf freilich nicht mögen. Er überlegte sogar, ob es nicht womöglich seine Hand war, die den Heizkörper wärmte, statt umgekehrt. Daraufhin überprüfte er die Zuleitung zum Heizkörper und überzeugte sich, daß die Leitung, die das Wasser hineinführte, um ein ganz kleines bißchen wärmer war als die Ableitung.

Warum war es in diesem Lande, überlegte er, bloß so schwierig, eine normal funktionierende Zentralheizung zu haben? War das etwas, das an den Briten vorbeigegangen war, während sie dabei gewesen waren, Dampfmaschine und Fernsehen, Narkose und Radar zu erfinden? Oder ob das Ganze eine Folge irgendeiner angeborenen Überzeugung war, daß der Mangel an Behaglichkeit gut war für die Seele? Vielleicht auch ein Erbe der Reformation? Harte Arbeit, kaltes Duschen, und Langstreckenläufe quer durchs Land – all das hatte in seinen eigenen entscheidenden Jahren im Internat durchaus eine Rolle gespielt; außerdem hatte man ihn in dem Glauben erzogen, daß die Medizin zunächst bitter schmecken müsse, bevor sie ihre wohltätige Wirkung entfaltete. Hatte das alles zu einer planmäßigen Vorbereitung auf das Leben in einem Land gehört, in dem Häuser ständig kalt und feucht waren und Hotels ewig ›Probleme mit dem Heißwasser‹ hatten? Oder legte sich ihm das Alleinsein in einer fremden Stadt und der Dauerregen mehr aufs Gemüt, als er sich eingestehen wollte?

Früher am Abend hatte Jamieson mit Sue telefoniert, und jetzt hatte er das Gefühl, sie nicht gleich wieder anrufen zu können. Dafür nahm er sich vor, übers Wochenende auf jeden Fall heimzufahren.
Das Telefon klingelte und riß ihn aus seinen Überlegungen. Als er abnahm, hörte er Carews Stimme.
»Mrs. Jenkins soll noch heute abend obduziert werden, und ich dachte, vielleicht möchten Sie gern dabei sein.«
Jamieson warf einen Blick auf die Uhr und erkannte, daß es bereits halb zehn war. »Das ist doch ziemlich ungewöhnlich, oder?«
»Wir waren der Meinung, daß es am besten wäre, wenn wir uns schnellstmöglich Gewißheit darüber verschafften, daß es auch wirklich die *Pseudomonas* waren, die für ihren Tod verantwortlich sind.«
Jamieson erklärte, er würde gern dabei sein.
»Der Obduktionsraum liegt gleich neben der Leichenhalle«, sagte Carew.
»Und wo liegt die?«
»In der Nähe der Ost-Zufahrt. Wenn Sie sich dem Tor nähern, steht linker Hand eine Baumgruppe, und dahinter liegt die Leichenhalle.«
Als Jamieson zum Ärztehaus hinaustrat, hatte es zwar aufgehört zu regnen, doch dafür wehte ihm, als er die dreihundert Meter bis zur Ost-Zufahrt zurücklegte, ein unangenehmer Wind direkt ins Gesicht. Als er unter der Baumgruppe hindurchging, fuhr ein besonders bösartiger Windstoß durch die Zweige, und ein regelrechter Tropfenschauer ging auf ihn hernieder. Die Bäume sollten die Leichenhalle wohl den Blicken der Öffentlichkeit entziehen.
Als er sich das Wasser von den Schultern strich, überlegte Jamieson, eine wie wichtige Rolle die Psychologie bei der Behandlung von Krankheiten spielte. Zuversicht und Vertrauen waren wichtige Bestandteile im Heilungsprozeß. Wenn ein Patient das Krankenhaus mit dem Gefühl betrat, hier in besten Händen zu sein und daß der Erfolg praktisch garantiert wäre, dann war die halbe Schlacht bereits geschlagen. Nichts vermochte den Menschen das Gefühl, daß ein Versagen in Krankenhäusern immer im Bereich des Möglichen lag, augenfälliger zu machen als das stumme und furchteinflößende Vorhandensein einer Leichenhalle.
Jamieson versuchte es am Haupteingang und stellte fest, daß dieser

abgeschlossen war. Deshalb umrundete er das Gebäude im Uhrzeigersinn, bis er hinten auf eine kleine blaue und unverschlossene Tür stieß. Er trat ein und fand sich in einem kärglich mit Möbeln ausgestatteten Raum; an einer Hakenleiste hingen Ärztekittel und Schürzen; auf einer kleinen Bank darunter waren Gummistiefel aufgereiht. Da er davon ausging, daß die Obduktion bereits im Gange wäre, zog er sein Jackett aus und hängte es an einen leeren Haken. Er fand ein Paar Stiefel seiner Größe und nahm sich dann Kittel und Schürze. Die Bändsel an der Rückseite des Kittels konnte er nicht alle allein schließen, doch für seine Zwecke spielte das keine Rolle. Er tat sein möglichstes und machte dann die Tür auf, hinter der sich ein langer Gang auftat.

Von diesem Gang gingen drei Türen ab, doch Licht drang nur unter einer hervor. Er klopfte und trat ein. Es war der Obduktionsraum. Drei Sektionstische waren nebeneinander aufgestellt, doch nur einer wurde benutzt. Drei starke Lampen darüber verstärkten die Neonbeleuchtung an der Decke, und ein Instrumentenwagen diente den Bedürfnissen des Pathologen, der allein arbeitete. Er blickte vom Tisch auf und sagte: »Sie müssen Jamieson sein. Man hat mir gesagt, daß Sie vorbeikommen würden. Ich heiße Vogel.«

Jamieson schätzte, daß Vogel Ende Fünfzig sein müsse; er hatte graues Haar, trug eine Brille und einen Schnurrbart, dessen Seiten nach unten gezwirbelt herabhingen. Sein Kittel saß straff genug, um seinen Bauch deutlich hervortreten zu lassen, und die Ärmel hatte er so weit hochgekrempelt, daß kraftvolle Arme und ebenso kraftvolle Handgelenke deutlich zu sehen waren. An der Linken trug er eine große Armbanduhr aus rostfreiem Stahl.

Jamieson trat neben Vogel an den Tisch und erkannte, daß der Pathologe den Körper von Sally Jenkins bereits geöffnet hatte und gerade dabei war, einige ihrer inneren Organe herauszuholen. »Sehen Sie sich das an«, sagte Vogel und hielt eine Handvoll Gewebe in die Höhe, das Jamieson losgelöst von den umliegenden Organen nicht erkennen konnte. »Ist das ein krankes Gekröse!«

»War es wirklich eine *Pseudomonas*-Infektion?« erkundigte sich Jamieson.

»Daran besteht kein Zweifel. Das riecht man sogar.«

Jamieson erkannte, daß Vogel das ernst meinte, und trat noch näher heran, bis er den gleichen Geruch nach frischgemähtem Gras wahrnahm, der auch von der Glasschale mit der Bakterienkultur im Labor ausgegangen war.

»Sehen Sie, was die Biester hier angerichtet haben«, erklärte Vogel. Er hielt das befallene Gewebe hoch und forderte Jamieson auf, es genau zu betrachten. Jamieson widerstrebte es, sich diesem Überfall auf Seh- und Geruchssinn noch auszusetzen. Die Pathologie hatte ihm nie gefallen. Er nickte und schaute hinab auf das marmorweiße Gesicht, das auf dem Tisch lag, während Vogel mit Hilfe eines in der Hand gehaltenen Schlauches, den er von einer am Tisch angebrachten Halterung losmachte, etwas von dem bei seiner Arbeit entstandenen Schmutz die Abflußrinnen hinunterspülte. Wie jung die Frau wirkte!

»Es gibt ein halbes Dutzend Infektionen, die kann ich schon nach dem Geruch bestimmen«, sagte Vogel. »Und *Pseudomonas* gehört zu den leichtesten.«

»Dann sind Ihnen schon viele untergekommen?« fragte Jamieson.

»Vor dreißig Jahren und noch ehe ich Pathologe wurde, habe ich in einer Spezialabteilung für Verbrennungen gearbeitet. Die *Pseudomonas* waren seinerzeit die größte Gefahr nach Verbrennungen. Wegen dieser verfluchten Viecher haben damals viele Menschen einen sehr schmerzhaften Tod gefunden. Heute haben wir Mittel, damit fertig zu werden. Deshalb bekommen wir so was wie das hier nur noch selten zu sehen.«

Jamieson sah zu Vogel hinüber, wandte den Blick aber gleich wieder ab, weil er befürchtete, seine eigenen Augen könnten verraten, was für ein Gefühl ihn angesichts des Gesichtsausdrucks beim Pathologen erfüllte. Ihm ging durch den Sinn, daß Sally Jenkins für Vogel bereits zu ›so was‹ geworden war. Er rief sich zur Ordnung, um seinem Kollegen gegenüber nicht ungebührlich kritisch zu sein, denn in gewisser Weise hatte Vogel ja recht. Die Gestalt auf dem Sektionstisch war nichts weiter als ein Leichnam von vielen, stellte ein medizinisches Problem dar, das gelöst werden und über das ein Bericht geschrieben werden mußte; für ihn, Jamieson, jedoch war Sally Jenkins immer noch eine Patientin, deren Tod in so jungen Jahren eine Tragödie darstellte.

»Das Ausmaß, in dem in diesem bestimmten Fall das Gewebe bakterienverseucht ist, hat schon etwas Bemerkenswertes«, fuhr Vogel fort. »Daß sie in so kurzer Zeit innerlich so viel Schaden angerichtet haben, ist phänomenal. Sehen Sie!«

Jamieson folgte der Linie, die Vogels Messer beschrieb, und erblickte das schwärende und deformierte Gewebe, das noch vor zwei Tagen ein gesunder Uterus gewesen war.
»Das hier bringen wir ins Labor«, sagte Vogel. »Aber für mich gibt es keinen Zweifel. Todesursache bei ihr waren *Pseudomonas*.«

Jamieson ließ die Leichenhalle hinter sich, und diesmal hatte er gegen den starken Wind nichts einzuwenden. Der lüftete nur seine Kleidung. Wenn er aus einer Pathologie kam, hatte er immer das Gefühl der Unsauberkeit, denn er wußte, daß der Geruch von Formaldehyd und die ekelerregenden Gerüche der nackten Leichen manchmal tagelang nicht aus der Kleidung herauszubekommen waren. Er erinnerte sich, daß ein Kino in seiner Heimatstadt vor Jahren denselben Luftverbesserer benutzt hatte, der in Klinikleichenhallen verwendet wurde. Er hatte dort hinterher nie wieder einen Film ansehen können. Der widerwärtig süßliche Geruch hatte ihn oben auf der Leinwand etwas ganz anderes sehen lassen, als dort tatsächlich zu sehen war.
Jamieson nahm ein heißes Bad, um sich zu entspannen; dabei benutzte er den Schnellkocher, der in seinem Zimmer stand, und einen sofort löslichen Duftstoff, den er in der Stadt erstanden hatte. Er nahm sich vor, sich früh schlafen zu legen, denn morgen würde er zum ersten Mal nach seinem Unfall wieder einen OP betreten. Zwar würde er nur zusehen, aber allein einer Operation beizuwohnen würde ihm zu schaffen machen.
Als er im Bett lag, dachte er über seinen Unfall nach und durchlebte ihn aufs neue. An jenem Vormittag war er über die Außenspur der M 16 gefahren; einem ihm entgegenkommenden Laster war ein Reifen geplatzt und das schwere Fahrzeug war mit voller Wucht nach rechts ausgeschert. Dabei war er gegen die Leitplanke in der Mitte geschleudert, war seitlich darüber hinweggekippt – praktisch vor Jamiesons Wagen. Zum Bremsen war es viel zu spät gewesen, und so war er direkt in den Laster gerast.
Nach dem Aufprall war Jamieson lange Zeit bewußtlos gewesen, doch als er wieder zu sich kam, waren ihm mehr und mehr Einzelheiten über die Augenblicke eingefallen, die zum Zusammenstoß geführt hatten. Nicht alle auf einmal, doch nach und nach und vor allem dann, wenn er es am wenigsten erwartete, setzten sich in seinem Gedächtnis viele Puzzlestücke zu einem Ganzen zusammen.

Eines Abends war ihm plötzlich klar gewesen, daß er sich an das Gesicht des Lastwagenfahrers erinnerte. Das mußte Sekunden vor dem Augenblick gewesen sein, ehe sein eigenes Auto in das umgestürzte Fahrzeug hineingerauscht war, denn gesehen haben konnte er ihn nur den Bruchteil einer Sekunde. Gleichwohl hatte Jamieson die Angst im Gesicht des Mannes erkannt.
Dem Beifahrer, einem Jungen von noch nicht einmal zwanzig Jahren, war nur Zeit genug geblieben, überrascht zu sein, bevor der Tod ihn ereilte. Die Stoßstange von Jamiesons Wagen hatte ihn am Zwerchfell erwischt und ihn gegen eine der Rückstreben der Fahrerkabine gedrückt. Arme und Beine waren zurückgeflogen, als führte er in einer Turnhalle einen schwierigen Überschlag aus. Auch das wieder war eine Erinnerung an etwas, das nur den Bruchteil einer Sekunde gedauert haben konnte, gleichwohl hatte er es in seinem Unterbewußtsein gespeichert und es bildete einen unauslöschlichen Teil des gesamten Geschehens an diesem unseligen Tag. Diese Bilder tauchten in regelmäßigen Abständen vor seinem inneren Auge auf und suchten ihn heim.

Da er wußte, daß er um zehn für die Operation in steriler Kleidung dazusein hatte, betrat Jamieson Punkt neun das Labor der Mikrobiologie und vergewisserte sich, daß sein Nasenabstrich frei war von irgendwelchen pathogenen Keimen, aber auch um nachzusehen, ob die *Pseudomonas*-Kulturen, die er tags zuvor angelegt hatte, gediehen waren. Er freute sich, daß beides der Fall war, und Moira Lippman sagte ihm, sie würde ihm gern die von ihm gewünschten biochemischen Reagenzien vorbereiten, während er im OP der Operation beiwohnte. Dieses Angebot nahm Jamieson gern an, nicht freilich, ohne Moira nochmals zu erklären, er wolle nicht, daß sie ihre normale Laborarbeit deswegen unterbrach.
»Das macht nichts.« Die junge Frau lächelte. »Das mache ich zwischendurch. Außerdem«, fügte sie noch hinzu, »habe ich ein ganz persönliches Interesse daran, daß diese Infektion endlich ein Ende findet.«
»Wieso das?« fragte Jamieson.
»Meine Schwägerin soll nächste Woche hier im *Kerr* operiert werden.«
»Ach so«, sagte Jamieson.

Die Schwestern im sterilen Bereich des OPs der Gynäkologie mußten für Jamieson besondere Vorkehrungen treffen. Die Verbände an seinen Händen konnten zum Waschen nicht abgenommen werden; deshalb verstärkten sie sie mit weiteren sterilen Verbänden und versiegelten sie in gleichfalls sterilen Inspektionshandschuhen. Sie verklebten die Einstiegsstutzen mit sterilem Leukoplast. Eine von ihnen half ihm, den Mundschutz so zurechtzurücken, daß er bequem vorm Gesicht saß; erst danach war er fertig, den Operationssaal zu betreten.
»Guten Morgen«, sagte Jamieson beim Eintreten.
Thelwell, der die Vorbereitung der Patientin verfolgte, sah zwar kurz zu ihm auf, antwortete aber nicht. Phillip Morton, der assistieren sollte, wünschte ihm ebenso einen guten Morgen wie die Operationsschwester.
Eine Schwester fragte: »Musik, Sir?«
»Ich denke, Mozart«, erwiderte Thelwell. »Es sei denn, jemand hätte was dagegen?«
Keiner hatte etwas dagegen einzuwenden. Gnade ihnen Gott, wenn sie es getan hätten, dachte Jamieson.
Die Klänge der *Kleinen Nachtmusik* erfüllten den Saal, was Jamieson an die Atmosphäre in einem Flugzeug erinnerte, wenn man an Bord ging.
Phillip Morton überwachte einen jüngeren Assistenten im Praktikum, einen sogenannten AiPler, bei der letzten Präparierung des Bereiches, an dem der erste Einschnitt gemacht werden sollte. Die grünen Tücher wurden neu zurechtgezogen, so daß nur der eigentliche Operationsbereich freilag, und Morton sagte: »Wir hier sind fertig, Sir.«
Thelwell warf dem Narkosearzt einen Blick zu und sagte: »Nun, Doktor Singh, schläft sie gut?«
»Wie ein Baby, Sir«, erwiderte der Inder.
Dem AiPler und zwei Medizinstudenten zuliebe, denen erlaubt worden war, der Operation beizuwohnen, begann Thelwell mit einer Präambel. Eine Schwester stellte die Musik etwas leiser, und Thelwell sprach, während in regelmäßigen Abständen vom Monitor Pieptöne kamen.
»Mrs. Edelman ist neunundzwanzig Jahre alt. Sie ist die Frau eines deutschen Ingenieurs, der hier bei uns für eine Autofirma arbeitet und auch hier lebt.«

»BMW«, sagte Phillip Morton, doch Thelwell runzelte nur die Stirn und fuhr fort: »Mrs. Edelman hat ein Kind, einen Jungen von drei Jahren; doch bei einer zweiten Schwangerschaft kam es nach achtzehn Wochen zu einer Fehlgeburt. Voriges Jahr kam es zu einer zweiten Fehlgeburt, woraufhin sie und ihr Mann beschlossen, keinen weiteren Versuch zu machen. Vor ein paar Wochen bekam sie heftige Schmerzen im Unterleib und wurde von ihrem Hausarzt an uns verwiesen. Die Ultraschalluntersuchungen, die wir machten, ließen ein nicht gerade kleines Gewächs an ihrem rechten Eierstock erkennen. Wir fürchten, es könnte bösartig sein. Deshalb werden wir es uns heute ansehen und mit Hilfe der Pathologie entscheiden, was wir zu tun haben.«

Jamieson hatte die OP-Schwester beim Bereitlegen der Instrumente beobachtet. Sie wußte genau, was Thelwell als erstes anfordern würde, und hielt das betreffende Instrument bereit, während hinter ihr eine jüngere und weniger erfahrene Schwester wartete, die Instrumente in der Reihenfolge zu ersetzen, wie sie benutzt wurden.

Wieder hatte Jamieson genau das vor Augen, was er zu sehen erwartete. Thelwell war ein tüchtiger Chirurg, dem man bei der Durchführung einer zwar heiklen, gleichwohl jedoch ziemlich häufig vorkommenden Routineoperation nicht den geringsten Fehler vorwerfen konnte. Die Disziplin im OP war über jeden Tadel erhaben, und das Team funktionierte mit der Reibungslosigkeit einer Gruppe von Menschen, die einander gut kannten.

»Wie steht's mit ihr?« fragte Thelwell den Narkosearzt, während der gesamte OP auf das Urteil der Pathologen hinsichtlich des Gewebes wartete, das Thelwell dem Eierstock der Frau entnommen hatte.

»Völlig stabil. Keinerlei Probleme«, sagte der Mann, der am Kopf der Patientin saß.

Thelwell warf wieder einen Blick auf die Uhr und machte spöttisch seiner Ungeduld Luft. »Sie brauchen offenbar jedesmal länger«, murmelte er.

Keiner sprach, denn alle wußten, daß Thelwell das in diesem Stadium einer Operation immer sagte. Dabei traf es nie zu. Auf die Pathologen im Labor war immer Verlaß, wenn es um besonders dringliche Untersuchungen ging.

Die Schwingtür flog auf, und eine grün gekleidete Gestalt trat auf sie zu. »Tut mir leid, aber es ist bösartig«, sagte sie.

»Vielen Dank«, sagte Thelwell in sachlichem Ton, ehe er sich neuerlich an den Anästhesisten wandte: »Immer noch alles in Ordnung mit ihr?«
»Keine Probleme.«
»Dann können wir wohl fortfahren.«
Thelwell erklärte zur Unterrichtung des AiPlers und der Studenten, wieviel Gewebe genau er zu entfernen gedachte, und machte sich dann an die Arbeit. Phillip Morton assistierte ihm. Jamieson bewunderte, mit welch kühler Überlegenheit Thelwell den Rest der Operation hinter sich brachte. Es kam bei ihm nie zum Zögern, gab keine Pause, um noch einmal etwas zu überlegen oder Alternativen zu diskutieren. Er traf seine Entscheidungen im selben Augenblick, da sie benötigt wurden, und handelte entsprechend. Die Operation wurde mit lobenswerter Schnelligkeit abgeschlossen, und es blieb Phillip Morton überlassen, die letzten Schritte zu vollziehen, ehe der Patientin erlaubt wurde, kontrolliert wieder zu Bewußtsein zu kommen.
»Vielen Dank Ihnen allen«, sagte Thelwell und streifte beim Verlassen des OPs die Handschuhe ab. Jamieson trat draußen neben ihn, um sich seinerseits Kittel und Maske abnehmen zu lassen.
»Nun, was haben Sie gesehen, Jamieson?« wollte Thelwell wissen.
»Ich habe einen exzellenten Chirurgen seine Arbeit tun sehen, bei der ihm von einem erstklassigen Operationsteam assistiert wurde«, erwiderte Jamieson.
Thelwell knurrte, und Jamieson spürte, daß der Mann Komplimenten gegenüber argwöhnisch war. Das verlangte seine Paranoia einfach. »Wie freundlich von Ihnen, das zu sagen, Doktor«, erklärte er sarkastisch.
Im Moment wollte Jamieson nicht das richtige Wort einfallen, um Thelwell zu beschreiben, und so fand er, ›Scheiß-Kacker‹ müsse einfach genügen.
»Und haben Sie Ihr Infektionsproblem gelöst?« fragte Thelwell mit der Miene amüsierter Überlegenheit.
»Noch nicht.« Jamieson mußte sich zusammenreißen, sonst wäre er in die Luft gegangen. »Aber ich werde es lösen.« Dabei wandte er sich um und sah Thelwell offen ins Gesicht. Er wußte, daß das eine herausfordernde Geste war, wie Thelwell sie in seiner kleinen Welt, in der er der unumschränkte Herrscher war und niemand wagte, ihm

zu widersprechen, nicht oft erlebte. In Thelwells Augen zuckte es momentan unsicher auf, und Jamieson war zufrieden. Genau das hatte er sich erhofft. »Sie vergessen nicht, im Labor noch einen Nasenabstrich zur Untersuchung zu geben, nicht wahr?« sagte er, als er sein Jackett überzog und sich anschickte zu gehen. »Und zwar einen ohne Antiseptikum.« Thelwell lief puterrot an, und Jamieson sagte: »Auf Wiedersehen, Mr. Thelwell.«

Auf dem Weg zurück in die Mikrobiologie traf Jamieson zufällig Clive Evans; er sei gerade auf dem Weg zu einem späten Lunch in der Kantine, und Jamieson erklärte, er würde sich ihm gern anschließen. Es war fast zwei Uhr, und was an der Essensausgabe in den Wärmekübeln übrig geblieben war, sah womöglich noch weniger appetitanregend aus als sonst. Nach einem Blick auf den zusammengepappten Fraß entschied Jamieson sich für einen Salat, während Evans einen Steak-Auflauf riskierte. Sie fanden einen sauberen Tisch, doch war es bei dem Lärm, den das Küchenpersonal beim Abräumen der anderen Tische machte, schwierig, sich zu unterhalten.

»Wie war's denn heute so im OP?« erkundigte sich Evans.

»Alles glattgegangen; leider war das Gewächs der Patientin bösartig. Genauso, wie sie befürchtet hatten.«

»Pech«, sagte Evans.

»Übrigens habe ich Doktor Thelwell gebeten, noch einen Nasenabstrich ans Labor zu geben, wenn er einen Moment Zeit hat. Als der letzte Test durchgeführt wurde, benutzte er eine antiseptische Nasencreme.«

»Hat er das getan?« Evans schob die Augenbrauen in die Höhe.

Jamieson hätte gern gewußt, was Evans durch den Kopf ging, doch als der Mikrobiologe bemerkte, daß Jamieson ihn beobachtete, riß ihn das aus seinen Gedanken heraus, und er fragte: »War das bei der Schwester auch so?«

»Nein«, erklärte Jamieson. »Sie wurde gerade mit Antibiotika behandelt.«

»Moira hat mir erzählt, Sie würden, was die *Pseudomonas* betrifft, gern Ihre eigenen Tests durchführen?«

»Es geht mir nur darum, genau über meinen Feind Bescheid zu wissen. Ich brauche einfach ein Gefühl für die Bakterien. Wenn Sie was dagegen haben, daß ich Miss Lippman von anderer Arbeit abhalte, kann ich die Tests auch selbst durchführen.«

»Moira hat mir gesagt, sie kann das ohne weiteres zwischendurch machen; da gibt es keinerlei Problem.«
»Gut. Miss Lippman gefällt mir. Sie scheint was auf dem Kasten zu haben und ist wohl sehr tüchtig.«
»So ist es«, stimmte Evans ihm zu.
Jamieson bemerkte, daß das Kantinenpersonal auf die Uhr schaute und hinter der Essensausgabe leise Bemerkungen austauschte, woraufhin er sagte: »Ich glaube, wir sind hier nicht mehr willkommen.«
Evans sah sich betreten um und zuckte dann mit den Schultern, stand auf und sagte: »Dann gehen wir wohl besser.«

Gegen vier Uhr war Jamieson damit fertig, die biochemische Testreihe für die *Pseudomonas* anzusetzen und stattete John Richardson einen Besuch ab, um die Ergebnisse der letzten Personaltests mit ihm zu besprechen.
»In bezug auf das, wonach wir suchen, waren alle negativ«, gestand Richardson und seufzte müde auf.
»Und OP und Aufwachraum – vor der Desinfektion gestern abend?«
»Gleichfalls negativ.«
»Dann sind Sie also nicht weitergekommen«, erklärte Jamieson.
»Leider nein. Evans hat mir erzählt, Sie hätten die Tierchen an Ihr eigenes Labor geschickt. Wegen irgendwelcher Spezialtests?«
»Ich möchte wissen, warum die Viecher gegen Antibiotikabehandlung so resistent sind.«
»Nützt das was?«
Jamieson erkannte, worauf Richardson mit dieser Bemerkung hinauswollte. Es half den Patienten überhaupt nicht zu wissen, warum diese Bakterien gegen so viele Antibiotika immun waren. »Sie haben recht, es ist eine rein theoretische Frage«, sagte er. »Aber vielleicht erhalten wir dadurch irgendeinen Einblick in die Umgebung, von der die Tierchen ursprünglich ihren Ausgang genommen haben. Ich möchte insbesondere wissen, was von dem Problem chromosomenbedingt ist und wieviel auf der Tatsache beruht, daß sich die Mikroben ein extra plasmides DNA zugelegt haben.«
Richardson rieb sich die Augen, als wäre er sehr müde, und fragte: »Mal angenommen, die verdammten Dinger weisen keine übertrage-

nen Plasmide von anderen Bakterien auf. Was würden Sie daraus schließen?«

»Vor allem würde ich mich sehr wundern. Denn das würde bedeuten, daß die Scheißkerle aus eigener Kraft allen diesen Mitteln gegenüber resistent waren. Sie müßten folglich multiple Mutationen durchgemacht haben.«

»Sie könnten die Resistenzen aber auch eine nach der anderen erworben haben.«

»Das ist denkbar«, stimmte Jamieson ihm zu. »Könnte aber nur im Laufe einer langen Zeit geschehen sein, und eigentlich hätte es dann auch früher zu Schwierigkeiten kommen müssen.«

»Da haben Sie wohl recht«, stimmte Richardson ihm zu. »Aber irgendwie denke ich, so müßte es sein; oder vielleicht etwas Ähnliches.«

»Ich verstehe nicht ganz«, sagte Jamieson, der spürte, daß Richardson mit irgend etwas hinterm Berg hielt.

Richardson machte ein kreuzunglückliches Gesicht und schüttelte leicht den Kopf, als gälte es, einen Gedanken als unwichtig abzutun. Er sagte: »Evans hat mir erzählt, Sie machten selbst irgendwelche Tests?«

»Reine Routinebiochemie«, sagte Jamieson. »Ich glaube nun mal daran, daß es wichtig ist, möglichst viel Informationen über ein Problem zu sammeln, und dann einen Schritt zurückzutreten und alles auf einmal zu überblicken.«

Richardson nickte zustimmend und fragte: »Machen Sie auch die üblichen Kohlehydrat-Vergärungstests?«

»Ja. Warum fragen Sie?«

Richardson schwieg eine Weile, als sei er tief in Gedanken verloren, doch dann zuckte er abermals mit den Achseln, machte mit der rechten Hand eine wegwerfende Geste und sagte: »Mich würde interessieren zu erfahren, wie die Ergebnisse bei Ihnen aussehen, das ist alles.«

Richardsons sorgenvolles Gehabe hatte Jamiesons Interesse geweckt. »Doktor, tun Sie mir doch einen Gefallen und sagen Sie mir genau, woran Sie denken, ja?«

»Noch nicht«, erklärte Richardson. »Dazu ist es noch zu früh. Vielleicht ist es überhaupt nichts.«

Die Aufsicht vom Labor steckte den Kopf zur Tür herein und sagte zu

Richardson: »Doktor Thelwell hat wie gewünscht einen Nasenabstrich zur Untersuchung geschickt.«
Richardson schien verwirrt, woraufhin Jamieson ihm erklärte, was es mit dieser Sache auf sich hatte. »Ich habe ihn darum gebeten«, sagte er. »Doktor Thelwell hat zum Zeitpunkt der letzten Untersuchung Naseptin benutzt.«
»Sehr gut. Bitten Sie Doktor Evans, den Test durchzuführen«, sagte Richardson. »Und sagen Sie ihm, ich hätte das Ergebnis gern morgen früh auf dem Schreibtisch. Ja, bitten Sie ihn, die Kultur in meinen Inkubator zu stellen.«
»Ja, Doktor.«

Nachdem er von einem Zeitungsverkäufer, der mit seinem Rollwägelchen sämtliche Stationen abklapperte, das lokale Abendblatt gekauft hatte, kehrte Jamieson in sein Zimmer zurück, machte sich einen Kaffee, ließ Badewasser einlaufen, brühte sich einen Kaffee auf und setzte sich hin, um sich die erste Seite anzusehen. Wieder war in der Stadt eine Frau ermordet worden. Ein Foto von ihr prangte auf der ersten Seite. Es handelte sich wohl um ein Urlaubsfoto von irgendeinem Badestrand im Ausland. In ihrem Badeanzug und mit einer Tüte Eis in der Hand wirkte sie völlig verfremdet. Vermutlich war dies das beste Bild, das die Familie der Frau auf Bitten der Zeitung hatte finden können.
Sheila Stubbs hatte als sehr geschätzte Sekretärin in einer Firma von Bausachverständigen und Architekten gearbeitet und an dem Abend, als der Mord passiert war, noch spät gearbeitet. Bis jetzt war die Polizei sehr zurückhaltend, als es darum ging, diesen Mord mit den anderen unnatürlichen Todesfällen, zu denen es letzthin in der Stadt gekommen war, in Verbindung zu bringen. Im Augenblick suchte sie fieberhaft nach einer Bande von Jugendlichen, die im selben Bus wie die Ermordete mitgefahren war. Zeugen wurden dringend gebeten, sich zu melden. Außerdem war ein grober Lageplan von dem Bereich abgedruckt, in dem man Sheila Stubbs Leiche gefunden hatte; die genaue Stelle war mit einem X kenntlich gemacht.
Jamieson badete, rief dann Sue an und sie fragte, wie er vorankomme.
»Langsam«, lautete Jamiesons Antwort.
»Was genau willst du damit sagen?«

»Daß die Bakterien wie aus heiterem Himmel einfallen, einen Patienten umbringen und dann wieder verschwinden.«
»Dann dürfte es ja wohl länger als angenommen dauern, etwas über sie herauszufinden, oder?«
»Es sieht so aus.«
»Du hörst dich aber nicht gerade begeistert an.«
»Mit mir ist alles in Ordnung.«
»Meinst du, du schaffst es, übers Wochenende nach Haus zu kommen?«
»Ganz bestimmt«, sagte Jamieson.
»Und was machen deine Hände?«
»Denen geht es gut. Ich trage jetzt nur noch leichte Verbände, die ich in ein paar Tagen vermutlich ganz weglassen kann.«
»Gut. Wie gern ich dich aufheitern würde«, sagte Sue. »Wenn die Aufgabe so leicht gewesen wäre, hätten sie dich von vornherein nicht hochgeschickt. Könnte es sein, daß du sie unterschätzt hast?«
»Vielleicht«, sagte Jamieson. »Auf jeden Fall bin ich morgen abend bei dir.«
»Ich freu mich drauf.«
»Ich auch.«

Als Jamieson am nächsten Morgen das Labor der Mikrobiologen betrat, steckten die Leute in den Ecken die Köpfe zusammen. Er schaute bei Clive Evans ins Labor hinein, fand aber nur Moira Lippman vor.
»Was geht denn hier vor?« fragte er.
»Ich glaube, das sollten Sie sich besser von Doktor Richardson oder Doktor Evans erzählen lassen«, sagte sie.
Achselzuckend fragte Jamieson: »Und wo finde ich die?«
»Sie sind beide in Dr. Richardsons Zimmer.«
Jamieson kehrte durch das Labor zurück und klopfte an Richardsons Tür.
»Treten Sie ein«, sagte Richardson. »Sie kommen genau im richtigen Moment.« Jamieson trat ein und machte die Tür hinter sich wieder zu.
»Wieso?«
Evans reichte Jamieson eine kleine runde Plastikschale und sagte: »Das ist die Kultur von Thelwells Nasenabstrich.«
Jamieson betrachtete die sich ausbreitende Bakterienkultur und nahm

den Deckel ab, um daran zu riechen. Sie roch nach frisch gemähtem Gras. »Großer Gott«, sagte er. »*Pseudomonas*.«

»Ein *Pseudomonas*-Stamm«, erklärte Richardson mit Nachdruck. »Die Frage lautet jetzt: Ist es derjenige, der uns den ganzen Mist eingebrockt hat?«

»Wann werden Sie das wissen?«

»Moira ist gerade dabei, die Reihe mit den Antibiotika-Tests vorzubereiten«, sagte Evans.

Widerstreitende Gefühle bewegten Jamieson. Wenn sich herausstellte, daß Thelwell der Träger dieses Killerstamms von *Pseudomonas* war, bedeutete das höchstwahrscheinlich, daß die Todesfälle nach Operationen im *Kerr Memorial Hospital* auf ihn zurückgingen. Wie sollte der Mann danach weiterleben? fragte er sich. Positiv wäre einzig, daß man die Ursache des Ausbruchs festgestellt hatte, womit das Problem als solches gelöst wäre. Er würde seine Aufgabe erfüllt haben und konnte ans MedKa melden, daß die Sache bereinigt war.

Wie das Krankenhauspersonal wohl auf eine solche Nachricht reagieren würde? fragte Jamieson sich. Sympathie und Verständnis dürften sich bei einem so unangenehmen Zeitgenossen wie Thelwell in Grenzen halten. Evans wirkte in diesem Augenblick neutral, wohingegen Richardson deutliche Anzeichen von Häme nicht leugnen konnte. Da Jamieson selbst miterlebt hatte, wie Richardson von Thelwell vor anderen abgekanzelt worden war, konnte Jamieson ihm das wirklich nicht übelnehmen.

Ein scheußlicher Gedanke schoß Jamieson durch den Kopf. »Wie geht es der Patientin, die er gestern operiert hat?« fragte er.

Ihren betretenen Mienen zufolge war offensichtlich, daß keiner daran gedacht hatte, sich danach zu erkundigen. »Ich rufe gleich an«, sagte Richardson.

Geduldig saßen Evans und Jamieson da, während Richardson sich anhörte, was ihm am anderen Ende der Leitung gesagt wurde. Sie mußten sogar noch länger warten, als Richardson den Hörer langsam auflegte und einen Moment brauchte, um seine Gedanken zu sammeln. »Sie hatte heute morgen Fieber«, sagte er schließlich. »Und außerdem hat sie leichte Schmerzen.«

Jamieson bemerkte, daß jeder Anflug von Häme in Richardsons Gesicht wie weggewischt war. Ihm war unversehens wieder aufgegan-

gen, um wie viele Menschenleben es in dieser Angelegenheit schon gegangen war.
»Sprechen Sie mit Dr. Thelwell?« fragte Evans Richardson.
Richardson zögerte, woraufhin Jamieson sagte: »Ich denke, unter den gegebenen Umständen ist es am besten, ich übernehme das.«
»Ich wäre Ihnen dankbar dafür«, sagte Richardson. »Von mir würde er es sich wohl am wenigsten gern sagen lassen.«
Jamieson kehrte in sein kleines Zimmer zurück und rief Thelwells Sekretärin an. Auf seinem Schreibtisch lag ein Umschlag, den er vorm Wählen aufmachte. Darin steckte der Bericht vom MedKa-Labor über die *Pseudomonas*. Es gab laut Bericht keinerlei Anhalt für übertragene Plasmide von anderen Bakterien. Jamieson runzelte die Stirn. Er hatte sich geirrt. Dieser Bakterienstamm hatte keinerlei Elemente von außen aufgenommen, die ihn resistent gegen Antibiotika machten; dieser Stamm war von sich aus ein Killer-Stamm.
Das war eine Überraschung. Zumindest für ihn. Irgend etwas verriet ihm, daß das für John Richardson allerdings nicht so überraschend kam. Als er das letzte Mal mit Richardson gesprochen hatte, schien der auf eine solche Möglichkeit hindeuten zu wollen. Er hatte darum gebeten, über die gängigen Kohlehydrat-Vergärungstests informiert zu werden. Warum? fragte Jamieson sich. In welche Richtung ging Richardsons Verdacht?
»Sekretariat Dr. Thelwell«, ließ sich eine Stimme im Hörer vernehmen.
»Hier spricht Dr. Jamieson. Ich wollte fragen, ob ich Dr. Thelwell wohl sprechen kann.«
»Ist es wichtig?«
»Sehr.«
Als Jamieson auf dem Weg vom Labor zu Thelwell bei Richardson hineinschaute, war dieser nicht da, und so ließ er einfach den Bericht auf seinem Schreibtisch und legte eine handschriftliche Notiz dazu: »Sie hatten recht. Woher haben Sie's gewußt?«

Jamieson war sich darüber im klaren, wie schwierig es sein würde, Thelwell die unangenehme Wahrheit zu sagen. Mit jedem Schritt, der ihn dessen Büro näher brachte, schienen die Schwierigkeiten zu wachsen, und so zögerte er vor dem Büro des Chirurgen sogar und brachte es kaum fertig zu klopfen.

»Dr. Thelwell kann Ihnen nur fünf Minuten widmen«, sagte die Sekretärin, als Jamieson dann endlich doch eintrat. »Er hat sehr viel zu tun.«

Hatte, dachte Jamieson. Sein Leben wird nie wieder ganz so sein wie bisher.

Beim Anblick von Jamieson runzelte Thelwell die Stirn. »Ja?« sagte er und seufzte genervt auf. »Was gibt's?«

»Ich komme wegen Ihres Nasenabstrichs«, sagte Jamieson.

»Was ist damit? Ich habe diesmal keine Salbe benutzt.«

»Ich weiß. Im Labor hat man *Pseudomonas* festgestellt.«

Thelwell sah aus wie vom Donner gerührt. Seine Miene verdüsterte sich, seine Augen blitzten auf. »Nein!« rief er krächzend. »Das laß ich mir nicht gefallen. Das ist etwas, das nur auf Richardsons Mist gewachsen sein kann! Das glaube ich nicht. Das kann ich einfach nicht glauben!«

»Ich habe die Kultur gesehen, Dr. Thelwell. Es handelt sich ohne jeden Zweifel um *Pseudomonas*.«

»Schon möglich, daß es *Pseudomonas* sind, aber die stammen nicht von mir. Von mir kommen die nicht! Begreifen Sie denn nicht? Dieser unfähige Clown von einem Mikrobiologen hat mit den Kulturen irgendwas gemacht!«

»Dr. Thelwell, was Sie da sagen, entbehrt jeder vernünftigen Grundlage! Es ist schlichtweg unsinnig«, sagte Jamieson ruhig.

»Unsinnig!« Thelwell platzte. »Unsinnig nennen Sie das? Dieser Mann versucht, mir meine Karriere kaputtzumachen, mir all diese Todesfälle anzuhängen! Und Sie nennen das unsinnig! Ich hab's gewußt! Was habe ich nicht letztes Mal gesagt? Ich habe Ihnen gesagt, Richardson würde irgendwas aushecken, um mich bloßzustellen. Da ist es noch ein Wunder, daß er mir nicht die Beulenpest untergeschoben hat.«

Allmählich wurde Jamieson wütend. Thelwell schien unfähig, den Blick über einen lächerlichen Streit hinweg zu richten. Um seine Patienten schien es ihm zu allerletzt zu gehen. »Soviel ich gehört habe, hat Mrs. Edelman Fieber und leichte Schmerzen«, sagte er in neutralem Tonfall und mit gleichbleibend ruhiger Stimme.

»Mrs. Edelman?« fragte Thelwell wie abwesend.

»Die Patientin, die Sie gestern operiert haben«, erklärte Jamieson rauh.

»Was wollen Sie damit andeuten?« zischte Thelwell.
»Nichts weiter, als daß sie eine *Pseudomonas*-Infektion haben kann. Des weiteren möchte ich andeuten, daß alle Anzeichen im Moment darauf hindeuten, daß Sie in diesem Krankenhaus die Infektionsquelle zu sein scheinen. Ich muß Sie bitten, davon Abstand zu nehmen, weiterhin zu operieren, bis diese Sache gründlich untersucht worden ist.«
»Vom Operieren Abstand nehmen...«, wiederholte Thelwell wie benommen. »Das ist doch lächerlich!«
»Nein, nicht lächerlich, sondern normaler Menschenverstand«, erklärte Jamieson mit Nachdruck. »Bis jetzt hat das Labor die Resultate der Antibiogramme noch nicht; gut möglich, daß Sie einen ganz gewöhnlichen Stamm tragen, aber bis wir das ganz sicher wissen, werde ich die Behörden ersuchen, falls sie es nicht von sich aus tun, Sie vom Dienst zu suspendieren.«
»Raus hier!« schrie Thelwell speichelsprühend. »Verschwinden Sie aus meinem Zimmer!«

Siebtes Kapitel Jamieson starrte unablässig auf den Seitenspiegel, als er sich vom Zubringer auf die zweispurige nach Süden führende Autobahn einfädelte. Welch angenehmes Gefühl, nach Hause zu fahren, obwohl ihm das Fahren auf der Autobahn seit dem Unfall nicht ganz geheuer war. Er wechselte auf die linke Spur und blieb dort eine Weile, bis er ein Gefühl dafür entwickelte, wie dicht der Verkehr wirklich war. Früher hätte er den Fuß aufs Gaspedal gesetzt und wäre auf die Überholspur gegangen, doch die Zeiten waren vorbei.

Nach fünf oder sechs Kilometern nutzte er eine Lücke und beschleunigte auf hundert, zum Teil deshalb, weil er noch eine lange Fahrt vor sich hatte, vor allem aber, weil er darin den Teil einer selbstauferlegten Therapie sah. Seit seinem Unfall erfüllte es ihn mit körperlichen Angstgefühlen, auf der Überholspur zu fahren. Tat er es trotzdem, verfolgte ihn das Bild eines auf ihn zukommenden Fahrzeugs, das auf seine Spur ausscherte.

Als intelligenter und vernunftbegabter Mensch wußte er, daß die Wahrscheinlichkeit, daß ihm das gleiche noch einmal passierte, äußerst gering war. Das half ihm, mit der Angst fertigzuwerden, doch ganz vertreiben ließ sie sich nicht. Sie war immer noch da, bewirkte, daß er einen trockenen Mund bekam und sein Puls sich beschleunigte, sobald er auf die rechte Spur überwechselte, war jedoch nicht so groß, um nicht damit fertigwerden zu können, und wenn es noch so unangenehm war. Je öfter er sich dazu zwang, so seine Überlegung, desto früher würde er sich ganz davon befreien.

Der Verkehr vor ihm verlangsamte sich; es ging nur einspurig weiter, und da alle sich nach der Geschwindigkeit des langsamsten Fahrzeugs – in diesem Fall ein fahrbarer Kran – richten mußten, ging es bald fast nur noch im Schrittempo weiter. Da er sich jetzt nicht mehr so aufs Fahren konzentrieren mußte, konnte Jamieson seine Gedanken wieder anderen Dingen zuwenden. Jamieson führte sich noch einmal vor Augen, wie Thelwell sich benommen hatte, als er ihm von den Unter-

suchungsergebnissen erzählt hatte. Er fand es erschreckend, daß ein Mann von solch ungezügeltem Temperament und solcher Unbeherrschtheit ausgerechnet Chirurg war.
Doch nach längerem Nachdenken mußte Jamieson sein Urteil revidieren. Recht besehen gab es unter den ihm bekannten Chirurgen nicht wenige, die leicht aus der Haut fuhren. Die meisten konnte man extrovertiert nennen, und ein paar von ihnen waren außerordentlich ichbezogen. Thelwell war darüber hinaus jedoch auch noch besonders unangenehm. Jamieson fragte sich, wie er sich wohl verhalten würde, falls das Labor herausfand, daß er Träger des Killer-Stamms war.
Selbstverständlich war es auch möglich, daß der *Pseudomonas*-Stamm, den man auf Thelwells Abstrich festgestellt hatte, nicht das Problem war, doch schätzte Jamieson, daß dann zu viele Zufälle zusammenkämen. Jedenfalls tat er gut daran, auf das schlimmste gefaßt zu sein.
Als für die Autokolonne der dritte Kilometer im Schrittempo begann, kreisten Jamiesons Gedanken um Thelwells wütende Vorwürfe, denen zufolge sein Abstrich manipuliert worden war. Bis zu diesem Augenblick hatte er der Vorstellung, daß Richardson beim Abstrich hineingepfuscht hatte, nicht den geringsten Glauben geschenkt. Das überstieg ja wohl alle Möglichkeiten... oder? Aber vielleicht war am *Kerr Memorial* nichts unmöglich. Er hatte im Laufe einer Woche eine entschiedene Abneigung gegen das Krankenhaus gefaßt.
Es war in Medizinkreisen nichts Ungewöhnliches, daß sehr verschiedenartige Persönlichkeiten aufeinanderprallten, doch beschränkte sich das im allgemeinen auf fachliche Auseinandersetzungen, in deren Verlauf von bissigen Bemerkungen bis zu ständigen versteckten Unterstellungen alles möglich war. Doch kam es bei solcherart Schlagabtausch nur selten zu offenem Streit und regelrechter Feindseligkeit. Im *Kerr Memorial* liefen die Dinge sichtlich aus dem Ruder. Oder war das noch untertrieben? fragte er sich. War bereits alles aus dem Ruder gelaufen? Und wenn das der Fall war, was sollte er dagegen unternehmen?
Soweit Jamieson sah, gab es für dieses Problem keine einfache Lösung. Genaugenommen war Thelwells schlechtes Benehmen kein Verstoß, der disziplinarisch geahndet wreden mußte. Jedenfalls auf gar keinen Fall etwas, das eine Suspendierung vom Dienst erforderlich machte. Jamieson versuchte probehalber eine Anklage zu formulieren, doch das gelang ihm nicht. Thelwell war wie ein wütender Autofahrer. Bis

jetzt war noch nichts passiert, doch war das Potential für ein Unglück vorhanden, mochte der Mann sonst ein noch so guter Fahrer sein.

Wenn sich nachweisen ließ, daß Thelwell der Träger des tödlichen Bakterienstamms war, würde das automatisch eine Suspendierung vom Dienst nach sich ziehen; mit ein wenig Glück konnte er in weniger exponierter Stellung zur Medizin zurückkehren, allerdings erst nach einer einschlägigen Behandlung, um zu gewährleisten, daß er kein Gefahrenherd mehr war. Plötzlich ging Jamieson auf, daß er immer davon auszugehen hatte, daß dies möglich wäre. Sollte das jedoch nicht möglich sein, waren die Bakterien für Patienten, die operiert werden sollten, so gefährlich, daß Thelwells Tage als Chirurg so gut wie gezählt waren.

Das Gleichgewicht zwischen einer Bakterieninfektion und einer regelrechten Krankheit ist äußerst heikel. Die meisten Menschen tragen eine Vielzahl von Bakterien mit sich herum, die samt und sonders eine Krankheit auslösen könnten, mit denen die körpereigenen Abwehrkräfte aber im allgemeinen fertig werden. Wird jedoch jemand aus irgendeinem Grunde durch Krankheit oder durch eine Schädigung des Immunsystems geschwächt, wird dieses Gleichgewicht gestört. Patienten, die operiert werden müssen, sind da besonders gefährdet. Sobald der erste Schnitt gesetzt ist, ist damit auch ein tiefer Eingriff in die Immunabwehr vorgenommen. Sterile Handschuhe und Mundschutz dienen dazu, den Patienten zu schützen, doch wenn im OP tatsächlich ein echter Killer-Organismus vorhanden ist, sind auch solche Vorkehrungen eher läppisch.

Jamieson suchte nach Ablenkung von diesen unangenehmen Gedanken und stellte das Autoradio auf den Klassiksender ein. Vivaldis Musik erfüllte den Wagen und begleitete jetzt, wo der Engpaß vorbei war, die allmähliche Beschleunigung des Verkehrsflusses. Als sich die Abstände zwischen den einzelnen Wagen vergrößerten, scherte vor ihm plötzlich ein Laster mit Anhänger auf die innere Spur aus und nötigte ihn zu einer scharfen Bremsung. Er sah sofort in den Rückspiegel, um sich zu vergewissern, daß der Wagen hinter ihm genauso gut reagiert hatte wie er selbst. Das war der Fall. Er konnte sehen, wie der Fahrer den Kopf schüttelte.

Beim Überholen des Lasters warf Jamieson einen Blick hinauf zum Fahrerhaus und sah, wie der Fahrer sich eine Zigarette ansteckte; er schien nicht die geringste Ahnung zu haben, daß er ums Haar einen

Unfall verursacht hätte. Jamieson seufzte auf. Gäbe es doch bloß eine Möglichkeit, Menschen, die so etwas noch nie erlebt hatten, klarzumachen, was mit Menschenfleisch passiert, wenn es zwischen zwei sich ineinander verkeilende Fahrzeuge gerät.

Wie immer fuhr Jamieson in der Nähe von Canterbury von der Autobahn herunter; auf diese Weise konnte er, von Westen kommend, den Anblick der Stadt genießen, die jetzt in den Glanz der Abendsonne getaucht war. Während er den Ring entlangfuhr, blickte Jamieson immer wieder zum golden schimmernden Turm der Kathedrale hinauf, bis er die Abfahrt zur Dover Road und kurz darauf die Spur erreichte, die nach Patrixbourne führte. Bei Erreichen des Dorfes hörte er die Vögel singen. Er war zurück in der friedlichen Zeitlosigkeit, die Sue und er so sehr lieben gelernt hatten. Mochte in der Welt sonstwas geschehen, Patrixbourne blieb sich immer gleich; unverändert würde es fortbestehen, wie schon seit den Zeiten der Römer.
Er bog von der Hauptstraße ab, fuhr die schmale Kieszufahrt zu dem hinter dem Cottage gelegenen Parkplatz hinauf und stellte den Motor ab. Zuerst herrschte Schweigen in dem schwindenden Tageslicht, doch als er aufmerksam lauschte, fing er an, bestimmte Laute zu unterscheiden. Irgendwo weiter in der Ferne läutete eine Kirchenglocke, und mehr in der Nähe vernahm er in unregelmäßigen Abständen immer wieder ein Klacken, wie es entsteht, wenn Ball und Schläger aufeinandertreffen, was ihm verriet, daß die Cricket-Mannschaft des Dorfes trainierte. Nicht mehr lange, und das schwindende Tageslicht würde die jungen Männer zwingen aufzuhören, woraufhin sie in den Pub ziehen würden.
Sue schlang Jamieson unter der Tür die Arme um den Hals, und sie küßten sich.
»Komm rein, sonst fangen die Nachbarn noch an zu reden«, sagte Sue.
»Sollen sie doch!«
»Du hörst dich aber schon fröhlicher an«, sagte Sue. Jamieson bestätigte ihr das und sagte: »Ich glaube, wir haben die Infektionsquelle gefunden. Ausgerechnet der Chefarzt der Gynäkologie, ein Chirurg, scheint der Träger zu sein.«
»Der Ärmste«, sagte Sue. »Und wie nimmt er es?«
»Nicht gut«, erwiderte Jamieson.

»Er ist ja aber auch in einer schrecklichen Lage.«
Jamieson bestritt das nicht, sagte aber: »Bis jetzt ist es noch nicht absolut sicher, aber morgen früh weiß das Labor es. Ich ruf gleich nach dem Aufstehen dort an.«
»Dann darf ich wohl davon ausgehen, daß dein erster Job beim MedKa zu Ende ist«, meinte Sue.
»So ist es wohl«, stimmte Jamieson ihr zu. »Obwohl ich, ehrlich gesagt, nicht viel getan habe. Ich habe nur vorgeschlagen, daß der Chirurg, um den es geht, einen Nasenabstrich einschickt. Das hatte er zwar vorher auch schon getan, aber da hatte er eine antiseptische Nasensalbe benutzt, und so fiel der Labortest negativ aus.«
»Und das hast du herausgefunden?«
»Ja, richtig.«
»Dann hast du das Problem gelöst. MedKa sollte begeistert sein.«
»Vielleicht werfen sie mich nicht gleich raus.« Jamieson lächelte.
»Du bist zu bescheiden«, erklärte Sue mit Nachdruck. »Jedenfalls müssen wir das feiern.« Sie holte eine Flasche Wein aus dem Eisschrank in der Küche und hielt sie hoch. »Was hälst du davon?«
»Warum nicht?«
Nach dem Abendessen zog Jamieson die Schuhe aus und streckte sich auf der Couch aus; wohlige Zufriedenheit breitete sich in ihm aus.
»Wie ist das *Kerr Memorial* denn so?« wollte Sue wissen.
»Ein unheimlich düsterer alter Kasten, oder vielmehr alte Kästen, voll von Leuten, die allen Widrigkeiten zum Trotz ihr Bestes geben. Das übliche.«
»Wenn du bei deinem Anruf morgen früh bestätigt bekommst, daß es am Chirurgen liegt, mußt du dann nochmal wieder rauf?«
»Nur für kurze Zeit, um aufzuräumen.«
»Und was dann?«
»Was immer MedKa dann für mich hat.«
Sue ging zur Couch hinüber, hob für einen Moment Jamiesons Kopf, um Platz zu nehmen; dann senkte sie seinen Kopf in ihren Schoß.
»Habe ich dir gefehlt?« fragte sie.
»Mehr, als ich sagen kann.«
»Früh zu Bett?«
»Früh zu Bett.«

Am nächsten Morgen stand Jamieson als erster auf, um das Frühstück zu machen. Es war ein wunderschöner Tag, und er nutzte die Gelegenheit, draußen im Garten zu stehen und zu warten, bis das Wasser kochte. Kaum ein Lüftchen regte sich, und in den Spinnweben in den Büschen glitzerten Tautropfen. Eine Katze von Nachbarn, die auf Vogelfang aus gewesen war, huschte bei Jamiesons Näherkommen davon; müßig kickte er herabgefallene Holzäpfel vor sich her. Als er den höchsten Punkt des Gartens erreicht hatte, klingelte das Telefon.

Es war John Richardson. »Ich dachte, ich rufe Sie an, damit ich nicht lange auf Ihren Anruf warten muß.«

»Guter Gedanke.«

»Bei dem Stamm von Thelwell handelt es sich leider um den Killer. Er weist Antibiotika gegenüber die gleiche Resistenz auf.«

»Damit hätten wir's dann ja wohl«, sagte Jamieson abschließend.

»Dem Anschein nach, ja.« Richardson zögerte.

»Ich verstehe nicht recht«, sagte Jamieson. »Sie haben die Infektionsquelle entdeckt. Thelwell ist und war der Träger. Es paßt doch alles zusammen. Auf welche zusätzlichen Beweise hoffen Sie denn noch?«

»Ich weiß, daß es danach aussieht«, pflichtete Richardson ihm bei, »aber ehe ich noch mehr sage, muß ich mit Ihnen reden.«

»Worüber?«

»Das möchte ich am Telefon lieber nicht sagen. Wäre es Ihnen nicht möglich, gleich nach Ihrer Rückkehr ins Labor zu kommen?«

»Das wird aber erst morgen abend der Fall sein – es sei denn, versteht sich, es gäbe einen triftigen Grund für mich, früher zurückzukommen. Soll ich?«

»Morgen abend reicht völlig. Ich bleibe im Labor, bis Sie hier sind. Haben Sie irgendeine Vorstellung, wann das etwa sein wird?«

»So gegen acht.«

»Schön.«

»Wer war das?« rief Sue aus dem Schlafzimmer.

»John Richardson, der Leiter der Bakteriologie im *Kerr Memorial*«, sagte Jamieson nachdenklich. »Es war tatsächlich der Chirurg, der den Killer-Stamm mit sich herumschleppt.«

»Dann ist die Sache also erledigt?«

»Ich denke, ja«, sagte Jamieson, der in Gedanken ganz weit weg war.

»Aber Richardson möchte mich sprechen, bevor er den Bericht endgültig abschließt.«
Sue zog sich an und kam herunter. Sie spürte, daß Scott sich Sorgen wegen irgend etwas machte, und fragte, worum es denn gehe.
»Um Richardson«, sagte Jamieson.
»Was ist mit ihm?«
Jamieson schwieg und schob eine Scheibe Brot in den Toaster. Dann sagte er: »Es war, als wäre er in Wirklichkeit nicht überzeugt von dem, was er mir sagte.«
»Meinst du, er glaubt, einen Fehler gemacht zu haben?«
Jamieson verzog den Mund zu einem schiefen Lächeln. »Das würde zumindest Thelwell behaupten. Der glaubt, Richardson habe ihm die ganze Sache irgendwie untergejubelt.«
»Mein Gott, was für ein furchtbarer Laden!« sagte Sue. »Und was glaubst du?«
»Ich habe die Kultur mit eigenen Augen gesehen. Es waren *Pseudomonas*«, erklärte Jamieson. »Die hat er nicht erfunden.«
»Dann verstehe ich das Problem nicht«, sagte Sue.
»Ich selber ja auch nicht«, gestand Jamieson. »Und gerade das ist es, was mich so beunruhigt. Aber wenn es doch ein Problem gibt... Morgen abend werde ich es wissen.«

Es war Sonntag abend, und der Verkehr auf der Fahrt gen Norden lief flüssig, was dazu beitrug, daß Jamieson seine gute Laune nicht verlor, nachdem er ein schönes Wochenende hinter sich gebracht hatte. Er war immer noch guter Stimmung, als er in sein Zimmer kam und seine Sachen auspackte. Ehe er zu Richardson hinunterging, wollte er noch eine Tasse Kaffee trinken; hinterher gedachte er, seinen Bericht für MedKa zu schreiben. Wenn dann noch Zeit war und Richardson keine neuen Probleme in die Sache hineingebracht hatte, wollte er in der Bar eines nahe gelegenen Hotels noch ein paar Drinks nehmen und sich dann früh schlafen legen.
Als er um die Ecke ging, um den Hof zu überqueren, sah er in der Richtung der zum Labor hinunterführenden Treppe eine Gestalt entlanghuschen. Diese besondere Art zu gehen kannte er. Das war Gordon Thelwell. Was der Chirurg wohl um diese späte Stunde noch in der Klinik machte?
Auf den Steinstufen zum Labor hinunter setzte Jamieson die Füße

besonders vorsichtig auf, denn es war kaum noch etwas zu sehen, und die nächstgelegene Wandlampe war ausgefallen. Er stieß die Tür auf und tastete nach dem Lichtschalter, den er erst beim dritten Versuch fand. Er knipste die Lampe an.

Unter John Richardsons Tür war ein Lichtschein zu sehen, doch als er klopfte, erhielt er keine Antwort. Jamieson versuchte es nochmals, und als er dann ungebeten eintrat, stellte er fest, daß das Zimmer leer war. Die Schreibtischlampe brannte, und ein paar Papiere lagen auf der Schreibplatte. Der Drehstuhl hinter dem Schreibtisch war nach rechts geschwenkt, als ob Richardson gerade eben aufgestanden wäre. In der Annahme, daß der Mikrobiologe nur kurz hinausgegangen war, nahm Jamieson Platz und wartete. Die Zeit verging, und schließlich wurde er ungeduldig, verließ den Raum und machte sich auf die Suche nach Richardson.

Eine rasche Musterung des Erdgeschosses ergab keine Anhaltspunkte, und daß er laut Richardsons Namen rief, half auch nicht. Daraufhin schickte Jamieson sich an, die Treppe zum Kellergeschoß hinunterzusteigen. Auf der dritten Stufe blieb er stehen, weil er glaubte, etwas gehört zu haben; es hatte sich angehört, als ob ein Baum knarrte. »Ist da jemand?« fragte er. Das gleichbleibende Timbre seiner Stimme brach das Schweigen, das ihn nachgerade mit Unbehagen erfüllte. Niemand antwortete. Nur das Knarren kam wieder. »Dr. Richardson?«

Jamieson erreichte die unterste Stufe und tastete wieder nach einem Lichtschalter, da streifte etwas Hartes sein Gesicht. Jamieson trat erschreckt zurück und riß die Hände hoch, um abzuwehren, was immer es war. Als er es berührte, wußte er genau, was es war: ein Fuß, ein menschlicher Fuß, der einen Schuh trug – freilich in der Höhe seines Gesichts.

Sein Herz fing an zu rasen, und ihm brach der kalte Schweiß aus, als er hektisch mit der flachen Hand nach dem Lichtschalter suchte. Als er ihn schließlich gefunden hatte, und das Licht anging, sah er John Richardson an einem der hölzernen Stützbalken an der Decke hängen. Die Augen quollen ihm aus den Höhlen; blau hing ihm die lange Zunge aus einem Mundwinkel. Das knarrende Geräusch stammte von seinem Körper, der sich langsam mit der Zugluft bewegte, die durchs Labor ging.

Für ein paar Sekunden starrte Jamieson wie gebannt, als sähe er ein

Gespenst vor sich; er war außerstande sich zu rühren. Die Uhr an Richardsons Handgelenk tickte immer noch; es war so absurd, das Ticken in der Totenstille ringsum zu hören und zu sehen, wie der Sekundenzeiger weiter vorrückte. Er dachte daran, Richardson herunterzuschneiden, doch das war leichter gesagt als getan. Abgesehen von der Mühe, die damit verbunden war, – es hatte keinen Zweck. Der Mann war offensichtlich tot; es gab keine Möglichkeit, ihn zurückzurufen ins Leben. Die Polizei sah es gewiß lieber, wenn er alles so ließ, wie es war.
Vom nächstgelegenen Telefon aus verständigte Jamieson die Polizei. Nachdem er das getan hatte, bat er den Diensthabenden in der Telefonzentrale, sowohl den medizinischen als auch den kaufmännischen Leiter der Klinik herbeizurufen. Warum, sagte er nicht; nur daß es äußerst wichtig sei, daß sie alles stehen und liegen lassen und herkommen sollten. Jamieson legte den Hörer auf, und im Labor kehrte wieder Stille ein.
Zwar hatte er das Rauchen schon vor fünf Jahren aufgegeben, doch in einem Augenblick wie diesem wäre er froh gewesen, sich eine Zigarette anzünden zu können.

Während der Polizeifotograf Richardson von jeder Seite und aus jedem Blickwinkel fotografierte, hielt sich Jamieson im Hintergrund; erst danach wurde der Leichnam abgenommen und auf den Boden gelegt. Der Inspektor, der die Untersuchung leitete, ließ die Gerichtsmediziner ihre Arbeiten tun und gesellte sich zu Jamieson. »Stimmt es, daß Sie die Leiche gefunden haben?« fragte er. »Mein Name ist Ryan. Können wir uns hier irgendwo unterhalten?«
Jamieson nickte und ging auf dem Weg zu Richardsons Arbeitszimmer voran. Crichton und Carew, der medizinische und der kaufmännische Klinikleiter, dessen war er sich ganz sicher, würden als erstes hier vorbeischauen, wenn sie eintrafen. Dann konnte er ihnen sagen, was geschehen war.
Jamieson berichtete Ryan in allen Einzelheiten, wie und wann er Richardsons Leichnam entdeckt hatte. Er sagte, wer und was er war und was er hier im *Kerr Memorial* zu tun hatte.
»Dann also wir beide«, sagte der Inspektor, als Jamieson erklärte, er sei der Ursache eines Infektionsausbruchs nachgegangen, in dessen Folge drei Frauen im Krankenhaus gestorben seien.

»Wie bitte?«
»Auch ich bin mit der Untersuchung des Todes von ein paar Frauen beschäftigt«, sagte der Polizeibeamte.
»Ach, Sie meinen die Ermordeten? In der Zeitung habe ich gelesen, daß Sie in Verbindung mit dem letzten Mord nach einer Jugendbande suchen«, sagte Jamieson.
»Die Jungs hatten zwar damit zu tun«, sagte der Polizist, »aber getötet haben sie die Betreffende nicht. Umgebracht hat sie unser Wahnsinniger.«
»Ihr Wahnsinniger?«
»So eine Art Jack the Ripper«, erklärte Ryan. »Von den Gerichtsmedizinern wissen wir, daß die Frau schwer zusammengeschlagen und verstümmelt wurde; allerdings fehlen bestimmte Körperteile von ihr genauso wie bei den ersten Fällen. Der Ripper hinterläßt seine Signatur.«
»Das klingt ja entsetzlich«, sagte Jamieson. »Haben Sie denn irgendwelche Anhaltspunkte?«
Ryan schüttelte den Kopf und sagte: »Einen solchen Killer zu finden, ist immer das allerschwierigste. Die meisten Morde kommen im häuslichen Bereich der Opfer vor, und da gibt es dann jeweils viele heiße Spuren und werden viele zu Verdächtigen. Ist es aber ein Verrückter, ist das anders. Ich bin mir ziemlich sicher, daß er ein Einzelgänger ohne Freunde oder Angehörige ist, der keinerlei persönliche Beziehungen zu den Opfern hat. Möglich, daß es sich um irgendeine ganz allgemeine Besessenheit handelt, möglich aber auch, daß es überhaupt kein anderes Motiv gibt als die Tatsache, daß die Opfer zur falschen Zeit am falschen Ort waren.«
»Ich verstehe«, sagte Jamieson. »Falls es Sie tröstet: Ich hatte gedacht, den Killer gefunden zu haben, oder vielmehr, daß er mich gefunden hat.« Mit dem Kopf zeigte Jamieson in Richtung auf die Stelle, wo er Richardson gefunden hatte. »Aber jetzt bin ich mir keineswegs mehr sicher, was hier eigentlich gespielt wird.«

Carew und Crichton trafen fast gleichzeitig ein und waren erschüttert über das, was geschehen war. Jamieson fiel auf, daß beide sofort davon ausgingen, Richardson hätte Selbstmord verübt. »Warum?« fragte Jamieson und nahm damit Ryans Frage voraus.
»John hat wegen dieses Infektionsproblems in letzter Zeit stark unter

Druck gestanden«, erklärte Carew. »Weit mehr, als er es sich hat anmerken lassen. Mir scheint ziemlich klar zu sein, daß ihm das alles einfach über den Kopf gewachsen ist.«

»Aber gestern wurde ein Großteil des Drucks von ihm genommen«, sagte Jamieson. »Dr. Richardson hat mich zu Hause angerufen. Er hatte Beweise vorliegen, daß Thelwell die Bakterien, die die Infektion verursachten, mit sich herumschleppte.«

Carew und Crichton sahen sich vielsagend an.

»Dr. Thelwell hat ihm aber nicht geglaubt«, entgegnete Carew.

»Schlimmer noch«, ergänzte Crichton. »Er behauptet steif und fest, Dr. Richardson hätte die Untersuchungsergebnisse manipuliert, und bestand darauf, noch ein anderes Labor mit der Untersuchung zu beauftragen.«

»Und?«

»Das Labor des Gesundheitsamts hat am Samstag einen zweiten Abstrich von Dr. Thelwell untersucht; das Ergebnis wurde ihm heute morgen mitgeteilt. Es ist negativ ausgefallen. Sie fanden nicht die Spur von *Pseudomonas*.«

»So so«, sagte Jamieson bedächtig. Er konnte sich immer noch nicht zu der Überzeugung durchringen, daß Richardson den Labortest gefälscht hätte. »Das ist aber noch lange kein Beweis«, sagte er und erwähnte, daß Thelwell bei früheren Tests eine antiseptische Salbe benutzt hatte. »Mir gegenüber hat er gesagt, er benutze die gewohnheitsmäßig.«

»Das ist natürlich möglich«, stimmte Carew ihm zu. »Doch als ich Dr. Richardson heute morgen von den Untersuchungsergebnissen des Gesundheitsamts berichtete, hat er schon sehr eigenartig reagiert, um das mindeste zu sagen.«

»Wie das?«

»Ich hatte fast das Gefühl, als hätte er das erwartet.«

»Das verstehe ich nicht«, sagte Jamieson.

»Als ich ihm das sagte, wurde er aschfahl und mußte sich hinsetzen. Dann sagte er: ›Das ist alles meine Schuld.‹«

»Alles meine Schuld? Wollen Sie damit sagen, er hätte gestanden, die Abstrichsuntersuchungen gefälscht zu haben?« fragte der überraschte Jamieson.

»Nicht ganz«, erwiderte Carew. »Irgendwie hatte ich das Gefühl, er redete mit sich selbst. Als ich ihn fragte, was er meine, sagte er, jetzt wisse er, was sich abgespielt hätte, und damit würde es bald ein Ende haben.«

»Was hat er damit gemeint?«

»Das weiß ich nicht. Mehr hat er nicht sagen wollen. Aber jetzt wird uns doch wohl allen klar, was er gemeint hat, finden Sie nicht? Der arme Mann schien mir ganz krank zu sein.«

»Ich fürchte«, meinte Crichton, »alle Beweise deuten daraufhin, daß Dr. Richardson bewußt dafür gesorgt hat, daß der Test für Dr. Thelwell positiv ausfiel. Ich denke, der Druck, beim Orten der Infektionsquelle ständig versagt zu haben, muß ihn zu weit getrieben haben, so weit, daß er keinen anderen Ausweg mehr sah. Indem er Dr. Thelwells Abstrich mit dem Killerstamm der *Pseudomonas* verseuchte, konnte er es so hinstellen, als hätte er nicht nur die Ursache, sondern auch noch den Träger gefunden.«

Jamieson entging nicht, daß Ryan ein amüsiertes Gesicht machte, und begegnete seinem Blick. »Ist da wirklich was dran?« flüsterte Ryan während einer Gesprächspause, in der Crichton und Carew ein eigenes Gespräch miteinander führten.

»Ich fürchte, ja«, erwiderte Jamieson.

»Was ist passiert?« ließ sich eine Stimme an der Tür vernehmen.

Als Jamieson sich umdrehte, sah er Clive Evans dort stehen.

»Ein Unglück ist passiert«, antwortete Carew.

»Dr. Richardson ist tot. Er hat sich erhängt«, erklärte Crichton.

Evans sank auf einen Stuhl und schüttelte langsam den Kopf. »Das glaube ich nicht«, sagte er.

»Dürfte ich fragen, wieso Sie heute abend hierher gekommen sind, Doktor?« fragte Ryan.

»Weil ich Bereitschaftsdienst habe«, sagte Evans so, als wäre er mit etwas ganz anderem beschäftigt. »Ich habe heute abend Dienst, John hatte den Nachmittag über Bereitschaftsdienst.«

Später suchten Ryan und Jamieson Evans auf; er war in seinem eigenen Labor und arbeitete. Jamieson war eingefallen, daß Evans beim Eintreffen von Thelwells Abstrich in Richardsons Büro gewesen war. Auch war ihm wieder eingefallen, daß Richardson den Test Evans überlassen hatte. Jetzt fragte er ihn danach.

Der Mann aus Wales rückte die Brille zurecht und sagte: »Das stimmt. Ich habe zwei Kulturen mit dem Abstrich geimpft.«

»Und dann?«
»Ich verstehe nicht«, sagte Evans.
»Was haben Sie mit den Kulturen gemacht? Haben Sie sie in Ihrem Labor aufgehoben? Oder haben Sie sie woanders untergebracht? Haben Sie die Resultate am Morgen abgelesen? Sind Sie es gewesen, der die *Pseudomonas* darin gefunden und identifiziert hat?«
»Nein«, erwiderte Evans und machte angesichts der Fragenreihung ein verwirrtes Gesicht. »Dr. Richardson sagte, er wolle die Ergebnisse gern persönlich ablesen; deshalb habe ich ihm die Kulturen in den Inkubator in seinem Labor gestellt. Er las die Ergebnisse ab. Er ist es, der die *Pseudomonas* gefunden und den Bericht geschrieben hat.«
»Halten Sie es für möglich, daß Dr. Richardson mit den Kulturen, die Sie in seinen Inkubator stellten, irgendwas angestellt hat?« fragte Jamieson.
»Was ist denn das für eine Frage?« rief Evans aus.
»Eine Frage, die ich stellen *muß*«, sagte Jamieson.
»Möglich ist alles.«
»Könnten Sie nur aufgrund dessen, was Sie sahen, – in den Kulturschalen, meine ich –, sagen, ob daran etwas gemacht wurde oder nicht?« fragte Jamieson.
»Das nehme ich doch an«, sagte Evans zögernd. »Ich hatte mit einem Filzschreiber etwas auf die Schalen geschrieben.«
»Könnten Sie das bitte überprüfen?« sagte Ryan.
Evans verließ für kurze Zeit den Raum und kam mit zwei Plastikschalen zurück. »Das hier sind die Kulturen, die von Dr. Thelwells Abstrich hergestellt wurden.«
»Tragen sie auch jetzt noch Ihre Markierungen?«
Evans sah auf beiden Seiten der Schalen nach und sagte, offensichtlich zögernd, »nein, das tun sie nicht.«
»Dann hat also Dr. Richardson die Kulturen, die Sie angelegt hatten, gegen andere ausgetauscht?«
»Das nehme ich an.« Die Qual, die es ihn kostete, das zu sagen, war Evans vom Gesicht abzulesen.
»Manches deutet darauf hin, daß Dr. Richardson sich das Leben nahm, nachdem er eine Kultur manipuliert hatte, um Dr. Thelwell als Verursacher der letzten im Krankenhaus aufgetretenen Infektion hinzustellen«, sagte Jamieson.

»Großer Gott!« sagte Evans langsam. »Er hat in der letzten Zeit unter großer Anspannung gestanden. Das haben wir alle.«
»Sie mögen Richardson?« fragte Ryan.
»Ja«, erklärte Evans.
»Aber jetzt glauben Sie, daß er die Kulturen ausgetauscht hat, oder?«
»So sieht es zumindest aus.«
»Glauben Sie, daß er Thelwell so sehr gehaßt hat?«
»Gemocht hat er Dr. Thelwell bestimmt nicht, aber ich glaube nicht, daß er sich von Haß hat leiten lassen. Wenn er denn getan hat, worauf jetzt alles hindeutet. Dr. Thelwell hat Dr. Richardson dafür verantwortlich gemacht, daß er die Infektionsquelle im Krankenhaus nicht feststellen konnte. Dr. Richardson meinte, die Ursache müsse im Chirurgenteam selbst zu finden sein. Vielleicht sah er sich unter Druck, irgendeinen ›Beweis‹ beizubringen. Auf jeden Fall hat er unter großem Streß gestanden.«
»Streß, der ihn zum Selbstmord trieb?«
»Wer will das sagen?«
Jamieson nickte zustimmend, doch erinnerte er sich, wie Gordon Thelwell kurz vor seinem, Jamiesons, Eintreffen dort offensichtlich in aller Heimlichkeit in die Nähe des Labors floh. Er dachte daran, Ryan davon zu erzählen, beschloß dann jedoch, es vorläufig nicht zu tun.

Jamieson lag auf seinem Bett und versuchte, ruhig und vernünftig zu überlegen. Das war nicht einfach, denn in seinem Kopf schwirrte es von Zweifeln und Mutmaßungen. Was hatte Thelwell in der Nähe des Labors zu suchen gehabt, wenn nicht, Richardson aufzusuchen? Falls Richardson die Untersuchungsergebnisse gefälscht hatte, um den Druck von sich selbst und seiner Abteilung zu nehmen, warum um alles in der Welt hatte er dann am Telefon so ganz anders geklungen und offenbar doch wohl versucht, bei ihm, Jamieson, Zweifel an den Untersuchungsergebnissen zu wecken? Es hätte doch wohl in seinem ureigensten Interesse gelegen, die Berichte so überzeugend und beweiskräftig wie möglich hinzustellen, oder? Statt dessen war es Richardson gewesen, der versucht hatte, den abschließenden Bericht noch hinauszuzögern und vorher mit ihm zu reden. Worüber? fragte Jamieson sich.
Er stand auf, trat ans Fenster und schaute hinunter auf den Hof. Viel-

leicht war es die Dunkelheit oder die düsteren Gebäude selbst, die ihn auf den Gedanken brachten, jedenfalls fiel ihm ein, daß Ryan eine Parallele zwischen seiner Arbeit als Polizist und Jamiesons Arbeit als Wissenschaftler gezogen hatte: Beide waren sie hinter Killern her. Ryan hielt Ausschau nach einem Psychopathen, während Jamieson auf der Suche nach einem weder zum Fühlen noch zum Denken befähigten Mikroorganismus war. Das Wild, hinter dem er her war, war für das bloße Auge unsichtbar, ein kleiner, rutenförmiger Organismus von dreitausendstel Millimeter Länge, und doch brachte er Frauen in der Stadt genauso um wie der Mörder in Menschengestalt.

Jamieson holte einen Notizblock aus der Aktenmappe und machte sich daran, hinzuschreiben, was er schon wußte. Die Infektion im *Kerr Memorial Hospital* wurde von einem besonders virulenten »*Pseudomonas*-Stamm hervorgerufen, der sich jeder Behandlung widersetzte. Isoliert hatten sie den Mikroorganismus von einem Abstrich aus dem Nasenrachenraum ausgerechnet jenes Chirurgen, dem die betroffene Abteilung unterstand. Damit hätte die Geschichte eigentlich ihr Ende haben sollen, doch sah es im *Kerr Memorial* mehr nach einem Anfang aus.

Der Bakteriologe, der den Infektionserreger identifiziert hatte, war jetzt tot, und alles sah danach aus, als ob er sich selbst das Leben genommen hatte, nachdem er die den Chirurgen belastenden Untersuchungsergebnisse gefälscht hatte. Was also hatte er jetzt in der Hand? Widerstrebend kam Jamieson zu dem Schluß, daß er jetzt doch nicht bald wieder heimfahren würde. Er war zurück an vorderster Front. Er stand wieder ganz am Anfang.

Vielleicht war alles noch schlimmer. Die Dinge waren noch komplizierter geworden als zu Beginn seiner Arbeit. Der Krankheitserreger selbst wurde nachgerade zu einem Rätsel, denn obgleich es sich um einen Allerweltskeim handelte, schien der Stamm, um den es in diesem Fall ging, hinsichtlich seiner Virulenz und auch seiner Resistenz äußerst ungewöhnlich zu sein. Die Labors vom Medizinischen Kontrollausschuß hatten keinerlei Erklärung für die Virulenz der Organismen gehabt, doch war Richardson aus irgendeinem Grunde weniger davon überrascht gewesen als alle Welt sonst. Was genau war es, das Richardson erkannt hatte? Und war es möglich, daß dieses Wissen irgend etwas mit seinem Tod zu tun hatte? Jamieson schürzte die Lippen; es fuchste ihn, keine Antwort auf diese Frage zu finden.

Jamieson fand, daß er gut daran tun würde, seine Aufmerksamkeit zunächst näherliegenden Angelegenheiten zu widmen. Als erstes mußte er morgen früh Thelwell aufsuchen und ihn darüber informieren, daß das ihn betreffende Operationsverbot trotz der negativen Testergebnisse vom Labor der Gesundheitsbehörde weiterhin galt. Solange noch der geringste Zweifel hinsichtlich der Untersuchungen bestand, blieb ihm nichts anderes übrig, als drei negative Untersuchungsergebnisse von Abstrichen abzuwarten, die unter Aufsicht an drei aufeinander folgenden Tagen gemacht worden waren.

»Das ist doch lächerlich!« explodierte Thelwell. »Das Gesundheitsamt hat mich vollständig entlastet. Es ist doch offenkundig, daß Richardson das Ergebnis manipuliert hat, um seine eigene Unfähigkeit zu vertuschen. Jedenfalls ist das jedem mit einem IQ größer als beim Regenwurm klar!«

Jamieson hatte den Kommentar ignoriert. Er war mit der Erwartung gekommen, Thelwell zu seiner schlimmsten Form auflaufen zu sehen, und er war nicht enttäuscht worden, war aber entschlossen, sich nicht provozieren zu lassen. »Ein einzelnes negatives Untersuchungsergebnis vom Gesundheitsamt reicht nicht aus, Sie als unbedenklich einzustufen, das wissen Sie ganz genau. Da müssen noch eine Reihe weiterer Tests unter streng kontrollierten Bedingungen gemacht werden, ehe man Sie als kontaminationsfrei bezeichnen kann.«

»Kontaminationsfrei!« wütete Thelwell. »Erstens habe ich mich nie angesteckt, und zweitens war es dieser Trottel von Richardson, der mir das ganze angehängt hat.«

»Das muß erst noch zweifelsfrei festgestellt werden«, erwiderte Jamieson ruhig.

Vor Wut und Frustration verschlug es Thelwell fast die Sprache. »Der Mann hat schließlich Selbstmord begangen, oder? Sobald er sich mit dem Untersuchungsbericht vom Gesundheitsamt konfrontiert sah, hat er sich am nächsten besten Balken aufgehängt! Was wollen Sie denn noch?«

»Zwei weitere Negativtests vom Gesundheitsamt«, erwiderte Jamieson.

»Und bis dahin wird meine Warteliste länger und länger«, sagte Thelwell und schüttelte erbittert den Kopf.

»Besser Ihre Warteliste als die Liste in der Leichenhalle.«

»Ich verlange ausdrücklich einen Protokollvermerk, daß ich mit Nachdruck Einspruch gegen Ihre Einstellung und gegen die Tatsache erhebe, daß Sie sich in die Angelegenheiten meiner Abteilung einmischen!« zischte Thelwell zähneknirschend.

»Ich hätte gedacht, daß Ihnen die Gesundheit Ihrer Patienten mindestens genauso sehr am Herzen liegt wie mir«, sagte Jamieson.

»Was soll das nun wieder heißen?« versetzte Thelwell bissig.

Jetzt platzte Jamieson doch der Kragen, und er sagte: »Ihre Begeisterung für den Operationstisch läßt unter den gegebenen Umständen auf eine gewisse Mißachtung der möglicherweise zu erwartenden Folgen schließen. Es gilt immer noch, die Quelle des Ausbruchs in Ihrer Abteilung festzustellen. Bedeuten Ihnen diese Frauen denn überhaupt nichts?«

Zu dem erwarteten Ausbruch kam es nicht. Statt dessen wurde Jamieson das Spektakel einer Art Anfall bei Thelwell zuteil. So zumindest sah es aus, denn der Chirurg wurde ganz weiß, und seine Hände fingen heftig zu zittern an. Es dauerte eine ganze Weile, bevor er wieder sprechen konnte. Jamieson wartete geduldig darauf, daß der Chirurg über ihn herfiel.

»Welches Recht haben Sie, so etwas zu sagen?« krächzte Thelwell heiser. Thelwells Reaktion auf das, was er gesagt hatte, war wohl selbst für seine eigenen Begriffe hochdramatisch. Jamieson hatte das bestimmte Gefühl, daß Thelwells übertriebene Reaktion auf jede Art von Kritik auf eine pathologische Störung hinwies. Er sagte: »Dr. Thelwell, diese Art von Gespräch bringt uns nicht weiter. Ich schlage vor, daß wir nach Ihrer Testserie und nach Abschluß der polizeilichen Ermittlungen hinsichtlich Dr. Richardsons Tod weiterreden.«

»Was für Ermittlungen? Der Mann hat Selbstmord verübt.«

»Ich will nichts andeuten, aber sie werden vermutlich wissen wollen, was Sie gestern abend in der Nähe des Labors der Mikrobiologen zu suchen hatten.«

Thelwell wurde kreideweiß, und Jamieson befürchtete, daß er ohnmächtig wurde. Thelwell umklammerte den Rand seines Schreibtischs. »Wer hat das gesehen?« brachte er im Flüsterton heraus.

»Ich«, antwortete Jamieson.

»Ich verstehe. Und haben Sie es ihnen erzählt?«

»Noch nicht, aber das werde ich noch tun. Aber erst wollte ich hören, was Sie dazu zu sagen haben.«

Thelwell ließ den Kopf hängen, und das Schweigen im Raum schien eine Ewigkeit zu dauern. »Sie werden es mir vermutlich nicht glauben, aber ich bin nur hingegangen, um das mit dem Test mit ihm zu klären. Eigentlich wollte ich nicht, aber als ich auf der Fahrt zur sonntäglichen Chorprobe am Krankenhaus vorbeikam, sah ich, daß bei ihm noch Licht brannte, und da bin ich zu ihm gegangen.«

»Und?«

»Als ich eintrat, war er bereits tot und hing vom Balken herunter wie eine Rinderhälfte im Schlachterladen.«

»Warum haben Sie nicht die Polizei gerufen?« fragte Jamieson ruhig.

»Wegen dem, was die Leute denken würden. Wegen dem, was Sie jetzt denken.«

»Was ich denke, ist unwichtig. Die Polizei ist es, die Sie überzeugen müssen.«

Gordon Thomas Thelwell wurde noch am Nachmittag desselben Tages über zwei Stunden lang verhört. Kurz nach fünf Uhr durfte er nach Hause gehen, und Jamieson, der im Labor auf das Ergebnis gewartet hatte, nahm den Anruf von Ryan entgegen. »Wir haben ihn laufen lassen«, erklärte dieser.

»Womit hat er Sie überzeugt?«

»Dem Obduktionsbericht zufolge könnte es Selbstmord gewesen sein. Nichts deutet auf irgendwelche Verletzungen hin, und der Mann hat unter schwerem Streß gestanden. Natürlich wäre es besser gewesen, dieser Dr. Richardson hätte eine Nachricht hinterlassen, aber das ist nun mal nicht der Fall. Und wo es kein Mord ist, gibt es auch keinen Mörder.«

»Was halten Sie von Thelwell?« fragte Jamieson.

»Ein seltsamer Vogel«, antwortete Ryan. »Wenn Sie mich fragen, war Richardson nicht der einzige, der in Ihrem Krankenhaus unter Streß gestanden hat. Gibt es noch was, das ich wissen sollte, und das Sie mir nicht erzählt haben?«

»Nein, nichts.«

Jamieson hatte eine kurze Unterredung mit Carew über die Umstellung der Operationsliste in der Gynäkologie sowie die weitergehende mikrobiologische Untersuchung der Infektionsursachen.

»Bis zur Berufung eines neuen Chefs für die Bakteriologie übernimmt Dr. Evans die Leitung. Phillip Morton wird bei den Gynäkologen weiteroperieren, allerdings nur in Notfällen.«

»Ich habe darum gebeten, daß das Gesundheitsamt ein kleines Team schickt, das bei der Untersuchung hilft«, sagte Jamieson.

»Was genau werden die Leute machen?« fragte Carew.

»Genau das gleiche, was Richardsons Leute schon immer machen«, erwiderte Jamieson. »Sie nehmen Proben an allen möglichen Stellen in den OPs und den Stationen und hoffen, irgendwie fündig zu werden. Je mehr Leute das für uns machen, desto größer die Chancen.«

»Haben Sie vor, weitere Tests mit den *Pseudomonas* vorzunehmen?« fragte Moira Lippman, als Jamieson am nächsten Morgen ins Labor kam.

Jamieson, der die Biochemie der Mikroorganismen vorübergehend vergessen hatte, überlegte einen Moment und kam dann zu dem Schluß, daß er mit den Untersuchungen genausogut fortfahren könne. Zumindest hatte er etwas zu tun, solange er abwartete, ob das Infektionsproblem in der Chirurgie wieder auftauchte. Er sagte, er werde sogleich anfangen. Moira Lippman lächelte und half ihm, sterile Kleidung anzulegen.

Jamieson empfand die Laborarbeit als ausgesprochen therapeutisch – als eine Art kurzen Atemholens, solange er sich mit den größeren Problemen des Krankenhauses herumschlug. Mit den vorgeschriebenen Schritten beim Ansetzen der Untersuchungen war er nicht vertraut genug, um ohne weiteres Nachdenken vorzugehen – er mußte sich darauf konzentrieren, was er tat, und mußte notfalls auch in Laborhandbüchern nachschlagen, und solange er damit beschäftigt war, konnte er über nichts anderes nachdenken.

Am späten Nachmittag wurde Jamieson durch einen Anruf von Thelwell aus seiner Arbeit herausgerissen. Als er die Stimme des Chirurgen hörte, wurde ihm gleich ganz schlecht, doch hatte dieser sich seit ihrer letzten Begegnung weitgehend beruhigt. »Was kann ich für Sie tun, Dr. Thelwell?« fragte er.

»Ich habe soeben das zweite negative Testergebnis vom Gesundheitsamt bekommen«, sagte Thelwell.

»Das freut mich zu hören«, sagte Jamieson.

»Jetzt würde ich mich gern wieder meinen Patientinnen widmen«, sagte Thelwell.

»Sie brauchen aber drei negative Ergebnisse, Dr. Thelwell«, sagte Jamieson, dem zumute war, als hätte er gerade eine Lunte in Brand gesetzt.
»Das ist doch bürokratischer Unsinn, und das wissen Sie auch«, erklärte Thelwell.
»Das ganze haben wir doch schon einmal durchgemacht, Dr. Thelwell. Drei Untersuchungen, bitte, Dr. Thelwell.«
Der Chirurg knallte den Hörer auf die Gabel.
»Und Sie mich auch, Dr. Thelwell!« brachte Jamieson leise hervor, als er seinerseits auflegte.

Achtes Kapitel Als der Mann die Souterrainwohnung erreichte, war es später geworden als beabsichtigt. Er hatte viel zu tun. Einen gewissen Trost zog er aus dem der Vorstellung, zumindest nicht im Freien im Regen zu stehen. In den vergangenen sechs Stunden hatte es gegossen, und auf den Straßen stand das Wasser, weil die Kanalisation es nicht mehr schaffte. Er hielt den Regenschirm mit der Spitze nach unten und schüttelte das meiste Wasser ab, bevor er ihn ein paarmal nacheinander rasch öffnete und wieder zumachte, um noch weitere Nässe abzuschütteln. Das hörte sich an, als ob eine Schar Krähen im Dunkeln mit den Flügeln schlug.

Ehe er den Mantel auszog, kniete er vor einem alten Heizkörper nieder und schaffte es mit dem dritten Streichholz, das Gas anzuzünden. Zwischen den blauen Flämmchen gab es ab und zu gelbe; an den betreffenden Stellen waren die Leitungsrohre im Laufe der Jahre gesprungen; außerdem war der Heizkörperboden mit benutzten Streichhölzern übersät. Nachdem er sich für einen Moment die Hände gewärmt hatte, hängte er seinen Mantel an die Rückseite der Wohnungstür und zog Schürze, Maske und Handschuhe an. Dann drehte er die Lampe über seiner Werkbank an. Zwar war es für den nächsten Schritt in seinem Vorhaben noch ein wenig früh, aber – zu diesem Schluß kam er – nicht zu früh. Vorausdenken war der Schlüssel zum Erfolg. Er holte eine Reihe kleiner Reagenzgläser aus dem Kühlschrank und fing an.

Da die Stunden vergingen und alles planmäßig verlief, entspannte er sich ein wenig. Dank der Einmischung von außen stand er unter Druck, doch das verstärkte die Erregung nur noch. Je größer die Gefahr, desto größer Reiz und Aufgeregtheit. Was für Schwachköpfe die Menschen doch waren! Freilich durfte er sich nicht in Selbstzufriedenheit ergehen, sagte er sich warnend. Verlief der zweite Schritt zufriedenstellend, sollte er schon an den dritten und womöglich auch schon an den vierten denken. Außerdem stellte dieser Kerl, der sich da einmischte, ein Problem dar. Vielleicht erwies es sich, was ihn betraf, als nötig, eine Dauerlösung zu finden; doch bestand im Moment noch kein Anlaß, in der Beziehung etwas zu unternehmen. Nur nichts überstürzen. Es galt, sich die Sache sorgfältig durch den Kopf gehen zu lassen. Er erhob sich von seinem Arbeitsstuhl und fing an, alles wieder wegzuräumen.

Schon hatte er die Schutzkleidung abgelegt und die Ärmel hochgekrempelt, um Hände und Unterarme gründlich zu waschen, da klopfte es an der Tür. Er schreckte auf und blieb, während sich sein Puls beschleunigte, regungslos stehen. Ein Glaszylinder mit Inhalt, der auf seiner Werkbank noch über der blauen Flamme des Bunsenbrenners blubberte, hörte sich ungewöhnlich laut an. Bis jetzt hatte er keine Fehler gemacht, sagte er sich. Folglich bestand kein Anlaß, in Panik auszubrechen. Die Polizei konnte es unmöglich sein. Bestimmt gab es eine völlig harmlose Erklärung.

Wenn er sich still verhielt und nicht an die Tür ging, vielleicht entfernte sich der Besucher dann wieder. Er starrte auf das siedende Wasser und überlegte, ob man es draußen vor der Tür hören könnte, wenn der Glaszylinder immer wieder auf seiner Asbestunterlage hochhüpfte und das Wasser darin gluckerte. Dreißig Sekunden vergingen, bevor sich das Klopfen wiederholte; diesmal mußte der Mann schlucken. Dabei hatte er vor Aufregung einen ganz trockenen Mund, trotzdem bestand immer noch kein Grund, in Panik zu geraten. Er würde aufmachen. Es gab gewiß eine ganz einfache Erklärung dafür, wer und warum jemand draußen war.

Er zog den Stöpsel aus dem Waschbecken und machte, als er hinausging, die Badezimmertür hinter sich zu. Mit einem raschen Rundblick vergewisserte er sich, daß nichts Verräterisches herumlag. Nur eine Schachtel mit Gummihandschuhen stand noch auf dem Tisch. Er versteckte sie und ging dann langsam auf die Tür zu. Auf halbem Wege blieb er stehen und kehrte zu dem Glaszylinder mit dem siedenden Wasser darin zurück. Einem Hängeschrank überm Ausguß entnahm er ein Glas Pulverkaffee und stellte ihn neben den Zylinder, um ein Motiv zu schaffen, warum das Wasser kochte. Als er dann die Tür aufmachte, stand eine Frau vor ihm.

»Verzeihung, daß ich Sie zu so später Stunde störe, aber ich sah, daß Sie noch Licht hatten, und es ist das einzige erleuchtete Fenster in der ganzen Straße«, sagte sie.

»Ja?« fragte er neutral.
»Mein Wagen hat mich im Stich gelassen, und die Telefonzelle an der Ecke ist demoliert. Ob ich wohl mal Ihr Telefon benutzen dürfte?«
Für einen Moment starrte der Mann die Frau schweigend an und forschte nach irgendwelchen Anzeichen von Unaufrichtigkeit und Heimtücke. Hatte man sie bloß vorgeschoben? War sie hier, um ihn in eine Falle zu locken? Immerhin wies sie sämtliche Anzeichen auf. Rote Lippen, weiße Zähne, große Brüste. Die Augen waren blau, und ihr Lächeln provozierte ihn dazu, das Lächeln zu erwidern. Er widerstand, wußte er doch, daß jedes Zeichen von Schwäche von seiner Seite nur dazu angetan war, sie zu verleiten, ihre Bemühungen, ihn zu becircen, zu verstärken. Er roch ihr Parfum, und er wurde ganz steif, als er das Schwellen ihres Leibes wahrnahm. Sie machte aus ihrem Tun in der Vergangenheit kein Hehl, doch er war bereits auf der Hut.
»Selbstverständlich«, sagte er. »Treten Sie ein.«
Die Frau trat ein, und der Mann machte die Tür zu, was das Geräusch des rauschenden Regens abschnitt.
»Wo...?« begann die Frau.
Der Mann zeigte auf das Tischchen mit dem Telefon darauf, woraufhin die Frau lächelte, leicht an ihm vorüberstrich und ihn dabei berührte. Als ihr Arm ihn streifte, erstarrte er. Mein Gott war die gut! Wesentlich feinfühliger als die Huren, aber genauso böse. Er spürte, wie die Härte sich in ihm regte, und schluckte, als sie nach dem Hörer griff. Er konnte sehen, wie ihr Schlüpfer sich unter dem straff gespannten Rock über ihrem Gesäß abzeichnete. Jetzt verlagerte sie das Gewicht auf einen andern Fuß, wandte sich ihm zu und lächelte, während sie darauf wartete, daß sich am anderen Ende der Leitung jemand meldete. Als er das Lächeln nicht erwiderte, verschwand auch ihres von den Lippen und sie kehrte sich wieder zur Wand.
Die Schnepfe ahnte offenbar, daß er angebissen und sich auf ihr Spiel eingelassen hatte, und das gefiel ihm. Er wollte sogar, daß sie es wußte, wollte, daß sie es mit der Angst bekam. Er ging zu dem Zylinder mit dem siedenden Wasser darin hinüber.
»Liebling? Ich bin's. Das blöde Auto streikt mal wieder, und ich...«
Die Stimme der Frau wurde zu einem Schrei, als ein Schwall kochendes Wasser sie am Hals traf. Sie ließ den Hörer fallen, fiel auf die Knie, faßte mit den Händen hinter den Kopf und versuchte in einem aus-

sichtslosen Versuch, dem Schmerz zu entgehen, das Gesicht zwischen die Knie zu drücken. Sie rang fassungslos nach Luft und stellte fest, daß sie nicht mehr schreien konnte. Der Schock hatte ihr den Kehlkopf gelähmt. Zu spät versuchte sie, das Gesicht mit den Händen zu schützen, als ein zweiter Behälter über ihr ausgegossen wurde. Diesmal war der Inhalt kalt, doch brannte er nach wenigen Sekunden wie das höllische Feuer, und Säuredämpfe drangen ihr in die Nase. Ihre Augen wurden zu glühenden Scheiten, als bisher ungeahnte Schmerzgrenzen durchbrochen wurden. Ihre bisher makellose Haut fing an, Blasen zu werfen und zu platzen. Ihre Lippen schwollen bis zum Doppelten ihrer normalen Größe an, und ihre gedunsene Zunge paßte nicht mehr in ihre Mundhöhle. Sie winselte wie ein verwundetes Tier, kroch auf dem Boden herum und suchte blind nach einem Ausweg aus dieser Hölle.

Der Mann legte den herabbaumelnden Hörer mit der in der Ferne rufenden Stimme auf und lächelte zum erstenmal. »Jetzt sehe ich, wie du wirklich aussiehst!« zischte er. »Jetzt, wo Puder und Schminke weg sind, erkenne ich dein wahres Gesicht. Häßlich bist du! Und böse!« Er ging ins Bad hinüber und kehrte kurz darauf mit der Gummischürze und seinen Instrumenten zurück.

Morgens um halb vier schob ein in einen weißen Kittel, weiße Hose und Schutzmaske sowie Kappe gekleideter Mann einen Rollwagen in das Kesselhaus des *Kerr Memorial Hospital*. Der diensthabende Heizer legte die Zeitung nieder und erhob sich von dem Tisch, auf dem eine geöffnete Tüte mit Sandwiches und eine halbvolle Milchflasche lagen.

»Was wollen Sie denn?« fragte er argwöhnisch.

»Das hier ist für den Verbrennungsofen bestimmt«, murmelte die weißgekleidete Gestalt.

»Um diese Zeit? Sie kennen die Vorschriften. Die richtigen Container zur richtigen Zeit.«

»Das hier ist was anderes.«

»Wieso was anderes?«

»Ein schlimmer Autounfall. Die Dinger hier haben die oben loswerden müssen.«

»Das kann warten bis morgen früh. Vorschriften sind Vorschriften.«

»Sie verstehen nicht. Eines der Opfer hatte Aids.«
Der Heizer zuckte deutlich zurück und machte ein finsteres Gesicht. »Die rühr ich nicht an!« knurrte er mit einem Blick auf die Plastikbeutel.
»Das brauchen Sie auch nicht«, sagte der Mann in Weiß. »Machen Sie nur die Tür auf, ich werf sie dann schon rein.«
Der Heizer schien einen Moment zu zögern, doch dann lenkte er ein und sagte: »Na, wenn's unbedingt sein muß.« Er ging durch den Heizungsraum voran und machte drei nebeneinander gelegene Metalltüren auf. »Werfen Sie sie in diesen hier«, sagte er und trat beiseite, während die Gestalt in Weiß, in orangefarbenes Licht von den Flammen der Brennkammern getaucht, die Beutel einen nach dem anderen in die Flammen warf.
»Wo, sagten Sie, hat sich dieser Unfall zugetragen?« fragte der Heizer.
»Auf der Ring-Straße.«
»Das muß ja fürchterlich gekracht haben, wenn sie denen so viel Glieder ha'm amputieren müssen. Komisch, daß ich im Radio nichts darüber gehört habe.«
»Wahrscheinlich veröffentlichen sie nichts, ehe nicht die nächsten Angehörigen informiert sind.«
»Das wird's sein«, sagte der Heizer; die Erklärung klang plausibel. »Die fahren ja wie die Irren, manche von diesen Scheißkerlen. Konnten vermutlich schon nicht mehr denken, die Saufköppe. Die unschuldigen Opfer sind es, die mir leid tun. Da sieht man mal wieder, daß man nie weiß, wann es soweit ist.«
Über die Schutzmaske hinweg sah der Weißgekleidete den Heizer an; der Widerschein der Flammen tanzte in seinen Augen. Er sagte zwar nichts, doch hatte er etwas an sich, das dem Heizer ein gewisses Unbehagen einflößte. Vielleicht war es das flackernde Licht, sagte er sich. »Möchten Sie 'ne Tasse Tee oder so?« fragte er.
»Nein danke. Ich mach mich am besten gleich wieder auf die Socken«, sagte der Mann und trat vor, um die Ofentür zuzuwerfen.
»Die Maske können Sie jetzt abnehmen«, sagte der Heizer.
»Was?« fragte der Mann in Weiß.
»Ihre Maske, die brauchen Sie jetzt nicht mehr.«
»Ach«, der Mann in Weiß lachte etwas gekünstelt, »so was gewöhnt man sich in unserer Gruppe an.«

»Was für eine Gruppe ist 'n das?« wollte der Heizer wissen.
»Die... A&EW-Gruppe«, erwiderte der Mann nach einem gewissen Zögern.
»Ich hätte die Hand dafür ins Feuer gelegt, alle Arbeiter von der A&EW-Gruppe zu kennen«, sagte der Heizer, »aber Sie, glaub ich, hab ich noch nie gesehen. Für 'n Arbeiter klingen Sie auch 'n bißchen zu gebildet. Sie sind doch nicht einer von den Medizinstudenten, oder? Der als Arbeiter malocht?«
»Nein.«
»Das hier müssen Sie unterschreiben«, sagte der Heizer und schob ihm ein Formular hin, das an einem Klemmbrett befestigt war. »Ihren Namen in Druckschrift links, und rechts die Unterschrift. Und dazwischen schreiben Sie hin, was Sie ins Feuer geworfen haben und auf wessen Veranlassung das geschehen ist.«
Der Mann nahm das Brett und schrieb rasch und unsäuberlich. Dann reichte er es zurück.
»Sie haben die Maske ja immer noch vor«, sagte der Heizer, als er versuchte zu lesen, was der Mann geschrieben hatte. Er warf den Kopf in den Nacken, um durch die untere Hälfte seiner Brille hindurchzusehen, während er das Papier ins Licht hielt.
»Ich glaub, ich hab hier jemand mit einem ganz persönlichen Entsorgungsproblem.« Er sah den Mann an und hielt dessen durchdringenden Blick stand. Auch die Maske rührte sich nicht. »Ich kann den Namen nicht lesen, auf wessen Veranlassung das alles geschieht. Wie soll das heißen?«
»Dr. Mullen.«
»Dr. Mullen hat heute aber keinen Nachtdienst«, sagte der Heizer ruhig. »Ich hab ihn um fünf Uhr nachmittags gehen sehen.«
Wieder fühlte er sich über den Maskenrand hinweg angestarrt. Diesmal waren nicht die Flammen daran schuld. In diesen Augen lag etwas Bedrohliches. »Wer sind Sie?« flüsterte der Heizer, trat einen Schritt zurück und streckte die Hand nach dem Telefon aus. »Was wird hier gespielt?«
Die Faust landete auf dem Kinn des Heizers, und der Mann in Weiß streckte die Hände aus, um die fallende Gestalt aufzufangen, bevor sie den Boden erreichte.
Behutsam streckte er den auf dem Rücken liegenden aus und sah sich um. Was jetzt kam, mußte er unbedingt richtig machen. Er war unge-

fähr so groß wie der Heizer, folglich konnte er sich selbst als Maßhilfe nehmen. Vorm Verbrennungsofen streckte er die Beine aus und maß die Entfernung zwischen seinen Füßen und der Ofentür ab, indem er sich auf dem Boden ausstreckte und sich mit den Händen auf dem Boden vorwärtsschob. Als er mit dem Kopf gegen die Tür stieß, machte er mit der Schuhspitze auf dem Boden einen Strich und stand wieder auf. Jemand von seiner Größe, der genau an dieser Stelle über einen Schürhaken stolperte, mußte nach vorn fallen und mit dem Kopf gegen die Eisentür schlagen.

Der Mann schleifte den bewußtlosen Heizer zum Verbrennungsofen hinüber und legte ihn vor der Feuertür zurecht. Ein einziger Schlag mußte genügen. Er richtete den Körper des Mannes so gut er es schaffte bis zu einer knienden Haltung auf, bevor er ihn langsam wieder senkte und dann mit aller Kraft, die er aufbringen konnte, gegen die eiserne Türklappe schlug. Es gab einen Krach, daß einem übel werden konnte, und er war sich sicher, es geschafft zu haben. Er fühlte an der Halsschlagader nach und erschrak, als er dort noch einen Pulsschlag feststellte, der jedoch von Sekunde zu Sekunde schwächer wurde, bis er plötzlich ganz aufhörte. Der Heizer war tot. Der Mann legte den Leichnam so zurecht, wie er liegen würde, wenn er über den Schürhaken gestolpert wäre und in der Folge dieses Sturzes an der Feuerklappe zufällig mit dem Kopf aufgeschlagen wäre. Er überprüfte das Ganze noch einmal, um sicherzugehen, daß alles seine Richtigkeit hatte, nahm dann seinen Rollwagen und verließ leise den Heizraum.

Als Jamieson am Mittwoch morgen das Ärztehaus verließ, um zum Labor der Mikrobiologen hinüberzugehen, standen vorm Hauptgebäude des Krankenhauses zwei Polizeiautos. Nach Betreten des Labors fragte er Moira Lippman, was es damit auf sich hätte.

»Sie haben von dem Unfall gestern nacht noch nichts gehört?« fragte Moira.

»Nein. Erzählen Sie schon!«

»Archie Trotter, der Mann, der im Heizhaus Nachtschicht machte, ist hingefallen und hat sich den Kopf an der Feuerklappe des Verbrennungsofens aufgeschlagen. Als sie ihn heute morgen fanden, war er tot.«

»Der Ärmste! Das Krankenhaus wird ja von einer regelrechten Pechsträhne heimgesucht.«

»Sagen Sie das bloß nicht!« rief Moira aus. »Meine Schwägerin soll nämlich heute aufgenommen und operiert werden.«
»Verzeihung! Es wird schon alles gut gehen mit ihr.«
»Na, wie sieht's aus?« fragte Moira, als sie sah, daß Jamieson die Reagenzgläser untersuchte, die er am Dienstag vorbereitet hatte.
Jamieson schüttelte den Kopf und meinte nachdenklich: »Ich bin mir nicht sicher, aber es sieht nach einer ganzen Reihe von ungewöhnlichen Resultaten aus.«
»Wieso ungewöhnlich?«
»Drei von den biochemischen Tests entsprechen nicht dem, wie sie meinen Lehrbüchern zufolge eigentlich aussehen sollten.«
»So was kommt schon mal vor«, sagte Moira.
»Aber drei auf einmal?«
»Das ist in der Tat ein bißchen viel«, stimmte die junge Frau ihm zu.
»Irgendwelche Erklärungen?«
Moira lächelte und sagte: »Dürfte ich mir erlauben, darauf hinzuweisen, daß es auch Irrtümer bei der Durchführung geben kann?«
»Sie meinen, ich hätte die Tests vermurkst?« sagte Jamieson lächelnd und mit schiefem Mund. »Vielleicht haben Sie recht. Ich bin auf diesem Gebiet ja kaum mehr als ein Amateur.«
»Möchten Sie, daß ich sie für Sie wiederhole?« fragte Moira. »Damit wir eine Vergleichsmöglichkeit haben?«
»Meinen Sie das ernst?«
»Selbstverständlich. Es macht keine besondere Mühe, wirklich.«
»Gibt es Probleme?« fragte Clive Evans, als er ins Labor kam und die beiden vor den Gläsern stehen sah.
Jamieson erklärte es ihm.
»Darüber brauchen Sie sich keine Gedanken zu machen, so was passiert dauernd«, sagte Evans. »Manchmal denke ich, wenn mir mal ein Organismus über den Weg läuft, der in jedem Einzelfall so reagiert, wie uns die Lehrbücher glauben machen, geb ich fürs Labor einen aus.«
»Ich dachte, es liegt an mir«, sagte Jamieson. »Moira hat sich erboten, sie für mich zu wiederholen.«
»Bloß keine Aufregung! Ich bin sicher, das mit Ihren Tests ist ganz richtig gelaufen. Es wimmelt ja nur so von untypischen Stämmen.«
»Und ich dachte, drei Abweichungen sind ein bißchen viel, Dr. Evans«, sagte Moira.

»Oft kommt es nicht vor, da muß ich Ihnen recht geben, aber mir ist das schon mehr als einmal passiert«, antwortete Evans.
Achselzuckend fügte Moira sich Evans' größerer Erfahrung.

Harry Plenderleith war nicht gerade glücklich darüber, seine Schicht an einem Arbeitsplatz abzuleisten, an dem vor noch nicht zwölf Stunden ein Mann den Tod gefunden hatte. Wo genau sie ihn gefunden hatten, brauchte er sich nicht erst auszumalen, denn auf dem Boden waren immer noch die Kreidestriche zu sehen, die die Polizei zurückgelassen hatte, und der braune Fleck auf dem Beton, wo das Blut sich zu einer Lache gesammelt hatte. Das alles brachte ihn ziemlich durcheinander, und so pfiff er vor sich hin, um die Tatsache zu überdecken, daß er nervös war. Gemocht hatte er den Toten nie. Trotter und er waren eigentlich nie und in bezug auf nichts einer Meinung gewesen. Jetzt, wo er tot war, spielte Plenderleith's Phantasie mit der Möglichkeit, daß sein Geist noch hier herumirrte, als er Brennkammer Nr. 2 untersuchte, in der das Feuer inzwischen völlig ausgegangen war.
Plenderleith zog seine Schutzmaske übers Gesicht und fing an, unter aufwölkendem Staub die Asche herauszuhaken. Kaum hatte er angefangen, stieß er mit seinem Schüreisen an etwas Schweres, das gleich darauf polternd in den Aschenkasten herunterfiel und ihn veranlaßte, mit dem Haken einen Moment innezuhalten und in die Asche hineinzugreifen, um den Gegenstand herauszuholen. Es handelte sich um einen langen Knochen. Plenderleith wischte den Staub davon ab, besah ihn sich genau und hielt ihn an unterschiedlichen Stellen an seinen Körper, bis er zu dem Schluß kam, es mit einem Oberschenkelknochen zu tun zu haben. »Armes Schwein!« flüsterte er in mitleidigem Ton und fuhr fort, den Boden der Brennkammer zu säubern. Weitere Knochen fielen klappernd in den Aschenkasten, und Plenderleith wurde ganz mulmig zumute. Zwar war ihm auch früher schon der eine oder andere Knochen untergekommen, wenn diese versiegelten Säcke von der Chirurgie aus den OPs heruntergebracht worden waren, doch dies hier übertraf alles Gewohnte. Einen Höhepunkt erreichte sein Unbehagen, als das letzte Knochenteil in die Schublade rollte und dort in der Asche liegen blieb.
Plenderleith drückte sich am Telefon ziemlich verworren aus, so daß die Telefonistin des Krankenhauses ihm sagen mußte, er solle sich doch erst mal beruhigen.

»Hier ist 'n verdammter Mord passiert, sag ich Ihnen.«
»Noch mal von vorn: Sie fanden die Knochen, als Sie die Brennkammern reinigten?«
»Überreste von Menschen! Nichts anderes, da kann mir keiner was weismachen!«
Die Telefonistin, die für einen Moment beiseite gegangen war, um sich mit jemand zu beraten, war wieder zu hören und sagte: »Mein Chef sagt mir, das ist nichts Ungewöhnliches. Als Sie Ihren Job antraten, hätte man Ihnen was über Amputationsabfälle sagen sollen.«
»Amputationsabfälle!« Plenderleith platzte allmählich der Kragen. »Woll'n Sie mir etwa erzähl'n, die hätt'n dem armen Schwein den Kopf amputiert?«

»Es ist also nicht der Sturz, an dem er gestorben ist?« fragte Chief Inspector Ryan.
»Dann hätte er schon mit hundert Stundenkilometern fallen müssen«, erklärte der Pathologe von der Polizei.
»Was sagen Sie?«
»Die Delle an seinem Kopf ist viel zu tief für einen zufälligen Sturz; allerdings entspricht sie dem Profil der Feuerklappe. Folglich muß jemand die Klappe aus den Angeln genommen und damit auf ihn draufgeschlagen haben, oder aber man hat seinen Kopf dagegen gerammt, damit es nach einem Unfall aussah.«
»Vielen Dank, Doktor«, sagte der Polizeibeamte. Er wollte noch etwas hinzufügen, da wurde er von jemandem unterbrochen, der ins Zimmer gekommen war. Für ein paar Augenblicke steckten die beiden die Köpfe zusammen, bevor der Polizist zum Pathologen sagte: »Ich fürchte, wir haben noch was für Sie.«
»Es wird eben nie langweilig«, erwiderte der Mann lakonisch.
»Es geht um einen Haufen Knochen aus dem Verbrennungsofen, um den unser Freund hier sich kümmerte. Ein Leichnam wurde darin eingeäschert.«
»Na, heute kommt es ja ganz dicke!«
»Langsam fügt sich alles zusammen. Wie die Teile eines Puzzles.«

Noch im Labor erfuhr Jamieson, daß der Unfalltod von Archie Trotter jetzt als Mordsache behandelt wurde. Moira Lippman erzählte es ihm. Sie hatte beim Mittagessen in der Kantine gerüchteweise davon gehört. Und die Gerüchte hatten erst recht geschwirrt, als vor dem Heizwerk des Krankenhauses eine mobile Einsatzzentrale der Polizei Posten bezog.

»Und was für ein Motiv vermutet man dahinter?« fragte Jamieson.

»Das ist es ja gerade, was einem einen Schauer über den Rücken jagt«, sagte Moira. »Man erzählt sich, heute morgen wären Menschenknochen im Verbrennungsofen gefunden worden.«

»Das bedeutet aber nicht notwendigerweise, daß...«

»Es handelt sich aber um sämtliche Knochen eines Menschen.«

Jamieson war betroffen. Die Andeutung, daß es im Krankenhaus zu einem Mord gekommen sein könnte, ließ ihn nach einer passenden Ausrede suchen, um in sein Zimmer zurückzukehren und dort bei der Telefonzentrale anzurufen. Man stellte ihn zum MedKa in London durch, und er bat darum, diskret über sämtliche Entwicklungen in dem vorliegenden Fall informiert zu werden. Man versicherte ihm, die dortige Polizei werde informiert und aufgefordert werden, ihn entsprechend auf dem laufenden zu halten.

Als Jamieson ins Labor zurückkehrte, telefonierte Moira gerade. Ihr schien ein Stein vom Herzen zu fallen, denn sie bedankte sich bei jemand, bevor sie den Hörer auflegte. »Ich habe mich gerade nach meiner Schwägerin erkundigt«, sagte sie.

»Alles in Ordnung?« fragte Jamieson.

»Ja, aber sie ist sich noch nicht sicher, wann sie operiert wird. Sie sind etwas im Rückstand.«

»Wo ist Dr. Evans?«

»In Dr. Richardsons Büro«, antwortete sie.

Jamieson verließ Moira Lippman und ging den Korridor entlang, um zum ersten Stock hinaufzusteigen. Als er den obersten Treppenabsatz erreichte, hörte er es donnern und blieb stehen, um durch eines der Korridorfenster auf den sich verdunkelnden Himmel hinauszublikken. Eine Gestalt am anderen Ende des Hofes erregte seine Aufmerksamkeit: Thelwell war gerade aus der Tür getreten, die zum Lager der sterilen Instrumente führte.

Stirnrunzelnd dachte Jamieson darüber nach, was ein Chefarzt dort zu tun hatte. Das war nun bereits das zweite Mal, daß er sich diese Frage stellte. Das erste Mal war es in der Nacht von Richardsons Tod gewesen, als er Thelwell in der Nähe des Labors gesehen hatte. In dem Lager wurden Verbandszeug und chirurgische Instrumente aufbewahrt, die die Zentralsterilisation durchlaufen hatten. Welchen Grund konnte Thelwell haben, sich dort aufzuhalten? Nach einiger Überlegung beschloß Jamieson, das Ganze nicht auf sich beruhen zu lassen, sondern er nahm sich vor, persönlich herauszufinden, was dahintersteckte.

Plötzlich öffneten sich die Schleusen des Himmels, und der Regen prasselte erbarmungslos an die Fensterscheiben, so daß draußen im Hof nichts mehr zu erkennen war. Jamieson blieb im Schutze der Vordertür stehen und wartete, bis der Guß vorüber war. Seine Überlegung, daß ein solcher heftiger Regen nicht lange andauern könne, erwies sich als richtig, denn nach drei Minuten bereits wurde es am Himmel heller, und der Regen legte sich so weit, daß er quer über den Hof zum Eingang der Zentralsterilisation hinübersprinten konnte.

Die Feuchtigkeit in der Luft war beinahe körperlich spürbar, und Jamieson sah, wie sich beim Öffnen der Haupttür an der etwa dreißig Meter langen Kachelwand bis zu der mit Messinggriffen bewehrten Schwingtür das Kondenswasser niederschlug. ZENTRALSTERILISATION stand auf einem Schild darüber. Als Jamieson die Tür aufstieß, verdichtete sich die Luftfeuchtigkeit; den Richtungspfeilen gemäß wandte er sich nach links und sah sich, als er sich den weißgekleideten Gestalten näherte, genötigt, mit dem Finger an der Innenseite seines Kragens entlangzufahren.

»Wer führt hier die Aufsicht?« fragte er und erhob die Stimme, um sich über das Zischen des Dampfes Gehör zu verschaffen, aber auch um der Tatsache Rechnung zu tragen, daß der Mann, an den er sich wandte, eine vollständige Gesichtsmaske trug. Der Mann deutete auf eine grüne Tür, Jamieson ging darauf zu und klopfte.

»Herein!«

Beim Eintreten fand Jamieson sich einem großen, gut gewachsenen Mann gegenüber, der an einem so kleinen Schreibtisch saß, daß er noch größer wirkte, als er ohnehin war. Er hielt einen Füllfederhalter in seiner pummeligen Hand und hakte eine Liste ab. Wie die anderen trug auch er weiße Baumwollhosen und darüber einen weißen Arztkittel mit V-Ausschnitt. Sein dunkles Brusthaar reichte bis über die Hälfte des Vs hinauf. Der ausgeprägte Duft eines After-shave lag in der Luft – nichts Teures, nur stark Riechendes.

»Bin ich richtig informiert, daß Sie die Sterileitung innehaben?« fragte Jamieson.

»Wer will das wissen?« fragte sein Gegenüber.
Jamieson erklärte, wer er sei.
»Oberpfleger Blaney«, sagte der Mann, lehnte sich über den Schreibtisch und reichte ihm die Hand. Jamieson nahm sie und stellte fest, daß sie nicht nur massig, sondern weich, ja geradezu wabbelig war.
»Was kann ich für Sie tun?«
»Dr. Thelwell war vor ein paar Minuten hier«, sagte Jamieson.
»Ja.«
»Was hat er gewollt?«
Blaneys Gesicht bekam plötzlich etwas Mißtrauisches. »Ich glaube nicht, daß ich darüber ...«
Auf diese Antwort war Jamieson schon gefaßt gewesen. Deshalb unterbrach er den Mann und sagte: »Wenn Sie Mr. Crichton auf Apparat zwei-sechs-drei-eins anrufen, wird er Ihnen sagen, daß ich berechtigt bin, diese Fragen zu stellen.«
»Ihr Wort genügt mir«, entgegnete Blaney. »Dr. Thelwell holt seine Instrumente mit Vorliebe selbst ab.«
Jamieson schnürte es die Kehle zu. Er mußte erst hüsteln und den Hals freimachen, ehe er fragte: »Was genau bedeutet das?«
»Dr. Thelwell besteht darauf, die Instrumente für seinen OP immer persönlich abzuholen.«
»Hat er das schon immer getan?«
»Nein, erst seit ein paar Wochen.«
»Heißt das, er kommt hier herunter und nimmt seine eingetüteten Instrumente mit?« fragte Jamieson.
»Nicht nur das«, erklärte Blaney. »Er überwacht auch den Sterilisierungsvorgang persönlich.«
»Was genau macht er dabei?«
»Er überprüft die Temperatur und die Druckanzeiger, während der Autoklav arbeitet, prüft die Teststreifen, wartet, bis die Tüten mit den Instrumenten rauskommen und bringt sie dann in seinen OP hinauf.«
»Hat Dr. Thelwell gesagt, warum er das tut?«
»Es sei eine Sicherheitsmaßnahme«, erwiderte Blaney.
»Eine Sicherheitsmaßnahme«, wiederholte Jamieson nachdenklich.
»Richtig«, sagte Blaney. »Hat es damit irgendwie nicht seine Richtigkeit?«
»Doch, doch ... alles in Ordnung«, sagte Jamieson, während er fieber-

haft über die Konsequenzen dessen nachdachte, was er da gerade gehört hatte. Daß Thelwell ein Glied in der Kette sein könnte, die die sterilen Instrumente vom Lager bis hinauf in den OP brachte, darauf wäre er im Traum nicht gekommen.

»Dr. Thelwell ist ein sehr gewissenhafter Mann. Er überläßt nichts dem Zufall«, sagte Blaney. »Obwohl Dr. Evans die ganzen Apparate jede Woche genau überprüft und die Linienschreiber immer laufen, möchte er am liebsten immer alles selbst sehen.«

»Holt Dr. Thelwell nur die Instrumente, die er persönlich braucht?« fragte Jamieson, bemüht, das ganz beiläufig klingen zu lassen.

»Nein, er nimmt alles, was für die Gynäkologie gebraucht wird«, antwortete Blaney. »Daran ist doch nichts auszusetzen, oder?« fügte er noch aggressiv hinzu, als er sah, wie Jamieson die Stirn runzelte.

Jamieson sagte, es wäre nichts daran auszusetzen, doch in seinem Kopf jagte ein Gedanke den anderen.

»Vielleicht möchten Sie sich den ganzen Vorgang einmal ansehen?« fragte Blaney.

Jamieson sah Blaney an und meinte dann lächelnd: »Warum nicht.«

Blaney spielte in der Sterilisation gewissermaßen den Fremdenführer für ihn und blieb ab und zu stehen, um dort, wo er es für angebracht hielt, Dinge zu erklären.

»Benutzen Sie für die Instrumente immer denselben Sterilisator?« erkundigte sich Jamieson.

Blaney nickte und zeigte auf einen der Autoklaven. »Den da«, sagte er. »Sämtliche sterilen Instrumente für die Gynäkologie laufen durch den da.«

Jamieson besah sich die Anzeiger an der Vorderseite und sagte: »Was würde passieren, wenn die Dampfversorgung einmal ausfällt?«

»Dann würde der Apparat sich ausschalten und automatisch nicht mehr weiterlaufen.«

»Und was ist, wenn es zu dem Ausfall kommt, wenn der Ablauf erst halb durch ist?«

»Dasselbe. Er würde stehenbleiben, und der Linienschreiber würde den Ausfall vermerken.«

»Könnte man den Ausfall per Hand überbrücken?«

»Ich verstehe nicht«, sagte Blaney.

»Können Sie den Apparat dazu bringen, daß er die Sterilisation als vollendet anzeigt, obwohl das tatsächlich nicht der Fall ist?«

»Aber wer sollte auf die Idee kommen, so was zu machen?« fragte Blaney.

»Läßt es sich denn machen?«

»Nein«, erklärte Blaney. »Der automatische Zeitmesser springt erst dann wieder an, wenn die Temperatur eine vorher festgelegte Höhe erreicht hat; fällt die Temperatur während des Arbeitsgangs unter diesen festgesetzten Wert, würde der automatische Zeitmesser sich weigern, neu zu starten. Es sei denn, die Temperatur wäre wieder bis zu der vorgeschriebenen Höhe angestiegen.«

Jamieson sah sich den automatischen Linienschreiber vor dem Apparat an und sagte: »Bewahren Sie die Scheiben länger auf?«

»Jede einzelne«, sagte Blaney.

»Wenn ich Sie also bitten würde, mir die Scheibe von dem Arbeitsgang zu zeigen, den Dr. Thelwell gerade verfolgt hat, dann könnten Sie das tun?«

»Natürlich.«

»Dann würde ich den gern sehen.«

Blaney zuckte mit den Achseln und bat Jamieson zu warten, bis er die Sterilblätter aus seinem Büro geholt hatte. Er kehrte mit einem runden Blatt Graphikpapier zurück. »Das hier ist sie«, sagte er. »Samt Datum und Abzeichnung.« Mit dem Zeigefinger folgte er der blauen Linie auf dem Papier und sagte: »Wie Sie sehen können, war es ein normaler Ablauf. Die Temperatur ist nach Eintritt des Dampfes stetig gestiegen, bis sie hunderteinunddreißig Grad Celsius erreichte und der Timer, also der Zeitmesser, sich einschaltete.« Der Zeigefinger folgte einem gleichbleibend hohen Plateau. »Die Temperatur hat sich gehalten, bis der Timer sich ausschaltete. Und hier...« Blaneys Finger rutschte mit der blauen Linie nach unten, »wurde die Dampfzufuhr abgeschaltet, und die Temperatur sank.«

»Haben Sie vielen Dank«, sagte Jamieson. Für sich merkte er sich die Referenznummer auf der Graphik, bevor er fragte: »Wie oft, sagten Sie, werden die Apparate überprüft?«

»Dr. Evans überprüft sie jede Woche einmal, manchmal sogar zweimal.«

»Mehr kann man wirklich nicht verlangen«, sagte Jamieson.

Blaney lächelte bescheiden und sagte: »Wir tun unser Bestes.«

Ursprünglich wollte Jamieson zurück in die Mikrobiologie, um Clive Evans zu sprechen, doch hatte im Moment nichts anderes in seinem Kopf Platz als die Tatsache, daß Thelwell chirurgische Instrumente aus der Zentralsterilisation abholte und persönlich verwahrte, ehe sie verwendet wurden. Warum? Warum? Warum?

Er traf Evans in John Richardsons ehemaligem Arbeitszimmer an, wo er ein paar Papiere durchsah.

»Ich suche bloß ein paar überfällige Laborberichte«, sagte Evans zur Erklärung, als er Jamieson sah.

»Und haben Sie sie gefunden?«

»Noch nicht. Womit kann ich Ihnen dienen?«

»Ich wollte Sie bitten, Ihre Bemühungen mit den Leuten vom Gesundheitsamt zu koordinieren, damit Sie sich nicht gegenseitig ins Gehege kommen.«

»Und wann werden die hier sein?«

»Morgen früh.«

»Vielleicht unterhalte ich mich mit dem Leiter, bevor sie ihre Arbeit aufnehmen, damit wir uns auf eine Vorgehensweise einigen können.«

»Das ist eine gute Idee. Ich werde die Leute gleich nach ihrem Eintreffen zu Ihnen bringen.«

»Und war da sonst noch was?« fragte Evans, als er bemerkte, daß Jamieson zögerte hinauszugehen.

»Wann haben Sie den Autoklav für die Chirurgie das letzte Mal geprüft?« fragte Jamieson.

Evans machte ein überraschtes Gesicht. »Heute morgen. Warum fragen Sie?«

»Und war er in Ordnung?«

»Er arbeitete perfekt, doch das tut er immer. Ich verstehe nicht, worauf Sie hinauswollen.«

»Ihr Labor hat den Krankheitserreger bisher nicht entdecken können, weder in den OPs, noch in den Stationen, in den Luftproben oder überhaupt irgendwo. Ist das richtig?«

»Leider ja.«

»So wie ich die Dinge sehe, gibt es nur eine begrenzte Anzahl an Möglichkeiten, wie es zu dieser Infektion kommen kann. Eine davon besteht darin, daß irgend jemand die Keime mit sich herumträgt und sie unentdeckt an die Patienten weitergibt.«

»Wie Thelwell.«
»Wie irgendein Träger«, pflichtete Jamieson bei. »Eine andere Möglichkeit besteht darin, daß Instrumente und Verbände im OP kontaminiert werden.«
»Das ist ausgeschlossen«, sagte Evans. »Sie werden in versiegelten Tüten sterilisiert.«
»Deshalb macht das Labor sich nie die Mühe, sie zu überprüfen, richtig?«
»Das ist auch nicht nötig.«
»Sie überprüfen die Apparate, nicht aber das, was aus ihnen herauskommt?«
»Das ist überflüssig«, wiederholte Evans.
»Ich möchte, daß Sie gleich einmal eine Packung mit Instrumenten aus dem OP der Gynäkologie überprüfen.«
»Wann?«
»Das sag ich Ihnen noch.«
»Sie sind der Boß«, erwiderte Evans, das jedoch in einem Tonfall, der deutlich erkennen ließ, daß er das, worum er gebeten wurde, für eine reine Zeitverschwendung hielt.
Jamieson hatte Verständnis für diesen Standpunkt, sagte ihm aber nicht, daß Thelwell die Instrumente aus der Zentralsterilisation immer persönlich abholte. Dann wäre es für Evans ein leichtes gewesen, seine weiteren Gedanken zu lesen, und die laut auszusprechen war im Moment eine allzu schreckliche Vorstellung. Wenn die Instrumente nicht sauber waren, mußte es nach der Sterilisierung zur Kontamination kommen, und das bedeutete, daß es sich weder um einen Zufall noch um einen einmaligen Unglücksfall handelte. Dann wurde die Verseuchung bewußt herbeigeführt! Dann starben die Frauen am *Kerr Memorial Hospital* nicht an einer unglückseligen zufälligen Infektion. Dann wurden sie ermordet.

Neuntes Kapitel Daß Gordon Thomas Thelwell die Hand dabei im Spiel hatte, chirurgische Instrumente vor dem Gebrauch im OP unsteril zu machen, war eine so ungeheuerliche Vorstellung, daß es Jamieson äußerst schwer fiel, darüber nachzudenken, ohne daß ihm gleichzeitig eine Fülle von Einwänden dagegen einfielen und er sich sagte, irgendwie konnte das einfach nicht die richtige Schlußfolgerung sein. Das war der Stoff, aus dem Alpträume waren, gehörte in den Bereich von Irrenanstalten. Das mußte ein geradezu abenteuerliches Produkt seiner Einbildung sein, etwas, das der starken Abneigung entsprang, die er gegen den Mann hegte – und trotzdem wollte ihm der Gedanke nicht aus dem Kopf.

Als er am frühen Abend im Bett lag und müßig zur Decke hinaufstarrte, nagte der Gedanke an ihm. Er konnte ihn nicht einfach verdrängen. Er mußte diese Überlegung in Betracht ziehen, mußte alles logisch und frei von allen Emotionen durchdenken. Er hatte einfach nicht das Recht, irgend etwas leichthin abzutun, so sehr ihn das Ganze auch abstieß. Er mußte es kalt und leidenschaftslos betrachten. Folglich machte er sich an die Arbeit und kam sich dabei vor, als breche er zu einer Fahrt auf, zu der er nicht die geringste Lust hatte.

Tatsache war, daß Thelwell persönlich Instrumente aus der Zentralsterilisation abholte. Für Jamiesons Begriffe gab es dafür keinen einleuchtenden Grund. Der Mann war schließlich Chefarzt einer Abteilung, keine Hilfskraft und auch kein Pfleger, kein OP-Assistent, sondern ein Chirurg. Wenn er trotzdem hingegangen war, um sie persönlich abzuholen, konnte es nur so sein, daß er einen triftigen persönlichen Grund hatte, das zu tun. Jedenfalls lag ihm etwas daran, die Instrumente in die Hand zu bekommen, bevor sie in den OP gelangten. Warum? Was hatte er damit vor? Jamieson wußte, daß die Antwort darauf sich nicht von selbst einstellen würde. Das war etwas, das er selber herausfinden mußte. Die Zeit des Überlegens war vorbei. Es wurde Zeit, etwas zu unternehmen.

Jamieson kannte die Seriennummern auf den Tüten, die Thelwell vorhin aus der Zentralsterilisation abgeholt hatte. Die hatte er sich beim Durchsehen der Sterilblätter eingeprägt. Jetzt wollte er in die Gynäkologie hinaufgehen und nach den Instrumententüten suchen. Doch zunächst mußte er sich davon überzeugen, daß Thelwell nicht mehr da war. Ein Blick auf die Uhr sagte ihm, daß es acht war. Höchstwahrscheinlich war der Chirurg längst nach Hause gefahren, doch für alle Fälle meldete Jamieson sich zunächst noch einmal bei der Telefonzentrale und bat sie, Thelwell auszurufen. Nach einer Wartezeit von etwa zwei Minuten meldete sich die Zentrale und bestätigte ihm, daß Thelwell nicht mehr im Krankenhaus war.
Jamieson betrat die gynäkologische Abteilung durch die Seitentür, denn er sagte sich, je weniger Menschen ihn sahen, desto besser. Freilich ging er nicht so weit, sich in irgendwelchen Ecken zu verstecken, doch blieb er oben an der Treppe stehen, bis die Schritte einer Schwester in der Ferne verhallt waren; erst danach bog er um die Ecke und eilte leise den Korridor entlang. Der OP der Gynäkologie lag ganz am Ende. Zwei Schwingtüren, beide mit einem kreisrunden Glasfenster und Kratzspuren dort gezeichnet, wo die Farbe durch die Griffe der Rolltragen abgeblättert war, führten in den Vorraum, wo die Pfleger an Operationstagen ihre Patienten ablieferten. Hier wurden sie der Obhut der Operationsschwestern und Ärzte übergeben.
Als Jamieson den eigentlichen Operationssaal betrat, hing ein leichter Duft von Narkosemitteln in der Luft, wurde jedoch von dem stärkeren Geruch von Desinfektionsmitteln überlagert. Als Jamieson Licht machte, war er sofort in helles, keinen Schatten werfendes Licht getaucht. Obwohl die Lufttemperatur mindestens zwanzig Grad Celsius betrug, wirkte der Raum aufgrund des rostfreien Stahls und der Kacheln kalt. Die durch ständiges Austauschen an der Oberfläche zerkratzten und stumpf gewordenen Gaszylinder auf dem Rolltisch des Anästhesisten wirkten geradezu fehl am Platz in dieser makellos wirkenden metallischen Welt. Jamieson legte die Hand auf einen schwarzen Sauerstoffzylinder mit dem weißen Verschluß und sah sich suchend um. Ein Metallschrank geriet in sein Blickfeld. Dabei fiel ihm ein, daß Thelwell bei ihrem Rundgang durch die Abteilung erwähnt hatte, daß hier die Instrumente aufbewahrt würden.
Als Jamieson den OP durchquerte und sich hinkniete, um den

Schrank aufzumachen, war er sich bewußt, wie laut sein eigenes Herz schlug. Sechs Instrumententüten lagen darin. Er nahm sie alle nacheinander in die Hand und überprüfte die Seriennummer. Die Tüten zwölf bis siebzehn waren vorhanden, die Päckchen achtzehn bis vierundzwanzig, die Thelwell früher am Tag aus der Zentralsterilisation geholt hatte, fehlten!

Jamieson sträubten sich die Nackenhaare. Bis jetzt hatte er eigentlich damit gerechnet, daß sich sein Verdacht als unbegründet erweisen würde, doch die fehlenden Instrumententüten belehrten ihn eines anderen. Plötzlich kam ihm der OP womöglich noch kälter vor, herrschte hier eine feindselige Atmosphäre. Als unversehens auch noch die Türen aufgingen, ließ Jamieson die Tüte, die er gerade in der Hand hielt, fallen. Rasch drehte er sich auf den Zehenspitzen um und sah einen Pfleger vor sich, der einen Wagen mit großen Gasflaschen darauf hereinrollte.

»Die sollen doch ausgetauscht werden, oder?« fragte der Mann.

»Selbstverständlich«, erwiderte Jamieson, dem es peinlich war, derartig erschrocken zu sein.

Langsam machte er die Schranktüren zu und fuhr sich mit der Hand an die Stirn, um sie wie abwesend mit den Fingerspitzen zu massieren. Dabei überlegte er, was jetzt als nächstes zu tun sei. Immerhin stand bereits fest, daß Thelwell die Instrumente nicht direkt in den OP gebracht hatte. Was hatte er mit den Tüten gemacht? Auch hier wieder konnte Jamieson nur raten, was passiert war. Blieb ihm also nichts anderes übrig, als Thelwell rundheraus zu fragen, was hier eigentlich los sei. Er kehrte deshalb ins Ärztehaus zurück und erkundigte sich bei der Telefonzentrale nach Thelwells Privatnummer.

Eine von Thelwells Töchtern meldete sich. »Vater ist heute abend nicht daheim. Er hat Chorprobe. Wer, soll ich sagen, hat angerufen?«

»Lassen Sie nur. Es ist nicht wichtig«, sagte Jamieson und legte wieder auf.

Nun war er enttäuscht. Da hatte er sich auf die unausweichliche Konfrontation vorbereitet, und jetzt kam es nicht dazu. Die Chorprobe war ihm dazwischen gekommen. Thelwell schien häufig zum Chorsingen zu gehen, dachte Jamieson. In der St. Serf's-Kirche, wie er sich erinnerte: das *Te Deum*. Aber diese Sache konnte unmöglich bis morgen warten. Er würde zur Kirche fahren und Thelwell nach der Probe

zur Rede stellen. Schon hatte Jamieson die Jacke übergezogen und war im Begriff, sein Zimmer zu verlassen, da klingelte das Telefon.
»Hier spricht Macmillan.«
»Wer?«
»Macmillan... Vom Medka, London.«
Ach ja, das war der Mann, der bei der Besprechung das Wort geführt hatte.
Jamieson entschuldigte sich. Er war offensichtlich mehr durcheinander, als er dachte.
»Zu den Informationen, um die Sie gebeten hatten. Die Knochen waren die einer gewissen Mary Louise Chapman, die seit gestern abend von ihrem Mann als vermißt gemeldet wurde. Sie war achtundzwanzig Jahre alt und im fünften Monat schwanger. Die Gerichtsmediziner haben sie aufgrund der Unterlagen ihres Zahnarztes identifiziert.«
»Das ist aber mal schnell gegangen«, sagte Jamieson.
»Die Anzahl von als vermißt gemeldeten Frauen hat in Leeds offensichtlich einen neuen Höhepunkt erreicht«, sagte Macmillan. »Deshalb stehen alle Gewehr bei Fuß.«
»Stimmt schon«, sagte Jamieson. »Trotzdem war das sehr schnell.«
»De facto ist es so, daß die Polizei von vornherein den Verdacht hatte, es könnte Mrs. Chapman sein. Man hat nämlich ihren Wagen in einer kleinen Straße hinterm Krankenhaus gefunden.«
»Ach so.«
»Ist diese Sache direkt für Ihre Untersuchungen von irgendwelcher Bedeutung?«
Diese Frage ließ in Jamiesons Kopf neuerlich eine geradezu alptraumhafte Möglichkeit wach werden. »Ich bin mir nicht sicher«, sagte er.
»Das hört sich aber so an, als ob die Dinge sich bei Ihnen da oben nicht so klar und eindeutig entwickeln, wie man hätte meinen sollen«, sagte Macmillan.
»Das stimmt«, pflichtete Jamieson ihm in der Hoffnung bei, fürs erste nicht mehr sagen zu müssen.
»Brauchen Sie irgendwelche Hilfe?«
»Noch nicht.«

Die Adresse der St. Serf's-Kirche entnahm Jamieson dem Telefonbuch. Wenn man eine Kirche sucht, überlegte Jamieson, als er west-

lich der Harden Road in eine breite Allee mit baumbestandenem Mittelstreifen einbog, hat das jedenfalls den Vorteil, daß man sie schon von weitem sieht. So hatte der Kirchturm von St. Serf's ihn die letzten anderhalb Kilometer geleitet, doch jetzt mußte er sich unter den Volvos und anderen Autos der besseren Marken, die vor dem Gemeindehaus abgestellt waren, eine Parklücke suchen. So eine Wohngegend war das: angenehm, behaglich, hübsch. Die Kirche war von einem gepflegten Friedhof umgeben, und an ihrer Südwand rankte wilder Wein. Im Moment waren die Blätter noch grün, doch konnte Jamieson sich gut vorstellen, wie das Laub sich im Herbst rot färbte und gut zum Gelb der Blätter paßte, die dann von den Birken an der Grenzmauer fallen mußten.
Schließlich fand Jamieson erst rund zweihundert Meter weiter unten an der Straße einen Parkplatz. Zwar geriet er da ein bißchen zu sehr auf eine Einfahrt, aber nicht dicht genug, so meinte er, um die Zufahrt zu versperren. So ließ er das Auto stehen und machte sich auf den Weg zurück zum Gemeindehaus. Aus dem seitlich an die Kirche angebauten Gemeindesaal hörte er den Gesang; die Fenster waren erleuchtet. Er warf einen Blick auf die Uhr. Es war fünf Minuten vor zehn. Vermutlich machten sie um zehn Uhr Schluß, oder?
Jamieson schlenderte eine Seite der Straße hinauf und die andere wieder herunter. Es war ein schöner Abend. Den Gärten der großen Häuser hatte der heftige Regen früher am Tag offensichtlich gutgetan; der Duft der vielen Blumen hing schwer in der stehenden Abendluft. Jamieson mußte unwillkürlich an Kent und an Sue denken. Dann sah er, daß Leute aus dem Gemeindehaus herauskamen, und stellte sich fast gerade gegenüber davon auf, um auf Thelwells Erscheinen zu warten.
Zuerst drängten sich auf dem Pflaster vor der Kirche Gruppen von lachenden und durcheinanderplappernden Menschen, und Jamieson mußte aufpassen, Thelwell nicht zu übersehen. Als sich die Menschenmenge nach einiger Zeit zu lichten begann, überlegte Jamieson, ob er Thelwell wohl doch verpaßt hätte. Daß Autotüren zuknallten und Wagen angelassen wurden, kam inzwischen weniger häufig vor. In der Allee kehrte der gewohnte Frieden wieder ein, und immer noch hatte er Thelwell nicht gesehen.
Es dauerte noch mal zehn Minuten, bis er eine Frau mit einem Stapel Noten unterm Arm und dem Schlüssel im Mund sich umdrehen und

die Tür hinter sich abschließen sah. Jamieson war zwar etwas verwirrt, aber immer noch ziemlich sicher, Thelwell unter den anderen nicht übersehen zu haben, und so näherte er sich der Frau und entschuldigte sich.

»Ich hatte eigentlich gehofft, Gordon Thelwell heute abend hier zu sehen«, sagte er freundlich. »Ist es möglich, daß ich ihn verpaßt habe?«

»O nein«, rief die Frau aus. »Mr. Thelwell war heute abend nicht hier.«

»Ach«, sagte Jamieson, ernsthaft bemüht, sich seine Überraschung nicht anmerken zu lassen. »Sind Sie sich da ganz sicher?«

»Mr. Thelwell kommt schon seit geraumer Zeit nicht mehr zur Chorprobe«, erklärte die Frau bereitwillig. »Soviel ich weiß, hat er im Moment im Krankenhaus zuviel um die Ohren. Er ist nämlich Chefarzt der Chirurgie am *Kerr Memorial*. Und dort gibt es zur Zeit irgendwelche Schwierigkeiten.«

»Ja, richtig«, sagte Jamieson wie vor den Kopf geschlagen. »Daran hätte ich denken sollen.«

Jamieson saß hinterm Steuer seines Wagens und überlegte, was diese überraschende Entdeckung zu bedeuten hatte. Die vielen Chorproben, die Thelwell immer erwähnt hatte, waren eine Ausrede gewesen, eine Lüge. Was hatte er an diesen Abenden wirklich gemacht? Wo war er heute abend? Stand das in irgendeinem Zusammenhang mit den Problemen im Krankenhaus, oder handelte es sich um reine Privatangelegenheiten?

Eine Zeitlang fuhr Jamieson ziellos in der Gegend herum und versuchte, Klarheit in seine Gedanken zu bringen, bevor er schließlich beschloß, jene Straße aufzusuchen, in der Thelwell wohnte. Er war jetzt entschlossen, Thelwell offen mit seiner Entdeckung zu konfrontieren. Er stellte den Wagen etwa fünfzig Meter von Thelwells Haus entfernt auf der anderen Straßenseite ab und blieb dann sitzen, um zu warten.

Gegen halb zwölf wurde seine Ausdauer belohnt. Thelwells dunkelgrüner Volvo-Kombi bog in die Straße ein, und Jamieson schickte sich an auszusteigen. Er hatte angenommen, daß Thelwell vor seinem Haus parken würde, oder zumindest daß er aussteigen würde, um das Tor vor seiner Einfahrt aufzumachen, und er hatte vorgehabt, ihn dabei abzufangen. Doch wie die Dinge standen, fuhr Thelwell im Bogen auf das Tor zu, das sich auf ein Signal aus dem Auto hin automatisch öffnete. Als Jamieson das Haus erreichte, hatten die Tore sich wieder geschlossen, und Thelwell stellte sein Auto in der Garage ab.

Ein Lichtschein fiel aus der offenen Haustür in den Garten, und Thelwells Frau erschien in der Tür. »Du kommst aber spät, mein Lieber«, hörte Jamieson sie sagen.

»Die Probe hat länger gedauert, als ich dachte, und danach habe ich noch rasch ein Glas mit Roger Denby getrunken«, erwiderte Thelwell.

Thelwell war ein guter Lügner, dachte Jamieson. Es hatte sich völlig natürlich angehört, als er seiner Frau antwortete. Jamieson überlegte, ob er Thelwell jetzt auf der Stelle zur Rede stellen sollte, beschloß dann jedoch, es nicht zu tun. Für den Augenblick reichte es zu wissen, daß Thelwell alle Welt belog, die eigene Frau nicht ausgenommen. Er stieg wieder in sein Auto und fuhr zurück zum Krankenhaus.

Als Jamieson sein Zimmer aufschloß, klingelte gerade das Telefon. Er lief eilends hin, um den Hörer abzunehmen; eigentlich war er sich sicher, daß der Anrufer genau in dem Moment auflegen würde, wo er abnahm. Es war Sue.

»Wo bist du gewesen?« fragte sie. »Ich rufe schon seit Stunden immer wieder an.«

»Ich mußte in die Stadt«, sagte Jamieson ohne weitere Erklärung.

»Wir sind am Samstag zum Abendessen eingeladen, und da dachte ich, ich frage vorsichtshalber erst mal bei dir nach.«

»Sue, ich glaube, ich kann dieses Wochenende nicht nach Hause kommen«, sagte Jamieson.

»Oh...« Sue machte eine Pause, bevor sie weitersprach. »Wie schade! Ich wollte dir nämlich was erzählen.«

»Tut mir leid, wirklich, aber so wie die Dinge sich hier entwickeln, kann ich einfach nicht weg. Was hast du mir erzählen wollen?«

»Ach, nichts weiter. Das kann warten«, sagte Sue. »Paß gut auf dich auf!«

»Scheiße«, sagte Jamieson leise, als er den Hörer auflegte. Sue hatte sich sehr enttäuscht angehört, und das war sonst gar nicht ihre Art.

Um acht Uhr saß Jamieson wieder in seinem winzigen Raum in der Mikrobiologie. Die Reinigungskräfte leerten draußen auf dem Korridor die Papierkörbe in einen großen tonnenförmigen Container, den sie durch die Abteilung rollten.

»Man wagt sich ja kaum noch raus in der Nacht«, hörte er eine der Frauen sagen.

»Mein Stan erlaubt mir das einfach nicht mehr«, erklärte die andere. »Nicht nach dem, was dieser Chapman passiert ist. Das ist nicht mal einen halben Kilometer von unserer Wohnung entfernt geschehen.«

»Stimmt einen ziemlich nachdenklich, nicht?«

Jamieson lauschte ein wenig länger ihrem Gespräch, bevor er die Tür aufmachte. Eine der Reinmachefrauen kreuzte angstvoll die Arme vor der Brust. »O, mein Gott!« rief sie aus. »Haben Sie mir einen Schrekken eingejagt! Für 'n Moment hab ich glatt geglaubt, Sie wären es!«

»Tut mir leid«, sagte Jamieson. »Aber woher wollen Sie wissen, ob ich's nicht doch bin?«

»Weil Sie Dr. Jamieson sind«, sagte die Frau.

»Aber das bedeutet noch lange nich, daß er nich der Ripper ist«, erklärte ihre Kollegin.

»Richtig«, sagte die erste Frau nachdenklich. »Aber Sie sind's nich, nich wahr?«

»Nein, ich bin es nicht«, versicherte Jamieson ihr.

»Was macht die Polizei eigentlich? Das möcht ich mal wissen!« rief die andere Frau aufgebracht.

»Zu recht! Man kann ja heutzutage kaum 'n Fuß mehr vor die Tür setzen abends. Die mit ihren kostenlosen Uniformen und 'ner dicken Pension später!«

»Die können sogar schon mit funfzig in den Vorruhestand. Der Ronnie von mei'm Schwager ist zur Polizei, deshalb weiß ich genau...«

Jamieson zog sich wieder in seine Kemenate zurück und machte die Tür hinter sich zu. Er fühlte das Blut in seinen Schläfen pochen. Die Frau hatte mit ihrem »heißt noch lange nicht, daß er nich der Ripper sein könnte« einen furchtbaren Gedanken wieder wachgerufen, daß zwischen den Morden in der Stadt und den Todesfällen in der Klinik ein Zusammenhang bestehen könne. Thelwell hatte sich in die Belieferung seines OPs mit sterilem Gerät eingeklinkt und gelogen, wenn er behauptete, abends zu Chorproben zu gehen...

Die Ungeheuerlichkeit seiner Gedankengänge ließ Jamieson mehrere Minuten wie erstarrt auf seinem Stuhl sitzen. Sollte Thelwell nicht nur imstande sein, bewußt den Tod von Patientinnen im Krankenhaus herbeizuführen, sondern auch noch... war es möglich, daß er der Ripper war?
Jamieson versuchte, rational zu denken; er kam zu dem Schluß, daß er für so etwas unumstößliche Beweise brauchte. Er überlegte, ob die Zeiten, zu denen die Morde geschehen waren, mit den Abenden zusammenfielen, an denen Thelwell angeblich Chorprobe hatte. Vielleicht konnte er in St. Serf's nachfragen. Doch dem wollte er später nachgehen. Im Moment erschien ihm nichts wichtiger, als die Operationsliste für die Gynäkologie zu überprüfen, und so rief er die OP-Schwester an.
»Dr. Morton operiert um zehn. Wollen Sie dabei sein?«
Jamieson bejahte und schärfte der Schwester ein, die Operation dürfe auf keinen Fall vor seinem Eintreffen beginnen.
»Wenn Sie meinen, Doktor«, sagte die Schwester, die offensichtlich nicht wußte, was sie von alle dem halten sollte.
Jamieson rief Blaney von der Zentralsterilisation an und fragte, ob genügend Operationsbestecke für die Gynäkologie vorhanden wären.
»Wir haben drei Dutzend davon«, erwiderte Blaney.
»Ich brauche drei.«
»Wann?«
»Sofort. Ich komme rüber und hole sie persönlich ab.«
Als Jamieson mit den Instrumenten zurückkehrte, sah er Clive Evans auf dem Parkplatz ankommen und wartete unter der Tür zum Labor auf ihn. »Ich möchte, daß Sie heute morgen mit mir in den OP kommen. Läßt sich das ohne Schwierigkeiten für Sie machen?«
»Ohne weiteres«, erwiderte Evans. »Wollen Sie mir auch den Grund dafür nennen?«
»Ich möchte, daß Sie einige von den Tüten mit den Instrumenten rausnehmen und auf Bakterien untersuchen.«
»Wenn Sie meinen«, sagte Evans. »Diese hier auch?« fragte er, als er sah, was Jamieson in der Hand hielt.
»Nein. Das hier sind diejenigen, die bei der Operation benutzt werden«, sagte Jamieson. »Die Kollegen wissen es nur noch nicht.« Er warf einen Blick auf die Uhr und setzte dann noch hinzu: »In einer

Viertelstunde komme ich bei Ihnen vorbei. Dann gehen wir gemeinsam in die Gynäkologie rüber.«

Jamieson wurde nervös, als er beim Betreten des OP Thelwell erblickte, der dabei war, sich steril zu kleiden. Thelwell war es, der als erster sprach: »Ich nehme an, es ist nichts dagegen einzuwenden, wenn ich in meinem eigenen OP als Beobachter anwesend bin?« fragte er in aufreizendem Tonfall.

»Natürlich nicht«, entgegnete Jamieson matt. »Vorausgesetzt, Ihre Abstriche sind immer noch negativ, Sie haben sich die Nase eingecremt und gehen nicht zu nahe an den Operationstisch heran.«

»Die Untersuchungsergebnisse sind bei mir immer negativ gewesen«, behauptete Thelwell noch einmal nachdrücklich. »Aber ich habe für alle Fälle wie früher auch Naseptin benutzt.«

Jamieson stellte sich neben Thelwell an das Becken und fing an, Hände und Unterarme zu schrubben. »Wie ich sehe, haben wir auch ein Mitglied unserer angesehenen Mikrobiologie-Abteilung zu Gast«, höhnte Thelwell. »Welchem Umstand verdanken wir denn diese Ehre?«

»Ich bin auf Dr. Jamiesons Bitten hier«, sagte Evans in nüchternem Ton.

»So so«, sagte Thelwell und lächelte die beiden ein wenig überheblich an, beließ es aber dabei. Als Thelwell, Jamieson und Clive Evans eintraten, war das Operationsteam, das aus Phillip Morton, einem Assistenten, dem Narkosearzt, der OP-Schwester und einer jüngeren Schwester bestand, bereits versammelt.

»Können wir anfangen?« fragte Morton.

»Noch nicht«, sagte Jamieson, wandte sich an die OP-Schwester und bat: »Schwester, würden Sie mir bitte die Instrumente für heute morgen zeigen?«

Kommentarlos zeigte die Schwester Jamieson die Tüten, er überprüfte die Seriennummern und mußte schlucken, als er sah, daß es andere waren als an den Tüten, die er gestern abend im Schrank vorgefunden hatte. Es waren diejenigen, die er gestern abend im Schrank vermißt hatte. Bei diesen hier handelte es sich um jene Instrumente, die Thelwell persönlich aus der Sterilisation abgeholt hatte. Irgendwer mußte sie irgendwann im Laufe der Nacht in den Schrank gelegt haben. Jamieson trat an den Schrank heran und suchte nach den Tüten, die darin gewesen waren. Sie waren nicht mehr da.

Jamieson drehte sich um und sagte zu Morton: »Ich möchte, daß Sie heute morgen diese Instrumente hier nehmen« und wies mit einer Kopfbewegung auf die Tüten, die Evans in der Hand hielt. »Die anderen nimmt Dr. Evans mit, um sie zu untersuchen.«
»Was um alles auf der Welt geht hier eigentlich vor?« rief Morton aus.
»Die Erklärungen müssen warten«, sagte Jamieson. »Tun Sie bitte einfach, worum ich Sie bitte.«
»Na, gut«, sagte Morton achselzuckend.
»Moment«, mischte Thelwell sich ein. »Dürfte ich Sie darauf aufmerksam machen, daß dies hier immer noch meine Abteilung ist und wir hier in meinem OP stehen? Ich verlange zu wissen, was hier vorgeht.«
»Nennen Sie es schlicht eine Ad-hoc-Überprüfung von chirurgischen Instrumenten«, sagte Jamieson. »Dagegen haben Sie doch nichts einzuwenden, nicht wahr, Dr. Thelwell?«
Jamieson erkannte den brennenden Zorn in Thelwells Augen über dem Mundschutz. »Ich hätte es gern, wenn ich vorher über diese Dinge informiert würde. Ist das zuviel verlangt?«
»Ad-hoc-Überprüfungen wären keine Ad-hoc-Überprüfungen, wenn man sie vorher ausposaunt«, erwiderte Jamieson.
»Kann ich jetzt anfangen?« fragte Phillip Morton mit mehr als einer Spur von Ungeduld in der Stimme.
»Selbstverständlich«, sagte Jamieson. »Wir gehen gleich.«
Als Clive Evans die OP-Tür erreichte, stieß er mit Thelwell zusammen, der sich angeschickt hatte, zugleich mit ihm hinauszugehen. Die Instrumente, die er in der Hand trug, fielen klirrend zu Boden.
»Ungeschickter Trottel!« schnaubte Thelwell und verschwand durch die Schwingtüren. Evans wandte sich Jamieson zu und machte ein belustigtes Gesicht. »Er hat mich absichtlich angerempelt«, rief er aus.
Jamieson sah Skalpelle, Klammern und Zangen überall auf dem Boden verstreut und seufzte frustriert auf. Jetzt war jeder Sterilitätstest überflüssig. Evans sammelte die Instrumente ein. »Was soll jetzt damit geschehen?« fragte er.
»Bringen Sie sie zur Reinigung und Sterilisation zurück in die Steri«, sagte Jamieson. »Ich muß wohl mal ein ernstes Wort mit diesem Dr. Thelwell reden.«

Jamieson war stinkwütend auf das, was Thelwell getan hatte, aber er hatte auch Angst vor dem, was das zu bedeuten hatte. Wenn Thelwell Evans mit vollem Bedacht angerempelt hatte, konnte das nichts anderes bedeuten, als daß er eine mikrobiologische Untersuchung der Instrumente verhindern wollte. Das aus dem Stand heraus so zu machen, war ziemlich clever. Schnelles Denken, klug und verschlagen. Waren das laut Ryan nicht die Haupteigenschaften eines Psychopathen?

Jamieson traf Thelwell in dessen Büro an, als er gerade dabei war, Briefe aufzumachen. Da seine Sekretärin nicht im Vorzimmer gewesen war, hatte Jamieson einfach die nicht richtig geschlossene Tür aufgestoßen. Zuerst hatte Thelwell gar nicht gemerkt, daß er da war; er schäumte offenbar immer noch und ließ das an der Art erkennen, wie er die Briefe mit einem silbernen Brieföffner aufschnitt. Mit äußerster Präzision steckte er die Klingenspitze an eine Ecke hinein und schlitzte jeden Brief mit einem einzigen Ruck auf. Als Jamieson sich räusperte, hörte Thelwell damit auf und hob den Kopf.

»Was wollen Sie?« fragte er bissig. »Oder soll auch dies wieder eine Ad-hoc-Überprüfung sein?« Mit einem verächtlichen Schnauben unterstrich er die Frage.

Jamieson mußte an sich halten, um nicht loszubrüllen. »Sie haben soeben eine mikrobiologische Untersuchung der Instrumente in Ihrem OP verhindert, indem Sie sie auf den Boden fallen ließen. Ich verlange eine Erklärung dafür.«

»Wovon reden Sie eigentlich?« krächzte Thelwell. »Dieser Idiot von der Mikrobiologie hat *mich* angerempelt. Typischer Richardson-Protégé. Wenn Sie jetzt bitte die Freundlichkeit hätten zu gehen. Ich habe zu tun.« Thelwell setzte sich, vertiefte sich in seine Post und tat so, als stünde Jamieson nicht mehr da.

Bedächtig und leise sagte Jamieson: »Ich möchte genau wissen, was Sie mit den Instrumenten getan haben, die Sie gestern aus der Steri geholt haben.« Er ließ Thelwell keinen Moment aus den Augen; er wollte unbedingt mitbekommen, wie der Mann auf diese Frage reagiert.

Thelwell hörte auf zu lesen, lehnte sich auf seinem Sessel zurück und ließ langsam und tief die Luft aus den Lungen entweichen. »Donnerwetter, sind wir fleißig gewesen!« sagte er.

Jamieson wartete auf die Antwort.

»Ich habe sie hierher gebracht.«

»Wohin genau?«
»Hier, in meine Abteilung.«
»Wieso kommt ein Chefarzt der gynäkologischen Chirurgie dazu, den Klinik-Laufburschen zu spielen?« fragte Jamieson langsam.
»Weil diesem Chefarzt seine Patientinnen so sehr am Herzen liegen, daß er die Sterilisation der bei den Operationen zu verwendenden Instrumente überwacht, um sicherzugehen, daß vor Ingebrauchnahme nicht an ihnen herumgepfuscht wird.«
Die Direktheit von Thelwells Antwort verblüffte Jamieson. Er mußte vorsichtig sein. Er hatte es schließlich nicht mit einem Dummkopf zu tun. War dieser Mann nur clever? Oder sehr clever? Jedenfalls clever genug, um so zu tun, als untersuche er genau jene Handlungsweise, von der er annehmen konnte, daß man sie ihm zum Vorwurf machen würde.
»Nicht herumgepfuscht wird?« wiederholte Jamieson seine Worte.
»Zumindest sehe ich das als eine Möglichkeit«, sagte Thelwell.
»Ich verstehe«, erwiderte Jamieson und versuchte, Thelwell ins Messer laufen zu lassen, indem er sagte: »Dann haben Sie gestern also die Instrumente aus der Steri in Ihren OP hinaufgebracht und sie dort eigenhändig in den Instrumentenschrank gelegt?«
»Nein, ganz so nicht«, sagte Thelwell ausweichend. »Ich habe sie über Nacht in meinem Schreibtisch verschlossen und sie heute morgen kurz vor Beginn der Operation in den OP hinaufgebracht.«
»Und die Instrumente, die dort bereits lagen?«
Thelwell schloß den Seitenteil seines Schreibtischs auf und holte die Tüten, die er durch andere ersetzt hatte, heraus. »Ich wollte sie in die Steri zurückbringen, damit sie erneut sterilisiert werden.«
»Haben Sie Anlaß zu glauben, daß an diesen Instrumenten herumgepfuscht worden ist?«
»Nur eine Vorsichtsmaßname«, erklärte Thelwell. »Aber ich hatte das Gefühl, das tun zu müssen. Da Ihnen dieser Gedanke offenbar gleichfalls gekommen ist, können Sie wohl keine Einwände dagegen haben.«
Jamieson bewahrte Schweigen.
Thelwell sagte: »Ich kann Ihnen versichern, daß die Instrumente, die Evans hat zu Boden fallen lassen, absolut steril waren und seit sie in der Steri aus dem Autoklav herausgenommen wurden, hier in meinem Büro unter Verschluß gewesen sind.«

»Hm«, machte Jamieson. Es war ihm nicht gelungen, Thelwell zum Lügen zu verleiten oder ihn dazu zu bringen, etwas zu sagen, das vielleicht nicht ganz der Wahrheit entsprach. »Wie wär's, wenn wir einen Kompromiß schließen?«
»In bezug auf was?«
»Daß wir uns in bezug auf die Sterilisierung und Aufbewahrung von Instrumenten und Verbänden auf eine Verfahrensweise einigen.«
»Woran hatten Sie gedacht?«
»Ich schlage vor, daß im OP überhaupt keine Instrumente aufbewahrt werden. Und ich schlage des weiteren vor, daß sie unmittelbar, bevor sie benötigt werden, direkt aus der Steri abgeholt werden.«
Thelwell überlegte kurz und sagte dann: »Einverstanden.«
»Ich werde diese mit runternehmen«, sagte Jamieson und zeigte mit einem Kopfnicken auf die Tüten, die auf Thelwells Schreibtisch lagen. Thelwell reichte sie ihm.

Nachdem er sich mit der Zentralsterilisation und der Verwaltung über die entsprechende Vorgehensweise geeinigt hatte, kehrte Jamieson in sein Arbeitszimmer zurück. Moira Lippman fragte, ob sie ihn für einen Moment sprechen könne.
»Selbstverständlich.«
»Ich habe Ihre Tests mit den *Pseudomonas* wiederholt«, sagte sie.
Jamieson lächelte. »Und was haben Sie herausgefunden?«
»Sie hatten völlig recht. Biochemisch gesehen gab es in der Tat drei signifikante Unterschiede. Deshalb habe ich noch ein paar Extra-Tests vorgenommen und sogar noch zwei weitere gefunden.«
»Fünf?« rief Jamieson aus.
Moira Lippman lächelte. »Sehr merkwürdig«, sagte sie. »Ja, man könnte fast meinen, daß ... Nein, das ist albern.«
»Was ist albern?«
»Nein, eigentlich ist es nicht wert, überhaupt erwähnt zu werden.« Womit Moira Lippman sich auf der Stelle umdrehte und Jamieson allein zurückließ.
Jamieson dachte für einen Moment darüber nach, wie sehr es ihm wider den Strich ging, wenn Leute ihn so im Regen stehen ließen.

Der erste Hinweis, daß es im Aufwachraum der Gynäkologie nicht zum besten bestellt war, erreichte Jamieson um halb vier. Um diese

Zeit rief Hugh Crichton ihn an und sagte: »Sie haben gebeten, darüber informiert zu werden, wenn es im Krankenhaus zu weiteren post-operativen Infektionen kommt, richtig?«
»Ja.«
»Es sieht ganz danach aus, als ob acht Frauen in der Chirurgie der Gynäkologen, die in den letzten zehn Tagen operiert wurden, Fieber bekommen und Anzeichen einer Wundinfektion erkennen lassen.«
Für einen Moment schloß Jamieson die Augen. Dann sagte er: »Fahren Sie fort.«
»Viel mehr gibt's eigentlich nicht zu berichten. Proben sind unterwegs zur Bakteriologie. Ich dachte nur, Sie sollten es wissen.«
»Wie geht es den Frauen?«
Nervös räusperte Crichton sich, bevor er sagte: »Es geht ihnen außerordentlich schlecht. Das ist alles so schnell gekommen, und ihr Zustand hat sich ständig verschlechtert.«
»Danke, daß Sie mich benachrichtigt haben.«
Jamieson legte auf, barg für einen Augenblick den Kopf in den Händen und dachte nach. Weitere Infektionen; und wieder in Thelwells Abteilung. Wenn die Infektion wieder auf den verdammten *Pseudomonas*-Stamm zurückging, mußte man die ganze Abteilung dicht machen. Da blieb ihnen gar nichts anderes übrig. Er ging hinüber, um mit Clive Evans darüber zu sprechen.
»Ich habe es gerade eben gehört«, sagte dieser, als Jamieson eintrat. »Die Proben müssen jeden Augenblick hier sein.«
»Dann wissen Sie also morgen früh, ob der *Pseudomonas*-Stamm der Bösewicht ist?«
»Morgen mit Sicherheit, aber ein paar von den Proben können wir uns unterm Mikroskop ansehen. Dann wissen wir jedenfalls ungefähr, wohin die Reise geht.«
»Wie lange wird das dauern?«
»Etwa eine halbe Stunde.«
»Lassen Sie es mich wissen, sobald Sie Ihre Resultate haben, ja?«
»Natürlich.«

Jamieson versuchte zum viertenmal erfolglos an diesem Tag, Sue anzurufen, da trat Clive Evans ein. Jamieson sah ihm an, daß er die vorläufigen Ergebnisse der mikroskopischen Untersuchungen dabei hatte, und legte den Hörer auf.

»Ich habe mir die infizierten Objektträger gerade angesehen«, sagte Evans.

»Und?« fragte Jamieson voller Bängnis.

»Ich glaube nicht, daß es sich um *Pseudomonas* handelt.«

»Was?« rief Jamieson erregt aus.

»Es sind gram-positive Kokken und keine gram-negativen Stäbchenbakterien.«

»Und was schließen Sie daraus?«

»Im Moment weist alles darauf hin, daß es sich um eine Staphylokokken-Infektion handelt«, erklärte Evans.

»Eine andere Infektion also.« Jamieson wirkte nachdenklich.

»So sieht es aus, aber vor morgen früh wissen wir nichts Genaues. Die Kulturen müssen erst Zeit haben, sich zu entwickeln.«

»Wieder eine postoperative Infektion in derselben Abteilung, diesmal allerdings von einem völlig anderen Erreger?« murmelte er.

»So sieht es aus«, sagte Evans. Da er sah, wie sehr Jamieson in Gedanken verloren war, sagte er: »Wenn Sie mich jetzt entschuldigen würden, aber ich habe noch zu tun.«

»Danke«, sagte Jamieson wie abwesend.

Um halb sieben ging Jamieson zur Gynäkologie hinüber. Der Zustand der erkrankten Frauen hatte sich verschlechtert, und man rechnete damit, daß einige von ihnen noch vor Morgengrauen sterben würden, wenn bis dahin nicht das richtige Antibiotikum gefunden wurde. Die Frage, mit welchen Antibiotika man es versuchen sollte, hatte zwischen Thelwell und seinem Team bereits zu beträchtlichen Meinungsverschiedenheiten geführt. Daß man mit Penicillin nichts ausrichtete, darüber freilich waren sich alle einig, was allerdings nicht allzu verwunderlich war, da die meisten Krankenhausstämme des *Staphylococcus* im Laufe der Jahre resistent dagegen geworden waren. Daß Thelwell jedoch darauf bestand, weiterhin Cephalosporin zu spritzen, obwohl Morton erklärte, das Mittel sei nicht besonders wirksam, sorgte in der ganzen Runde für verbissenen Groll. Jamieson setzte sich dafür ein, die Frauen mit mehr als einem Antibiotikum gleichzeitig zu behandeln. Nach kurzer Beratung einigten sie sich auf die Verabreichung von drei Medikamenten, wobei man den Zustand der Patientinnen mit höchster Aufmerksamkeit zu beobachten gedachte, so daß die Behandlung, sofern sie sich als unwirksam erwies, sofort geändert werden konnte.

Jamieson nahm die Stationsschwester auf die Seite und fragte sie nach den erkrankten Patientinnen. »Wieviel Patientinnen haben Sie im Moment auf Ihrer Station, Schwester?«
»Siebzehn.«
»Von denen sich aber nur acht infiziert haben?«
»Bis jetzt«, sagte die Schwester.
»Haben die acht irgend etwas gemeinsam?« wollte Jamieson wissen.
»Ich verstehe nicht.«
»Ich suche nach einer Erklärung, warum sich von siebzehn Patientinnen acht eine Wundinfektion zugezogen haben und die anderen nicht. Sind sie alle am selben Tag operiert worden? Im selben OP? Wurde die Operation vom selben Chirurgen ausgeführt? So in dieser Art.«
»Ich werde das nachsehen.«
Jamieson folgte der Schwester in das Dienstzimmer und wartete, während sie ihre Unterlagen durchsah. Er merkte, daß seine Anwesenheit ihr unangenehm war, deshalb wandte er sich ab und betrachtete einige an die Wand gepinnte Postkarten. Zwei zeigten sonnige Sandstrände am Mittelmeer; bei den anderen handelte es sich um verwaschene Ansichtskarten von irgendwelchen Seebädern, auf denen fast durch die Bank üppige Krankenschwestern und Unterschriften wie »Scheißschwester« zu sehen waren.
»Nur zwei sind am selben Tag operiert worden«, sagte die Schwester. »Ein paar wurden von Dr. Thelwell operiert, andere von Dr. Morton. Zwei Operationen wurden in der Gynäkologie ausgeführt, sechs im OP der Orthopäden. Irgendwelche auffälligen Gemeinsamkeiten finde ich nicht.«
»Und doch muß es eine geben.« Davon ließ Jamieson sich nicht abbringen. »Wenn sie sich alle gleichzeitig infiziert haben, muß es eine geben.«
»Ich kann mir keine vorstellen«, sagte die Schwester.
»Ich im Moment auch nicht«, stimmte Jamieson ihr zu und zerbrach sich weiterhin den Kopf. »Aber es muß ein Bindeglied geben. Es sind einfach zu viele Fälle, als daß es durch irgendeinen zufälligen Mikroorganismus in der Luft dazu gekommen sein könnte.«
Eine Schwester trat ein, entschuldigte sich für die Unterbrechung und sagte dann: »Schwester, es geht um Mrs. Galbraith. Es geht ihr sehr schlecht.«

Die Stationsschwester verließ den Raum. Jamieson hörte Schmerzensschreie aus einem der Zimmer. Er ging hinaus und kehrte zurück in das Ärztehaus.

Als er die Treppe im Ärztehaus hinaufstieg, meinte Jamieson, auf dem ersten Treppenabsatz ein leises Geräusch zu hören, als ob jemand dort stünde und sich leicht rührte. Er blieb stehen, konnte jedoch nichts weiter hören. Normalerweise hätte ihm das nichts ausgemacht, doch so wie die Dinge standen, waren seine Nerven bis aufs äußerste angespannt. Irgend etwas Sonderbares ging in diesem Krankenhaus vor. Dieser Verdacht flößte ihm Angstgefühle ein und machte ihn mißtrauisch. Zwar stieg er die Treppe weiter hinauf, doch blieb er oben stehen und hütete sich, sofort um die Ecke zu gehen. Das Gefühl, daß dort jemand lauerte, wurde geradezu unerträglich stark. Er scharrte laut mit den Füßen, gleichsam um anzudeuten, daß er als nächstes um die Ecke biegen würde, doch zog er gleichzeitig die Rechte zurück und ballte sie zur Faust. Ein Arm kam ihm aus dem Dunkel entgegen, und schon war Jamieson drauf und dran, die Rechte vorschnellen zu lassen, konnte sich aber gerade noch bremsen, als er einen Blick auf die Hand warf und erkannte, daß es die einer Frau war.
»Was soll das?« rief er aus, packte die Gestalt an beiden Handgelenken und zog sie heraus ins Helle.
»Nun mal keine Angst!« sagte Sue. »Wieso bist du denn so nervös?«
Vor Überraschung verschlug es Jamieson die Sprache; Entsetzen packte ihn bei der Vorstellung, was ums Haar geschehen wäre. »Was machst du denn hier?« rief er. »Ich hätte dir ums Haar einen Kinnhaken verpaßt.«
»Ich kann mir eine bessere Begrüßung vorstellen«, sagte Sue. »Was ist denn los mir dir? Wieso bist du so schreckhaft?«
»Was machst du denn hier? Ich habe den ganzen Tag versucht, dich zu erreichen.«
»Müssen wir uns hier unbedingt auf der Treppe unterhalten?«
Jamieson machte die Tür zu seinem Zimmer auf, und beide traten ein.
»Ich habe so ein schlechtes Gewissen gehabt, weil ich dich gestern am Telefon so kurz abgefertigt habe, und da bin ich raufgefahren, um dir

zu sagen, es tut mir leid. Die Leute im Pförtnerhaus haben mir gesagt, wo du wohnst. Und als ich zur Vordertür reinkam, sah ich dich über den Hof gehen, und da wollte ich dich überraschen.«

Kopfschüttelnd schloß Scott Sue in die Arme und drückte sie an sich. Das Geschehene brachte ihn immer noch ganz durcheinander. »Du bist verrückt«, murmelte er.

»Na, ist das eine Begrüßung!«

»Verzeihung! Es ist wunderbar, dich zu sehen, aber du...«

»Reg dich nicht auf! Ich habe mir vorgenommen, dir nicht in die Quere zu kommen. Ich weiß, wieviel du zu tun hast. Ich habe mir ein Zimmer in einem Hotel genommen und dachte mir, vielleicht kannst du nicht weg, und da wäre es gut, wenn vielleicht ich herkäme... und dir die große Neuigkeit mitteile.«

»Was für eine Neuigkeit?«

»Ich bin schwanger. Du wirst Vater.«

Zehntes Kapitel

»Aber das ist ja wunderbar!« rief Scott aus, schloß Sue nochmals in die Arme und legte seine Wange an ihre Stirn.

»Freust du dich auch wirklich?« fragte Sue mit einem leicht besorgten Unterton.

»Ob ich mich freue? Ja, was denkst du denn sonst? Ich bin überglücklich, ich kann dir gar nicht sagen, wie«, sagte Scott, ließ Sue los und spreizte die Hände, als rufe er göttlichen Beistand an. Sein Gesichtsausdruck ließ Sue jetzt keinerlei Zweifel mehr an seinen Gefühlen; sie lächelte ihn befreit an.

Scott sah das freudige Aufleuchten in Sues Augen und mußte an das letzte Mal denken, als er das erlebt hatte. Das war gegen Ende seines Krankenhausaufenthalts nach dem Unfall gewesen; damals war ihm aufgegangen, was für ein unerträglicher Narr er gewesen war, und er hatte sich bei Sue für sein Verhalten entschuldigt. Für Sue war das der Augenblick, an dem sie gewußt hatte, ihren Mann zurückbekommen zu haben. Die Persönlichkeitsveränderung bei Jamieson war doch nicht, wie sie in den schlimmsten Augenblicken befürchtet hatte, von Dauer gewesen. Das vor Selbstmitleid triefende und sarkastische Monster, mit dem sie es monatelang aufgenommen hatte, war verschwunden. Nach Jamiesons Entschuldigung hatten sie einander wortlos angesehen und alles verstanden. Sue hatte zum erstenmal seit dem Unfall geweint, doch waren es Tränen der Erleichterung und des Glücks gewesen.

Es klopfte an der Tür, und Jamieson machte auf. Clive Evans stand davor.

»Ich dachte, Stimmen gehört zu haben«, sagte Evans.

»Kommen Sie rein«, sagte Jamieson. »Das ist meine Frau. Ich habe gerade etwas Wunderbares erfahren.« Jamieson lachte über das ganze Gesicht. »Ich werde Vater.«

»Da gratuliere ich«, sagte Evans warmherzig. »Ist es Ihr erstes Kind, Mrs. Jamieson?« fragte er und schüttelte Sue die Hand.

»Nennen Sie mich Sue. Ja, das erste.«
»Und worauf hoffen Sie? Auf einen Jungen oder ein Mädchen?«
Sue sah Scott fragend an und sagte: »Na?«
»Mir ist das egal«, sagte Jamieson, legte den Arm wieder um Sue und drückte sie. »Allerdings, wenn es ein Junge werden sollte und er später mal als Stürmer für Schottland spielt, könnte ich ehrlich sagen, daß ich nicht besonders enttäuscht wäre.«
Das Lachen erstarb, als Jamieson den Ausdruck auf Evans Gesicht bemerkte und ihm aufging, daß irgend etwas nicht stimmte. »Ist was?« fragte er.
Evans nickte. »Ich wollte Ihnen nur sagen, daß eine der Frauen auf Station acht gestorben ist und es mit einigen der anderen schnell bergab geht. Die Wirkung der Antibiotika verpufft einfach.«
»Das ist ja heller Wahnsinn! Wir können es doch unmöglich mit noch einer Infektion zu tun haben, die gegen Antibiotika resistent ist? Sind Sie sich sicher, daß es sich nicht doch wieder um *Pseudomonas* handelt?«
Evans zuckte verzeihungheischend mit den Achseln und sagte: »Ich kann nur sagen, was ich auf dem Objektträger vorgefunden habe, und das sah eindeutig nach einer Staphylokokken-Infektion aus. Dabei halte ich es aber auch für möglich, daß sich noch irgendwo *Pseudomonas* versteckt halten. Genau werden wir das erst morgen früh wissen.«
Jamieson seufzte enttäuscht auf und sagte: »Ja, dann bleibt uns wohl nichts anderes übrig, als uns bis dahin in Geduld zu üben.«
»Tut mir leid«, sagte Evans.
Jamieson dankte Evans, ihn benachrichtigt zu haben, und brachte ihn an die Tür.
»Was macht er denn?« fragte Sue, nachdem er gegangen war.
»Clive Evans? Der ist kommissarischer Leiter der Bakteriologie, bis sie einen Nachfolger für Richardson gefunden haben. Er wohnt im Zimmer nebenan.«
»Das hört sich ja an, als ob das mit dem Infektionsproblem immer schlimmer würde statt besser.«
Scott nickte und erzählte ihr von den acht Frauen, die in den letzten zwölf Stunden erkrankt waren.
»Acht!« rief Sue aus.
»Und das innerhalb weniger Stunden.«
»Sind sie alle am selben Tag operiert worden?« fragte Sue.

»Daran hatte ich auch schon gedacht«, sagte Scott. »Nein, das ist nicht der Fall; bis jetzt haben wir noch keinen gemeinsamen Faktor entdekken können.«
Sue zählte sämtliche Möglichkeiten auf, an die auch Jamieson schon gedacht hatte, und verfiel dann für einen Augenblick in Schweigen, um sich weiterhin den Kopf zu zerbrechen. Jamieson stellte derweil den Wasserkessel auf, um Kaffee zu kochen.
»Warum hat es bei diesen Frauen denn so lange gedauert, bis die Infektion zum Ausbruch kam?« fragte Sue. »Wenn ich mich recht erinnere, hast du gesagt, bei den anderen wäre das schon wenige Stunden nach der Operation geschehen.«
»So war es auch. Aber diesmal, meint Evans, handelt es sich um einen anderen Erreger.«
»Das hier ist kein Krankenhaus«, sagte Sue, »sondern die reinste Bakterienbrutstätte.«
»Aber das stimmt nicht«, erwiderte Scott.
Sue schien verwirrt.
»Alles ist makellos sauber und steril, und keiner kann feststellen, woher die Kontamination kommt. Das ist das eigentliche Problem. Sie scheint wie aus heiterem Himmel zu kommen.«
»Und ihr habt nicht die geringste Idee?«
»Eine«, räumte Scott widerstrebend ein.
»Und welche?«
»Es könnte absichtlich geschehen.«
Sue machte ein entsetztes Gesicht, als könnte sie ihren Ohren nicht trauen. Lange verharrte sie in Schweigen, bis sie schließlich fragte: »Das kann doch nicht dein Ernst sein.«
»Ich wünschte, du hättest recht. Aber wir können trotz aller Untersuchungen die Quelle der Ansteckung nicht lokalisieren, und deshalb muß ich auch die Möglichkeit einer Art vorsätzlicher Sabotage in Betracht ziehen.«
»Aber wie soll das passieren?« fragte Sue, in der sich alles gegen diese Vorstellung wehrte. »Und warum?«
»Momentan spiele ich in Gedanken mit der Möglichkeit, daß die in der Chirurgie verwendeten Instrumente absichtlich verseucht werden.«
»Aber das ist ja entsetzlich!« entfuhr es Sue. »Da muß es doch noch eine andere Erklärung geben. Welcher normale und vernünftige Mensch würde so etwas tun?«

»Jemand, der normal und vernünftig ist, bestimmt nicht«, sagte Jamieson und betonte das Wort ›vernünftig‹.
»Du denkst an einen Geisteskranken? Einen der Mitarbeiter?« fragte Sue mit entsetzensgeweiteten Augen.
»Offen gestanden weiß ich im Moment selber nicht, was ich eigentlich denke; aber es gibt da Dinge, die der Erklärung bedürfen.«
»Wie zum Beispiel?«
»Wie zum Beispiel: Wieso nimmt es ein Chefarzt auf sich, die chirurgischen Instrumente persönlich aus der Steri abzuholen und sie über Nacht in seinem Arbeitszimmer aufzubewahren, und wieso lügt derselbe Mann, wenn er behauptet, abends zur Chorprobe zu gehen, obwohl er das in Wirklichkeit nicht tut.«
»Auf der faulen Haut gelegen hast du ja offensichtlich nicht. Gehe ich recht in der Annahme, daß du von Dr. Thelwell redest?«
Scott nickte.
»Und... hast du ihn zur Rede gestellt?«
»Was die Instrumente betrifft... ja.«
»Und?«
»Er behauptet, er holt sie persönlich ab, um zu verhindern, daß an ihnen herumgepfuscht wird.«
»Dann hat er also denselben Gedanken wie du?«
»Oder er ist es selbst, der seine Hand im Spiel hat«, sagte Jamieson.
»Ein Chirurg?« rief Sue aus. »Du glaubst, Dr. Thelwell infiziert seine eigenen Patienten?«
»Ich habe gesagt, das ist eine Möglichkeit, über die ich nachdenke. Das muß ich, und abgesehen von allem anderen, der Mann ist mehr als schwierig. Er ist ausgesprochen paranoid.«
»Was doch aber nicht notwendigerweise bedeutet, daß der Mann geisteskrank ist«, hielt Sue dem entgegen.
»Nein«, räumte Scott ein. »Aber er lügt. Er hat seiner Frau und seiner ganzen Familie gesagt, er ginge zur Chorprobe, obwohl das nicht stimmt.«
»Dann hat er eben eine Affäre«, tat Sue das ab. »Ich sehe nicht, wieso die nicht besuchten Chorproben was mit den Todesfällen in der Klinik zu tun haben sollen.«
»Haben sie auch nicht. In dem Zusammenhang habe ich an die Todesfälle außerhalb des Krankenhauses gedacht.«
Sue sah ihren Mann für einen Augenblick an, als hätte dieser den Ver-

stand verloren. Einen Moment suchte sie nach Worten, blieb jedoch stumm, bis sie es schließlich fertigbrachte zu protestieren. »Das kannst du doch nicht im Ernst meinen! Du sprichst von den Morden, zu denen es hier in Leeds gekommen ist?«

»Thelwell ist Chirurg. Und von der Polizei weiß ich, daß es sich bei dem Mörder um so etwas Ähnliches wie einen Ripper handelt; jedenfalls werden den Opfern bestimmte Körperteile abgeschnitten.«

»Die Leute denken bei solchen Psychopathen immer an Ärzte als mögliche Mörder«, sagte Sue. »Aber ich kann mich nicht erinnern, daß sich dieser Verdacht jemals als richtig erwiesen hätte.«

»Stimmt«, pflichtete Jamieson ihr bei, »trotzdem sollte man so was im Kopf behalten. Abgesehen davon ist dieser Thelwell ein Paranoiker und lügt, was seine abendlichen Exkursionen betrifft. Dann mischt er sich in die Herbeischaffung steriler Instrumente für seinen OP ein, und die Skeletteile des letzten Opfers hat man hier in der Verbrennungsanlage des *Kerr Memorial* gefunden. Muß man da nicht nachdenklich werden?«

»Operiert er noch?«

»Nein, ich mußte ihn suspendieren lassen, als Richardson in seinem Abstrich die ausschlaggebenden Krankheitserreger fand. Aber wenn die Laborleute vom Gesundheitsamt ihm was Negatives bescheinigen, kann ich ihn nicht mehr davon abhalten.«

»Wenn du das wirklich ernst meinst, kannst du dann nicht mal mit der Polizei reden?« gab Sue zu bedenken.

»Das habe ich zumindest andeutungsweise bereits getan, im Zusammenhang mit Richardsons Tod«, sagte Scott. »Ich möchte aber nicht den Eindruck erwecken, als führte ich eine persönliche Kampagne gegen Thelwell. Abgesehen davon brauche ich etwas mehr als nur Verdachtsmomente, ehe ich wegen eines Chefarztes und einer Säule der guten Gesellschaft zur Polizei gehe und ihn anzeige.«

»Aber was hat es denn mit diesen Chorproben auf sich? Er behauptet, er geht hin, tut es aber nicht? Wohin geht er denn in Wirklichkeit?«

»Das«, sagte Scott und nickte, »ist etwas, was ich vorhabe, als nächstes herauszufinden.«

»Willst du damit etwa sagen, du hast vor, dich ihm an die Fersen zu heften?« fragte eine erstaunte Sue.

»Genau. Er hat keine Ahnung, daß ich weiß, daß er im Hinblick auf diese Chorproben schwindelt. Damit bin ich immerhin im Vorteil.«
»Findest du nicht, daß du mit dieser Detektivarbeit ein bißchen zu weit gehst? Vielleicht solltest du so was lieber richtigen Detektiven oder der Polizei überlassen.«
Scott nickte und sagte: »Ich weiß, was du meinst, aber es ist doch nichts weiter dabei, Thelwell einmal zu folgen, bloß um zu sehen, wohin er wirklich geht. Finde ich das Geringste heraus, das verspreche ich dir, übergebe ich die ganze Sache der Polizei.«
Sue lächelte. »Na, schön. Aber nur dies eine Mal.«

Auf Vorschlag von Hugh Crichton hin zogen Scott und Sue noch am selben Abend mit ihren Sachen in ein Zimmer im zweiten Stock des Ärztehauses um; da brauchte Sue jedenfalls nicht ins Hotel. Beide waren froh über diese Regelung. Clive Evans half ihnen beim Koffertragen. »Sie sollten von jetzt an nichts Schweres mehr tragen«, sagte er zu Sue.
»Für eine solche Vorsichtsmaßnahme ist es aber noch reichlich früh.« Sue lächelte.
Nachdem alles verstaut war und Evans sich verabschiedet hatte, fiel Scott auf, daß Sue ziemlich still geworden war. »Was hast du?« fragte er.
Sue sah ihn an und sagte: »Ich komme mir plötzlich so lächerlich vor.«
»Warum?«
»Daheim dachte ich, genau das Richtige zu tun, wenn ich hierher zu dir führe, aber jetzt, wo ich hier bin, komme ich mir wie ein dummes Schulmädchen vor. Ich hätte in Kent bleiben sollen.«
»Nein, hättest du nicht«, sagte Jamieson leise. »Es ist wunderbar, dich in der Nähe zu haben. Wir gehören zusammen. Allerdings, besonders erfreulich dürfte es für dich nicht werden. Ich muß der ganzen Sache schließlich auf den Grund gehen.«
»Einverstanden«, sagte Sue.
»Und jetzt laß uns irgendwohin essen gehen«, sagte Scott und klopfte Sue zärtlich auf den Bauch. »Uns drei.«

Sie waren mit dem Abendessen halb fertig, da legte Sue plötzlich Messer und Gabel hin und blickte Scott mit großen Augen an.
»Was ist los?« fragte Jamieson.
»Die Frauen sind überhaupt nicht während der Operation angesteckt worden«, sagte Sue.
»Wie bitte?« fragte Scott verdattert.
»Die Frauen in der Station mit den Infektionen«, sagte Sue. »Sie haben sich nicht während der Operation infiziert.«
»Sprich weiter!« Auch Scott legte Messer und Gabel hin.
»Zu der Infektion ist es irgendwie im Aufwachraum gekommen.«
»Der ist gereinigt und desinfiziert worden«, gab Scott zu Bedenken.
»Das meine ich nicht.«
»Was dann?«
»Ihre Verbände«, sagte Sue.
»Ihre Verbände?«
»Der Zufall könnte es doch wollen, daß allen Frauen während derselben Visite der Verband gewechselt wurde. Und dabei muß es zur Infektion gekommen sein. Deshalb sind sie alle gleichzeitig erkrankt. Die Bakterien müssen in den Verbänden gewesen sein.«
»Du meinst, das Verbandszeug war verseucht?« sagte Scott leise. »Mein Gott, du könntest recht haben.« Er ließ sie am Tisch sitzen, rief vom Telefon am Ende der Theke im Krankenhaus an und sah, während er darauf wartete, daß die Klinik sich meldete, wie Sue müßig mit dem Besteck spielte. Es schien eine Ewigkeit zu dauern, bis jemand sich meldete: *»Kerr Memorial.«*
»Bitte, stellen Sie mich zur Chirurgie der Gynäkologie durch.«
»Dort wird gerade gesprochen. Würden Sie bitte einen Moment warten?«
Zähneknirschend sagte Jamieson ja und zuckte hilflos mit den Schultern, als Sue zu ihm herüberblickte.
»Chirurgie, Schwester Roache.«
»Hier spricht Dr. Jamieson, Schwester. Ich brauche einige Informationen über das Anlegen der Verbände auf Ihrer Station.«
»Was genau möchten Sie wissen?« fragte die Schwester.
»Erzählen Sie mir alles. Ich möchte wissen, wie es beim Verbändewechseln so zugeht. Außerdem möchte ich wissen, wann Sie das machen und in welcher Reihenfolge es geschieht. Alles.«

»Mal sehen«, sagte Schwester Roache. »Neue Patienten werden individuell und je nach Bedürftigkeit neu verbunden; das könnte also zu jeder Zeit geschehen. Nach ein paar Tagen werden die Verbände bei unseren Patientinnen nach der Morgenvisite gewechselt, also von halb elf an. Und es käme eine nach der anderen an die Reihe.«
»Alle?«
»Ja.«
»Aber im Moment haben Sie siebzehn Patientinnen auf Ihrer Station, wenn ich mich recht erinnere?«
»Ja, siebzehn.«
Jamieson fluchte halblaut vor sich hin. Wenn alle acht Frauen die Verbände praktisch nacheinander gewechselt bekommen hatten, wieso war es dann nur bei acht von ihnen zu einer Wundinfektion gekommen?
»Die Verbandsgröße!« flüsterte Sue, die herbeigekommen war, um das Gespräch mitzubekommen. »Frag sie, wie es mit der Größe der Verbände aussieht.«
»Welche Verbandsgrößen wurden beim Verbandswechsel benutzt, Schwester?« Jamieson wartete, während sie nachsehen ging.
Schwester Roaches Stimme klang ziemlich aufgeregt, als sie wieder ans Telefon zurückkam. »Ich denke, da könnten Sie ihren gemeinsamen Faktor haben, Doktor«, sagte sie. »Die acht infizierten Frauen haben Zweihundert-Millimeter-Verbände bekommen, die anderen Verbandszeug unterschiedlicher Dicke.«
»Und stammten die Verbände für die acht alle aus derselben Packung?« fragte Jamieson und hielt vor Spannung die Luft an.
»Das würde ich meinen«, sagte die Schwester.
»Und ist von der Packung noch was übrig?«
»Da müßte ich nachsehen.«
»Wenn ja, legen Sie sie bitte beiseite. Und lassen Sie keinen Menschen heran. Ich muß sie ins Labor bringen lassen.«
»Sehr wohl.«
Jamieson legte den Hörer auf. »Du hattest recht«, sagte er zu Sue. »Du bist ein Genie. Es hat an den Verbänden gelegen, an einem Paket mit unsterilen Verbänden.«
»Aber wie kann es sein, daß sie unsteril geworden sind?« fragte Sue.
Scott schüttelte nachdenklich den Kopf.

Nachdem sie ins Ärztehaus zurückgekommen waren, ging Jamieson sofort zur Gynäkologie hinüber und sprach mit der Stationsschwester. Sie übergab ihm eine Verbandspackung, in der nur noch zwei Verbände zurückgeblieben waren. Jamieson achtete darauf, auf keinen Fall damit in Berührung zu kommen.

»Oberschwester Telfer sagt, dies wäre die Packung gewesen, die sie benutzt hätte«, sagte die Schwester. »Sie und Lernschwester Bailey haben sie angelegt.«

Jamieson erklärte, er würde sie ins Labor bringen, und erkundigte sich nach dem Befinden der infizierten Frauen.

»Das ist nicht gut. Ich habe einen derart virulenten Ausbruch von Wundinfektion noch nie erlebt.«

Jamieson band ihr nicht auf die Nase, daß es sich um eine völlig neue Infektion handelte, dachte jedoch auf dem Gang zur Mikrobiologie darüber nach. Daß zwei grundverschiedene Organismen in einer einzigen Abteilung soviel Unglück angerichtet hatten, verstärkte nur noch den in ihm keimenden Verdacht, daß die Kontamination nicht auf einer Laune des Zufalls beruhte. Dahinter steckte etwas viel Unheimlicheres.

Jamieson sah Licht im Labor der Mikrobiologie und stieß dort auf Moira Lippman. »Ich hab gar nicht gewußt, daß Sie heute Bereitschaftsdienst hatten. Da habe ich ja richtig Glück gehabt«, sagte Jamieson.

»Und womit kann ich Ihnen dienen?« fragte Moira.

Jamieson fand zwar, daß die junge Frau ein wenig abwesend wirkte, dachte jedoch nicht weiter darüber nach. Er bat sie, ob sie nicht noch ein paar Tests mit den Verbänden machen könne.

»Natürlich«, sagte Moira Lippman. »Lassen Sie sie nur da. Ich mach das gleich.«

Sie kehrte zu den Proben zurück, die sie auf ihrem Arbeitsplatz liegen hatte, so daß Jamieson sich genötigt sah zu fragen: »Stimmt irgendwas nicht?«

Moira Lippman stellte die Reagenzgläser hin, die sie in der Hand gehalten hatte, und legte die Hände flach auf den Tisch vor sich. »Meine Schwägerin gehört zu den infizierten Frauen«, sagte sie leise.

»Das tut mir leid. Es war mir nicht klar«, sagte Jamieson mitfühlend. »Und wie geht es ihr?«

»Sie ist sehr schwer krank. Das sind sie alle.« Moira Lippman drehte

sich schwungvoll auf ihrem Stuhl um und sah Jamieson direkt an.
»Irgend etwas Wahnsinniges geht hier vor«, sagte sie.
»Sprechen Sie nur weiter«, sagte Jamieson.
»Diesmal handelt es sich um eine Staphylokokken-Infektion, die sich aber genauso verhält, als wären es *Pseudomonas*. Keines der bekannten Antibiotika schlägt bei ihnen an, und wir müssen einen Affentanz aufführen, bloß um eine alternative Wirkstoffkombination zu finden. Zwei extrem wirkstoffresistente Infektionen nacheinander! Wie kann das angehen?«
»Daß Infektionen sich als resistent erweisen, ist nicht unbekannt«, sagte Jamieson.
»Aber gleich zwei nacheinander? In derselben Abteilung? Irgendwas stimmt ganz und gar nicht an der Sache.«
»Wenn es Sie tröstet, mir ist ganz genauso unwohl dabei«, beteuerte Jamieson. »Mehr kann ich im Augenblick nicht sagen.«
Moira schüttelte kaum merklich den Kopf und wandte sich wieder ihrer Arbeit zu.
Jamieson verließ das Labor, um ins Ärztehaus zurückzukehren. Als er über den Hof hinüberging, sah er aus der Seitentür der Gynäkologie zwei Pfleger heraustreten und eine zugedeckte Trage zum Leichenhaus hinüberschieben.

»Kannst du nicht schlafen?« fragte Sue.
»Tut mir leid. Hab ich dich geweckt?« antwortete Scott im Dunkeln.
»Nein, macht nichts. Was geht dir denn durch den Kopf?«
»Irgend etwas, das Moira Lippman sagte, als ich vorhin mit ihr sprach. Sie benutzte den Ausdruck ›irgendwas stimmt ganz und gar nicht‹. Und was sie meinte, war, daß es einfach nicht angehen könne, daß es in derselben Abteilung in so kurzer Zeit zu zwei derart virulenten Infektionen kommt.«
»Du spielst auf die Möglichkeit an, daß sie absichtlich mit Krankheitskeimen geimpft wurden und daß auch sie auf diesen Gedanken gekommen ist?«
»Nein, so weit, meine ich, wollte sie nicht gehen«, entgegnete Scott. »Moira hat ausschließlich über die Bakterien gesprochen, um die es dabei geht.«
»Ich verstehe nicht, worauf du hinauswillst«, sagte Sue.

»Wie würdest du vorgehen, wenn du chirurgische Instrumente kontaminieren wolltest?« fragte Jamieson.
»Was für eine Frage! Ich denke, ich würde den Verschluß der versiegelten Tüte aufbrechen und sie eine Zeitlang der freien Luft aussetzen. Sie vielleicht auf den Boden werfen. Draufspucken? Was weiß ich? Irgendwas in der Art.«
»Und dann wären sie unsteril?«
»Ja, natürlich. Oder etwa nicht?«
»Ja, das wären sie, aber denk doch mal für einen Moment nach. Geh einen Schritt weiter! Welche Art von Organismen würden sich daran festsetzen?«
»Ach, ich glaube, jetzt verstehe ich, was du meinst«, sagte Sue. »Die Wahrscheinlichkeit, daß sie etwas wirklich Bösartiges einfangen, ist ziemlich gering, oder?«
»Genau. Ich behaupte nicht, daß es unmöglich wäre. Nur nicht sehr wahrscheinlich. Wenn das der Fall wäre, würden wir alle die ganze Zeit über krank sein. Bösartige Krankheitserreger gibt es gottlob nur ab und zu.«
»Und daß es zweimal passiert, und das auch noch bei zwei verschiedenen Gelegenheiten, wäre also noch unwahrscheinlicher.«
»Ja«, sagte Scott. »Ich glaube, dazu gehört mehr, als nur die sterile Verpackung aufzureißen.«
»Wenn aber der Schuldige Träger von virulenten Organismen wäre, wäre es ihm dann möglich, die Instrumente und die Verbände mit Hilfe eigener Körperausscheidungen zu kontaminieren?« fragte Sue.
Scott nickte, sagte jedoch: »Aber auch für diesen Fall gilt wieder, daß es höchst unwahrscheinlich, ja fast lächerlich ist, daß jemand zwei tödliche Erreger zugleich mit sich rumschleppt. Wie sollte er sie im übrigen voneinander trennen?«
»Ich verstehe, wo das Problem liegt«, stimmte Sue zu. »Wie also hat er es gemacht? Mal angenommen, daß es sich um einen ›ihn‹ handelt. Hast du irgendeine Idee?«
»Nein, keine«, räumte Scott ein.
»Hast du übrigens nicht gesagt, du meintest, Dr. Richardson müsse irgendeine Ahnung von dem ersten Organismus gehabt haben?« sagte Sue.
»Aber er hat mir nie gesagt, um was es sich dabei handelte«, sagte Jamieson.

»Hältst du es nicht für möglich, daß er es jemand anders erzählt hat?«
»Wem zum Beispiel?«
»Seiner Frau etwa.«
Jamieson drehte sich um und gab Sue einen Kuß auf die Wange. »Jetzt weiß ich, warum ich dich liebe«, flüsterte er. »Du bist umwerfend brillant.«

Als Jamieson um acht wieder ins Labor kam, überraschte es ihn, abermals Moira Lippman an ihrem Arbeitstisch anzutreffen. »Sie sind aber früh wieder da«, sagte er.
»Ich bin nicht nach Haus gegangen. Das hätte sich nicht gelohnt. Dazu war gestern abend zuviel zu tun.«
»Dann müssen Sie erschöpft sein«, sagte Jamieson.
»Mir geht's gut. Bei dem Gedanken daran, was Jenny durchmacht, hätte ich sowieso nicht schlafen können.«
»Wie geht es Ihrer Schwägerin denn heute morgen?«
»Sie ist sehr schwach, und die neuen Medikamente bleiben ziemlich wirkungslos.«
»Das tut mir leid«, sagte Jamieson. »Haben Sie sich die Kulturen schon mal angesehen?«
»Dr. Evans hatte recht. Es ist ein Staphylokokkus, der gegen sämtliche Penicilline resistent ist, sogar gegen die penicillinase-resistenten Arten. Auch Erythromycin verpufft. Aber ich hab immerhin was aufgetrieben.«
»Wirklich? Was denn?«
»Vor ein paar Monaten hat das Krankenhaus sich an einer Versuchsreihe für ein neues Antibiotikum der Firma Steadman Pharmaceuticals beteiligt; es trägt den Namen Loromycin. Ich habe die Laborarbeit bei diesen Versuchen gemacht, und deshalb hatte ich noch etwas von dem Wirkstoff im Kühlschrank stehen. Ich hab es an den Staphylokokken ausprobiert, und es hat geklappt. Die Kollegen könnten es benutzen, wenn Sie von der Firma was von dem Zeugs bekommen.«
»Gut gemacht«, lobte Jamieson sie. »Haben Sie es ihnen gesagt?«
»Ich hab vor zehn Minuten auf der Station angerufen; zum Glück hatten sie noch ein paar Ampullen von der Versuchsreihe übrig. Dr. Morton hat sie den Frauen sofort gespritzt, und Mr. Crichton

setzt sich wegen weiterer Lieferungen mit Steadman in Verbindung.«
»Das kann man ja wohl nur einen Glücksfall nennen«, sagte Jamieson. »Hoffentlich ist es nicht zu spät.«
Moira nickte.
»Haben Sie die Organismen von den Verbänden isolieren können?«
Moira Lippman nickte. »Sie hatten recht damit. Der Verbandsstoff ist stark mit Staphylokokken kontaminiert. Diesmal kann es keinen Zweifel daran geben, daß sie für den Ausbruch verantwortlich waren.«
Jamieson räumte ein, daß seine Frau die Idee gehabt hatte.
»Ist sie denn auch Ärztin?« fragte Moira.
»Nein, aber gelernte Krankenschwester.«
»Kluges Köpfchen«, sagte Moira.
»Sie ist hier im Krankenhaus«, sagte Jamieson. »Sie ist gestern hergekommen.«
»Das war weniger klug«, erwiderte Moira.
Jamieson warf einen Blick auf die Uhr und sagte, er wolle hinüber in die Zentralsterilisation, um sich die Unterlagen über die für die Infektion verantwortlichen Verbände anzusehen. Als er eintreten wollte, kam Clive Evans gerade heraus, und so sagte er ihm, er hätte recht gehabt mit den krankheitserregenden Organismen. Evans nickte und erklärte, die Objektträger hätten das ganz klar erkennen lassen. Jamieson sagte ihm, Moira Lippman hätte die ganze Nacht über Dienst gehabt und brauche offensichtlich etwas Ruhe.
»Ich werde sie nach Hause schicken«, sagte Evans.
»Wußten Sie übrigens, daß ihre Schwägerin eine der infizierten Frauen ist?« fragte Jamieson.
»Nein, das wußte ich nicht«, gestand Evans.
»Es geht ihr sehr schlecht«, fügte Jamieson noch hinzu und berichtete Evans dann über Moiras Erfolg beim Aufspüren eines wirksamen Antibiotikums. »Mit ein bißchen Glück schaffen wir es doch, diesen todbringenden Viechern den Garaus zu machen«, sagte er.
»Ein bißchen Glück könnten wir wirklich gebrauchen.«
»Wir hätten es verdient«, meinte Jamieson. Als er durch die Schwingtür in die Zentralsterilisation eintrat, spürte Jamieson, wie er von der hohen Luftfeuchtigkeit umfangen wurde wie von einer alles umhül-

lenden Wolke. Das Ganze erinnerte ihn flüchtig an die Friseurbesuche in seiner Jugend. Mochte das Wetter draußen sein, wie es wollte, drinnen in dem kleinen Friseurladen war es immer warm und feucht gewesen. Um zu dem Hinterraum zu gelangen, in dem Männer und Knaben die Haare geschnitten wurden, mußte er an einer Reihe vorhangbewehrter Abteile vorübergehen. Lücken in den Vorhängen gewährten ihm den einen oder anderen Blick auf eine der Frauen, die sich auf komplizierten Sesseln zurücklehnten, während ihnen die Haare in weißen Emaillebecken gespült wurden. Andere hatten eine Art Schirm aus Metall überm Kopf.

Oberpfleger Blaney redete in der Sterilisation mit einem der Helfer. Als er Jamieson sah, hörte er auf zu sprechen und wartete, daß er näherkam. Lächeln tat er nicht.

»Ich brauche noch ein paar Informationen«, erklärte Jamieson.

Blaney sagte nichts, sondern nickte nur und wartete ab, daß Jamieson fortfuhr.

»Im Aufwachraum der Gynäkologie ist ein Paket mit unsterilem Verbandszeug angekommen. Mit zehn Zweihundert-Millimeter-Verbänden. Das hier ist die Seriennummer.« Damit reichte er Blaney einen Zettel mit der Nummer darauf.

»Das ist unmöglich«, sagte Blaney und schüttelte den Kopf.

»Ist aber passiert«, erklärte Jamieson. »Ich würde mir gern das Steriblatt für diesen Durchlauf ansehen.«

Blaney zuckte mit den Achseln und murmelte: »Das wird Ihnen nichts nützen«, ging aber in seinen Arbeitsraum hinüber und kehrte wenige Augenblicke später mit einem runden Blatt Papier zurück, wie sie für die Linienschreiber benutzt wurden. »Alles in Ordnung«, sagte er. »Sehen Sie selbst.«

Jamieson verfolgte die Aufzeichnung des Linienschreibers und erkannte, daß Blaney recht hatte. Der Sterilisationsvorgang, um den es hier ging, schien in jeder Hinsicht vollkommen normal verlaufen zu sein. »Dann ist es nicht hier passiert«, sagte er und seufzte frustriert auf.

»Ich habe Ihnen ja gesagt, daß das ein Ding der Unmöglichkeit ist.«

»Wie werden die Verbände denn an die Stationen ausgeliefert?« erkundige Jamieson sich.

»Ein Helfer bringt sie rauf.«

»Immer?«

»Was meinen Sie?« fragte Jamieson.
Der aggressive Unterton in seiner Stimme entging Jamieson keineswegs; also hatte die Anspielung auf den Umstand, daß Thelwell sein Material persönlich abholte, den Oberpfleger geärgert. »Das ist doch eine ganz normale Frage.«
Daß Jamieson seinerseits so spitz reagierte, löschte Blaneys eigene Aggression aus. »Ja, immer«, sagte er.
»Wäre es möglich, genau zurückzuverfolgen, was mit diesem Paket Verbandszeug passierte, nachdem es aus dem Sterilisator herausgekommen ist?« fragte Jamieson.
»Haargenau«, lautete Blaneys Antwort.
»Dann lassen Sie uns das tun«, sagte Jamieson ruhig und sah Blaney mit einem Blick an, dem zu entnehmen war, daß es für ihn nicht ratsam wäre, Sand ins Getriebe zu streuen und sich nicht kooperativ zu verhalten.
Blaney ging auf dem Weg zu seinem Arbeitszimmer voran und fing an, einen Stoß Papier zu sichten. Dann zog er ein gelbes Blatt heraus und verglich es mit dem Steriblatt des Linienschreibers, das er immer noch in der Hand hielt, und sagte: »Das hier ist das Auftragsformular, das zu diesem bestimmten Durchlauf gehört. Es trägt drei Unterschriften. Die von John Hargreaves, weil das der Helfer war, der die Pakete mit den Verbänden in den Autoklav legte und der den Durchlauf in Gang setzte; die von Dr. Evans, weil dies einer der Durchläufe war, die von ihm überprüft wurden; und meine, weil ich hinterher das Steriblatt überprüft habe und die Ladung dann zur Verteilung an die einzelnen Stationen auf den Weg brachte.«
»Und was passierte danach?« fragte Jamieson.
Blaney warf nochmals einen Blick auf das Formular und sagte: »Die Ladung wurde bis zum nächsten Freitag im sterilen Lager aufbewahrt; danach erst wurde es ausgegeben und zur Gynäkologie hinaufgebracht.«
»Von wem?«
»Von einem der Helfer. Ich weiß zwar nicht, von wem, doch wurde der Empfang der Verbände bei der Ablieferung in der Station durch Oberschwester Kelly bestätigt.«
»Am selben Tag?«
»Ja.«
Dann hatte es also keinerlei Verzögerung von dem Augenblick an

gegeben, da das Verbandszeug die Zentralsterilisation verließ, bis es die Station erreichte, wo es hin sollte, überlegte Jamieson. Wenn irgend etwas damit gemacht worden war, dann konnte das nur in den drei Tagen geschehen sein, da es hier im Lager der Sterilisation aufbewahrt worden war. Letzteres war etwas, was er bisher nicht in Erwägung gezogen hatte. Mal angenommen, Instrumente und Verbandszeug waren kontaminiert worden, bevor es die Zentralsterilisation überhaupt verlassen hatte? Der Gedanke ließ ihn erschauern. Er blickte Blaney in die Augen und sah dort nichts außer einer gewissen Störrischkeit.

»Wer ist für das Sterilager verantwortlich?«

»Das bin ich«, sagte Blaney.

»Ich würde mir den Raum gern ansehen.«

Wieder zuckte Blaney nichtssagend mit den Achseln und führte Jamieson in einen langgestreckten Raum mit frei stehenden Metallregalen darin, auf denen Instrumente und Verbandspakete lagerten. Ein Fenster gab es in diesem Raum nicht; über ihnen zuckte ab und zu eine Neonröhre. Während Jamieson die schmalen Gänge auf und ab ging, blieb Blaney stumm unter der Tür stehen. Jamieson hatte nicht erwartet, irgend etwas zu finden, das nicht korrekt gewesen wäre, sondern nur Blaneys Reaktion sehen wollen, wenn er sich hier im Lager aufhielt. Folglich wäre ihm jedes Anzeichen von Nervosität bestimmt aufgefallen, doch Blaney blieb die ganze Zeit über unergründlich.

»Wäre das alles?« fragte Blaney, nachdem Jamieson seine Inspektion abgeschlossen hatte.

»Für den Augenblick, ja.«

Von Hugh Crichton erhielt Jamieson Claire Richardsons Telefonnummer, rief sie kurz nach elf an und sagte, er würde sich, wenn das möglich wäre, gern einmal mit ihr unterhalten.

»Worüber?«

»Über Ihren Mann.«

Es folgte eine kurze Pause, und dann sagte sie mit merklicher Verbitterung in der Stimme und einer leicht schwerzüngigen Aussprache: »Na, das ist ja mal was Neues. Ich hatte schon den Eindruck, daß jeder in der verdammten Klinik so täte, als hätte es John nie gegeben. Abgesehen von Clive Evans und Moira Lippman ist keiner zu seiner

Beerdigung gekommen. Dieses Gesocks! Dabei hat John diesem Sumpf zwanzig Jahre seines Lebens geopfert.«
»Das tut mir leid, Mrs. Richardson«, sagte Jamieson aufrichtig. Er hatte John Richardson gemocht.
»Worüber möchten Sie denn gerne reden?«
»Das würde ich Ihnen lieber persönlich sagen.«
»Na ja, wenn's unbedingt sein muß!« erklärte Claire Richardson. »An welche Zeit hatten Sie denn gedacht?«
»Würden Sie es als unverschämt betrachten, wenn ich Sie zum Mittagessen einlade?« fragte Jamieson mit aller gebotenen Vorsicht. Zu seiner größten Überraschung hörte er sie lachen. Sie sagte: »Es ist ziemlich lange her, daß jemand mich zum Mittagessen eingeladen hat. Ich komme gern.«
Sie verabredeten sich für ein Uhr in einem Restaurant in der Stadt.

Jamieson brauchte kaum fünf Minuten zu warten, da traf Claire Richardson ein. Sie gaben sich die Hand, und er bemerkte trotz ihres Lächelns eine gewisse Traurigkeit, die auf ihr lag. Sie trug ihren Kummer nicht zur Schau, doch ihr Blick, der meist etwas teilnahmslos in die Ferne gerichtet zu sein schien, verriet Jamieson, daß sie sich bis jetzt noch nicht mit ihrem Verlust abgefunden hatte. Gleichwohl zeichnete die Frau eine solide Intelligenz und ein Humor aus, die die ganze Mahlzeit über spürbar blieben und Jamieson dazu brachten, sie sehr zu mögen. Er konnte es sich nicht anders vorstellen, als daß John Richardson und sie sehr glücklich miteinander gewesen waren. Bestimmt war einer gut für den anderen gewesen.
Erst hatte Jamieson befürchtet, daß es schwierig sein könnte, mit ihr ins Gespräch zu kommen, doch diese Angst erwies sich als unbegründet, und er genoß das Essen bis zum letzten Augenblick. Als der Kellner schließlich den Kaffee brachte, zündete Claire Richardson sich eine Zigarette an und sagte, eine Wolke Rauch dabei ausstoßend: »So, und jetzt sagen Sie mir, was Sie wissen wollen.«
»Hat John viel über seine Arbeit mit Ihnen gesprochen?« fragte Jamieson.
»Er hat mir alles erzählt.«
»Dann wissen Sie also Bescheid über das Infektionsproblem in der Gynäkologie des *Kerr Memorial*?«
Claire Richardson warf den Kopf in den Nacken und stieß ein freud-

loses Lachen aus. »Ob ich Bescheid darüber weiß? Ich habe zusammen mit John jeden höllischen Augenblick der ganzen Sache durchlebt. Die Qualen, die er durchmachte, weil er die Infektionsquelle nicht finden konnte, seine Erleichterung, als er feststellte, daß Thelwell den Keim trug, und dann...«

»Dann was, Mrs. Richardson?« fragte Jamieson und beugte sich ein wenig vor, als ein Schleier der Traurigkeit sich plötzlich über Claire Richardson legte und sie aufhörte zu sprechen.

»Ich weiß nicht. John bekam offensichtlich Zweifel. Er wirkte bedrückt und war plötzlich sehr verschlossen, was sonst gar nicht seine Art war. Wir haben immer alles miteinander geteilt. Er schloß sich in seinem Arbeitszimmer ein, und dann... nun, den Rest kennen Sie.«

»Dann hat er sich das Leben genommen«, sagte Jamieson leise.

In Claire Richardsons Augen flammte es auf. »O nein, das hat er nicht!« zischte sie. »Nichts wird mich jemals dazu bringen, das zu glauben.«

»Aber was dann?«

»Man hat ihn ermordet.«

Die Sachlichkeit, mit der Claire Richardson diese Behauptung aufstellte, machte Jamieson betroffen. Sie schien nicht die mindesten Zweifel zu haben. »Aber warum?« fragte er leise.

»Warum weiß ich auch nicht, verdammt noch mal!« erwiderte sie und ließ die Hand in ihrer Handtasche verschwinden, um ein Taschentuch zu suchen und sich damit die Augen zu wischen. »Warum wollen Sie all dies wissen?«

Jamieson überlegte für einen Augenblick, wieviel er ihr erzählen sollte, dann sagte er: »Ich glaube, Ihr Mann hat irgend etwas über die Infektion herausgefunden. Ich denke, er wußte etwas sehr Wichtiges, etwas, das irgendeinem anderen anzuvertrauen er leider nie geschafft hat. Ich bin mir sicher, daß er vorhatte, es mir an dem Abend, an dem er starb, zu sagen, aber ich bin bedauerlicherweise zu spät hingekommen.«

Neues Leben kam in Claire Richardsons Augen. »Ein Motiv für den Mord an John? Sie meinen, jemand hat ihn umgebracht, um ihn daran zu hindern, Ihnen etwas zu sagen?« fragte sie.

»Vielleicht.«

»Wenn Sie das beweisen können, werde ich für immer in Ihrer Schuld stehen«, sagte sie.

»Dann bin ich aber auf Ihre Hilfe angewiesen. Ich muß herausfinden, was Ihr Mann entdeckt hat.«
»Aber das weiß ich nicht«, sagte sie und hob in einer Geste der Hilflosigkeit die Hände.
»Denken Sie nach! Die kleinste Kleinigkeit, die er in der Zeit gesagt hat, als er sich so zurückzog, könnte wichtig sein. Etwas, das er aufgeschrieben hat, vielleicht? Sie sagen, er hätte viel Zeit in seinem Arbeitszimmer verbracht. Vielleicht hat er irgendwelche Aufzeichnungen herumliegen lassen?«
»Das glaube ich nicht«, sagte sie nachdenklich. »Allerdings, etwas war da...«
»Ja?«
»An dem Abend, als alles anfing, tigerte er in seinem Arbeitszimmer auf und ab, und da habe ich ihn mehrere Male ›Keine Blasen‹ flüstern hören. ›Da waren keine Blasen. Da waren keine Blasen‹.«
Jamieson verriet Nichtbegreifen, und Claire Richardson zuckte mit den Schultern. Sie sagte: »Ich weiß. Das ergibt weiter keinen Sinn, aber jedenfalls hat er das gesagt.«
»Keine Bläschen? Keine Bläschen worauf oder an was? Oder bei wem?« Claire schüttelte den Kopf.
»Überlegen Sie«, sagte Jamieson. »Und denken Sie nach, was John sonst noch gesagt haben kann. Und wenn Ihnen noch was einfällt, rufen Sie mich an.«
»Das werde ich tun«, sagte Claire. Sie schüttelten sich die Hand und gingen auseinander.

Jamieson hatte gerade angefangen, Sue von seiner Begegnung mit Claire Richardson zu berichten, da klingelte das Telefon. Es war Clive Evans.
»Vorhin ist eine zweite Frau an der Staphylokokken-Infektion gestorben, doch die anderen sprechen allmählich auf die Loromycin-Behandlung an«, berichtete er.
»Gut«, sagte Jamieson. »Wie geht es Moira Lippmans Schwägerin?«
»Sie war leider die zweite.«
»Verdammt!«
»Ich dachte, Sie sollten es so früh wie möglich erfahren, und ich konnte Sie im Krankenhaus nicht finden.«

»Ich war zum Mittagessen aus mit Claire Richardson.«
»Was Sie nicht sagen! Wie geht es ihr?«
»Sie trägt es mit Fassung, sagt man, glaube ich.«
»Ich hatte ja keine Ahnung, daß Sie sie kannten«, sagte Evans.
»Habe ich auch nicht, aber ich wollte mit ihr über ihren Mann reden. Ich glaube, John Richardson hat etwas über die Infektion gewußt, worüber er mit keinem Menschen je gesprochen hat. Und da hatte ich gehofft, er könnte seiner Frau gegenüber etwas erwähnt haben.«
»Und... hat er?«
»Nein.«
»Schade. Woran haben Sie gedacht?« fragte Evans.
»Das ist ein bißchen schwierig zu erklären, aber als ich die *Pseudomonas* von der MedKa untersuchen ließ und sie mir sagten, die wären von Haus aus allen diesen Medikamenten gegenüber resistent, war ich baß erstaunt. John Richardson aber keineswegs. Es war fast so, als ob er dieses Ergebnis erwartet hätte.«
»Merkwürdig«, sagte Evans.
»Ihnen gegenüber hat er wohl nichts in der Richtung erwähnt?«
»Tut mir leid, nein.«
Jamieson legte auf und erzählte Sue von dem zweiten Todesfall in der Gynäkologie.
»Dann wird die Abteilung jetzt wohl dichtmachen müssen, oder?«
Scott ging im Zimmer auf und ab. »Rein theoretisch besteht keine Notwendigkeit dazu. Es hat eine Staphylokokken-Infektion gegeben, und die Ursache wurde festgestellt. Zwei Frauen sind zwar daran gestorben, aber jetzt haben wir die Infektion unter Kontrolle, und es bestehen gute Aussichten, daß alle anderen durch eine Loromycin-Behandlung davonkommen. Tragisch, aber das ist nun mal eines von diesen Dingen, die ab und zu passieren.«
»Im *Kerr Memorial Hospital* aber etwas häufiger als in jedem anderen Krankenhaus«, sagte Sue.
Schweigend nickte Scott.
»Und was kannst du dabei machen?« fragte Sue.
»Nichts. Ich kann mit nichts weiter aufwarten als mit einem Verdacht, daß irgendein Wahnsinniger Verbände und Instrumente mit Absicht kontaminiert. Und über so was redet man nicht, bevor man nicht ein bißchen was in der Hand hat, um einen solchen Verdacht zu untermauern.«

»Andererseits haben Frauen ihr Leben lassen müssen«, sagte Sue. »Beim erstenmal drei und jetzt wieder zwei.«
»Das brauchtest du mir nicht unter die Nase zu reiben«, sagte Scott.
»Tut mir leid. Ich wollte dir ja nicht...«
»Nein, ich bin es, dem es leid tut.« Scott trat zu ihr und nahm sie in seine Arme. »Diese Klinik setzt mir verdammt zu. Ich hasse sie, hasse jeden Stein, aus dem sie gebaut ist, jeden verfluchten Quadratzentimeter.«
»Aber du gibst doch nicht auf! Du stehst es durch bis zum bitteren Ende, und danach kehren wir zurück in unser bezauberndes Häuschen in Kent und werden dort wieder anfangen, wo wir aufgehört haben.«
»Was für ein wunderbarer Gedanke«, murmelte Scott.
Das Telefon klingelte und schreckte beide auf. Es war Claire Richardson. »Sie haben gesagt, ich sollte Sie anrufen, wenn mir was einfiele, wovon ich meinte, daß es nützlich sein oder irgendwie weiterhelfen könnte, ja?«
»Selbstverständlich.«
»Ich habe mir die Sachen in Johns Arbeitszimmer noch mal angesehen und bin da auf etwas gestoßen, das John mir gegenüber nie erwähnt hat.«
»Wirklich?«
»Es ist eine Karte mit dem Namen eines Krankenhauses und einer Telefonnummer darauf.«
»Ein Krankenhaus?« wiederholte Jamieson sichtlich enttäuscht.
»Ja. Offenbar war John noch am Tag vor seinem Tod in Kontakt mit diesem Krankenhaus. Ich habe den Namen nie gehört, und natürlich sagt er mir auch jetzt nichts. Meinen Sie, es könnte von irgendeiner Bedeutung sein?«
»So wie die Dinge stehen, können wir es uns nicht leisten, irgend etwas als unbedeutend abzutun, Mrs. Richardson.«
»Nennen Sie mich Claire.«
»Danke, Claire. Um welches Krankenhaus handelt es sich denn?«
»Um das *Costello Court Hospital*. Das liegt in einem Städtchen namens Willow Norton in Norfolk. Wollen Sie die Telefonnummer?«
Jamieson notierte sie sich. »Ich werde dem nachgehen. Vielen Dank.«

»Und Sie lassen es mich wissen, wenn es irgendwie von Bedeutung ist?«

»Natürlich.«

»Hört sich an wie der Name eines Altenheims«, meinte Sue, als Jamieson sofort anfing, die Nummer zu wählen. Geduldig wartete sie, während Jamieson seine Fragen stellte. »Nun?« fragte sie, als sie ihn den Hörer auf die Gabel legen und langsam ans Fenster treten sah.

»Es ist kein Altenheim«, sagte Jamieson, »sondern eine psychiatrische Klinik.«

»*Costello Court* eine Irrenanstalt?« Sue setzte ein verwirrtes Gesicht auf.

»Da sie dort keinen Laborbetrieb haben, kann er nicht aus Berufsinteresse dort angerufen haben.«

»Aber wie kommt er sonst dazu, bei einer Irrenanstalt anzurufen?«

»Vielleicht hatte er einen Freund oder Kollegen, der dort arbeitet?«

»Wenn das der Fall wäre, wüßte seine Frau davon. Sie haben sich alles erzählt.«

Scott dachte für einen Moment nach und sagte dann: »Alle behaupten, der Streß und die Anspannung hätten ihm furchtbar zugesetzt. Vielleicht hatte er vor, einem drohenden Zusammenbruch vorzubeugen und sich dort einweisen zu lassen.«

»Um dann zu beschließen, sich umzubringen?« Zynisch klang das, als Sue es sagte.

Scott gab zu, daß das alles nicht zusammenpaßte. »Claire Richardson glaubt nicht, daß ihr Mann Selbstmord begangen hat«, sagte er.

»Das dürfte ihr aber auch unter allen und jeden Umständen schwerfallen«, sagte Sue. »Sie war schließlich seine Frau. Selbstmord wird einem von denen, die einen am meisten lieben, immer als Verrat angekreidet.«

»Na, da möchte ich mal wissen, was sie sagen würde, wenn jemand die Ansicht vertritt, ihr Mann hätte vorgehabt, sich als Patient in die psychiatrische Klinik *Costello Court* einweisen zu lassen.«

»Frag sie doch«, sagte Sue.

»Morgen.«

Elftes Kapitel »Eine psychiatrische Klinik!« rief Claire Richardson, als Jamieson ihr am Telefon berichtete. »Warum um alles auf der Welt sollte John Kontakt mit einer psychiatrischen Klinik aufnehmen?«

»Das müssen wir herausfinden«, sagte Jamieson. »Und Sie sind sicher, daß Ihr Mann nie etwas davon erwähnt hat – auch nicht beiläufig?«

»Ganz sicher.«

»Claire, Ihr Mann hat unter großem Streß gestanden. Ich habe überlegt, ob er nicht daran gedacht haben könnte, sich in ein solches Krankenhaus einweisen zu lassen, bloß um ein bißchen zur Ruhe zu kommen?« Jamieson spürte förmlich die Spannung, die er hervorgerufen hatte, als er auf Claire Richardsons Antwort wartete. Er ahnte, daß sie diese Vorstellung lautstark von sich weisen wollte, sich dann jedoch zusammenriß und sich vermutlich schweigend eingestand, unter welchem furchtbaren Druck ihr Mann gestanden hatte. Schließlich rang sie sich zu einem »Ohne mir was davon zu sagen?« durch. »Niemals!«

»Dann muß es einen anderen Grund für seinen Anruf gegeben haben«, sagte Jamieson diplomatisch. »Vielleicht einen, der mit der ganzen Sache überhaupt nichts zu tun hatte.«

»So muß es wohl gewesen sein.«

Jamieson versprach ihr, sie in bezug auf mögliche neue Entwicklungen auf dem laufenden zu halten, und legte dann auf. Er stieß einen langgezogenen Seufzer aus und sagte zu Sue: »Claire Richardson diese Möglichkeit zu eröffnen war wohl nicht gerade das Klügste, was ich tun konnte.«

»Natürlich hat sie das Bedürfnis, sich schützend vor ihren Mann zu stellen. Was anderes kannst du doch nicht erwarten.«

»Du hast wohl recht. Und sie vielleicht auch, als sie sagte, es müsse für Richardson noch einen anderen Grund gegeben haben, Kontakt mit *Costello Court* aufzunehmen.«

»Wie zum Beispiel?«

Scott überlegte einen Moment, bevor er sagte: »Vielleicht hat er sich

daran erinnert, daß es in der Vergangenheit in einem anderen Krankenhaus zu einem ähnlichen Infektionsausbruch gekommen ist, und hat angerufen, um das zu überprüfen.«
»Ja, denkst du denn, in einer psychiatrischen Klinik haben sie eine Gynäkologie?«
Sue hatte das ganz spontan und unsarkastisch gesagt, aber nachdem es heraus war, mußte sie selbst darüber lächeln. »Du hast erkannt, wo es in der Beweisführung hakt?« Auch Scott lächelte, klopfte sich mit dem Kugelschreiber an die Zähne und hatte dann einen Einfall. »Vielleicht hat Richardson sich nach einem Patienten erkundigt?« Ein kurzes Schweigen breitete sich aus, ehe er Sue ansah und nickte. »Oder nach jemand, der dort mal Patient gewesen ist!«
Sue erkannte klar, worauf Scott hinaus wollte. »Wie Thelwell!« rief sie aus.
»Genau«, erklärte Scott ganz aufgeregt und suchte nach dem Zettel mit der Telefonnummer darauf. »Wenn Thelwell jemals psychiatrisch behandelt worden ist, dann sollten wir das schon wissen.«
»Aber kannst du einfach anrufen und in *Costello Court* danach fragen?«
»Nein, das versuche ich nicht mal«, sagte Jamieson. »Das würden sie mir nicht auf die Nase binden. Ich rufe Macmillan vom MedKa an und bitte ihn, das für mich herauszufinden.«
Macmillan war nicht erreichbar, doch nahm Miss Roberts die Nachricht auf und versicherte ihm, die gewünschte Information würde ihm sobald wie möglich übermittelt werden.
»Und was jetzt?« fragte Sue.
»Heute abend muß ich weg«, erklärte Scott.
»Wohin denn?«
»Heute abend hat Thelwell Chorprobe.«

Als Jamieson mit seinem Auto am Ende der Straße, in der Thelwell wohnte, ankam, fing es an zu regnen. In Abständen von etwa einer halben Minute mußte er den Scheibenwischer betätigen. Jetzt blickte er zum x-ten mal auf die Uhr und sah, daß es elf Minuten nach sieben war. Vierzehn Minuten nach sieben trat Thelwell in einem dunklen Regenmantel mit hochgestelltem Kragen auf den Bürgersteig und machte die Gartenpforte hinter sich zu. Kurz darauf rollte sein dunkelgrüner Volvo in Richtung Stadt.

Zuerst dachte Jamieson, Thelwell wolle tatsächlich zur Chorprobe, denn er stellte fest, daß das Auto vor ihm den Weg zur St. Serf's-Kirche einschlug. Erleichtert stellte er dann fest, daß der Volvo an der Kirche vorüber und weiter in Richtung Stadt fuhr. Für Jamieson gab es einen prekären Augenblick, als Thelwell noch bei Gelb eine Straßenkreuzung überquerte, während er, der ein paar hundert Meter hinterher fuhr, halten und abwarten mußte, bis die Ampel auf Grün umsprang. Bis zur nächsten Kreuzung hatte er ihn dann wieder eingeholt. Thelwell bildete die Spitze einer Kolonne mit einem Rover Metro und einem Ford Escort hinter ihm. Der Escort-Fahrer trödelte beim Umspringen der Ampel, und Jamieson fluchte, als er sah, wie Thelwell anfuhr und die Entfernung zwischen ihren beiden Autos sich zusehends vergrößerte. Jetzt gerieten sie auch noch in dichteren Verkehr. In diesem Teil der Stadt wäre es nur allzu leicht, ihn zu verlieren. Endlich fuhr der Escort an, wobei der Motor aufjaulte, als ob der Fahrer versuchte, seine Verlegenheit zu verbergen.

Als Jamieson versuchte, verlorenes Gelände wieder gutzumachen, fädelte zu allem Überfluß auch noch ein Bus von einer Haltestelle wieder in den fließenden Verkehr ein. Da Jamieson keine Lust hatte, noch weiter zurückzufallen, blieb er auf seiner Spur und drückte auch noch auf die Hupe in der Hoffnung, daß der Busfahrer ihn erst vorbeilassen würde, was dieser auch tat, freilich nicht, ohne Jamieson vorher ins Schwitzen zu bringen. Er warf rasch einen Blick in den Rückspiegel und sah, wie der Fahrer eine rüde Geste vollführte. »Du dich auch!« murmelte er, der immer noch verzweifelt versuchte, den Verkehr vor sich zu überblicken, und Angst hatte, Thelwell verloren zu haben.

Die Straße vor ihm dehnte sich unübersehbar in die Länge, und Jamieson hätte beinahe den Mut verloren, als er den Volvo nirgendwo mehr vor sich sehen konnte. Er näherte sich rasch einer Straßengabelung und wußte nicht, ob er links oder rechts weiterfahren sollte. Schlug er die rechte Gabelung ein, würde ihn das auf die Rückseite des Bahnhofs bringen, in Richtung der Haupteinkaufsgegend. Nahm er die linke, würde ihn das durch den Rotlicht-Bezirk führen... Die Entscheidung fiel. Er nahm die Straße links und hoffte auf ein bißchen Glück. Als er einen Kreisverkehr verließ und für einen Moment ungehindert die Straße vor sich überblicken konnte, war er gerade noch rechtzeitig gekommen, um zu sehen, wie ein grüner

Volvo am Fuß des Hügels nach links abbog. Vielleicht war das gar nicht Thelwells Wagen, beschwichtigte er sich.
Jamieson verlangsamte und bog dort nach links ab, wo auch der Volvo seiner Meinung nach die Hauptstraße verlassen hatte. Sicher konnte er sich allerdings nicht sein, denn in dieser Gegend gab es etwa alle fünfundzwanzig Meter eine Straßeneinmündung, die in ein Gewirr ziemlich heruntergekommener Mietshäuser führte, die etwas abseits von der Hauptdurchgangsstraße gelegen waren. Als Jamieson langsam die enge Gasse hinunterrollte, war von Thelwells Wagen nichts zu sehen; er schaute abwechselnd nach links und rechts und in den Rückspiegel, um zu sehen, ob er auch nicht den Verkehr aufhielt. Es gab eine Reihe von Kneipen und Restaurants in der Straße; viele hatten Reklametafeln auf dem Bürgersteig stehen, und ständig traten Leute auf die Straße hinunter, um ihnen aus dem Weg zu gehen.
Ein Betrunkener kam aus einem griechischen Restaurant herausgewankt, wobei ihm von einem dunkelhäutigen Mann in Dinnerjackett, der heftig gestikulierend hinter ihm herauskam, geholfen wurde. Jamieson mußte stark bremsen, um den Betrunkenen, der vor ihm auf die Fahrbahn torkelte, nicht anzufahren, doch fuhr er ohnehin so langsam, daß für den Mann keine Gefahr bestand. Dieser sah ihn mit ausdruckslosen Augen an und wankte dann, einen Bogen schlagend, zurück zur Gosse.
Als er an einer Kreuzung halten mußte, sahen zwei Huren zu Jamiesons Wagen herüber. Eine lächelte, die andere legte die Hand auf die Hüfte. Die beiden standen zusammen an der Straßenecke. Daß sie zu zweit arbeiteten, hielt Jamieson für eine Vorsichtsmaßnahme; er fragte sich, was das wohl nützte, erkannte dann jedoch, daß das Geschäft vermutlich ungeachtet des Risikos weiterging wie immer. Bezahlten Urlaub und Krankfeiern, das gab es beim ältesten Gewerbe der Welt nicht.
Jamieson fuhr um die Ecke herum und schaute beide Seiten die Straße hinunter. Von Thelwells Volvo immer noch keine Spur. Er fuhr an den Straßenrand, blieb mit laufendem Motor stehen und überlegte, was er jetzt tun sollte. Live gespielter Jazz kam aus einer Bar keine fünfzig Meter weiter unten an der Straße. Die Melodie kam ihm bekannt vor, doch der Titel des Stücks wollte ihm nicht einfallen. Er ließ sich ein paar Möglichkeiten durch den Kopf gehen, ehe ihm einfiel, daß es *Cherokee* war.
Vage wurde Jamieson sich bewußt, daß sein Halten von einem schwar-

zen Mädchen mit eng anliegendem Pullover unter einer offen getragenen Lederjacke und mit wollenem schwarzem Minirock falsch gedeutet worden war. Schon schickte sie sich an, die Straße zu überqueren und auf ihn zuzugehen. Durch das offene Fenster auf der Fahrerseite hörte er, wie ihre dicken Schenkel sich aneinander rieben. Er setzte ein verlegenes Lächeln auf und winkte abwehrend, um ihr zu signalisieren, daß sie nicht Gegenstand seiner Wünsche sei, woraufhin das Mädchen sich mit schmollendem Achselzucken zurückzog. Dieser Zwischenfall stürzte Jamieson in eine gewisse Verlegenheit, und er hatte das Bedürfnis, sich zu entschuldigen. Schon wollte er wieder weiterfahren, da wurde die Tür auf der Beifahrerseite seines Wagens aufgerissen, und eine männliche Stimme sagte schlaff: »Haben wir kein Benzin mehr, Sir?«

Dieser provozierende Unterton ließ Jamieson sofort aggressiv werden, was sich noch verstärkte, als der Mann den Wagenschlag aufriß. »Doch, haben wir«, erwiderte er und blieb beim Plural, denn er hatte keinerlei Zweifel, daß der Mann sich gleich als Polizeibeamter zu erkennen geben würde.

Wie erwartet zeigte dieser seine Dienstmarke vor und fuhr mit träge näselnder Stimme fort: »Ja, was haben wir denn dann vor, Sir, wenn ich fragen darf?«

Jamieson las die nichtssagenden Angaben auf der Marke durch. Der Mann war ein Detective Constable. »Wir arbeiten«, sagte Jamieson und präsentierte seinerseits seinen Personalausweis. »Wir arbeiten für das MedKa, und wir könnten höchst ungemütlich werden, wenn irgendein hergelaufener Detective Constable uns bei unseren Ermittlungen in die Quere kommen würde. Wir möchten gern allein gelassen werden.«

»Verzeihung, Sir«, erwiderte der Constable, dessen Verhalten sich schlagartig änderte. »Ich dachte...«

»Ich weiß, was Sie dachten«, sagte Jamieson. »Ich werde übrigens eine Weile in der Gegend bleiben.«

»Sehr wohl, Sir.«

»Haben Sie hier irgendwo einen grünen Volvo-Caravan gesehen?« fragte Jamieson.

»Viele«, erwiderte der Polizeibeamte.

»Ich hätte nicht gedacht, daß es hier herum so viele davon gäbe«, sagte Jamieson.

»Sie würden sich wundern. Abgesehen von den Yuppies, die abends hierherkommen, um zu essen und den Kitzel der ›Gefahr‹ auszukosten, gibt es auch eine ganze Menge betuchter Leute, die hier wohnen. Seit Prinz Charles es empfohlen hat, gilt es als schick, in die Innenstädte zurückzukehren. Volvo-Besitzer sind massenhaft hierhergezogen. Sie leben in umgebauten Speichern und Remisen. Die brauchen ihre Geländewagen, um ihre Labradors zum Scheißen in den Park zu fahren. Ich denke manchmal, für die Huren wird hier bald alles taghell erleuchtet sein.«
Jamieson verzog das Gesicht nicht zu einem Lächeln, sondern dachte über das nach, was der Mann gesagt hatte. Bestand nicht die Möglichkeit, daß Thelwell hier in der Gegend eine Wohnung besaß, was für einen Killer ja durchaus von Vorteil wäre – immerhin bequemer, als von daheim auf Mord auszuziehen. Da könnte er sich umziehen, sich waschen und nach der Tat wieder zurechtmachen. Dann brauchte er nicht mit blutbefleckter Kleidung nach Hause zu gehen, und nach allem, was er gehört hatte, mußte es bei der Sache furchtbar blutig zugehen. Das konnte selbst für einen Geistesgestörten Sinn machen. Vielleicht war Thelwell eine gespaltene Persönlichkeit. Möglich, daß eine solche Wohnung die Basis für sein anderes Selbst war. Die Wohnung eines Mr. Hyde.
Jamieson fuhr fort, sich durch die engen Gassen zu schlängeln, und hielt schließlich, als eine Parklücke frei wurde, die ein weißer Golf GTI mit einer Rasanz verließ, als wäre er für das Rennen in Le Mans angemeldet. Jamieson parkte rückwärts ein und stellte den Motor ab. Dann ließ er die Arme auf dem Lenkrad ruhen, spähte durch die Windschutzscheibe hinaus und überlegte, daß sein ganzes Unternehmen wohl ein Fehlschlag wäre. Er verzog den Mund zu einem schiefen Lächeln, als er daran dachte, Sue gesagt zu haben, wie leicht es sein würde, Thelwell zu folgen. Er hatte sich geirrt. Er hatte ihn verloren.
Er überlegte gerade, ob ihm nun noch etwas anderes übrigblieb, als ins Krankenhaus zurückzukehren, da sah er plötzlich auf der Kreuzung kaum fünfzig Meter weiter einen grünen Volvo vorüberfahren. Das war so unerwartet geschehen, daß er keine Zeit hatte, sich den Fahrer anzusehen. Da er wußte, daß es zu lange dauern würde, sein eigenes Auto aus der engen Parklücke herauszumanövrieren, sprang er hinaus und rannte zur Kreuzung, um zu sehen, wohin der Volvo

fuhr. Der bog auf halbem Weg die Straße hinunter nach links ab. Jamieson ging mit sich zu Rate, ob er zu seinem Auto zurückkehren solle oder nicht, doch dann beschloß er, alles auf eine Karte zu setzen und davon auszugehen, daß der Volvo nahe an seinem endgültigen Ziel angelangt war. Er lief bis zur nächsten Seitenstraße hinunter, wo er ihn zuletzt gesehen hatte, und riskierte einen Blick um die Ecke. Was er vor sich hatte, war eine breite, dunkle Sackgasse, an deren Ende ein hohes Eisengitter den Hof eines Baugeschäfts abriegelte. Der Volvo parkte links davon. Auf dem Tor prangte ein großes Schild mit der Aufschrift AUSFAHRT FREIHALTEN. Der Volvo war leer.

Die Frage, die sich jetzt stellte, lautete: Wohin war Thelwell gegangen? Jamieson schaute zu den Fenstern auf beiden Seiten der Straße hinauf. Er ging davon aus, daß Thelwell nicht die Zeit gehabt hatte, mehr als die Hälfte der Sackgasse zurückzulegen. Damit blieb ihm eigentlich nur die Wahl von einem von vier Hauseingängen. Als Jamieson noch überlegte, hörte er hinter sich zwei Leute herankommen, die miteinander sprachen. Er drehte sich um. Ein offenbar stark betrunkener Soldat wurde von einem Mädchen gestützt, das nur halb so groß war wie er und sein Bestes tat, ihn aufrecht zu halten. Sie bogen in die Gasse ein. Jamieson trat schnell in den Schatten eines Ladeneingangs und sah ihnen zu, wie sie vorüberwankten. Schon wollte er aus dem Ladeneingang hinaustreten, da stolperte der Soldat und fiel hin.

»O mein Gott!« rief seine Gefährtin in breitem Dialekt aus. »Komm schon! Wach auf! Du kannst hier nicht schlafen.« Als das nichts nützte, steigerte sich ihre Stimme zu einem Zetern: »Komm schon, Liebling! Aufstehen, Mann! Du wolltest doch ein bißchen Spaß haben, schon vergessen?«

Der Soldat kicherte betrunken, machte jedoch keinerlei Anstalten, sich zu erheben. »'n bißchen Spaß«, wiederholte er lallend und fing dann zu singen an.

Nachdem es der Prostituierten auch beim dritten Versuch nicht gelungen war, ihn zum Aufstehen zu bewegen, wurde sie wütend. »Wenn du glaubst, ich hätt dich die ganze Strecke über hergetragen, bloß damit du mir hier aus den Latschen kippst, hast du dich geirrt!« zeterte sie.

Jamieson sah, daß sie die Taschen des Soldaten durchsuchte, und beobachtete, wie sie die Geldbörse herauszog. »Steck sie ihm zurück!« zischte er vom Ladeneingang her.

Die Hure erschrak und bekam es mit der Angst. »Wer ist da?« wollte sie mit offenbar zitternden Knien wissen. »Wo stecken Sie?« Sie raffte sich hoch und schaute sich nervös um. »O mein Gott!« rief sie dann, als die Angst vor dem Unbekannten sie überwältigte. Sie warf die Geldbörse auf den Soldaten und nahm Reißaus. Jamieson setzte den Soldaten auf und steckte ihm die Geldbörse zurück in die Tasche. Mehr konnte er im Augenblick wohl nicht tun, und so ging er weiter die Gasse hinunter.

Noch immer hatte er keine konkrete Vorstellung, was er sagen oder tun sollte, wenn er Thelwell fand, meinte jedoch, daß er noch viel Zeit hatte, darüber nachzudenken. Er stieß wieder auf einen Hauseingang und beschloß, hier zu warten, bis Thelwell wieder auftauchte. Nachdem er eine halbe Stunde lang von einer Haustür zur anderen gegangen war, damit er keine kalten Füße bekam, sah es aus, als ob er doch Glück hätte. An einem der erleuchteten Fenster entdeckte er die Silhouette eines Mannes. Er war überzeugt, daß es sich um Thelwell handelte, überquerte die Straße, ging auf das betreffende Haus zu und versuchte, die Haustür zu öffnen.

Er hatte Glück, sie war unverschlossen. Jamieson schlüpfte in den Hausflur, machte leise die Tür hinter sich zu und hielt den Atem an, als er die Klinke mit geradezu quälender Langsamkeit losließ.

Als er den Fuß auf die erste Treppenstufe setzte, ging ihm zunehmend auf, wie unüberlegt seine ganze Vorgehensweise war. Wer weiß, vielleicht war er drauf und dran, einem geistesgestörten Killer gegenüberzutreten, ohne mehr in der Hand zu haben als die Hoffnung, daß der Mann vor ihm niederknien und alles gestehen würde. Zwar mußte er auf alles gefaßt sein, doch solange Thelwell keine Pistole und kein Messer hatte, sollte es kein allzu großes Problem sein, mit ihm fertigzuwerden. Immerhin hatte Jamieson den Überraschungseffekt auf seiner Seite.

Doch plötzlich ging das Licht im Treppenhaus aus. Jamieson blieb im Dunkeln stehen. Er hatte die Treppe zum dritten Stock halb geschafft, aber die Finsternis war vollkommen. Verzweifelt wünschte er, er hätte ein Streichholz oder ein Feuerzeug bei sich. In dem Treppenhaus roch es muffig, und es war spürbar kalt. Plötzlich hörte er irgendwo über sich ein schlurfendes Geräusch. Scharf zog er den Atem durch die Zähne. »Sind Sie das, Thelwell?« fragte er und ärgerte sich darüber, daß seine Stimme leicht zitterte. Schweigen. Ein Geräusch auf der anderen Seite, wieder das Schlurfen von Schritten. »Hören Sie auf, Ihr Spielchen mit mir zu treiben, Thelwell!« Keine Reaktion. Jamieson machte einen Schritt zurück, eine Stufe die Treppe hinunter, und tastete mit der rechten Schuhspitze nach der Stufe darunter. Zwar bemühte er sich, so leise wie möglich vorzugehen, doch sein Herz schlug so stark, daß er meinte, es müsse zu hören sein. Indem er mit dem Rücken an der Wand entlangstrich, versuchte Jamieson sich davor zu schützen, von hinten überrascht zu werden. Er hatte nun das Gefühl, daß mehr als ein Mensch im Dunkel lauerten. Sie kamen von oben und von unten auf ihn zu. Seine Angst drängte ihn dazu, wieder laut etwas zu sagen, doch riß er sich zusammen, um ruhig zu bleiben und nicht seine eigene Position zu verraten.

»Hsss!« machte eine Stimme über ihm wie eine zischende Schlange.

»Hssss!« antwortete eine andere Stimme von unten.

Sie spielten Katz und Maus mit ihm, dachte Jamieson. Die Schufte ließen ihn nach ihrer Pfeife tanzen! Angst und Wut wetteiferten in ihm um die Oberhand. Dabei kämpfte er damit, die Ruhe zu bewahren. Die Schleicher, die ihn in die Zange nehmen wollten, konnten ihn genausowenig sehen wie er sie, sagte er sich. Wieder streckte er langsam den Fuß aus, um die nächste Stufe zu ertasten, doch diesmal wurde er ihm mit einem heftigen Ruck weggerissen. Er knallte auf die Steinstufen, wobei die eine Wange übel aufgeschürft wurde. Er sah Sterne, und vor Schmerz schrie er laut auf. Eine Faust wurde ihm in die rechte Niere gerammt. Um sich zu schützen, versuchte er, sich zusammenzurollen, und stieß wieder einen Schmerzensschrei aus. Er ließ seine Faust nach hinten schnellen in der Hoffnung, mit irgend etwas in Kontakt zu geraten, doch lag keine rechte Kraft in dem Schlag; dagegen bekam er einen Fußtritt in den Magen, der ihn japsend nach Atem ringen ließ.

»Nimm seine Arme!« rief jemand mit krächzender Stimme.

Jamieson fühlte, wie ihm die Arme nach hinten gerissen wurden. Er wurde hochgezerrt, und weitere Schläge landeten auf seinem Körper. Als er merkte, daß er gegen das Treppengeländer gestoßen wurde, glaubte er, sie hätten vor, ihn drüber hinwegzuhieven, was seinen sicheren Tod bedeuten würde, und das verlieh ihm neue Kraft. Mit der Hacke seines rechten Fußes stieß er zu und traf einen seiner Angreifer unter der Kniescheibe. Der Mann schrie gellend auf und lockerte den Griff, mit dem er seine Arme gepackt hielt, so daß Jamieson sich ein wenig losreißen und herumdrehen konnte. Er trat nach seinem zweiten Angreifer, doch ging dieser Tritt ins Leere, während etwas Schweres und Hartes ihn seitlich am Kopf traf und alle Kraft ihn verließ.

»Brich dem Hund den Hals!« hörte Jamieson eine der Stimmen sagen, als er versuchte, nicht das Bewußtsein zu verlieren.

»Dem schneid ich die Eier ab!« ließ sich die erste Stimme wieder vernehmen.

Jamieson hörte den metallischen Laut, wie im Dunkeln ein Taschenmesser aufgeklappt wurde. Blinde Panik verlieh ihm genug Energie, seinen rechten Arm wieder loszureißen. Dann ließ er die Faust mit aller Wucht herumfahren, aber er traf nur die Wand damit. Nach einem weiteren heftigen Schlag auf den Kopf verlor er vollends das Bewußtsein noch bevor der Schmerz in seiner Hand sein Gehirn erreicht hatte.

Mit dröhnendem Schädel kam Jamieson wieder zu sich. Er hatte ein Gefühl, als wollten zwei Preßlufthämmer ihm die Augen aus den Höhlen drücken; noch die geringste Kopfbewegung verstärkte den Schmerz dermaßen, daß er wieder in die Bewußtlosigkeit zurückzufallen drohte. In den Augenblicken, da er einen klaren Gedanken fassen konnte – wenn er regungslos dalag und das Atmen auf ein Minimum beschränkte –, sagte er sich, daß ihm die Hände auf dem Rücken gefesselt waren und er auf einer nicht allzu sauberen Wolldecke lag. Abgestandener Schweißgeruch hing in der Luft. Immerhin lebte er noch. Irgendwo in der Ferne ertönte Popmusik, und das übertriebene Lachen eines jungen Mädchens drang von der Straße herauf.

Jamieson verstand nicht, was da so plötzlich geschehen war. Er hatte zwei Angreifer gesehen, doch keiner von ihnen war Thelwell. Dessen war er sich sicher. Wer also hatte ihn angegriffen und warum? Psychopathen hatten keine Komplizen. Es machte keinen Sinn.

Jamieson hörte Schritte auf der Treppe und bekam es mit der Angst. Als er hörte, wie die Tür hinter ihm aufging, lag er mit dem Gesicht zur Wand. Der Schmerz in seinem Kopf hinderte ihn daran, sich herumzuwälzen; seit er das Bewußtsein wiedererlangt hatte, hatte er sich kaum bewegt. Das Licht wurde angeknipst, und Jamieson hatte eine

verblichene grüne Tapete vor Augen. Hinter sich hörte er mehr als einen Menschen eintreten.
»Er ist immer noch bewußtlos«, sagte eine Stimme.
»Dreh ihn um«, vernahm er eine krächzende zweite Stimme.
Jamieson wurde rauh an der Schulter gepackt, und ein Sternenregen explodierte vor seinen Augen, als man ihn auf den Rücken drehte. Er verzog das Gesicht zu einer Grimasse und stöhnte auf.
»Er ist wach«, sagte der Mann am Fußende des Bettes ohne jede Anteilnahme. »Er ist bei Bewußtsein.«
Mit quälender Langsamkeit machte Jamieson die Augen auf und sah denjenigen an, der gesprochen hatte. Es handelte sich um einen großen, kräftig aussehenden Mann um die Dreißig, der eine teure Lederjacke anhatte und dazu ein am Hals geöffnetes Hemd trug, das aussah, als wäre es aus Seide. Die teure Kleidung vermochte freilich weder die groben Gesichtszüge noch das schiefe Grinsen zu verbessern. Der andere war etwa einen Kopf kleiner und trug einen Nadelstreifenanzug, der für die vortretende Bauchpartie etwas zu eng geschnitten zu sein schien. Ein buschiger schwarzer Schnauzbart verbarg teilweise eine Narbe in seiner linken Gesichtshälfte, die bis zum Kinn reichte. Beide Typen wirkten südländisch, doch ihre Sprache klang wie waschechtes Englisch.
»Sharon! Komm rein!« rief der Große über die Schulter hinweg nach hinten.
Eine junge Frau Mitte Zwanzig schob sich in den Raum; ihr Rock ließ viel von ihren Schenkeln sehen. Obwohl sie auf den ersten Blick jung wirkte, konnte man schnell ihr höheres Alter ahnen. Selbst das dicke Make-up im Gesicht konnte die schlaffen Wangen und die dunklen Augenringe nicht übertünchen.
»Schon mal geseh'n?« fragte der Hochgewachsene.
Die junge Frau betrachtete Jamieson, als wäre er ein unbeseelter Gegenstand. »Glaub ich nich«, sagte sie unsicher. »Schwer zu sagen, wenn man in einer Nacht so viele bedienen muß.«
Jamieson gewann den Eindruck, als ob diese Feststellung als Vorwurf gemeint war und sich an den kürzer geratenen von den beiden Männern richtete. Ohne sie eines Blickes zu würdigen, fauchte der kleinere von den beiden: »Spar dir dein Gejammer, und beantworte nur die Fragen.«
»Ja, Louis«, erwiderte das Mädchen in zickigem Ton, aber gehorsam.

Sie richtete die Augen wieder auf Jamieson und sagte: »Wenn das der Scheißkerl ist, würd ich dem am liebsten...« Ihr fehlten die Worte, und sie stürzte sich auf ihn. Jamieson drehte den Kopf zur Seite, doch die junge Prostituierte hatte ihm mit ihren Fingernägeln das Gesicht bereits zerkratzt, bevor der größere der beiden Männer sie zurückriß. Er spürte, wie ihm Blut über die Backe lief.
»Was zum Teufel ist los?« verlangte Jamieson trotz aller Schmerzen und Verwirrung zu wissen. Seine Stimme war das reinste Gekrächz.
»Spiel bloß nich den Unschuldigen, du Hund!« kam es bissig von dem Größeren, der dann mit einem Blick auf den Kleineren sagte: »Ich glaub immer noch, wir regeln das auf uns're Weise. Gurgel durch und Schluß!« Abermals hörte Jamieson, wie ein Schnappmesser aufsprang, und diesmal sah er es in der Hand des Großgewachsenen blitzen.
»Warum macht ihr das? Was um Gottes willen wird hier eigentlich gespielt? Wer seid ihr? Und was wollt ihr von mir?«
Keiner ging auf Jamiesons Fragen ein. Die junge Frau sagte: »Ronnie hat recht. Erteilt dem Schuft 'ne Lektion. Oder noch besser: Überlaßt ihn mir und den anderen Mädchen.«
Jamieson erkannte den Ausdruck der Verachtung auf dem Gesicht des Mädchens und wußte nicht, was er davon halten sollte. »Was um alles auf der Welt hab ich euch jemals getan?«
»Was du hättest tun können, du Schwein!« fauchte das Mädchen, das abermals versuchte, sich auf Jamieson zu stürzen, aber daran gehindert wurde.
»Dazu isses jetzt zu spät«, sagte der Große.
»Will mir mal jemand erzählen, was hier los ist?« flehte Jamieson. Plötzlich ertönten Polizeisirenen von draußen; der Großgewachsene trat ans Fenster und machte es auf, um hinauszusehen. Jamieson hörte, wie draußen auf der Straße Autotüren zugeknallt wurden, und beschloß, alles auf eine Karte zu setzen. Mit aller Kraft schrie er: »Hilfe! Polizei! Ich bin hier oben! Hilfe!«
Zu Jamiesons Verwunderung machte keiner im Raum Anstalten, ihn daran zu hindern. Die drei benahmen sich, als wäre nichts geschehen. Der größere der beiden schloß das Fenster und ging die Wohnungstür aufmachen. Die junge Frau und der kleinere der Männer warteten geduldig, bis Polizeibeamte ins Zimmer gestürmt kamen.

»Das hier ist der Hund, Inspektor!« verkündete der Große, als jemand mit einem offenen Regenmantel sich durch die Uniformierten hindurchzwängte. »Da haben Sie Ihr'n Killer!«
Jamieson machte die Augen zu; endlich ging ihm ein Licht auf. Die Ironie, daß man ausgerechnet ihn für den Mörder gehalten hatte, vertrug sich nicht besonders mit seinem Brummschädel.
»Sieht so aus, als hättest du ihn selbst in die Mangel genommen, Louis«, sagte der Inspektor nach einem Blick auf Jamiesons Gesicht.
»Wir mußt'n ihn ja bändigen, Inspektor. Mehr nich. Ich hab alle Hände voll zu tun gehabt, um Sharon hier davon abzuhalt'n, ihm die Augn auszukratz'n. Ihn seiner Männlichkeit zu beraub'n, sozusag'n.«
»Es ist ein furchtbarer Irrtum«, murmelte Jamieson.
»Wenn ich jedesmal 'n Pfund kriegte, wenn ich das höre...«, sagte der Polizeibeamte mit gelangweilter Stimme. Er war Mitte Vierzig, bekam eine Glatze und trug einen kurzgetrimmten Schnurrbart. Seine gelangweilte Miene drückte aus, alles schon einmal gesehen und gehört zu haben. Er redete, als wäre Jamieson gar nicht vorhanden. Jamieson mußte an bestimmte ihm bekannte Halbgötter in Weiß denken, die auf ähnliche Weise am Krankenbett mit ihren Kollegen über ihre Patienten redeten. »Was, sagtest du, hat er hier getrieben, Louis?« fragte der Polizist.
»Er lauerte draußen rum, probierte Haustüren aus, sah zu den Fenstern rauf. Die Jungs haben ja einen Ausguck aufgestellt, der die Augen nach irgendwelchen Spinnern offenhält, und da kommt dieser vorbei.«
»Ganz auf Ruhe und Ordnung bedacht, was, Louis«, sagte der Inspektor. »Aber so was ist ja sowieso schlecht für's Geschäft, nicht wahr?«
»Ich weiß nich, was Sie mein, Inspektor«, erwiderte Louis mit gespielter Empörung.
»'türlich nicht.«
Jamieson versuchte sich aufzusetzen, woraufhin zwei Polizisten sich bemühten, ihn daran zu hindern. »Ich bin nicht der Killer! Schauen Sie in meinem Jackett nach. Ich hab einen Ausweis.«
Der Inspektor nickte einem der beiden Wachtmeister zu und nahm dann Jamiesons Brieftasche betont beiläufig in Empfang. Er sah den

Inhalt durch, bis er auf die Karte vom MedKa stieß und die Luft anhielt, ehe er sie langsam wieder entweichen ließ und flehentlich zur Decke hinaufsah. »Gütiger Himmel!« sagte er dann leise.
Louis und der Großgewachsene rochen wohl, daß irgend etwas nicht stimmte, und fingen an, nervös zu werden. »Er is doch der Killer, oder?« fragte Louis, begierig auf Bestätigung bedacht.
»Du Unglücksrabe!« sagte der Inspektor ruhig. »Du bist gerade über einen Beamten vom Medizinischen Kontrollausschuß hergefallen.«
»Soll das heißen, er gehört zur Polente?« fragte der Große mit dem Ausdruck des Nichtbegreifens im Gesicht.
»Das könnte man so sagen.«
»Ja, aber woher sollt'n wir das wiss'n?« beschwerte Louis sich.
»Die Frage kannst du dem Richter stellen«, sagte der Polizeibeamte.
»Dem Richter? Soll das heiß'n, wir krieg'n 'ne Anzeige an' Hals?«
»Eine Anzeige?« rief der Inspektor aus. »Wenn diese Sache vor Gericht kommt, bringen die dich wahrscheinlich hinter Gitter und werfen den Schlüssel weg!«
»Scheiße!« sagte Louis. »Da versucht man, der Polente zu helf'n, wie's sich für'n anständigen Bürger gehört, und da...«
»Louis, du spielst jetzt den Zuhälter, seit du alt genug warst, dein Arsch von'm Loch in der Wand zu unterscheiden. Hör mir also auf mit dem Quatsch von wegen anständiger Bürger, ja?«
»Ich hab nicht vor, Anzeige zu erstatten«, sagte Jamieson und verzog schmerzhaft das Gesicht, als er sich aufsetzte und die Beamten ihn endlich von den Fesseln befreiten.
»Das ist sehr großmütig von Ihnen, Sir«, sagte der Inspektor. »Aber Sie würden der Stadt Leeds wahrscheinlich einen Gefallen tun, wenn Sie die Straßen hier für eine Zeitlang von diesem Gesindel befreiten.«
»Nein«, sagte Jamieson. »Es war meine Schuld. Ich hätte mir sagen müssen, daß jemand auf den Gedanken kommen könnte, ich wäre der, für den diese Leute mich vermutlich gehalten haben.«
»Sind Sie fest entschlossen, sie nicht anzuzeigen, Sir?«
Jamieson nickte und rieb sich die schmerzenden Handgelenke.
»Danke!« sagte Louis, als ob dieses Wort ihm körperliche Anstrengung abverlangte.

»Ja, danke«, kam es echogleich auch von dem Großgewachsenen. »Nix für ungut, ja?«
»Wenn ich das in irgendeiner Weise wieder gutmachen kann ...«, kam es einfältig von Sharon.
Jamieson mußte trotz der Schmerzen grinsen, und der Inspektor fauchte: »Ich will mal so tun, als ob ich das nicht gehört hätte, Sharon, aber nur, wenn du in den nächsten fünf Sekunden verschwunden bist.«
Sharon machte auf dem Absatz kehrt, und die beiden Polizisten halfen Jamieson aufzustehen. »Wir bringen Sie am besten in ein Krankenhaus zur Untersuchung«, sagte der Inspektor. »Übrigens, was machen Sie eigentlich hier in dieser Gegend?«
»Ich war auf der Suche nach dem Besitzer eines grünen Volvo, der unten auf der Straße steht.«
»Ein Volvo-Geländewagen?« Einer der Polizisten trat ans Fenster und beugte sich hinaus.
»Der grüne.«
Kopfschüttelnd drehte sich der Polizist am Fenster um.
Jamieson wußte, was er im Begriff war zu sagen: »Kein Volvo, was?«
»Kein Volvo, Sir.«

Es war weit nach Mitternacht, als Scott endlich zurückkam ins Ärztehaus. Sue war entsetzt, als sie sah, in welch einem Zustand er sich befand. Langsam ließ Jamieson sich auf dem einzigen Sessel im Raum nieder und bat sie, ihm etwas zu trinken zu geben. Dann erzählte er ihr, was geschehen war.
»Dann bist du also nicht dahintergekommen, was Thelwell vorhatte?« sagte Sue mit einem Unterton von ›Na, hab ich das nicht gleich gesagt?‹.
Scott pflichtete ihr kopfschüttelnd bei und sagte: »Mehr Inspektor Clouseau als Inspektor Poirot.«
Sue lächelte und versorgte liebevoll Scotts Platzwunden und Blutergüsse.
»Aber es müßte ja mit dem Teufel zugehen, wenn ich nicht imstande wäre herauszufinden, ob Thelwell in dem Block eine Wohnung hat, sei sie nun sein Eigentum oder nur gemietet. Und wenn das der Fall ist ...«

»Was dann?« fragte Sue argwöhnisch.
»Dann gehe ich mit dieser Information zur Polizei.«
»Und wenn nicht?«
»Das weiß ich auch nicht«, gestand Scott.
»Während du weg warst, hat MedKa angerufen. Thelwell ist niemals Patient im *Costello Court* gewesen.«
»Der perfekte Abschluß eines perfekten Tages.« Scott seufzte und massierte sich mit den Fingerspitzen sanft die arg mitgenommene Backe.
»Ach, und außerdem hat Moira Lippman angerufen.«
»Was hat sie gewollt?«
»Sie sagte, sie wäre im Labor und wolle mit dir reden.«
»Sie sollte aber nicht im Labor sein«, rief Scott aus. »Da war sie doch schon die ganze vergangene Nacht über. Sie wird noch richtig krank werden. Um welche Zeit hat sie denn angerufen?«
»So gegen elf.«
Scott wählte die Nummer des Labors, doch ging niemand ran. »Sie muß nach Haus gegangen sein. Hoffentlich ist alles in Ordnung mit ihr. Ich dachte, Clive Evans wollte sie überreden, sich ein paar Tage freizunehmen. Wie klang sie denn?«
»Ein bißchen erregt. Ich fragte sie, ob ich irgend etwas tun könnte, doch sie sagte, sie müßte mit dir persönlich über die Untersuchungsergebnisse sprechen. Sagt dir das was?«
Scott schüttelte den Kopf. »Vielleicht sollte ich sie zu Hause anrufen.«
Sue sah auf die Uhr und sagte: »Es ist schon spät. Kann das nicht bis morgen früh warten?«
»Nein«, erklärte Scott mit Entschiedenheit und blätterte trotz der Behinderung durch den Verband über den Knöcheln der rechten Hand sein Notizbuch durch. »Verdammt, ich habe mir ihre Privatnummer nicht aufgeschrieben. Vielleicht ist Clive noch auf.«
Scott ging nach unten und den Korridor bis zu Clive Evans' Zimmer entlang. Da er noch Licht unter der Tür hindurchschimmern sah, klopfte er leise an.
»Was um alles auf der Welt?« entfuhr es Evans, als er die Abschürfungen in Jamiesons Gesicht sah.
»Das ist eine lange Geschichte. Was ich aber im Moment brauche, ist Moira Lippmans Privatnummer.«

»Natürlich«, sagte Evans. »Kommen Sie rein. Stimmt irgendwas nicht?«
Jamieson erzählte Evans von der Nachricht, und Evans war überrascht. »Untersuchungsergebnisse?« rief er aus. »Aber sie hat doch heute gar nicht gearbeitet. Ich habe sie gleich heute morgen nach Hause geschickt. Sie war die ganze Nacht auf gewesen, und da doch ihre Schwägerin gestorben ist, war sie völlig am Ende.«
»Dann muß sie heute abend noch mal ins Labor gegangen sein. Sue sagte, sie hätte von dort aus angerufen. Wer hatte denn heute abend Bereitschaftsdienst?«
»Ich«, erklärte Evans. »Ich komme gerade von drüben. Da muß ich sie wohl verpaßt haben.«
»Vielleicht hat sie etwas Wichtiges entdeckt.«
»Ich kann mir nicht vorstellen, was. Sie hatte ja gar nicht die Zeit, heute abend Kulturen anzusetzen und auch noch die Ergebnisse zu bekommen.«
»Ich habe das Gefühl, ich muß mit ihr reden.«
Achselzuckend räumte Evans das ein. »Wir können sie doch von hier aus anrufen«, sagte er und griff nach dem Hörer.
Als sie darauf warteten, daß abgenommen wurde, warf Jamieson einen Blick auf die Uhr. Es war zwanzig Minuten nach eins. In der Stille von Evans' Zimmer hörte er, wie jemand abnahm. Evans bat, Moira zu sprechen.
»Ausgegangen? Um diese Zeit?«
Eine Pause.
»Wohin, sagten Sie?«
Jamieson sah, wie Evans beim Niederlegen des Telefonhörers die Stirn runzelte. »Sie ist ausgegangen«, sagte Evans. »Ihre Mitbewohnerin hat gesagt, sie hätte die Wohnung vor einer Stunde verlassen.«
»Hat sie gesagt, wohin?« fragte Jamieson.
»Sie wollte sich mit Dr. Thelwell treffen.«
Völlig verblüfft sahen sich die beiden Männer an.
»Das ist alles höchst verwirrend«, sagte Evans.

Zwölftes Kapitel Jamieson spürte, wie sich ihm die Nackenhaare sträubten. Er war besorgt um Moiras Sicherheit, konnte das aber Evans gegenüber nicht laut sagen, ohne seinen Verdacht preiszugeben. »Was um alles in der Welt kann sie um diese Zeit mit Thelwell zu besprechen haben?« sagte er.

Evans zuckte mit den Achseln. »Wenn sie weder Sie noch mich finden konnte und es um etwas Wichtiges geht, hat sie vielleicht Dr. Thelwell angerufen«, gab er zu bedenken.

»Dann werde ich ihn anrufen«, sagte Jamieson und griff nach dem Telefon.

Es schien eine Ewigkeit zu klingeln, ehe jemand abnahm. Zu Jamiesons Erstaunen meldete sich eine von Thelwells Töchtern. Ihre junge Stimme zitterte, als sie sagte: »Ja? Was gibt's?«

»Ich hätte gern mit Ihrem Vater gesprochen«, sagte Jamieson und überlegte, wieso das Mächen noch so spät auf war.

»Das geht nicht«, sagte das Mädchen.

Jamieson meinte, ein unterdrücktes Schluchzen in ihrer Stimme zu hören, runzelte die Stirn und sah Evans an, der mithörte. »Es ist sehr wichtig. Vielleicht könnte ich mit Ihrer Mutter sprechen, wenn Ihr Vater nicht da ist?«

»Nein, das geht nicht... Mummy ist völlig durcheinander. Rufen Sie ein andermal wieder an.« Die Leitung war tot, und Jamieson blieb nichts anderes übrig, als verwirrt mit Evans Blicke zu tauschen. »Wie erklären Sie sich das?« fragte er.

Abermals zuckte Evans mit den Achseln und kratzte sich am Kopf. »Irgendwas muß ja wohl in Thelwells Haus passiert sein.«

»Ich rufe noch mal in Moiras Wohnung an«, sagte Jamieson, suchte die Nummer aus Evans Telefonbuch heraus und wählte dann rasch. Doch wieder war es Moira Lippmans Mitbewohnerin, die sich meldete. »Nein, sie ist noch nicht wieder zurück. Ist irgendwas nicht in Ordnung?«

»Offen gestanden bin ich mir nicht sicher«, erwiderte Jamieson. Seine Besorgnis und Unruhe wuchs. »Wenn sie bald zurückkommt, würden Sie sie dann bitten, in der Telefonvermittlung des Krankenhauses anzurufen und eine Nachricht für Dr. Jamieson zu hinterlassen?«
»Das mache ich«, sagte Moiras Mitbewohnerin. »Und vielleicht lassen Sie es mich wissen, wenn Sie sie zuerst finden?«
»Selbstverständlich, gern.« Jamieson legte auf.
»Und was jetzt?« fragte Evans.
Jamieson zögerte kurz. »Ich denke, ich fahre einfach zu Thelwell hinüber.«
»Um diese Zeit?«
»Sie haben doch selbst gesagt, daß da irgendwas los ist. Ich muß rausfinden, was.«
»Dann komme ich mit«, sagte Evans, als er erkannte, daß Jamiesons Entschluß feststand.
Sie brauchten weniger als zehn Minuten, um durch die verlassenen Straßen zu den Latimer Gardens zu fahren. Jamieson fand Thelwells Volvo draußen vor seinem Haus geparkt. Ein beigefarbener Rover, der Jamieson irgendwie bekannt vorkam, war direkt dahinter geparkt.
Evans sagte: »Das ist Carews Auto.«
»Carews Auto? Was um alles auf der Welt macht der denn hier?«
Jamieson parkte dicht hinter dem Rover, und er und Evans gingen flott auf das Einfahrtstor zu. Als sie am Volvo vorüberkamen, legte Jamieson im Vorübergehen eine Hand auf die Kühlerhaube und stellte fest, daß sie kalt war. Thelwell war also schon länger daheim.
Es war Carew, der ihnen nach dem Klingeln aufmachte. Nachdem er sein Erstaunen über das Auftauchen von Jamieson und Evans überwunden hatte, sagte er: »Woher haben Sie es erfahren? Ich habe die Polizei erwartet.«
»Die Polizei?« fragte Jamieson.
»Kommen Sie besser rein«, sagte Carew und legte Jamieson die Hand auf die Schulter, um ihm zu verstehen zu geben, zu warten, bis er die Tür zugemacht hatte. Dann flüsterte er: »Hier ist eine Tragödie geschehen.«
»Was für eine Tragödie?« fragte Evans.
»Dr. Thelwell ist tot.«
Jamieson war wie vor den Kopf geschlagen. Er hatte solche Angst

gehabt, Moira Lippman könnte etwas Schlimmes zugestoßen sein, daß er mit so einer Möglichkeit überhaupt nicht gerechnet hatte. Er wartete ab, ob Carew Näheres sagte, und mußte an sich halten, als dieser bloß den Kopf schüttelte und mit aufgesetzt wirkender Trauermiene zu Boden blickte. »Tragisch, tragisch«, murmelte er. »Ein brillanter Arzt. Nicht immer besonders einfach im Umgang, das gebe ich zu, aber so ist das oft. Meinen Sie nicht auch?«
Jamieson fand die Frage lächerlich, genauso wie er Carews Bedürfnis lächerlich fand, gleichsam eine Leichenrede für Thelwell aus dem Ärmel zu schütteln. Thelwell war ein Scheißkerl gewesen, den fast alle gehaßt hatten. Später gab es gewiß reichlich Zeit für Platitüden; im Moment wollte er Antworten. Deshalb überging er Carews Frage und fragte seinerseits: »Was ist passiert?«
»Er hat sich das Leben genommen.«
»Thelwell?« entfuhr es Jamieson unwillkürlich. »Thelwell hat Selbstmord begangen?«
Carew warf nervös einen Blick auf die Tür hinter sich, eine Geste, der Jamieson entnahm, daß Thelwells Familie in dem Raum dahinter versammelt war. Deshalb senkte er die Stimme. »Tut mir leid«, sagte er, »aber Dr. Thelwell war für meine Begriffe nicht der Typ, von dem ich annehmen würde, daß er Selbstmord begeht.«
»Das würde ich selbst auch meinen«, stimmte Carew mit einem weiteren übertriebenen Kopfschütteln zu. »Aber der Ärmste hat es getan. Wer von uns kann jemals wissen, was im Gemüt eines anderen vorgeht.«
»Was genau ist geschehen?« fragte Evans, diesmal mit einem sachlichen Waliser Akzent, neben dem Carews leises Geflüster und sein ehrfürchtiges Gehabe noch lächerlich wirkte. Carew bedachte ihn mit einem angewiderten Blick und wandte sich an Jamieson. »Marion sagt, er wäre bei seiner Heimkehr von den Chorproben furchtbar aufgeregt gewesen. Anscheinend ist er direkt in sein Arbeitszimmer gegangen und hat die Tür hinter sich verschlossen. Als er einige Zeit später auf ihr Klopfen und Rufen nicht reagierte, wußte sie sich keinen anderen Rat, als die Tür mit Hilfe eines Nachbarn aufzubrechen. Dr. Thelwell war tot.«
»Ich würde ihn mir gern ansehen«, sagte Jamieson.
Carew wirkte schockiert. »Ist das wirklich nötig? Die Polizei ist auf dem Weg hierher, und ich glaube wirklich nicht, daß...«

»Ich würde ihn mir gern ansehen«, wiederholte Jamieson.
»Wie Sie wünschen«, beeilte Carew sich zu sagen. »Er ist oben.«
Jamieson und Evans folgten dem Chefarzt der Klinik die mit grünem Teppich ausgelegte Treppe hinauf bis vor eine eichengetäfelte Tür, die quietschte, als Carew sie offensichtlich widerstrebend aufmachte. »Es ist alles unberührt«, sagte er. »Ich empfehle dringendst, daß wir es dabei belassen, bis die Polizei hier ist.« Er ließ Jamieson eintreten. Evans folgte ihm auf dem Fuße, was ihm einen ärgerlichen Blick von Carew eintrug.
Jamieson war auf das, was ihn erwartete, nicht vorbereitet. Im ersten Moment wich er zurück. Aus irgendeinem Grund war er davon ausgegangen, daß Thelwell seinem Leben mit Gift oder Pillen ein Ende gesetzt hätte, doch der Chirurg lag in einer dunkelroten Blutlache mit dem Oberkörper auf dem Schreibtisch. In der Rechten hielt er immer noch das Skalpell, das er benutzt hatte, um sich die Halsschlagader aufzuschneiden. Jamieson mußte unwillkürlich daran denken, wie Thelwell seine Post mit dem Brieföffner aufgerissen hatte, und verzog das Gesicht. Thelwells Augen standen weit offen und bewahrten auch im Tod noch einen Ausdruck von dumpfem Zorn, der ihn offensichtlich sein ganzes Leben lang begleitet hatte.
»Gütiger Himmel!« flüsterte Evans. »Warum zum Teufel...«
»Seiner Frau hat er einen kurzen Abschiedsbrief hinterlassen«, erklärte Carew und zog einen Umschlag aus der Tasche, den er Jamieson reichte. Der Brief lautete: ›Meine liebe Marion. Es kommt alles heraus, und ich kann die Schande nicht ertragen. Bitte, versuche zu verstehen, daß es Triebkräfte in einem Mann gibt, die sich nicht unterdrücken lassen, und wenn er es noch so sehr will. Ich habe es versucht, doch es ist mir nicht gelungen; infolgedessen muß ich jetzt dafür bezahlen.‹ Unterschrieben war die Nachricht mit einem ›G‹. Jamieson reichte sie Carew zurück, der sagte: »Höchst merkwürdig, finden Sie nicht auch?«
Jamieson nickte andeutungsweise und fragte: »Und was hat seine Frau gesagt, nachdem sie dies gelesen hatte?«
»Marion war völlig durcheinander«, antwortete Carew. »Die arme Frau hat keine Ahnung, was das alles bedeutet.«
»Das entbehrt nicht eines gewissen Reizes«, sagte Evans und betrachtete Thelwells Leichnam mit dem zur Seite gedrehten Kopf auf der Schreibtischplatte.

»Was soll daran denn reizvoll sein, möchte ich mal wissen?« fauchte Carew, der sich über Evans Anwesenheit offensichtlich besonders ärgerte.
»Daß Dr. Thelwell selbst Hand an sich gelegt hat, genauso wie Dr. Richardson. Es sieht fast so aus, als wäre es den beiden vom Schicksal so bestimmt gewesen. Sich im Leben ständig in den Haaren liegen, aber im Tode vereint zu sein. Finden Sie nicht?«
Wieder fiel Jamieson Evans Waliser Akzent auf. Er hatte immer wieder beobachtet, daß bei Menschen unter Streß der Akzent zum Durchbruch kommt, den sie sonst unterdrücken können oder vollständig abgelegt haben.
»Ich kann da keinen Zusammenhang erkennen«, sagte Carew brüsk. »Diese Sache mit der Infektion hat dem Krankenhaus und seinem Ruf unermeßlichen Schaden zugefügt. Und jetzt muß auch dies noch passieren!«
Jamieson fuhr fort, Thelwells Leichnam zu betrachten.
»Verstehen Sie denn den Inhalt des Briefes?« fragte Carew Jamieson.
Jamieson widerstrebte es, darauf zu antworten: »Ich denke, wir müssen abwarten, bis die Polizei alles aufklärt.«
»Die Polizei? Ich verstehe nicht.«
»Falls Dr. Thelwell etwas zu verbergen hatte, sollten umfassende Ermittlungen der Polizei Licht in vieles bringen.«
Carew schaute nachdenklich geworden vor sich hin. Er brachte es einfach nicht fertig, die Sache auf sich beruhen zu lassen. »Ich weiß nicht, worauf Sie hinauswollen. Was meinen Sie mit, ›was zu verbergen hatte‹? Außer seiner Karriere und seiner Familie kannte Gordon Thelwell keine anderen Interessen, ausgenommen vielleicht die Chorsingerei.«
»Dr. Thelwell hat schon vor langer Zeit aufgehört, im Chor mitzusingen. Was das betrifft, so ist er weder heute noch an irgendeinem anderen Abend in der letzten Zeit zur Chorprobe gegangen«, erklärte Jamieson.
Carew blieb vor Staunen der Mund offen stehen. »Wohin ist er denn gegangen, wenn ich das fragen darf?«
»Heute abend ist er jedenfalls ins Rotlichtviertel gefahren. Vielleicht hat er das immer getan.«
Carew riß die Augen weit auf. »Gordon Thelwell?« entfuhr es ihm.

»Wollen Sie damit sagen, er ist zu... Prostituierten gegangen?« Carew stieß das Wort betont verächtlich hervor.
»Was er dort tatsächlich gemacht hat, das sollte die Polizei herausfinden.«
Plötzlich verstand Carew, was das alles bedeuten könnte, und er seufzte auf. »Sie können doch unmöglich die... die Morde meinen? Mein Gott? Was für Beweise haben Sie dafür?«
»Sehr wenige«, gab Jamieson zu. »Nur eines weiß ich mit Sicherheit: daß er nicht zur Chorprobe gegangen ist.«

Nachdem die Polizei ihre Ermittlungen in dem Arbeitszimmer abgeschlossen hatte, wurde der Leichnam von Gordon Thomas Thelwell in einem schlichten schwarzen Kastenwagen ins städtische Leichenhaus gebracht. Schweigend sahen Jamieson und Evans den Wagen davonfahren, dann gingen sie langsam zu ihrem Auto und überließen es Carew, Marion Thelwell und ihre Töchter zu trösten. Als sie sich dem Wagen näherten, blieb Jamieson unvermittelt stehen. Evans fragte, was los sei. Jamieson antwortete nicht, sondern drehte sich zu der Hecke um, die vor Thelwells Haus wuchs.
»Was ist?« fragte Evans nochmals.
Wieder gab Jamieson keine Antwort.
Evans, der bereits vom Bürgersteig auf die Straße getreten war, um in den Wagen zu steigen, kam wieder zurück und stellte sich neben Jamieson. »Was haben Sie denn?«
»Können Sie was riechen?« fragte Jamieson.
Evans schnupperte: »Feuchtes Laub? Gras?«
»Nein, etwas anderes.«
Und wieder schnupperte Evans. »Parfum«, sagte er dann.
»Richtig«, bestätigte Jamieson. »Aber nicht irgendein Parfum, sondern Moira Lippmans Parfum.«
»Sind Sie sich sicher?«
Jamieson antwortete nicht, sondern versuchte, mit den Händen die Hecke auseinanderzudrücken, um hindurchzublicken, doch war es zu dunkel. »Ich gehe noch mal zurück«, sagte er zu Evans.
Die Männer kehrten zurück zu den Stufen von Thelwells Haus, drehten sich dann um und gingen hinter der Hecke des Vorgartens entlang. Jamieson fluchte, als ein Zweig, den er im Dunkeln nicht bemerkt hatte, ihn an der geschundenen Backe streifte. »Der Geruch

wird stärker«, sagte er, als sie sich der runden Sommerlaube in der dunkelsten Ecke des Gartens näherten.

»Wir brauchen eine Taschenlampe«, meinte Evans.

»Ich habe eine im Wagen liegen«, sagte Jamieson. »Ob Sie sie wohl holen würden? Sie liegt im Handschuhfach.« Dann reichte er Evans die Autoschlüssel.

Jamieson spürte, wie ihn eine dunkle Vorahnung beschlich. Widerstrebend legte er die Hand auf die Türklinke und erstarrte für einen Moment; er fühlte an seiner Handfläche wie rostig die Klinke war.

»Ist abgeschlossen?« fragte Evans, der Jamiesons Zögern mißdeutete.

Schließlich drückte Jamieson die Klinke herunter, und der Parfumduft wurde fast überwältigend. Er nahm Evans die Taschenlampe ab und richtete den Strahl auf den Boden. Er sah einen Stapel Sackleinwand, daneben eine schwarze Handtasche. Diese war von jemand, der draufgetreten war, plattgedrückt. Es lagen Glassplitter auf dem Boden verstreut. Von da ging der Parfumduft aus.

Es war nicht schwierig, unter der Sackleinwand die Umrisse eines menschlichen Körpers zu erkennen. »Mein Gott!« flüsterte Jamieson, als er sich hinkniete, um den obersten Sack wegzuziehen. Ein schwacher Duft von Jute und Lagerkartoffeln löste sich, als der Strahl der Taschenlampe auf ein Gesicht fiel.

Moira Lippman war kaum mehr zu erkennen; jedenfalls nicht als die junge Frau, die Jamieson im Labor kennengelernt hatte. Für einen Moment mußte er den Kopf abwenden, um seiner Gefühlsaufwallung Herr zu werden und den Drang zu erbrechen zu unterdrücken. Das Gerät, mit dem Moira Lippman den Tod gefunden hatte, war eine Heckenschere, mit der sie aber nicht einfach erstochen worden war. Man hatte vielmehr den ganzen Leib aufgeschlitzt. Auch am Kopf befanden sich entstellende Wunden. Die blutige Heckenschere lag daneben.

»Dieses Vieh!« flüsterte Jamieson. »Vieh ist gar kein Ausdruck!«

»Glauben Sie, das hier ist der Grund, warum Thelwell sich umgebracht hat?« fragte Evans leise.

»Ich nehme es an«, erwiderte Jamieson. »Kommen Sie. Wir holen die Polizei besser wieder zurück.«

»Wie kann ein Mensch so etwas nur tun?« rief Sue empört, als Jamieson es ihr erzählte.
»Wahnsinnige kennen für ihre Perversion keine Grenzen«, sagte Jamieson.
»Ich finde es so ungerecht, wenn man alles mit Irresein entschuldigt«, klagte Sue.
»Ich verstehe, was du meinst. Es stellt sich allen Rachegelüsten in den Weg.«
»Das wird es wohl sein«, gab Sue zu.
»Nun, er ist jetzt tot und für Rache nicht mehr zu erreichen, egal, was für eine Entschuldigung er gehabt haben mag, sich im Leben so zu verstecken.«
»Bedeutet das, daß jetzt alles vorbei ist?«
»Ich denke schon«, sagte Jamieson.
»Du siehst ziemlich geschafft aus.« Sanft strich Sue ihrem Mann durchs Haar.
»Ich könnte nicht sagen, daß es mir leid täte, wenn ich von hier fort kann.«
»Mir auch nicht«, pflichtete Sue ihm bei. »Ich habe es sofort gespürt, als ich durch das Krankenhaustor hereinkam. Irgendwie hatte ich ein schlechtes Gefühl.«
Beide blickten sie durchs Fenster auf die dunklen Schatten hinunter. Eine Katze sprang lautlos vom Deckel einer Mülltonne auf den Boden und strich unten an der gegenüberliegenden Mauer entlang. Es fing an zu regnen.
»Was für ein Schlamassel!« flüsterte Jamieson.
»Du hättest nichts tun können, was es besser gemacht hätte«, sagte Sue tröstend, doch im Moment war Jamieson für Trost nicht zu erreichen. Sein erster Auftrag für MedKa war ein Alptraum gewesen. Zwei Chefärzte und eine leitende Laborangestellte hatten zusammen mit fünf Patienten, die an der Infektion gestorben waren, ihr Leben gelassen.
»Und das alles wegen eines verdammten Irren!« murmelte Jamieson und sann für einen Moment über den menschlichen Geist nach, der so oft Wunderbares vollbrachte und Fähigkeiten besaß, die weit über alles hinausgingen, wozu ein Computer je imstande sein würde – doch wenn er sich dem Bösen zuwandte... Ein leichter Schauder überlief Jamieson.

»Vermutlich werden wir nie erfahren, wie er es fertigbrachte, die Instrumente und das Verbandszeug mit diesen furchtbaren Organismen zu infizieren«, sagte Sue.
»Da hast du wohl recht«, stimmte Jamieson ihr zu, der in Gedanken immer noch vor dem entsetzlichen Anblick von Moira Lippmans Leiche zurückschreckte.
»Schade«, sagte Sue. »Wenn ich es nur herausfinden könnte, ganz besonders im Hinblick auf das, was du neulich gesagt hast: Wie unwahrscheinlich es ist, daß jemand es rein zufällig getan haben könnte.«
»Wir müssen uns mit der Tatsache zufriedengeben, daß er dazu jetzt nicht mehr in der Lage ist.«
Sue nickte und fragte: »Bist du denn dahintergekommen, aus welchem Grund Moira dich sehen wollte?«
Jamieson schüttelte den Kopf. »Was immer es war, sie nimmt es mit in ihr Grab.«
»Glaubst du, es hat mit dem Grund zu tun, der sie bewogen hat, zu nachtschlafender Zeit noch einmal das Haus zu verlassen?«
Jamieson schüttelte den Kopf. »Ich weiß es nicht. Morgen früh könnte ich mal ihren Schreibtisch durchsuchen. Vielleicht hat sie irgend etwas aufgeschrieben.«
»Vielleicht hat sie das entdeckt, wovon zu meinst, daß auch Dr. Richardson schon darauf gestoßen war. Irgend etwas, das mit der Infektion zu tun hatte?«
Jamieson hatte stark den Eindruck, daß Sue versuchte, ihn auf eine bestimmte Fährte zu setzen. Ein Hinweis hier, eine Frage dort. Plötzlich glaubte er zu sehen, worauf sie hinauswollte. »Aber wenn sie dahintergekommen ist, was Thelwell mit den Todesfällen zu tun hatte, wäre sie doch nicht ausgerechnet zu ihm gegangen, oder?«
»Genau das finde ich auch.«
»Andererseits«, meinte Jamieson nachdenklich, »war Thelwell für den Tod ihrer Schwägerin verantwortlich. Menschen sind ja zu den merkwürdigsten Dingen fähig, wenn eine Sache persönlich wird. Vielleicht ist sie hingegangen, weil sie wußte, daß Thelwell der Killer war.«
»Um sich an ihm zu rächen, meinst du? Die Ärmste!«
Sie fielen in Schweigen, und Sue warf einen Blick auf die Uhr. »Großer Gott, schau, wie spät es schon ist!«

Jamieson setzte ein dünnes Lächeln auf und legte ihr den Arm um die Schulter. »Legen wir uns hin!«

Weder auf Moira Lippmans Schreibtisch noch auf der Arbeitsplatte gab es irgendeinen Hinweis, aus dem hervorgegangen wäre, warum sie so sehr darauf gedrungen hatte, Jamieson oder, am Ende, Thelwell zu sprechen. Jamieson durchsuchte sämtliche Schreibtischschubladen, und als das sich als fruchtlos erwies, untersuchte er auch noch sämtliche Kulturen in den Inkubatoren mit ihrer Handschrift auf den Etiketten. Nichts, was sich nicht auf irgendeine Routinearbeit im Labor hätte zurückführen lassen. Er fluchte halblaut vor sich hin, als Clive Evans hinter ihm sagte: »Das habe ich schon getan. Es ist nichts da.«
»Merkwürdig«, entgegnete Jamieson. »Ich könnte wetten, daß sie irgendwas aufgeschrieben hat.«
»Vielleicht hat sie irgendwelche Aufzeichnungen mitgenommen, als sie Thelwell aufsuchte«, meinte Evans.
»Ach du lieber Gott!« entfuhr es Jamieson, dem ein zweiter Besuch im Hause Thelwell überhaupt nicht schmecken wollte.
»Prüfen Sie das nach?«
Jamieson nickte.
»Möchten Sie, daß ich mitkomme?«
»Das ist nicht nötig«, sagte Jamieson, verließ Evans und telefonierte mit Chefinspektor Ryan, den er bat, ihm nochmals Zugang zu dem Haus in den Latimer Gardens zu verschaffen. Ihm fiel eine Zentnerlast von der Seele, als er hörte, daß Marion Thelwell und ihre Töchter für ein paar Tage zu Verwandten gefahren waren. Weiter sagte Ryan, sie hätten ihre Arbeit in Haus und Garten abgeschlossen; die Schlüssel könne er von dem Beamten bekommen, der vor dem Haus Posten bezogen hatte, um die Neugierigen fernzuhalten.

Der Polizist an der Gartenpforte straffte sich, als er Jamieson näherkommen sah, und trat von einem Fuß auf den anderen. Jamieson ahnte, daß er sich ihm in den Weg stellen wollte. Wahrscheinlich hielt er ihn für einen Journalisten, der hinter irgendwelchem Material her war, um die unersättlichen Bedürfnisse der Presse zu befriedigen. Jamieson wies seinen Ausweis vor und erklärte, er hätte von Chefinspektor Ryan Erlaubnis erhalten, das Haus zu betreten. Der Wachtmeister vergewisserte sich über das an seinem Revers festgesteckte Mikro, daß es damit seine Richtigkeit hätte, und nach einigem Geknatter aus dem Funkgerät hörte Jamieson die Worte: »Wird bestätigt.«

Im Haus herrschte eine bedrückende Stille. Es war, als ob Wände und Fußböden etwas gegen seine Anwesenheit hier hätten. Langsam stieg Jamieson die Treppe hinauf; er wollte nicht den geringsten Lärm machen und kam sich vor wie jemand, der sich in den privaten Kummer eines anderen einmischt. Er machte die Tür zum ehemaligen Arbeitszimmer von Gordon Thelwell auf und trat ein.

Er fand auf Thelwells Schreibtisch nichts, das auf irgendeinen Kontakt zwischen Moira Lippman und Thelwell hingewiesen hätte. Jamieson durchsuchte die Schubladen und schließlich sogar den Papierkorb – wieder nichts. Er war fest überzeugt, daß Moira sich irgendwelche Aufzeichnungen gemacht hatte. Sue gegenüber hatte sie erwähnt, sie wolle über die Ergebnisse einiger der Untersuchungen mit ihm reden. Also mußte es irgendwo Labornotizen von ihr geben. Abgesehen davon, daß das zur Routine von Wissenschaftlern gehörte, lag es in der Natur von Leuten, die im Labor arbeiteten, sich Aufzeichnungen zu machen.

Ob Thelwell sie vernichtet hatte, fragte er sich. Diese Möglichkeit mußte er immerhin in Betracht ziehen; doch wenn er es getan hatte, wie war er vorgegangen? Es gab im Zimmer weder einen Kamin noch einen Dokumentenschredder. Er machte sich an eine neuerliche Durchsuchung, die jedoch gleichfalls wieder ergebnislos verlief. Vielleicht hatte Moira die Unterlagen gar nicht mitgebracht; doch wenn sie nicht hier waren, im Labor waren sie auch nicht – wo also konnten sie sein? In ihrer Wohnung? Jamieson beschloß, es als nächstes dort zu versuchen. Schon wollte er den Inhalt des Papierkorbs wieder zurücktun, da hörte er plötzlich Schritte auf der Treppe. Sein erster Gedanke war, daß es der Polizist sein müsse. Die Tür ging auf, und Marion Thelwell stand auf der Schwelle. Jamieson kam sich schuldbewußt vor und war verlegen. Er schickte sich an, sich zu entschuldigen, indem er sagte, soviel er gehört hätte, stünde das Haus leer.

»Ich mußte noch mal her, um ein paar Sachen für die Mädchen zu holen«, sagte Marion Thelwell, deren Stimme keinerlei Gefühl verriet. »Haben Sie gefunden, wonach Sie suchten?«

Jamieson sah ihre trüben Augen und die tief eingegrabenen Falten in ihrem Gesicht. Es war ihr anzumerken, daß sie in der Nacht kein Auge zugetan hatte.
»Ehrlich gesagt, nein«, sagte er leise.
»Was war es denn?«
»Als Miss Lippman gestern abend Ihren Mann aufsuchte, muß sie meiner Meinung nach irgendwelche Notizen dabei gehabt haben, vielleicht ein Laborbuch. Danach jedenfalls habe ich gesucht.«
Marion Thelwell sah Jamieson lange und durchdringend an, als wäre er ein Schmutzfleck auf dem Boden, dann sagte sie langsam und wohlüberlegt: »Die Lippman hat Gordon gestern abend angerufen und gesagt, sie müsse ihn unbedingt sprechen. Er tat sein Bestes, sie davon abzubringen; ehrlich gesagt, hat er freiweg zu ihr gesagt, sie solle nicht kommen. Aber sie muß sich trotzdem auf den Weg hierher gemacht haben; nur ist sie nie hier eingetroffen.«
»Aber…«
»Ich wiederhole, sie ist nie hier eingetroffen. Sie muß irgendwo anders umgebracht und ihr Leichnam in unserer Sommerlaube versteckt worden sein.«
Jamieson wandte den Blick zu Boden und war bemüht, sich nicht anmerken zu lassen, daß er ihr nicht glaubte. »Und Ihr Mann, Mrs. Thelwell? Wo war er um diese Zeit?« fragte Jamieson mit soviel Feingefühl, wie es die Umstände erlaubten.
»Gordon hatte sich, wie ich der Polizei bereits gesagt habe, in seinem Arbeitszimmer eingeschlossen. Er hat das Haus überhaupt nicht verlassen.«
Jamiesons Blick wanderte unwillkürlich zum Fenster, was ihm bestätigte, daß es wirklich auf den Garten hinausging. Thelwell hätte also durchs Fenster hinausklettern können.
»Gestatten Sie mir die Frage, woher Sie wissen, daß es sich bei dem Anrufer um Moira Lippman handelte?«
»Weil ich den Anruf entgegengenommen habe.«
»Und woher wissen Sie, was gesprochen wurde?«
»Ich habe an der Nebenstelle unten in der Halle mitgehört«, antwortete sie ohne eine Spur von Schuldbewußtsein.
Wortlos sah Jamieson sie an, bis sie sich genötigt sah, das noch etwas weiter auszuführen.
»Ich wußte, daß Gordon schon lange nicht mehr zu den Chorproben

ging. Ich dachte, es könnte eine andere Frau dahinter stecken, auch wenn ich mir das nur schwer vorstellen konnte.«
»Warum?« fragte Jamieson, der meinte, einen eigenartigen Unterton in Marion Thelwells Stimme zu erkennen.
Sie zuckte freudlos mit den Achseln und sagte: »Gordon ist nie besonders an... Körperlichem interessiert gewesen, selbst früher nicht.«
Jamieson nickte. »Waren Sie denn nicht versucht herauszufinden, wohin Ihr Mann ging, wenn er ausging?« fragte er.
»Anfangs schon, aber dann bekam ich es mit der Angst. Und kam zu dem Schluß, daß ich es gar nicht wissen wollte...«
Vor lauter unterdrückten Gefühlen fing Marion Thelwell an zu zittern. Jamieson war peinlich berührt, weil das ganze vollkommen lautlos geschah – nichts weiter als eine Reihe von lautlosen, zitternden Konvulsionen. Trotzdem ließ er nicht locker. »Wegen der Morde in der Stadt?« fragte er.
Marion Thelwells Körper bebte. Sie nickte, sagte aber kein Wort.
Jamieson legte ihr den Arm um die Schulter und geleitete sie zu einem Stuhl. »Sie brauchen einen Drink«, sagte er leise. »Gibt es hier oben irgendwas?«
Mit der rechten Hand zeigte Marion Thelwell auf die Schreibtischtür. Jamieson fand eine Kristallkaraffe auf einem silbernem Tablett sowie vier Gläser. Eines davon schenkte er mit Whisky voll und reichte es ihr. Dann sah er zu, wie sie gierig trank und sagte: »Sie haben eine Menge durchgemacht. Sie müssen vollkommen erschöpft sein.«
»Das ist nichts im Verhältnis zu dem, was noch kommen wird«, erwiderte Marion Thelwell, und Jamieson mußte ihr beipflichten. »Es geht mir dabei nicht so sehr um mich als vielmehr um die Mädchen... Andere Kinder können schrecklich herzlos sein. Ich werde sie irgendwohin bringen müssen, irgendwohin, wo man sie nicht kennt. Muß ein neues Leben anfangen. Sagt man nicht so? Ein neues Leben.« Marion Thelwell legte die Hand an den Kopf und machte die Augen zu. Stille herrschte im Raum.

Jamieson hatte Mühe, Moira Lippmans Wohnung zu finden, und mußte zweimal anhalten, um sich nach dem Weg zu erkundigen, ehe er die kleine Nebenstraße und das Haus fand, nach dem er suchte. Mehr oder weniger war er darauf gefaßt gewesen, niemanden vorzufinden; er fürchtete, daß Moiras Mitbewohnerin zur Arbeit gegangen war, und so war er angenehm überrascht, als eine Stimme hinter der Tür fragte: »Wer ist da?«

»Ich bin Dr. Jamieson vom *Kerr Memorial*. Wir haben gestern miteinander telefoniert.«

»Können Sie sich ausweisen?« fragte die Stimme.

Jamieson steckte seinen Ausweis durch den Briefkastenschlitz und wartete geduldig, bis die Kette hinter der Tür abgenommen und dann aufgeschlossen wurde. Die Tür ging ein paar Zentimeter auf, und Jamieson sah ein schmales, brünettes Mädchen Mitte Zwanzig vor sich. Sie hatte eine talgige Haut und große, haselnußbraune Augen, in denen sich Angst spiegelte.

Jamieson lächelte.

»Man kann ja nicht vorsichtig genug sein«, sagte die junge Frau, machte die Tür weiter auf und legte das letzte Widerstreben ab, Jamieson eintreten zu lassen.

»Ich hatte schon gedacht, Sie wären zur Arbeit gegangen«, sagte Jamieson.

»Dazu war ich einfach nicht imstande, nach dem, was Moira passiert ist«, sagte sie. »Außerdem wollte die Polizei mir noch ein paar Fragen stellen.«

»Wie zum Beispiel?«

»Wie etwa, wann Moira gestern abend heimgekommen ist und wann sie die Wohnung wieder verlassen hat. So in der Art.«

»Waren Sie denn hier, als sie gestern abend aus der Klinik heimkam?« fragte Jamieson.

»Ja, das war ich.«

»Und hatte Moira irgend etwas bei sich?«

»Nur ihre Aktentasche. Warum fragen Sie?«

Erregt von der Antwort der jungen Frau ging Jamieson nicht auf die Frage ein, sondern fragte seinerseits: »Könnte ich die bitte sehen?«

Die Mitbewohnerin schüttelte den Kopf. »Nein, tut mir leid.«

»Warum nicht?«

»Weil sie sie mitnahm, als sie die Wohnung wieder verließ.«

»Sind Sie sich da völlig sicher?«

»Völlig. Ich habe nämlich gesehen, wie sie ein paar Papiere herausnahm und durchsah, bevor sie sie wieder hineinsteckte. Ich erinnere mich sogar, daß sie sagte, sie müsse sie jemandem aus dem Krankenhaus zeigen. Thelwell, glaube ich, hieß er. Darf ich Ihnen einen Kaffee anbieten?«

Ohne recht bei der Sache zu sein, sagte Jamieson dankend ja. Wenn Moira ihre Unterlagen mitgenommen hatte – wieso hatte er sie dann nicht in Thelwells Haus gefunden? Was war mit ihnen geschehen? Auch die Aktentasche war ja nicht in der Sommerlaube gewesen wie ihr Leichnam, und in Thelwells Arbeitszimmer auch nicht – wo zum Teufel also waren sie?

»Einen Penny für Ihre Gedanken«, sagte die junge Frau, als sie mit zwei Bechern Nescafé zurückkam.

Jamieson setzte ein verzeihungheischendes Lächeln auf und sagte: »Tut mir leid, das war sehr unhöflich von mir.« Sie unterhielten sich eine Weile über Moira und waren sich einig in der Überzeugung, daß sie ein angenehmer Mensch gewesen war. Jamieson erkundigte sich, ob die Mitbewohnerin einen ähnlichen Beruf hätte wie Moira.

»Ich bin Krankengymnastin am *Royal Hospital*«, antwortete sie. »Vor Bakterien graut mir eher.«

»Dann haben Sie beide sich wohl nur wenig über die Arbeit unterhalten, nicht wahr?«

»Eigentlich nicht. Obwohl ich sie, was die grassierende Infektion betrifft, natürlich ausgefragt habe.«

»Und was hat sie Ihnen erzählt?«

»Daß es sich bei den Erregern um Bakterien handelte, die sehr schwer zu bekämpfen seien. Wie sie sie nannte, habe ich leider vergessen.«

»Und mehr nicht?« fragte Jamieson.

»Vielleicht.« Das Mädchen lächelte. »Aber das ist mir inzwischen wohl entfallen. Das meiste habe ich sowieso nicht verstanden.«

Jamieson lächelte, und sie redeten über anderes, während er seinen Kaffee austrank. Wenn die Unterhaltung erlahmte, was zwischendurch immer wieder vorkam, machte er im Kopf eine Bestandsaufnahme von seiner Umgebung. Die Wohnung war sauber und aufgeräumt, doch die Möbel paßten alle nicht zusammen. Es handelte sich also um eine typische möblierte Wohnung, ähnlich denen, in denen er als Student gewohnt hatte. Er trank aus und nahm das als Anlaß aufzustehen. Sie schüttelten sich die Hand und sagten, wahrscheinlich würden sie sich bei der Beerdigung wiedersehen.

Ehe er den Motor anließ, saß Jamieson noch eine Weile still im Auto und dachte über die verschwundene Aktentasche nach. Vielleicht hatte Thelwell sie nach Moira Lippmans Ermordung irgendwo außerhalb seines Hauses verschwinden lassen. In einem Mülleimer? Oder auf dem Komposthaufen in seinem Garten? Er beschloß, noch einmal in die Latimer Gardens zu fahren und nachzusehen.

»Gibt es etwas Bestimmtes, wonach Sie suchen, Sir?« fragte der Wachtmeister, als er zusah, wie Jamieson den Müllbeutel vor der Küche von Thelwells Haus leerte.

»Eine Aktentasche.«

Der Mann half Jamieson, die Abfälle zu durchsuchen und, als die Suche erfolglos blieb, den Sack wieder hinzustellen. Mit einer Heugabel stocherten sie im Komposthaufen herum, auch hier ohne Erfolg.

»Wie kommen Sie darauf, daß sie hier sein müßte, Sir?« fragte der Polizeibeamte.

»Ich habe es einfach gehofft.«

Der Wachtmeister bedachte Jamieson mit einem erstaunten Blick. »Gehofft, Sir?«

Achselzuckend sagte Jamieson: »Denn wenn sie nicht hier ist, bedeutet das, daß jemand sie an sich genommen hat, und das wiederum bedeutet, daß ich mir den Kopf darüber zerbrechen muß, wer das gewesen sein könnte.«

»Du wirkst nicht besonders glücklich«, sagte Sue, als Jamieson am Fenster stand und ihr dabei den Rücken zuwandte.

»Ich bin nicht besonders glücklich«, bestätigte Jamieson.

»Möchtest du darüber reden?«

»Die ganze Geschichte schmeckt mir nicht. Irgend etwas ist faul daran.«

»Das mußt du mir schon erklären.«

»Erst findet Richardson was über die Infektion heraus und begeht Selbstmord, bevor er jemanden eingeweiht hat, um was es ging. Dann findet Moira Lippman auch etwas heraus, vielleicht dasselbe, und wird umgebracht, bevor sie es jemandem sagen kann.«

»Thelwell hat sie beide ermordet, damit sie den Mund halten. Wie wär's damit?«

»Um sich hinterher selbst das Leben zu nehmen? Warum sich die Mühe machen, andere beiseitezuschaffen, damit sie den Mund halten, wenn man sowieso vorhat, sich umzubringen?«

»Der Mann war geisteskrank.«

»Vielleicht, aber das ist doch allzu bequem als Erklärung.«
»Ich kann dir nicht folgen.«
»Es hat in Richardsons Arbeitszimmer keinerlei Notizen oder Unterlagen gegeben, aus denen hervorging, an welcher Theorie er sich versucht hat. Nicht das Geringste.«
»Dann muß Thelwell sie an sich genommen haben.«
»Und jetzt passiert mit Moira Lippmans Unterlagen dasselbe. Sie wird ermordet, und die Unterlagen sind unauffindbar.«
»Gleiche Erklärung: Thelwell hat sie an sich genommen.«
»Aber Thelwell hatte sie nicht. Ich habe überall nachgesehen.«
»Vielleicht hat er sie vernichtet.«
»Aber wie? Marion Thelwell ist sich ganz sicher, daß ihr Mann das Arbeitszimmer gestern abend nicht verlassen hat. Nach dem, was sie sagt, hat er sich geradezu einen abgebrochen, um Moira Lippman davon abzubringen vorbeizukommen; sie war es, die unbedingt kommen wollte. Und so müssen wir jetzt annehmen, daß Thelwell zum Arbeitszimmerfenster hinausgeklettert ist und Moira Lippmans Eintreffen abwartete. Demzufolge hat er sie im Garten ermordet, ist wieder zurückgeklettert ins Haus, hat – der Himmel weiß wie – Unterlagen und Aktenmappe vernichtet und sich im Anschluß daran selbst das Leben genommen. Irgendwie paßt das alles nicht zusammen.«
»Und welche andere Möglichkeit siehst du?«
Jamieson drehte sich um und sah ihr in die Augen, ehe er sagte: »Die andere Möglichkeit ist, daß jemand anders Moira umgebracht und ihre Unterlagen an sich nahm.«
»Nicht Thelwell? Also, der Gedanke schmeckt mir überhaupt nicht«, erklärte Sue bedächtig.
Jamieson stimmte ihr mit einem gezwungenen Lächeln zu und sagte dann: »Aber vielleicht hast du recht. Vielleicht ist das Ganze nur das irrationale Verhalten eines Irren.«
»Und was willst du jetzt tun?«
»Das Ganze der Polizei überlassen. Was mich betrifft, so werde ich darauf bestehen, daß sämtliche Instrumente im Lager der Zentralsterilisation sowie sämtliche Verbandspackungen auf der Frauenstation noch einmal sterilisiert werden. Wenn das geschehen ist, meine ich, können sie die Operationen wieder aufnehmen, und ich erstatte beim MedKa entsprechend Meldung.«
»Und danach können wir heimfahren?«

»Ja.« Jamieson lächelte.
»Und wie lange wird das dauern?«
»Ein paar Tage.«
»Ich zähle schon die Stunden.«
»Laß sie uns im Bett zählen.«

Dreizehntes Kapitel Es regnete die ganze Nacht durch. Scott, der auch zu den besten Zeiten nur einen leichten Schlaf hatte, wurde durch das Geräusch wach, das der Regen an den hohen Fenstern des Ärztehauses verursachte. Um sieben gab er jeden Versuch auf, doch wieder einzuschlafen, und stand auf. Er wusch und rasierte sich so leise wie möglich, um nicht Sue zu wecken, die immer noch im Tiefschlaf lag.

Als er, das Handtuch noch ans Gesicht gedrückt, aus dem Badezimmer herauskam, betrachtete er ihr Profil auf dem Kopfkissen. Er streckte die Hand aus, um mit den Fingerspitzen über ihre Wange zu streichen, hielt dann jedoch inne, denn sie bewegte sich und drehte sich um. Dann trocknete er sich vollends ab und trat ans Fenster, um nachzusehen, ob der Regen nicht allmählich nachließ.

Unten auf dem Hof standen große Pfützen und Wasserlachen, in denen die schweren Regentropfen aufspritzten. Über allem hing ein drückender grauer Dunst. Am entgegengesetzten Ende des kopfsteingepflasterten Hofs sah Jamieson eine Gruppe von Schwestern, die unter dem Vordach eines der Gebäudeeingänge standen und mit hochgezogenen Schultern unter ihren roten Umhängen die Köpfe zusammensteckten. Ein Blick auf die Uhr sagte ihm, daß es die Zeit des Schichtwechsels war, und es war nicht schwer, sich vorzustellen, worüber sie redeten. Bis es neun Uhr schlug, würde die Nachricht über Thelwells Tod im ganzen Krankenhaus die Runde gemacht haben.

Sue schlug die Augen auf und gähnte noch ganz verschlafen.

»Möchtest du einen Kaffee?« fragte Scott und stellte den Schnellkocher an.

»Bitte. Du bist schon früh auf.«

»Das Getrommel des Regens hat mich geweckt«, erklärte Jamieson knapp.

»Und was sonst noch?« fragte Sue, die die verschiedenen Timbres in der Stimme ihres Mannes genau kannte.

Scott schüttelte den Kopf, als wollte er das als unwichtig abtun. »Ach, nur das, worüber wir gestern abend schon geredet haben. Irgend etwas reimt sich nicht an der ganzen Geschichte. Eigentlich müßte ich doch erkennen, wo der Knackpunkt liegt, aber es gelingt mir nicht, und das läßt mir keine Ruhe.«

»Vielleicht bist du zu dicht dran. Vielleicht solltest du mal einen Schritt zurücktreten; dann überblickst du das alles besser.«

»Vielleicht«, sagte Scott. »Aber wenn Richardson im Zusammenhang mit den Infektionen etwas entdeckt hat und Moira Lippman später ebenfalls, müßte ich doch auch imstande sein, das zu erkennen, und der Gedanke läßt mich nicht los.«

»Nicht notwendigerweise. Sie waren beide Bakteriologen, du nicht.«

Jamieson sah sie an, als hätte sie ihm plötzlich ein Licht aufgesteckt. »Vielleicht ist es das«, sagte er. »Ich bin mit größter Selbstverständlichkeit immer davon ausgegangen, daß sie etwas über den Ursprung oder die Ausbreitung der Infektion entdeckt haben, aber vielleicht war das etwas, das die Erreger selbst betrifft. Etwas, das bloß ein Fachmann erkennen kann. Das würde mit Richardsons Interesse an den vom MedKa durchgeführten Untersuchungen der *Pseudomonas* zusammenpassen. Ihn hat das Testergebnis, das niemand sonst fassen konnte, nicht im mindesten überrascht. Nur ist er nie dazu gekommen, mir zu sagen, warum nicht. Andererseits läßt sich schwer vorstellen, was eigentlich von Laboruntersuchungen an den Viechern selbst gewonnen werden könnte. Ich habe die Ergebnisse sämtlicher Labortests gesehen, die Richardsons Leute durchgeführt haben. Außerdem habe ich sie selbst untersucht, und die Leute vom MedKa haben sich auch damit beschäftigt. Und das Endergebnis ist, daß wir es mit zwei hochvirulenten Mikroorganismen zu tun haben, denen sehr schwer beizukommen ist und die ein paar höchst merkwürdige biochemische Charakteristika aufweisen.«

»Wieso ›höchst merkwürdig‹?«

»Die *Pseudomonas* wichen von den Reaktionen, wie sie in den Lehrbüchern als Norm beschrieben werden, ab. Und das in einer ganzen Reihe von Tests.«

»Und was leitest du davon ab?«

Scott zuckte mit den Achseln und sagte: »Daß man sie kaum als typische Vertreter ihrer Art bezeichnen kann. Denn tatsächlich ist es doch so, daß beide Bakterienstämme aus dem Rahmen des Üblichen herausfallen, weil sie in hohem Maße gegen Antibiotika resistent sind.«

»Hast du darüber mit irgend jemand gesprochen?« fragte Sue.

»Natürlich«, erwiderte Scott. »Moira Lippman fand es höchst merkwürdig, daß die *Pseudomonas* in so ausgeprägtem Maße von der Norm abwichen, während Clive Evans das nicht so bemerkenswert fand.«

»Na ja, was sollst du damit anfangen? Denn wie du selbst gestern abend gesagt hast, ist doch das allerwichtigste, daß es im *Kerr Memorial* nicht zu weiteren Infektionen kommt. Dafür hast du gesorgt, und Thelwell ist tot; folglich ist die Frage, wie er es fertigbrachte, die Dinger in die Stationen und die OPs einzuschleppen, eigentlich nur noch theoretisch von Interesse.«

»Solange es keine weiteren Todesfälle gibt«, sagte Jamieson.

»Was willst du heute morgen machen?«

»Meinen Bericht schreiben.«

»Und dann?«

»Heute nachmittag habe ich vor, in die Zentralsterilisation rüberzugehen und dafür zu sorgen, daß sämtliche Instrumente und das Verbandszeug aus der Gynäkologie noch einmal durch die Sterilisation laufen.«

»Und heute abend könntest du mich zum Essen ausführen«, sagte Sue.

»Gute Idee«, willigte Scott ein.

Gegen elf hatte er den wichtigsten Teil seines Berichts erreicht. Scott liebte die Schreibtischarbeit nicht gerade, und da er das wußte, hatte er beschlossen, in der medizinischen Registratur des Krankenhauses zu arbeiten, wo es keine Fenster zum Hinausschauen gab, so daß es schwieriger als woanders war, sich ablenken zu lassen. Eine der Angestellten brachte ihm um Viertel nach elf eine Tasse Kaffee und stellte sie vorsichtig auf den Schreibtisch vor ihn hin. Auf dem Rand der Untertasse lag auch noch ein fingerdickes Stück Butterkuchen. »Ich hoffe, Sie nehmen es mir nicht übel, daß ich frage«, sagte sie, »aber es geht das Gerücht, daß Dr. Thelwell von der Gynäkologie tot ist. Stimmt das?«

»Ja, es stimmt leider«, antwortete Jamieson, und fragte sich, ob er für das Stück Kuchen sozusagen die Antwort schuldig sei.

»Vermutlich würde man erwarten, daß es mir leid tut«, sagte die junge Frau.
»Was spricht dagegen?«
»Der Mann war mir unheimlich«, sagte sie.
»Haben Sie ihn gekannt?«
»Nicht gut«, erwiderte sie, womit sie schnell dazu überging, sich bedeckt zu halten, als ob Jamieson ihr einen Vorwurf gemacht hätte. »Man brauchte ihn aber nicht gut zu kennen. Er war bei allen unbeliebt. Da fragt man sich schon, was im Kopf von Leuten wie dem vorgeht.«
»Was meinen Sie?« fragte Jamieson.
»Nun, man sollte doch meinen, daß so jemand irgendwann erkennt, wie unbeliebt er überall ist, oder? Spürt so einer das denn nicht? Warum unternimmt er nichts dagegen? Oder meinen Sie, es macht so einem überhaupt nichts aus?«
»Ich habe keine Ahnung«, sagte Jamieson. »Vielleicht merken die wirklich unangenehmen Leute gar nicht, wie sie sind.«
»Aber wir alle brauchen Zuneigung und Anerkennung«, sagte das Mädchen.
Sie machte auf dem Absatz kehrt und überließ es Jamieson, über das, was sie gesagt hatte, nachzudenken. Mit einem hatte die junge Frau recht. Man brauchte Thelwell nicht zu kennen, um ihn nicht zu mögen. So ein Mensch war er nun mal gewesen. Im übrigen mußte Jamieson sich fragen, ob seine instinktive Abneigung in bezug auf Thelwell eine Rolle gespielt hatte. Es fiel einem ja so leicht, bei Leuten, die man nicht mochte, immer gleich das Schlimmste anzunehmen. Man tat das, ohne sich im mindesten Gedanken darüber zu machen; man erwartete das einfach, wollte sogar, daß es stimmte; aber spielte das eine Rolle in bezug auf irgend etwas, das geschehen war? fragte er sich.

Der Regen hörte auf, und auch der Himmel hellte endlich einmal auf, so daß Sue beschloß, mit dem Bus in die Stadt zu fahren, um dort ein paar Einkäufe zu machen. Zwar hatte sie keinen bestimmten Grund, doch der Gedanke an Geschäfte und Menschengedränge reizte sie. Abgesehen von allem anderen war es ein guter Vorwand, um der abstoßenden Enge des Krankenhauses für eine Weile zu entkommen. Sie schaute zum Rückfenster hinaus, von dem aus sie den Wendekreis vorm Krankenhaustor sehen konnte, den die Busse benutzten. Ein

Doppeldecker stand wartend da. Sie sah, daß der Fahrer im Fahrerhaus saß und Zeitung las. Sue schnappte sich ihren Mantel und eilte hinunter.

In der Stadt herrschte geschäftiges Treiben, doch da Sue nichts Bestimmtes kaufen wollte, konnte sie vollere Geschäfte vermeiden und nach Herzenslust in weniger besuchten stöbern. Sie fühlte sich vom Schaufenster eines Ladens für werdende Mütter angezogen und freute sich an der Auslage von Dingen, die sie und Scott in näherer Zukunft brauchen würden. Sie hatte sogar Mühe, sich zurückzuhalten, um nicht gleich hineinzugehen und einen Vorwand zu finden, der Verkäuferin zu erklären, daß sie schwanger sei. Mit der Hand strich sie sich unwillkürlich über den Bauch, eine beschützende Geste die sie machte, als sie die Straße überquerte und durch die vielen Leute auf dem Bürgersteig zum Eingang des Kaufhauses *Marks and Spencer* hinüberging.

Sie verweilte eine Zeitlang in der Herrenabteilung, bewunderte die abwechslungsreichen Muster einiger Shetland-Pullover und überlegte hin und her, ob sie nicht einen für Scott kaufen sollte. Das einzige, was sie davon abhielt, war die Tatsache, daß er es nicht gern hatte, wenn er sich seine Kleidung nicht selbst aussuchen konnte. Er zog es vor, selber einzukaufen, obwohl er in Wahrheit schon den Gedanken daran haßte und in der Regel zu einem solchen Unternehmen geradezu getrieben werden mußte, was für gewöhnlich zwei- bis dreimal im Jahr vorkam. Andererseits hatte sie das Gefühl, Scotts Geschmack inzwischen genau zu kennen. Ein dezent gemusterter Pullover in gedeckten Farben würde ihm gut stehen und ihm bestimmt gefallen. Sie wählte einen in seiner Größe aus und hielt ihn vor sich hoch, doch während sie das tat, wurde sie sich eines Mannes bewußt, der sie von der anderen Seite des Verkaufstischs beobachtete.

Die Intensität, mit der er sie anstarrte, hatte beinahe etwas Belästigendes. Sie versuchte, ihn zu ignorieren, war sich seiner Anwesenheit aber weiterhin bewußt. Irgend etwas an ihm kam ihr bekannt vor, doch anfangs wollte ihr nicht einfallen, was. Dann erinnerte sie sich. Der Mann war mit demselben Bus gefahren, der sie vom Krankenhaus hergebracht hatte. Sie bereitete sich innerlich darauf vor, den Mann nur mit kalter und nichtssagender Miene anzusehen. Was sie noch unruhiger machte, war die Tatsache, daß der Mann einfach

zurückstarrte, und, was schlimmer war, es fiel nicht schwer zu begreifen, was er dachte. Sein Gesichtsausdruck verriet blanken Haß.
Sues Hand zitterte, als sie den Pullover, den sie vor sich hingehalten hatte, sinken ließ und woanders hinsah. Ihr Atem ging ein wenig unregelmäßig, und ein Gefühl, das richtiger Angst ziemlich nahe kam, stieg in ihr auf. Sie spürte, wie das Blut in ihren Schläfen pochte und ihre Knie weich wurden. Das ist doch lächerlich, rief sie sich zur Ordnung. Schließlich spazierte sie nicht in dunkler Nacht durch einen einsamen Park, verdammt noch mal! Sie stand um elf Uhr vormittags in der Mitte eines belebten Kaufhauses. Rings umher gab es Menschen.
Sie kehrte dem Verkaufstisch den Rücken zu und ging weg; dabei taten ihr die vielen Menschen wohl, an denen sie sich vorbeidrücken mußte, um zur Damenabteilung zu kommen. Sie wollte sich zwar umdrehen und sich vergewissern, daß der Mann ihr nicht folgte, doch irgend etwas hielt sie davon ab, es wirklich zu tun. Es war, als ob sie Angst hätte, die Anwesenheit des Mannes durch einen solchen Akt noch zu verstärken.
Schließlich tat sie es doch, und zwar zu wiederholten Malen. Sie mußte es wissen. Sie fand ein Regal mit Mänteln, tat so, als sähe sie die Mäntel durch, und nahm dies zum Vorwand, um sich umzudrehen. Als sie den Saum eines der Mäntel herauszog, um das Material zu befühlen, berührte eine Hand sie am Rücken, und sie merkte, daß sie erstarrte. »Verzeihen Sie, meine Liebe, würden Sie mich wohl bitte vorbeilassen?« sagte ein kleines altes Frauchen mit Kapotthut und schaute leicht verwundert drein, als sie Sues ziemlich dramatische Reaktion bemerkte. Sue lächelte, um ihre Verlegenheit zu kaschieren, und ließ die Frau vorbei. Den Kopf hielt sie vornüber gebeugt, doch mit den Augen suchte sie dabei ihre nähere Umgebung ab. Soweit keine Spur von dem Mann. In einem langgezogenen Seufzer ließ sie den Atem entweichen; bis zu diesem Augenblick war ihr nicht bewußt gewesen, daß sie ihn angehalten hatte.
Sollte sie sich den Ausdruck des Hasses auf dem Gesicht des Mannes eingebildet haben, fragte sie sich, als sie weiter im Kaufhaus stöberte. Sie mochte sich noch soviel Mühe geben, sie konnte das Bild einfach nicht abschütteln. Vielleicht litt der Mann an einer krankhaften Gesichtsverzerrung? An irgend etwas, das die Gesichtsmuskeln beeinträchtigte, so daß er den Ausdruck nicht wirklich beherrschen

konnte? Eine Bell-Lähmung oder etwas Ähnliches vielleicht? Sie suchte Ablenkung an einem Ständer mit modischen Nachthemden, mußte sich jedoch daran erinnern, daß ihre Figur sich wohl bald ändern würde, und zwar genau dort, wo das für diese Art Nachthemden absolut nicht angebracht war. Wo ich schon mal hier bin, könnte ich mir genausogut die ›Zelte‹ ansehen, dachte sie und machte sich auf die Suche nach der Mutterschaftsabteilung. Dort entdeckte sie eine Reihe langer, fließender Morgenröcke, die sie attraktiv oder, genauer gesagt, am wenigsten unattraktiv fand, und suchte anhand der Etiketten nach ihrer Größe. Als sie die Gewänder auseinanderschob, um einen der Morgenröcke herauszuholen, packte sie das schiere Entsetzen, und sie erstarrte zu Stein. Der Mann stand auf der anderen Seite des Kleiderständers und sah sie durch die entstandene Lücke an. Er war diesmal weniger als einen Meter von ihr entfernt, und in seinen Augen loderte hinter kleinen runden Brillengläsern der schiere Haß.

Sue machte unwillkürlich einen Schritt rückwärts und schlug die Hand vor den Mund, um gegen die momentane Unfähigkeit zu atmen anzugehen. Dabei stieß sie gegen eine Wand. Sie saß also in der Falle. Nach hinten jedenfalls war ihr der Weg abgeschnitten. »Was... was wollen Sie?« stammelte Sue entsetzt und versuchte, aus den Augenwinkeln heraus nach dem besten Fluchtweg zu suchen.

»Rache!« zischte der Mann, ohne zu zögern. Es war, als hätte er nur darauf gewartet, daß Sue ihm diese Frage stellte.

»Wovon... wovon reden Sie? Ich habe Sie nie zuvor im Leben gesehen. Da muß doch eine Verwechslung vorliegen.«

»Sie gehören ihm, und ich werde Sie ihm wegnehmen. Mal sehen, wie ihm das gefällt, wenn das passiert.«

Der Mann machte Anstalten, auf sie zuzugehen, woraufhin Sue alle Selbstbeherrschung verlor, laut losschrie, die Augen zumachte und die Hände abwehrend zur Faust ballte.

»Madam, Madam, was haben Sie denn?« fragte eine hilfsbereit klingende Stimme dicht neben ihr. Sie machte die Augen auf und stellte fest, daß eine der Verkäuferinnen ihr die Hand auf den Arm gelegt hatte. Rings um sie her starrten die Menschen zu ihr herüber und tuschelten miteinander.

»Da war ein Mann«, brachte Sue undeutlich hervor.

Die Verkäuferin sah sich suchend um, und Sue tat desgleichen. Aber es war niemand da.

»Eben war er noch hier«, sagte Sue schluchzend. »Er hat gesagt, er will Rache nehmen.«
Das klang albern, und Sue sah die Verkäuferin an, um festzustellen, wie sie darauf reagierte.
»Rache, Madam? Rache für was?«
»Das weiß ich nicht«, gestand Sue hilflos.
»Vielleicht hilft Ihnen eine schöne Tasse Tee«, sagte die Verkäuferin fürsorglich.
»Nein, keinen Tee«, erwiderte Sue, die sich schmerzlich bewußt war, daß die Menschen über sie redeten. Sie hatte nur noch den einen Wunsch, den Laden zu verlassen. »Ob Sie mir wohl ein Taxi rufen könnten?«
»Aber natürlich. Warum kommen Sie nicht für einen Moment hier herein?«
Die Verkäuferin geleitete Sue durch eine der Türen mit der Aufschrift PERSONAL und ließ sie an einem Tisch Platz nehmen, während sie ein Taxi bestellte. Sue war froh, nicht mehr in aller Öffentlichkeit angestarrt zu werden, und ihr Atem beruhigte sich in dem Maße, wie sie wieder Herr über ihre Gefühle wurde.
»Das Taxi wird in fünf bis zehn Minuten hier sein«, sagte die Verkäuferin und legte auf. »Ist auch wirklich alles in Ordnung mit Ihnen?«
Sue schaffte es zu nicken, raffte sich zu einem Lächeln auf und dankte der Verkäuferin für ihre Freundlichkeit.
»Es gibt schon komische Typen heutzutage«, sagte die Verkäuferin. »Man weiß wirklich nicht, was aus diesem Land noch werden soll.«
Sue nickte. An diese Tatsache brauchte sie nicht erinnert zu werden.

Von einem Augenblick auf den anderen war die Welt feindseliger geworden. Sue bekam es mit der Angst und machte sich Sorgen, wie sie es von der Kaufhaustür bis zur Tür des Taxis über den Bürgersteig schaffen sollte. Das Taxi war nach drei Minuten da; sein Dieselmotor tuckerte überlaut.
»Das ist mal schnell gegangen«, sagte die Verkäuferin. »Ich an Ihrer Stelle würde mir zu Hause erst mal einen ordentlichen Drink einschenken.«
Sue bedankte sich für ihre Freundlichkeit, eilte zum Taxi und warf den Wagenschlag hinter sich zu. Erleichtert atmete sie auf. »Zum *Kerr*

Memorial, bitte«, sagte sie und ließ sich gegen die Lehne des Rücksitzes sinken. Nahezu unbewußt vergewisserte sie sich, daß die Fenster auch geschlossen waren.
Das Taxi fuhr in Richtung Krankenhaus los. Sue schaute auf die Straßen hinaus, nahm aber nicht viel wahr; sie war viel zu aufgeregt, um sich zu konzentrieren. Sie erinnerte sich nicht, je zuvor dermaßen verängstigt gewesen zu sein. Sue schaute auf die Straßen hinaus. Die Leute machten ihre Einkäufe, Kinder rannten hin und her. Allmählich wurde sie sich der Normalität all dessen wieder bewußt und beruhigte sich ein wenig.
Einige Minuten vergingen, und Sue machte ihre Handtasche auf, um ihr Portemonnaie zu entnehmen. Zwar wußte sie, daß sie genug Geld dabei hatte, um das Taxi zu bezahlen, doch war sie immer noch so nervös, daß sie trotzdem nachsah. Sie warf einen Blick auf den Taxameter und erstarrte, als ihr aufging, daß der nicht lief. Wie gebannt schaute sie auf die Zahlen; sie standen auf Null. Ob das Kaufhaus das Taxi im voraus bezahlt hatte? Sie hatte aber niemanden gesehen, der dem Chauffeur Geld gegeben hatte. Und abgesehen davon – in dem Kaufhaus hatte sie keiner gefragt, wohin sie wollte.
In ihrem Kopf wiederholte die Verkäuferin immer und immer wieder: »Das ist mal schnell gegangen, das ist mal schnell gegangen.« Sue stellte sich der schrecklichen Wahrheit. Dieses Taxi war nicht aufgrund des Anrufes gekommen, sondern aus einem ganz anderen Grund vorgefahren. Langsam hob sie den Blick zum Rückspiegel. Zwei brennende Augen hinter kleinen runden Brillengläsern starrten sie an.
Von Panik erfaßt, fing Sue an zu schreien. »Was wollen Sie von mir?« Sue hämmerte mit den Fäusten gegen die Glasabtrennung. Der Fahrer reagierte nicht. Das Taxi fuhr schnell weiter.
Es fuhr viel zu schnell, als daß Sue den Versuch hätte wagen können, im Fahren auszusteigen, doch umklammerte sie die Kurbel des Fensters mit der einen Hand, während sie mit der anderen gegen die Scheibe klopfte, um die Aufmerksamkeit von Leuten draußen auf sich zu lenken. Kein Mensch sah hin. Niemand nahm Notiz von ihr.
»Seid ihr denn alle blind?« schrie sie verzweifelt. »Lassen Sie mich raus! Lassen Sie mich raus!« flehte sie den Fahrer an. »Es muß irgendein Mißverständnis vorliegen! Ich kenne Sie doch gar nicht! Und Sie kennen mich auch nicht!«

Das Taxi bog in eine enge Seitenstraße ein, und Sue umklammerte neuerlich die Fensterkurbeln. Als der Fahrer unvermittelt die Straßenseite wechselte und so nahe an einer Hauswand parkte, daß ihr hier der Fluchtweg nach der einen Seite abgeschnitten war, verlor Sue das Gleichgewicht. Der Fahrer sprang hinaus und öffnete die andere Tür, als Sue sich vom Boden hochrappelte. In der Hand hielt er ein Messer mit einer langen, dünnen Klinge. »Ein Wort von dir, nur ein einziges – verstehst du!« zischte er.

Sue konnte nur nicken.

»Und jetzt steig aus!«

Sie stieg aus, und der Mann legte ihr eine Hand auf die Schulter, um sie durch einen schmalen Hauseingang zu steuern. Es ging einen dunklen Gang hinunter, auf dem es nach Öl und Benzin roch. Ein Ruck an ihrer Schulter veranlaßte sie stehenzubleiben, während der Mann mit seiner anderen Hand nach einem Lichtschalter suchte. Das Licht ging an, und Sue sah, daß sie in einer Art Keller stand. Von den feuchten Wänden blätterte die Farbe ab.

»Hier rein!« zischte der Fahrer, machte eine Holztür auf und stieß Sue hinein. Wieder mußte sie warten, bis das Licht anging und sie entdeckte, daß sie jetzt in einer verschlossenen Garage stand. Von einem Auto war nichts zu sehen, nur ein Ölfaß und zwei Räder mit reichlich abgefahrenen Reifen, die flach auf dem ölverschmutzten Boden lagen. An einer Wand hing ein schwarzer Schlauch, an der anderen ein Werbekalender mit dem Bild eines spärlich bekleideten Mädchens. Es kam Sue so vor, als mache das Werbemädchen sich mit seinem breiten Lächeln über sie lustig.

»Sie sind der Killer, nicht wahr!« stammelte Sue besinnungslos vor Angst.

Der Mann würdigte sie keiner Antwort.

Sues Verstand arbeitete fieberhaft. Scott hatte nicht recht gehabt. Thelwell war gar nicht der Ripper. Der Ripper, das war dieser Mann hier in dieser verlassenen Garage, und kein Mensch wußte, daß sie sich hier in seiner Gewalt befand! »Was haben Sie mit mir vor?« fragte sie aus dem unbewußten Drang heraus, sich Gewißheit über ihr Schicksal zu verschaffen.

»Alles, was mir Spaß macht!« schnarrte der Mann. »Da drüben hin! Geh schon!« Der Mann versetzte Sue einen Stoß in den Rücken, so daß sie strauchelte und vornüber auf den Fußboden fiel, wobei sie sich die Knie und einen Ellbogen auf dem rohen Betonboden aufschrammte. Im Handumdrehen hatte er ihr die Füße mit einem elektrischen Kabel gefesselt, das er aus einer alten Kommode in einer Ecke hervorgeholt hatte. Sue spürte, daß der Mann ihre Angst genoß. Er schien sich regelrecht daran zu weiden. Als er seine Hand auf ihr Knie legte, versteifte sie sich; er beobachtete ihre Reaktion, schien sich darüber zu freuen; denn jetzt schob er die Hand langsam unter ihren Rock, knetete ihren Oberschenkel und beobachtete dabei ihre Augen.

»Bitte! Bitte nicht!« flehte Sue ihn an. Tränen liefen ihr übers Gesicht, doch er schob seine Hand immer weiter hinauf. Während Sue den Kopf verzweifelt von einer Seite auf die andere warf, fühlte sie, wie ein Daumen unter ihren Schlüpfer fuhr und auf ihrem Schamhaar kreiste. Es konnte sich nur noch um Sekunden handeln, bevor er das Messer benutzte.

»Um Gottes willen! Hören Sie auf!« schrie sie.

Augenblicklich schlug der Mann ihr mit dem Rücken der freien Hand ins Gesicht. »Hör auf, solchen Lärm zu machen, dumme Kuh!« herrschte er sie an.

Offenbar zufrieden mit dem allumfassenden Schrecken, den er bei Sue provoziert hatte, fuhr der Mann fort, sie zu fesseln. Er riß ihre Arme seitwärts hoch und knotete die Hände an Metallringen fest, die in die Mauer eingelassen waren. Um die Hüfte schlang er ihr ein Seil, das er ebenfalls an den Metallringen festzurrte.

»Und jetzt das Wichtigste«, sagte der Mann leise, strich eine Strippe glatt und machte sich daran, sie Sue ins Haar zu flechten.

Sue schluchzte beinahe besinnungslos bei dem, was er tat.

Der Mann trat zurück und nahm das in Augenschein, was er gemacht hatte. »So sollte es klappen«, murmelte er.

Nachdem er das dünne Kabel an mehreren Stellen fest mit dem Haar verflochten hatte, straffte der Mann das lose Ende und verknotete es fest mit einem Gegenstand an der Wand über Sues Kopf.

Die litt jetzt beträchtliche Schmerzen. Der Mann sorgte dafür, daß die Strippe bis zur äußersten Grenze straff gezogen wurde. Jetzt konnte sie weder Arme noch Füße, noch Kopf auch nur einen Zentimeter bewegen.

Der Mann schien zufrieden. »Irgendwann wird dein Mann kommen und dich abholen«, sagte er, kniete vor ihr nieder und verfolgte, wie

sich die Verwirrung in ihren Zügen malte. »Und wenn er das tut – weißt du, was dann passiert?«
Die Augen angstgeweitet, verharrte Sue in Schweigen.
»Nein? Dann will ich es dir sagen. Sein Auto wird den Infrarotstrahl draußen vor der Tür unterbrechen, und wenn das geschieht, geht das Garagentor auf... und wenn das passiert...« Der Mann hielt inne, um ihr Gelegenheit zu geben, sich den Rest selbst vorzustellen. In ihren Augen las der Mann, daß sie verstanden hatte. »Ja, so ist es«, sagte er im Flüsterton. »Das Kabel ist mit dem Motor der Garagentür verbunden. Deine Kopfhaut wird dir abgezogen werden und – was noch besser ist – dein Mann kann zusehen, wie es geschieht. Dann wird er vielleicht wissen, wie es sich anfühlt. Der Hund!«
Sue öffnete den Mund zu einem Schrei, doch wurde dieser erstickt. Der Mann stopfte ihr einen Lappen in den Mund und sorgte dafür, daß der Knebel nicht herauskonnte. Er stand auf, überprüfte nochmals das Kabel, trat mit zufriedener Miene an die Tür, knipste das Licht aus und ging. Sue blieb in Angst und Dunkelheit zurück.

Jamieson schloß seinen Bericht für MedKa ab und verschloß den Umschlag. Er ließ ihn zurück, damit er zur Post gegeben werde, und ging dann hinüber in die Gynäkologie, um mit Phillip Morton zu sprechen, der jetzt der leitende Chirurg dort war. Sie unterhielten sich über Wartelisten und Terminpläne und einigten sich dahingehend, daß die Operationen wieder aufgenommen werden sollten, sobald Instrumente und Verbandszeug noch einmal durch die Sterilisation gelaufen waren.
»Heute morgen ist übrigens das Untersuchungsergebnis des letzten Abstrichs von Dr. Thelwell vom Gesundheitsamt gekommen«, sagte Morton leise, als Jamieson aufstand, um zu gehen.
»Und?«
»Absolut negativ«, sagte Morton.
Als Jamieson sich anschickte, draußen vor Mortons Arbeitszimmer die Treppe hinunterzusteigen, hörte er das Telefon klingeln; nur wenige Augenblicke später ging die Tür auf, und Phillip Morton rief zu ihm hinunter, da sei ein Anruf für ihn. Jamieson sprang wieder hinauf, Morton reichte ihm den Hörer und ging höflich hinaus, wobei er die Tür so leise wie möglich hinter sich schloß.
»Hallo, hier spricht Dr. Jamieson.«

»Gut.«
Obwohl nur ein einziges Wort gesprochen worden war, gefiel Jamieson der Ton überhaupt nicht. Unversehens stieg Unbehagen in ihm auf. »Wer spricht da?« fragte er.
»Egal, wer es ist. Ich habe den heutigen Vormittag mit Ihrer Frau verbracht, Doktor«, sagte die Stimme höhnisch.
»Wirklich? Wer spricht denn da?« wiederholte Jamieson, plötzlich verzweifelt und voller Angst, daß Sue etwas zugestoßen sein könnte.
»Sie ist schon eine sehr attraktive Frau.«
Jamieson schluckte. Seine Gedanken überstürzten sich. »Wer ist da?« fragte er, bemüht, sich seine Erregung nicht anmerken zu lassen. Er hatte einen so trockenen Mund, daß er nochmals schlucken mußte.
»Sehr attraktiv sogar. Geradezu unwiderstehlich, könnte man sagen. Ich jedenfalls fand sie unwiderstehlich... Deshalb habe ich sie genommen. Ich konnte einfach nicht anders.« Die Stimme wieherte förmlich.
»Wo ist Sue? Was haben Sie mit ihr gemacht?« Jamiesons Stimme klang schrill.
»Oh, jetzt können Sie sie gern wiederhaben«, sagte der Anrufer. »Ich bin fertig mit ihr.«
»Was meinen Sie? Was haben Sie ihr angetan?« Jamieson schrie förmlich ins Telefon hinein.
»Ich hab sie gehabt, Doktor. Ich habe sie genossen. Wollen Sie es wirklich in allen Einzelheiten wissen? Oder vielleicht lassen Sie sich die lieber von ihr selbst erzählen, immer vorausgesetzt, Sie wollen sie zurückhaben – auch noch in dem Zustand, in dem sie jetzt ist.«
Jamieson mußte sich am Schreibtisch festhalten. Er versuchte, tief Atem zu holen, doch er konnte nur noch ächzen. Es kostete ihn unendliche Mühe zu sprechen. »Wo ist meine Frau?« fragte er kaum hörbar. »Was haben Sie mit ihr gemacht?«
Eine Adresse wurde angegeben, und Jamieson suchte auf Mortons Schreibtisch nach einem Kugelschreiber. Als er nach einem Lamy griff, warf er verschiedene Dinge um und notierte auf dem ersten Stück Papier, das ihm in die Hände kam. »Lock-up Nummer sieben, West Side Mews«, wiederholte er.
»Sie sind ein beneidenswerter Mann, Doktor«, fuhr die Stimme fort. »Sie ist große Klasse im Bett.«

Das Telefon verstummte, und Jamieson war nahezu außer sich vor Angst und Wut. Er griff nach der Klinke, riß die Tür auf. Morton war nirgends zu sehen, deshalb hetzte er die Treppe hinunter und fragte den erstbesten, dem er begegnete, wo die West Side Mews wären. Der Mann, ein Pfleger, der Bettwäsche auf die Stationen verteilte, kratzte sich am Kopf und überlegte einen Moment. »Die gehen links von der Croxton Road ab. Zweite oder dritte Straße links, wenn Sie die Ampel an der Kreuzung mit der Midgely Road hinter sich haben.«
Jamieson rannte davon und bekam nicht mehr mit, wie der Mann sagte: »Aber vielleicht meine ich auch die Weston Mews...«

Jamieson lenkte den Wagen rasant in die Weston Mews hinein und haute vor Wut mit beiden Händen auf das Lenkrad, als er das Straßenschild las. »So ein Scheiß...«
Er fand nicht die richtigen Worte, sprang aus dem Auto und lief auf den ersten Fußgänger zu, den er sah. Zufällig handelte es sich um den Postboten.
»West Side Mews? Das ist meilenweit von hier entfernt, Freund«, sagte der Mann geduldig lächelnd. »Wenn Sie hier rauskommen, müssen Sie sich links halten...«
Jamieson versuchte, das, was er hörte, wirklich aufzunehmen und sich einzuprägen. Der Postbote nahm sich endlos Zeit, ihm die Richtungen zu erklären, doch Jamieson wußte, daß es keinen Sinn hätte, ihn anzuschreien.
»...und dann die dritte Straße, die abgeht. Hinter Halford's Fahrrad-Shop. Sie können sie nicht verpassen.«
Die Reifen quietschten, als Jamieson den Wagen wendete, ohne sich groß um Verkehrsregeln zu scheren. Ein Mülleimer kippte um, als das Vorderteil des Autos den Rinnstein hochhüpfte und ihn dabei ziemlich heftig streifte. Als Jamieson zurücksetzte auf die Fahrbahn, hupte lang und laut ein ihm entgegenkommender Wagen, doch darum kümmerte Jamieson sich genauso wenig wie um die wütende Geste des Fahrers.
Die Tachonadel zeigte fast achtzig, als er im dritten Gang außen an einer langen Autokolonne vorbeizog, dann jedoch genötigt war, sich wieder einzufädeln, als die aufblitzenden Blinker eines Tankwagens ihm bedeuteten, daß der Fahrer nicht gewillt war nachzugeben.
»Dich haben sie wohl...«, rief gellend der Fahrer des Tanklastwagens

durch sein Fenster, als er mit ihm gleichzog. Jamieson ignorierte ihn. Er konnte nur an Sue denken und daran, was sie wohl durchmachte.
»Verdammt noch mal, mach Platz!« zischte Jamieson durch zusammengebissene Zähne, als er sah, wie die Verkehrsampel vor ihm auf Grün umsprang und am Anfang der Kolonne offensichtlich nicht darauf reagiert wurde. »Brauchst du etwa eine persönliche Einladung?« Ungeduldig streckte er den Kopf vor, um zu sehen, warum es denn so langsam voranginge, und erhaschte einen Blick auf das Schild FAHRSCHULE. »Auch das noch!« fluchte er laut und ließ die Hand wieder auf das Lenkrad heruntersausen. Allmählich floß der Verkehr zügig weiter, und Jamieson fing an, darüber nachzudenken, warum der Mann ihn überhaupt angerufen hatte. Wieso kam ein Sexmonster dazu, den Ehemann seines Opfers anzurufen? Um sich an seiner Qual zu weiden? Doch wenn das der Fall war – mußte man dann nicht darauf schließen, daß im Grunde er, Scott Jamieson, es war, den er treffen wollte, und nicht Sue? Wer konnte so etwas tun, und warum?
Als sich im Verkehr wieder ein Halt ergab, kam Jamieson zum erstenmal auf den Gedanken, daß der ganze Anruf vielleicht nichts anderes war als ein übler Streich. Er hatte sich nicht erst vergewissert, ob Sue das Ärztehaus überhaupt verlassen hatte. Vielleicht saß sie in diesem Augenblick dort und fragte sich, wo er blieb. Doch wenn das der Fall war, warum hatte der Mann ihm dann die Adresse genannt, zu der er fahren sollte? Konnte es sein, daß das eine Art Trick war, um ihn in eine Falle zu locken? Doch dieser Gedanke wurde wieder verdrängt, als Jamieson sich vorstellte, wie Sue womöglich mit Hautabschürfungen und grün und blau geprügelt in diesem Raum lag, mutterseelenallein und voller Angst. Wieder überkam ihn glühender Zorn. Zäh floß der Verkehr weiter.
Hinter Halford's Fahrrad-Shop bog er nach links ab. Das war die letzte der Richtungsangaben des Postboten, an die er sich erinnerte. Er fuhr an den Straßenrand und fragte eine Frau, die ein Wägelchen mit draufgeschnallter Einkaufstasche hinter sich herzog, wie er zu West Side Mews käme. Als er sich näherte, scheute die Frau vor ihm zurück.
»Keine Angst. Ich wollte Sie nur fragen, wie ich zu den West Side Mews komme«, versicherte er ihr, doch die Frau hörte gar nicht zu. Da näherte sich ihr auf der Straße ein wildfremder Mann, und das reichte heutzutage. Sie entfernte sich schleunigst.
Jamieson hielt Ausschau nach jemand anderem, den er fragen könnte.

Auf einem Fahrrad, das etliche Nummern zu groß für einen Teenager war, kam ein Junge die Straße entlang. Er stand auf den Pedalen und bewegte sich auf und ab wie auf einem Kirmespferd. Als er mit seinem Auto gleichzog, rief Jamieson ihm zu: »Wo ist West Side Mews, Freund?«

»Weiter links, Mister. Nach dem gelbgestrichenen Laden.«

Jamieson bog links in die Nebenstraße ein. Bei dem gelb gestrichenen Laden handelte es sich um eine Poststelle. Davor stand eine Telefonzelle, die zum Glück leer war. Es konnte nur einen Moment dauern, um festzustellen, daß es sich womöglich um einen bösen Streich handelte. Jamieson rief im Krankenhaus an. In seinem Zimmer wurde nicht abgenommen. Er bat, mit Clive Evans verbunden zu werden, der gleich nach dem ersten Klingeln abnahm.

»Haben Sie Sue gesehen? Ist sie im Ärztehaus?«

»Nein, das ist sie nicht. Ich bin ihr heute vormittag begegnet. Sie sagte, sie wolle in die Stadt und dort ein paar Einkäufe machen. Ich glaube nicht, daß sie schon wieder zurück ist.«

»Lieber Himmel!« murmelte Jamieson.

»Stimmt irgendwas nicht?«

»Sue ist etwas zugestoßen. Schicken Sie doch bitte einen Krankenwagen und die Polizei in die West Side Mews.« Jamieson nannte Evans die Nummer und vergewisserte sich, daß dieser auch alles richtig notiert hatte. »Es ist dringend.« Jamieson legte auf und ließ Evans mit seiner Frage gar nicht erst zu Wort kommen. Jamieson trat aus der Telefonzelle heraus und beschloß, den Wagen stehenzulassen, wo er war. Zu Fuß rannte er um die Ecke in die West Side Mews hinein. Garage Nummer sieben war die letzte.

Jamieson blieb in der Mitte der schmalen Straße stehen und starrte auf die über das Garagentor gepinselte Sieben. Die Gasse war menschenleer, und es herrschte völlige Stille. Er konnte seinen eigenen Atem hören, als er langsam auf die Tür an der Seitenwand der Garage zuging. Daneben gab es ein Fenster. Hinter der schmutzigen Scheibe erkannte Jamieson undeutlich etlichen Trödel, woraus er schloß, daß es sich um einen Abstellraum handeln müsse. Unmittelbar unter dem Fenster entdeckte er auch eine Vorrichtung für eine Infrarot-Anlage, zu der eine schwarze Plastikabdeckung sowie eine kleine Röhre gehörte, die in einem bestimmten Winkel daraus hervorlugte. Jamieson überlegte. Heutzutage wiesen viele Garagen eine solche Vorrichtung zum automatischen Öffnen und Schließen auf; das war nichts Ungewöhnliches, doch konnte man solche Strahlen auch für alles mögliche andere verwenden. Vielleicht war das verrückt, aber er dachte dabei auch an das Auslösen von Explosionen. Infolgedessen vermied er es, dem Strahl ins Gehege zu kommen, und versuchte es mit der kleinen Tür an der Seite der Garage, doch die war verschlossen.

Immer noch kein Lebenszeichen von irgendwoher; aus dem Inneren der anderen Garagen kam gleichfalls kein Laut. Als Jamieson auf die gesichtslose Tür vor ihm starrte, kam ihm der furchtbare Gedanke, daß Sue bereits tot sein könnte. Er trat einen Schritt zurück und warf sich gegen die Tür. Zwar gab diese nicht nach, doch machte das Splittergeräusch ihm Mut. Er rammte die Tür noch zweimal mit der Schulter, bis sie krachend gegen die Wand schlug.

Als Jamieson den ersten tastenden Schritt ins Innere machte, war es wieder vollkommen still. Er stand in einem engen Korridor, der auf eine Treppe zulief, die offensichtlich zu einem über der Garage liegenden Raum führte. Unmittelbar vor der Treppe gab es eine Tür, die in die Garage hineinführen mußte. Langsam drückte Jamieson die Klinke herunter, und die Tür ging auf. Drinnen war es rabenschwarz. Er tastete die Wand nach einem Lichtschalter ab, fand ihn und knipste ihn an.

Was er zuerst sah, waren Sues vor Entsetzen geweitete Augen und der Knebel, der sie am Schreien hinderte. Jamieson stürzte auf sie zu. Er hatte nur den einen Gedanken, sie gefunden zu haben, und daß sie noch am Leben war. Warum hatte das Schwein sie auf diese Weise gefesselt? Warum standen ihr die Haare buchstäblich zu Berge. Er suchte in seiner Tasche nach einem Taschenmesser, um sie von dem Knebel zu befreien, da hörte er draußen die Polizeiautos in die Straße einbiegen.

Jamieson lächelte Sue aufmunternd zu, erkannte jedoch, daß irgend etwas ganz und gar nicht stimmte. Ihre Augen verrieten keineswegs Erleichterung, sondern das schiere Entsetzen. Sie drehte die Augen ganz nach oben, bis fast nur noch das Weiße zu sehen war, woraufhin Jamieson auf die Wand hinter ihrem Kopf blickte. Ihr Haar war nicht an der Decke befestigt, sondern an… »Himmelherrgott!« schrie Jamieson gellend, als er erkannte, worum es ging. In diesem Augenblick unterbrach das erste Polizeiauto den Infrarotstrahl draußen. Der Garagentormotor sprang an, und Sues Kopf wurde mit einem Ruck gegen die Mauer geschleudert. »Nein! Nicht!« schrie er entsetzt, sprang auf und warf den Arm über die Zugvorrichtung. Er spürte noch den rasenden Schmerz, als sein Unterarm in das sich bewegende Getriebe geriet, und die Sinne schwanden ihm für einen Moment, als der Knochen hart gegen die Stahlwelle krachte und der gesamte Apparat zum Stillstand kam. Rauch löste sich aus dem Motor, und Brandgeruch füllte die Garage, bevor die Sicherung durchknallte und sämtliche Lichter ausgingen.

Als Jamieson wieder zu sich kam, erkannte er, daß Clive Evans und zwei Polizisten versuchten, ihn zu befreien.

»Wir müssen die Feuerwehr holen«, sagte einer der Beamten.

»Nein, wir schaffen es auch, wenn Sie den Wagenheber dort holen«, sagte Clive Evans mit unaufgeregter Autorität.

»Sue...«, murmelte Jamieson. »Wo ist Sue?«

»Mit Ihrer Frau ist alles in Ordnung, Sir«, sagte einer der Polizisten verständnisvoll. »Sie ist zwar ohnmächtig geworden, aber sonst ist ihr nichts weiter geschehen.«

Der andere Beamte war dabei, den Wagenheber herbeizurollen, als sie in der Ferne die Sirene eines Krankenwagens hörten.

Clive Evans gab Anweisungen, wo der Wagenheber hingestellt werden sollte, und bat dann den Polizeibeamten, mit dem Griff zu pumpen. Die Stahlstange, die Jamiesons Arm festgeklemmt hatte, wurde langsam von der Rolle weggedrückt, und Evans holte den Arm heraus. Alle stießen Seufzer der Erleichterung aus, als Jamieson den Arm herunternahm und sie den Schaden begutachten konnten.

»Der Knochen ist nicht gebrochen«, sagte Evans, »aber das Muskelgewebe ist ziemlich kaputt. Da werden Sie ein paar Narben zurückbehalten – damit Sie das hier nie vergessen.«

Jamieson ignorierte den geschundenen Arm und hielt ihn sich vor den Bauch; dann ließ er sich vor Sue auf die Knie nieder, deren Kopf einer der anderen Polizisten auf dem Schoß hielt. Er erkannte, daß ihrem Haar und ihrer Kopfhaut nichts geschehen war. »Ach, mein Liebling!« flüsterte er.

»Ich muß mich um Ihren Arm kümmern«, sagte Evans, der hinter ihm stand, und nach einigen Augenblicken folgte Jamieson dem Druck der Hand, die sich ihm auf die Schulter legte, und Evans brachte die Blutung der Wunde mit Hilfe einer improvisierten Adernpresse zum

Stillstand. Der Krankenwagen brachte Jamieson und Sue zurück ins *Kerr Memorial Hospital*.
Unterwegs kam Sue wieder zu sich. Die Erleichterung, Jamieson neben sich sitzen zu sehen, wurde plötzlich verdrängt von der Erinnerung an das, was er getan hatte, um sie zu retten. »Dein Arm!« wisperte sie. »Dein armer Arm!«
»Der kommt schon wieder in Ordnung«, versicherte er ihr.
Sue sah Clive Evans an, um sich diese Aussage von ihm bestätigen zu lassen, was dieser auch tat.
»Ach, Scott!« rief Sue aus, als ihre Gefühle übermächtig wurden und ihr die Tränen aus den Augen schossen.
»Schon gut, schon gut!« murmelte Jamieson. »Du bist jetzt in Sicherheit, Sue. Beide sind wir in Sicherheit.« Er nahm ihre Hand.
Sue begann zu zittern. Jamieson spürte, wie es mit einem leichten Beben ihrer Hand begann, doch erfaßte das Zittern den ganzen Körper, so daß sie nicht mehr richtig sprechen konnte und sie am ganzen Leib flog. »Dieser Mann…«, stammelte sie.
»Wie kann ein Mensch nur…« Jamieson versuchte, Sue im heilen Arm zu halten und sie zu beruhigen, doch innerlich wütete der Schmerz, wurde immer stärker und überrollte ihn in immer heftiger werdenden Attacken, bis er das Bewußtsein verlor und seitlich wegkippte.

Vierzehntes Kapitel

»Es tut mir leid, aber sie hat das Baby verloren«, sagte Phillip Morton, der herbeigerufen worden war, um Sue zu untersuchen.

Jamieson nickte und wandte die Augen ab. Wenn er so verletzbar war, wollte er niemanden ansehen. Im Inneren hatte er schon gewußt, was Morton sagen würde, hatte es von dem Augenblick an gewußt, als er jemanden sagen hörte, daß Sue Blut verlor. Da war er zwar nur halb bei Bewußtsein gewesen, lag auf einer Trage und wurde in die Notaufnahme gerollt, doch einige Gesprächsfetzen von dem, was um ihn herum gesagt wurde, erreichten ihn trotzdem. Die Hörfähigkeit war immer das letzte, was versagte – und hinterher das erste, was sich wieder einstellte.

Jetzt, wo sein Schmerz unter Kontrolle, sein Arm gesäubert und die Wunde vernäht war, saß er neben Clive Evans und wartete; der Bakteriologe hatte sich erboten, bei ihm zu bleiben, bis Morton mit der Untersuchung von Sue fertig war. Obwohl er das Schlimmste befürchtete, hatte er sich an die winzige Hoffnung geklammert, das Ganze könnte auf einem Mißverständnis seinerseits beruhen und doch noch alles gut ausgehen. Morton jedoch hatte mit seinen Worten alle Hoffnung zunichte gemacht. Jamieson wurde erst jetzt richtig elend zumute.

»Es tut mir leid«, sagte Evans und legte Jamieson die Hand auf die Schulter.

»Natürlich ist es jetzt ein Unglück für Sie«, sagte Morton. »Aber Ihre Frau ist jung und kräftig, und es gibt keinen Grund, warum sie nicht...«

Jamieson hörte nicht mehr zu. Er kannte diese Floskeln und hatte nur den einen Wunsch, bei Sue zu sein. »Ich möchte zu ihr«, sagte er.

»Selbstverständlich«, erklärte Morton und trat zurück, um Jamieson vorbeizulassen.

Jamieson machte die Tür mit der linken Hand auf; den rechten trug er

in einer Schlinge. Sue lag regungslos auf ihrem Bett und hatte die Augen starr zur Decke gerichtet.
»Nun«, grüßte Scott sie leise. »Wie fühlst du dich?« Er spürte, wie schal die Worte klingen mußten, denn er wußte genau, wie sie sich fühlte, doch mußte er ja irgendwie anfangen, und das bedurfte der Worte.
Sue starrte weiterhin zur Decke hinauf, als hätte sie ihn nicht gehört, und Jamieson sah, wie ihr Tränen über die Wangen liefen. Sie drehte den Kopf, um ihn anzusehen. »Es tut mir leid«, flüsterte sie. »Es tut mir ja so leid.«
»Was für ein Unsinn!« kam es auch von Scott im Flüsterton. Er nahm ihre Hand in die seine. »Hauptsache, du bist gesund. Alles andere ist unwichtig.«
»Aber du hast dir das Baby so sehr gewünscht«, sagte Sue, und die Tränen strömten jetzt ungehindert.
»Wir kriegen schon noch eins. Wir haben doch noch viel Zeit. Im Moment geht es nur um dich. Herrgott, war ich erleichtert, als ich sah, daß du noch am Leben warst... Ich kann dir gar nicht sagen, was für Sorgen ich mir gemacht hatte. Das hat mich fast um den Verstand gebracht...«
Sue verschloß ihm mit der Hand den Mund und sagte leise: »Ich weiß, ich weiß.«
Schweigend hielten sie sich für eine Weile bei den Händen, glücklich, daß es nicht mehr nötig war zu reden und daß sie wieder zusammen waren. Sue sagte: »Ich muß immer wieder daran denken, was passiert wäre, wenn du auf die Garage zugefahren wärest, statt zu Fuß reinzugehen. Immer und immer wieder habe ich mir das ausgemalt. Ein Alptraum, aus dem es kein Entrinnen gab. Warum hast du bloß am Straßenrand gehalten? Wieso bist du darauf gekommen?«
Scott strich ihr übers Haar. »Das hast du einem Verkehrsstau zu verdanken. Da hatte ich Zeit nachzudenken.«
»Erzähle!«
Scott berichtete ihr, wie er zuerst kopflos losgestürmt und zu einer Adresse gefahren war, die nicht stimmte; danach erst hatte er darüber nachgedacht, was für Motive hinter dem Anruf stehen könnten, die Möglichkeit nicht ausgeschlossen, daß es sich um einen bösen Streich handelte. »Deshalb habe ich an der Telefonzelle an der Ecke vor der Garage gehalten und im Krankenhaus angerufen, um zu überprüfen,

ob du vielleicht doch dort warst. Evans erzählte mir, du seist in die Stadt gefahren, und da habe ich ihn gebeten, die Polizei anzurufen. Und als ich aus der Telefonzelle rauskam, war ich dieser Straße so nahe, daß ich den Wagen stehengelassen habe und zu Fuß weitergelaufen bin.«
»Gott sei Dank!«
»Das kann man wohl sagen.«
»Scott?«
»Ja?«
»Was hat der Mann am Telefon gesagt?«
»Er hat einen Haufen krankhaftes Zeug geredet.«
»Was genau?«
Scott sagte es ihr.
»Das stimmt gar nicht. Bitte, glaub mir!«
Scott drückte ihr die Schulter.
»Du darfst nicht denken, daß ich das Baby verloren habe, weil er irgendwas mit mir gemacht hätte. Ich glaube, ich habe es verloren, weil er mir eine zu große Angst eingejagt hat. Das klingt jetzt, wo du hier bist und mir weiter nichts passiert ist und ich in Sicherheit und Geborgenheit bin, albern, aber in der Garage... Ich dachte, er wäre der Killer, der Mann, der die Frauen zerstückelt hat. Ich habe gar nicht gewußt, was für eine entsetzliche Angst man haben kann.«
Als Sue wieder anfing zu zittern, streichelte Scott sie begütigend. Nachdem sie sich wieder beruhigt hatte, sagte Scott leise: »Clive hat mir gesagt, die Polizei wartet unten. Sie möchten gern mit dir sprechen, wenn du meinst, du kannst darüber reden und ihnen erzählen...«
»Kannst du dabeibleiben?«
»Wir könnten das ja zur Bedingung machen«, sagte Scott.
»Na schön. Dann sollen sie kommen.«

Die beiden Polizeibeamten erweckten den Eindruck, als ob es sich um rücksichtsvolle, mitfühlende Männer handelte, doch hielt Jamieson es immer noch für notwendig, sie daran zu erinnern, was Sue durchgemacht hatte, und sie zu bitten, nicht zu forsch vorzugehen.
»Wir verstehen das, Sir«, versicherte der Inspektor ihm. »Wir werden uns so kurz wie möglich fassen.«

Sue berichtete ihnen über den Mann im Kaufhaus und was hinterher geschehen war.
»Er hat gesagt, er wollte Rache nehmen?« fragte der Inspektor.
»Das hat er gesagt.«
»Aber er hat nicht gesagt, warum, oder Ihnen irgendeinen Hinweis gegeben?«
»Nein.«
»Und Sie sagen, Sie haben den Mann nie zuvor gesehen?«
»Nein. Nur im Bus in die Stadt.«
Die Beamten sahen sich an. »Den Bus in die Stadt?« fragte der Inspektor.
»Ja, er fuhr mit demselben Bus. Und stieg aus, als ich ausstieg«, sagte Sue, als wäre das eine Nebensache für sie gewesen.
»Das hast du aber vorher nicht erwähnt«, sagte Jamieson.
»Tut mir leid.«
»Haben Sie womöglich zufällig auch noch gesehen, wo der Mann eingestiegen ist?« wollte der Inspektor wissen.
Sue schüttelte den Kopf und entschuldigte sich. »Nein, das habe ich nicht.«
»Haben Sie bei der Fahrt in die Stadt zum Fenster rausgesehen, Mrs. Jamieson?«
»Ja, das habe ich.«
»Aber Sie erinnern sich nicht, gesehen zu haben, wie der Mann eingestiegen ist?«
»Nein.«
»Ist es denn möglich, daß er bereits im Bus war, als Sie einstiegen?«
»Aber ich bin doch hier vorm Krankenhaus abgefahren«, sagte Sue. »Das ist doch die Endstation.«
»Das ist richtig«, stimmte der Beamte zu. »Haben schon andere Fahrgäste im Bus gesessen, als Sie einstiegen?«
»Eine ganze Reihe.«
»Ist es möglich, daß der Mann darunter war?«
»Das könnte schon sein. Ich habe auf die Leute, die bereits drin waren, nicht weiter geachtet, sondern bin gleich aufs Oberdeck hinauf.«
»Vielen Dank, Mrs. Jamieson.«
Jamieson begriff, worauf die Polizei hinauswollte. Der Mann war in der Stadt nicht aus dem Nirgendwo aufgetaucht, sondern war Sue

gefolgt, und das, was womöglich noch aufschlußreicher war, schon vom Krankenhaus aus.

»Da ist noch was«, sagte Sue.

»Erzählen Sie!«

»Er war verkleidet.«

»Verkleidet?«

»Seine Haare... er trug eine Perücke. Das habe ich genau gesehen, als er in der Garage dicht vor mir stand. Auch sein Bart war nicht echt. Der hatte angefangen, sich am Rand zu lösen.«

Der Inspektor rekapitulierte: »Es handelte sich also um einen großen Mann, schwergewichtig.«

Sue nickte.

»Und wenn Sie sich die Haare und den Bart mal wegdenken, meinen Sie, es könnte sich um jemand von dieser Größe und diesem Körperbau handeln, dem Sie in letzter Zeit hier begegnet sind?«

Kopfschüttelnd sagte Sue: »Darüber habe ich mir auch schon den Kopf zerbrochen, aber nein, mir fällt keiner ein. Ich kenne ja niemanden in Leeds«, setzte sie noch hinzu.

»Und Sie, Sir?« wandte der Beamte sich an Jamieson. »Fällt Ihnen jemand ein, auf den diese Beschreibung passen könnte?«

»Auf Anhieb fällt mir keiner ein«, sagte Jamieson und schüttelte den Kopf.

»Merkwürdig«, sagte der Inspektor. »Es steht ja wohl mit ziemlicher Sicherheit fest, daß es sich bei dem Mann nicht um unseren verdammten Ripper handelt. Letztlich hat er sich für Ihre Frau gar nicht so sehr interessiert. Das eigentlich Ziel waren Sie. Können Sie sich vorstellen, daß irgendein Mensch solche Gefühle Ihnen gegenüber hegt?«

»Nein, Inspektor, das kann ich nicht.«

Phillip Morton trat ein und bestand darauf, daß sie Schluß machten mit der Befragung. Sue müsse schlafen. Die Polizeibeamten erhoben keine Einwände, sondern bedankten sich bei Sue und Jamieson für ihre Kooperationsbereitschaft und verabschiedeten sich. Jamieson blieb noch ein paar Augenblicke mit Sue allein, bevor auch er das Zimmer verließ und zusammen mit Clive Evans ins Ärztehaus hinüberging.

»Sie sehen aus, als könnten Sie einen Schluck vertragen«, meinte Evans.

»Mir ist nach mehr als einem zumute«, erwiderte Jamieson.
»Wie wär's? Wollen wir irgendwo hingehen?«
Jamieson mußte nicht lange überredet werden. »Keine schlechte Idee«, sagte er.

Jamieson hatte bereits zwei große Whisky getrunken, als ihm auffiel, daß Evans nur Orangensaft trank. »Sie trinken überhaupt nicht?« fragte er.
»Nichts Stärkeres als dies hier«, erwiderte Evans und klopfte an sein Glas. »Das hab ich noch aus meiner Zeit bei den Pfadfindern, als wir im Lager waren.«
Jamieson lächelte. »Sehr weise«, sagte er und trank sein eigenes Glas vollends aus.
»Kommen Sie, ich hole Ihnen noch eins«, erbot sich Evans.
»Nein, es sei denn, Sie trinken einen mit«, protestierte Jamieson, doch Evans bestellte trotzdem einen Whisky für ihn. »Sie haben einen entsetzlichen Tag hinter sich. Sehen Sie darin eine Medizin. Die Hälfte unserer Patienten macht sich damit was vor.«
Jamieson nahm den Whisky dankend an und gestand sich selbst ein, daß der Alkohol ihm guttat. Er hatte die letzten Stunden unter einem fast unerträglichen Streß gestanden; erst jetzt hatte er ein wenig das Gefühl zu entspannen.
»Und wie sehen Ihre Pläne jetzt aus?« fragte Evans.
»Sobald es Sue bessergeht, kehren wir nach Kent zurück und nehmen uns erstmal ein paar Tage frei. Am liebsten würde ich irgendwohin in den Urlaub mit ihr fahren. Mal sehen. Auf jeden Fall werden wir wohl Ende der Woche nicht mehr hier sein, und ich kann nicht behaupten, daß ich mich nach diesem Krankenhaus und Leeds zurücksehne.«
»Das Krankenhaus oder die Stadt?«
»Beides.«
»Das kann ich verstehen«, sagte Evans. »Sie haben es hier nicht gerade leicht gehabt.«
»Das hat in diesem Schlamassel ja wohl keiner von uns.«
»Na ja, jedenfalls ist es jetzt vorbei.«
»Gott sei Dank. Ach, ich wollte ja die nochmalige Sterilisation der Instrumente und der Verbände von der Gynäkologie überprüfen«, fiel Jamieson ein.
»Das ist alles bereits gelaufen. Ich habe es selbst überprüft. Jedes ein-

zelne Instrument ist durch den Autoklav durch und frisch versiegelt wieder zurückgekommen.«

»Danke«, sagte Jamieson. »Ich wünschte, ich könnte mich mit einem Drink bei Ihnen revanchieren.«

»Sie können mir ja aus Kent ein paar Erdbeeren raufschicken, wenn es soweit ist«, sagte Evans.

»Versprochen.«

Vom Mittwoch der dritten Woche seines Aufenthalts in Leeds an wurde in der Gynäkologie des *Kerr Memorial Hospitals* wieder operiert, und zwar mit dichtgedrängtem Tagesplan, was dazu dienen sollte, die Wartezeiten zu verkürzen. Weder am Ende dieses Tages noch an den beiden darauf folgenden Tagen gab es postoperative Probleme, und als Jamieson und Sue am Samstag morgen endgültig heimfahren wollten, schien alles wieder normal wie früher. Hugh Crichton verabschiedete sie, wünschte ihnen alles Gute und hielt sich einen Aktenkoffer über den Kopf, um den Regen abzuhalten, während er die Tür auf der Fahrerseite aufhielt, um Sue einsteigen zu lassen. Wenn Jamieson den Arm auch nicht mehr in einer Binde trug, so hatte dieser sich doch noch nicht so weit erholt, daß er die Anstrengung einer so langen Fahrt hätte auf sich nehmen können.

Als sie durch die Einfahrt des Krankenhauses hindurchfuhren, warf Jamieson erst einen Blick zurück und dann auf Sue. »Freust du dich, daß wir hier fortkommen?« fragte er.

»Soll ich dir darauf wirklich eine Antwort geben?« fragte Sue.

Als sie über die Autobahn gen Süden fuhren, sagte Sue: »Hast du dir eigentlich noch mal Gedanken über den Mann mit der Perücke gemacht?«

»Mir sind eine Menge Fragen durch den Kopf gegangen; nur Antworten sind mir nicht gekommen«, sagte Jamieson. »Wie steht's mit dir?«

Sue antwortete nicht sogleich, sondern konzentrierte sich darauf, einen passenden Augenblick zu finden, um auszuscheren und den Lastwagen vor ihnen zu überholen. Als sie das geschafft hatte, sagte sie: »Ich glaube, er war homosexuell.«

»Wie kommst du denn darauf?«

»Einmal ist er mir mit der Hand unter den Rock gegangen.«

»Und das macht ihn zu einem Schwulen?«

»Er hat das nur getan, um mir Angst zu machen – was er auch gründlich geschafft hat –, aber ich habe seinen Augen angesehen, daß ihm das keinen richtigen Kick gegeben hat. Er hätte mir genausogut das Handgelenk umdrehen können.«
»Vielleicht solltest du das der Polizei sagen.«
»Findest du, das reicht als Beweis aus? Vielleicht ist es noch nicht mal wichtig. Damit wird auch nicht erklärt, warum er dich haßt oder dir so wahnsinnig weh tun wollte.«
»Da hast du wohl recht.«
»Beunruhigt dich das?«
»Natürlich«, sagte Jamieson. »Ganz besonders deshalb, weil ich es nicht verstehe. Ich kann mir einfach nicht vorstellen, was ich getan haben könnte, um einen solchen Haß gegen mich zu erzeugen. Und doch werde ich ganz offensichtlich von jemand gehaßt.«
Für ein paar Minuten fielen sie in Schweigen, bis Sue fragte: »Wann willst du nach London, um die Leute vom MedKa aufzusuchen?«
»Montag, wenn dir das recht ist. Je früher ich Bericht erstatte, desto besser.«
»Na klar.«

Der Sonntag morgen war hell und klar, so daß Jamieson und Sue den ausgedehnten Spaziergang machen konnten, den sie sich vorgenommen hatten. In der Nacht hatte es geregnet, und sie genossen den Duft des nassen Laubes, als sie, die Arme umeinander gelegt, durch die ruhigen Straßen gingen. Sie richteten es so ein, daß sie um die Mittagszeit in dem Dorf Bridge eintreffen mußten, wo sie vorhatten, in ihrem Lieblingsgasthof zu Mittag zu essen. Doch trotz ihrer bewußten Bemühungen, wieder so etwas wie Normalität einkehren zu lassen, ging beiden auf, daß das vermutlich einige Zeit brauchte. So rasch verflüchtigte sich der Alptraum vom *Kerr Memorial* doch nicht.
War ihr Gespräch bislang durch schöne Augenblicke des Schweigens unterbrochen worden, wurden diese nachgerade zu etwas Verlegenem, wenn der eine vom anderen wußte, daß er in Gedanken wieder bei etwas war, das sich in den vergangenen paar Wochen zugetragen hatte. Einmal mußte Scott sogar zugeben, daß er den Gedanken über Sues Entführer einfach nicht entkommen konnte. »Und weißt du, was mir am meisten Sorgen macht?« sagte er. »Daß der Grund, warum dieser Mann mich so sehr haßt, irgendwie mit den Vorgängen

im Krankenhaus zu tun haben muß. Außerhalb der Klinik habe ich ja kaum einen Menschen kennengelernt, höchstens ein paar italienische Kellner, wenn ich mal Essen gegangen bin. Und besonders knauserig war ich beim Trinkgeld wirklich nicht.«

Sue lächelte über Scotts Versuch, der Unterhaltung alles Bedrückende zu nehmen, was ihm jedoch diesmal nicht gelang. »Aber dir kann doch unmöglich jemand die Schuld für die Todesfälle in der Klinik geben«, sagte Sue.

»Das will ich hoffen«, sagte Scott. »Aber vielleicht glaubt jemand, ich hätte mehr tun können. Daß ich früher hätte imstande sein müssen, die Angelegenheit aufzuklären – und daß er mir jetzt die Schuld für den Tod seiner Frau oder Tochter gibt?«

»Das klingt nicht besonders überzeugend«, sagte Sue und schüttelte entschieden den Kopf. Scott mußte ihr recht geben.

»Du glaubst doch nicht wirklich, daß er immer noch versuchen könnte, dir eins auszuwischen, oder?« fragte Sue mit besorgtem Unterton.

»Nein, natürlich nicht«, sagte Scott. Er wich Sues Blick nicht aus und erkannte den Vorwurf in ihren Augen. »Na schön«, sagte er. »In Wahrheit ist es so, daß ich keine Ahnung habe; vielleicht versucht er es, vielleicht auch nicht. Wie will man da irgendwas vorhersagen, solange man keine Ahnung hat, womit wir es zu tun haben?«

»Das klingt schon ehrlicher«, sagte Sue. »Aber versuch nicht wieder, mir was vorzumachen.«

»Dr. Jamieson ist hier zur abschließenden Berichterstattung«, sprach Miss Roberts in den Apparat auf ihrem Schreibtisch. Eine metallisch klingende Stimme antwortete: »Schicken Sie ihn rauf.«

»Bemühen Sie sich nicht. Ich weiß den Weg noch.« Jamieson wandte sich in Richtung Fahrstuhl.

»Nein, das ist nicht erlaubt«, sagte Miss Roberts, zuerst laut, um Jamieson zurückzuhalten, dann in einem mehr entschuldigungheischenden Ton. »Besucher müssen im Ministerium immer begleitet werden. Das ist Vorschrift.«

Jamieson gab lächelnd nach und wartete, bis ein Uniformierter kam, um ihn in das Besprechungszimmer zu bringen. Im Fahrstuhl tauschten sie ein paar freundliche Bemerkungen übers Wetter, und so erfuhr Jamieson, daß Mr. Jackson seinen letzten Sommerurlaub in dem eng-

lischen Seebad Torquai verbracht hatte und das Wetter ›durchwachsen‹ gewesen war.
»Schön, Sie zu sehen«, begrüßte Macmillan Jamieson beim Betreten des Raums. Jamieson schüttelte ihm die Hand, das heißt, er reichte ihm die linke; desgleichen tat er mit Armour und Foreman.
»Das hab ich seit meiner Pfadfinderzeit nicht mehr gemacht«, witzelte Armour.
»Es ist ein bißchen turbulent für Sie zugegangen, hab ich gehört«, sagte Macmillan.
»Für meine Frau war es schlimmer«, erklärte Jamieson.
»Eine üble Sache«, erklärte Foreman. Die beiden anderen pflichteten ihm mit Nicken und verständnisvollen Blicken bei.
»Und Sie haben immer noch keine Ahnung, warum er Ihnen an den Kragen wollte?« wollte Foreman wissen.
»Nein, aber ich habe das unbestimmte Gefühl, daß es doch was mit der Affäre im Krankenhaus zu tun hat. So muß es gewesen sein.«
»Warum?« fragte Armour.
»Abgesehen davon, daß ich außerhalb der Klinik kaum jemanden kennengelernt habe, meine ich, daß hinter der ganzen Infektionssache mehr steckt, als ich habe rausfinden können. Es gibt eine ganze Menge nicht restlos aufgeklärter Umstände, und bei einigen vermute ich stark, daß sie schon sehr wichtig waren.«
»Aber alle Indizien in bezug auf Thelwell sind ziemlich überzeugend, selbst wenn der Abschiedsbrief an seine Frau, um ihn mal so zu nennen, recht vage gehalten war«, erklärte Macmillan.
»Das sehe ich genau so«, erklärte Jamieson. »Und trotzdem habe ich Bedenken und Vorbehalte.«
Macmillan verzog das Gesicht und sagte: »Wir müssen da ganz pragmatisch vorgehen. Wenn die Infektionen im *Kerr Memorial* aufgeklärt wurden, haben wir unsere Aufgabe gelöst, und damit hat es sich.«
Armour meinte: »Natürlich ist auch das nichts weiter als ein Indiz, aber erlauben Sie mir darauf hinzuweisen, daß es in den letzten zehn Tagen in der Stadt zu keinem neuen Mord gekommen ist.«
»Vielleicht erfahren wir nie die ganze Wahrheit«, sagte Macmillan, »aber ich wiederhole: Wenn es seit dem Tod Thelwells im *Kerr Memorial* keine Probleme mehr gibt, dann kann uns das nur recht sein.«

»Durchaus richtig, Sir«, sagte Jamieson.
Macmillan erhob sich, was Jamieson als Wink verstand, sich gleichfalls zu erheben. »Es tut mir leid, daß Ihr erster Einsatz für den MedKa sich als so anstrengend und traumatisch erwiesen hat, Doktor. Sie brauchen einen kleinen Urlaub, bevor wir uns mit etwas Neuem wieder an Sie wenden.«
»Ein paar Tage allein mit meiner Frau wären schon schön«, erwiderte Jamieson. »Ich glaube, ich bin es ihr schuldig, mich mal ausschließlich um sie zu kümmern.«
»Selbstverständlich«, sagte Macmillan. »Übrigens«, er reichte Jamieson einen braunen Umschlag, »das hier ist der Bericht, den Sie von unserem MedKa-eigenen Labor erbeten hatten. Sie hatten Leeds bereits verlassen, bevor wir es Ihnen schicken konnten.«
Jamieson konnte sich keinen Reim darauf machen und sagte: »Ich habe nur einmal um einen Laborbericht gebeten, und den habe ich bekommen.« Er holte den Bericht einhändig aus dem offenen Umschlag heraus und überflog ihn schnell. Es handelte sich um einen Analysebericht über den *Staphylococcus*, der zur zweiten postoperativen Serie von Infektionen im *Kerr Memorial* geführt hatte. »Merkwürdig«, brummte er, »ich kann mich nicht erinnern, darum gebeten zu haben.« Er warf einen Blick auf die Fotokopie der Anforderung, die an den Bericht angeklammert war. Unterschrieben war die Bitte um Untersuchung mit: i. A. M. Lippman, für Dr. S. Jamieson. Moira Lippman hatte die Kulturen hingeschickt und um Untersuchung gebeten.
»Na, ist das Geheimnis aufgeklärt?« fragte Armour.
»Ja, vielen Dank.« Jamieson war immer noch verwirrt, aber er wollte jetzt nicht weiter darüber reden und steckte den Bericht in die Tasche.
»Wir bleiben in Verbindung«, sagte Macmillan.

Jamieson blieben bis zur Abfahrt des Zuges, der auf dem anderthalb Kilometer von seinem Wohnort Patrixbourne entfernten Bahnhof Bekesbourne halten sollte, über zwei Stunden. Dagegen hatte er nichts, denn er war nicht in Eile, und der Aufenthalt gab ihm Zeit, darüber nachzudenken, warum Moira Lippman diese Bitte um Untersuchung ihrer Kulturen durch das Labor des MedKa vorgebracht hatte. Ob sie nur vorweggenommen hatte, daß er selbst um eine solche Analyse nachgesucht hätte? Schließlich hatte er auch die *Pseudomonas* dorthin geschickt. Oder ob sie von sich aus einen guten Grund gehabt hatte, das zu machen? Ob das mit dem zu tun hatte, dem sie selbst auf die Spur gekommen war? Diese Vorstellung fand Jamieson erregend, doch hatte es keinen Sinn zu versuchen, den Bericht, den er in der Tasche hatte, hier im Schmutz und in der feuchten Atmosphäre eines Bahnhofs entziffern zu wollen. Das mußte warten, bis er wieder zu Hause war und alle seine Nachschlagewerke zur Hand hatte.

»Wie ist es gelaufen?« fragte Sue.
»Ganz gut. Sie sind froh und zufrieden, solange das Problem mit der Infektion gelöst ist.«
»Wie du selbst gesagt hast. Sie haben ihre Prioritäten.«
»Und was hast du inzwischen getrieben?« fragte Scott.
»Saubergemacht!« erklärte Sue.
»Das solltest du aber vorläufig nicht machen«, hielt Scott ihr liebevoll vor. »Es ist viel zu früh nach der...«
Sue versteifte sich, als er sie berührte, und wandte sich halb ab. »Das ist vorüber und vergessen, und mir geht es gut«, sagte sie in einem Ton, der ihm jedes weitere Wort darüber verbot. Sie machte kehrt und ging in die Küche hinüber, um den Schnellkocher anzustellen.
»Warum hast du mir nicht gesagt, daß die Polizei das Haus beobachtet?«
Scott war bestürzt. Er überlegte, ob er so tun sollte, als hätte er keine Ahnung, wovon sie sprach, doch streckte er die Waffen. »Das tut mir leid«, sagte er. »Ich habe dir wohl keine Angst machen wollen. Ich dachte nur, vielleicht wäre es keine schlechte Idee, wenn jemand heute, wo ich in London war und du ganz allein hier, ab und zu mal nach dir sähe. Ich habe das durch den MedKa angeleiert.«
»Nächstes Mal sagst du mir vorher Bescheid«, erklärte Sue mit einiger Schärfe im Ton. »Einverstanden?«
»Einverstanden«, sagte Scott mit einem verlegenen Lächeln.
»Wenn der Mann am Ende der Straße heute morgen nicht förmlich nach Polizei gerochen hätte, hätte ich glatt auf die Idee kommen können, es handelte sich um... um jemand ganz anderes.«
»O Gott, daran habe ich überhaupt nicht gedacht«, beteuerte Scott. »Es tut mir furchtbar leid. Wie gedankenlos von mir.«

Sue ließ den Löffel, den sie in der Hand gehalten hatte, fallen und hielt sich die Hände vors Gesicht.
Scott trat hinter sie und schlang den Arm um sie. Er spürte, daß Sue unter beträchtlichem Streß stand.
Sie faßte sich rasch wieder und brühte den Kaffee auf. »Erzähle mir alles, was du heute erlebt hast«, sagte sie, als sie mit dem Tablett und den Kaffeetassen darauf ins Wohnzimmer vorausging.
»Eine Sache ist komisch gewesen«, berichtete Scott und erzählte Sue von Moira Lippmans Analyseanforderung.
»Und dir hat sie nichts davon gesagt?«
»Sie hat mich als Auftraggeber angegeben, aber mir gegenüber hat sie kein Wort davon verlauten lassen.«
»Und was stand in dem Bericht?«
»Ich habe ihn mitgebracht. Ich muß mich erst eingehend damit beschäftigen.«
»Heißt das, du verbringst den Abend oben in deinem Arbeitszimmer?«
»Vielleicht nicht den ganzen«, sagte Scott und küßte sie aufs Haar. »Es dauert nicht lange, das verspreche ich dir.«

Jamieson hielt inne und schaute durch das Fenster seines Arbeitszimmers hinunter auf die Weide im Garten. Er hatte immer gefunden, daß der grazile Baum am besten in der frühen Dämmerung aussah. Dann wirkten die schmalen bis auf den Rasen herabhängenden Zweige, als wären sie nach einem langen Arbeitstag müde. Die Bäume auf der anderen Seite des Cricketplatzes hoben sich deutlich gegen den Abendhimmel ab. Jamieson zog die Vorhänge vor, knipste die Schreibtischlampe an und nahm Platz.
Moira Lippman hatte um eine umfassende Analyse des *Staphylococcus* durch die Leute vom MedKa gebeten. Manche der Tests waren Wiederholungen, denn die hatte Moira am *Kerr Memorial Hospital* schon selbst ausgeführt. In einer Zusammenfassung der Untersuchungsergebnisse hieß es, bei dem Mikroorganismus handele es sich um den koagulasepositiven *Staphylococcus*, für den Menschen hochpathogen und resistent gegen viele der Standard- und Markenmedikamente, die an ihm getestet worden waren. Wären Moira Lippman nicht zufällig die Versuche mit Loromycin sowie die Tatsache eingefallen, daß dieses Mittel gegen diesen Stamm etwas nützte, hätten bis zu acht Frauen

im *Kerr Memorial* den Tod finden können. Leider war die Loromycin-Behandlung für zwei von ihnen zu spät gekommen. Bei einer dieser beiden Patientinnen hatte es sich bedauerlicherweise um Moiras Schwägerin gehandelt.

Jamieson las die Liste der biochemischen Resultate durch und kam zu dem Schluß, daß er beim Begreifen dessen, was sie bedeuteten, Hilfe brauchte. Er holte seine Ausgabe von Bergeys *Handbuch der Bakteriologie* aus dem Regal überm Schreibtisch und schlug unter dem Stichwort *Staphylococcus* nach. Es war schon eine ganze Weile her, daß er das Buch das letzte Mal aufgeschlagen hatte, weshalb sich oben auf dem Schnitt eine dicke Staubschicht gebildet hatte. Ehe er es aufklappte, pustete Jamieson soviel wie möglich davon weg. Dann wandte er sich den Aufstellungen über die Ergebnisse zu, die er brauchte, und schrieb sich die Normalwerte für die biochemischen Untersuchungen heraus.

Beim Vergleich mit den Resultaten des MedKa-Labors ging ihm dann auf, wo sie merklich voneinander abwichen, und als er mit dieser Arbeit fertig war, hatte er entdeckt, daß vier von den Laborergebnissen einfach nicht mit Bergeys Vorstellung davon übereinstimmten, wie ein Standard-*Staphylococcus* zu reagieren hatte.

»Genau wie bei den *Pseudomonas*«, murmelte er. War es das, worüber Moira Lippman mit ihm hatte reden wollen? Was hatte das zu bedeuten?

»Scott! Es ist halb elf«, ließ sich Sue von unten her vernehmen. »Du hast es mir versprochen.«

Jamieson sah automatisch auf die Uhr. Er hatte einfach nicht gemerkt, wie die Zeit vergangen war. »Ich komm ja schon«, antwortete er, klappte das Buch bedächtig zu und stellte es zurück ins Regal. Er wußte noch nicht so recht, was er mit dem Ergebnis dieses Berichts anfangen sollte. Doch es mußte mit der Tatsache zusammenhängen, daß die Bakterien, mit denen sie es am *Kerr Memorial* zu tun gehabt hatten, alle von den im Lehrbuch angegebenen Werten abwichen. Als er seine Notizen beiseitelegte, beschloß er, darüber noch gründlicher nachzudenken. Doch fürs erste mußte das warten.

Acht Tage vergingen, bevor Jamieson wieder vom MedKa hörte. Sue und er waren am Abend ausgewesen, und als sie das Cottage kurz nach elf wieder betraten, klingelte das Telefon.

»Jamieson.«
»Na, endlich erreiche ich Sie. Hier spricht Macmillan.«
Jamieson warf einen Blick auf die Wanduhr. Wenn Macmillan ihn um diese Zeit anrief, konnte irgendwas nicht stimmen.
»Es gibt wieder Probleme, leider«, sagte Macmillan.
Jamieson wurde ganz flau im Magen. Ihm war längst klargeworden, daß, wenn hochrangige Behördenvertreter in samtweichem Ton von ›Problemen‹ redeten, zumeist etwas weit Schlimmeres dahinterstand.
»Was ist passiert?«
»Es hat im *Kerr Memorial* wieder eine Reihe von postoperativen Infektionen gegeben. Und zwar wieder in der Gynäkologie.«
Jamieson schloß die Augen. Macmillans Worte machten die angenehme Atmosphäre des schönen Abends kaputt. Er spürte, wie die erholsame Wirkung der ganzen zurückliegenden Woche verflog. Er mußte sich räuspern, ehe er weitersprechen konnte. »Fahren Sie fort«, sagte er mit heiserer Stimme.
»Es sieht leider schlimm aus. Bis jetzt sind fünf Frauen betroffen.«
»Und die Ursache?«
»Bis jetzt haben wir die Bakterien noch nicht identifiziert, doch hat Phillip Morton mit seinem detektivischen Gespür die Möglichkeiten auf ein Kontingent von Salzlösung für den Tropf eingeengt. Das Labor ist gerade dabei, sie zu analysieren.«
»Ich werde wieder rauffahren«, sagte Jamieson. »Gleichzeitig möchte ich aber mit Ihrem Labor etwas verabreden.«
»Sagen Sie, was.«
»Ich möchte, daß sie versuchen, soviel nicht oder noch nicht zugelassene Antibiotika wie möglich in die Hand zu bekommen.«
»Noch nicht zugelassene Antibiotika?«
»Jawohl, Mittel, für die die Pharmaindustrie bis jetzt noch nicht die Produktions- und Vertriebserlaubnis bekommen hat.«
»Aber warum, wozu?«
»Ich denke, wir können getrost davon ausgehen, daß es sich bei dem Ausbruch dieser Infektion genausosehr um ein Behandlungsproblem handelt wie beim letzten und vorletztenmal. Höchstwahrscheinlich erweisen sich die Bakterien als immun gegen die Behandlung mit Standardmitteln. Wenn es sich wieder um den *Staphylococcus* handelt, können wir ihm wieder mit Loromycin zu Leibe rücken; sind es aber

Pseudomonas, stehen wir wieder vor dem gleichen Problem – es sei denn, Ihre Leute hätten inzwischen irgend etwas gefunden.«

»Nicht, daß ich wüßte«, sagte Macmillan. »Vermutlich haben wir gedacht, das ganze wäre überstanden.«

»Ich möchte, daß MedKa beide Bakterien gegen Mittel testet, die es im Handel bisher noch nicht gibt. Immerhin besteht die Chance, daß eines von ihnen anschlägt, so wie das beim Loromycin der Fall war. Wir werden riskieren, mit nicht zugelassenen Antibiotika zu behandeln, und das müssen Sie mit den Behörden klären. Aber ich glaube, unter den gegebenen Umständen ist diese Vorgehensweise gerechtfertigt.«

»Absolut«, sagte Macmillan. »Das verklickere ich denen schon.« Macmillan verstummte für einen Moment, bevor er sagte: »Hören Sie, wenn Sie das Gefühl haben, es wäre Ihnen lieber, nicht wieder mit der Sache zu tun zu haben... Ich meine, wegen Ihrer Frau und so, dann haben wir beim MedKa natürlich jedes Verständnis dafür.«

»Ich fahre morgen früh zurück nach Leeds«, erklärte Jamieson knapp und bündig.

Als er den Hörer auflegte, stand Sue da und sah ihn an. »Das letzte habe ich gehört«, sagte sie leise.

»Es ist im *Kerr Memorial* doch nicht vorbei. Ich muß das bis zum Ende durchstehen, Sue. Ich kann es unmöglich einfach auf sich beruhen lassen.«

»Das verstehe ich doch«, versicherte Sue ihm. »Was ist geschehen?«

Scott erzählte es ihr.

»Aber wie ist das möglich?«

Scott schüttelte den Kopf und sagte: »Das weiß ich nicht, aber ich werde es rausfinden, und wenn es das letzte ist, was ich tue.«

Sue erkannte die Entschlossenheit in Scotts Miene und sagte einfach: »Natürlich.«

»Vermutlich wäre es das beste, du würdest für ein paar Tage zu deinem Vater fahren«, sagte Scott.

»Nein.« Das kam mit großer Entschiedenheit.

»Wie bitte?«

»Ich habe Nein gesagt. Ich fahre mit.«

»Aber das ist verrückt! Ich meine, nach dem, was du in der letzten Zeit durchgemacht hast...«

»Hör auf, mich zu behandeln, als wäre deine Frau eine dumme Pute,

ja? Mich kann man nicht nach Belieben wegstellen und wieder rausholen. Ich bin deine Frau! Es ist unser Problem, nicht deins allein. Ich komme mit!«
Diesmal war es an Scott zuzugeben, daß weiterer Streit keinen Sinn hatte.

Als Jamieson und Sue am nächsten Morgen um elf im *Kerr Memorial Hospital* eintrafen, hatte sich an der Zufahrt eine kleine Schar von Menschen eingefunden. Jamieson sah, daß manche von ihnen mit Kameras bewaffnet waren und so aussahen, als wären sie Reporter.
»Sieht ganz so aus, als ging's diesmal wirklich rund«, sagte er, als sie darauf warteten, daß der Pförtner herüberkam und sich ihre Ausweise ansah.
»Ich dachte, Sie wären längst fort, Sir?«
»War ich auch.«
Der Pförtner drängte die Leute unter Mühen beiseite und machte das Tor auf, so daß Jamieson und Sue durchfahren konnten. Sue war es unangenehm, daß so viele Menschen sie durchs Fenster anstarrten. Sie kam sich vor wie ein seelenloses Ding in einem Glaskasten und machte aus ihrem Herzen keine Mördergrube.
»Wir sollten gleich Crichton Bescheid sagen, daß wir da sind«, sagte Jamieson, als er den Wagen vor dem Verwaltungsgebäude abstellte.
»Ich werde warten«, sagte Sue.
Jamieson stieg aus, schlug die Wagentür mit einer Hand zu und sprang dann, zwei Stufen auf einmal nehmend, die Treppe zum Verwaltungsgebäude hinauf. Als er den Korridor zu Crichtons Büro entlangeilte, knarrte das frisch gewienerte Linoleum unter seinen Schritten. Er klopfte.
»Wer ist da?« ließ sich eine Stimme von drinnen vernehmen. Die Frage hatte etwas leicht Verwundertes, und da wußte Jamieson, daß er die Empfangsdame unten und die Sekretärin ausgetrickst hatte, als er die Seitentür zu Crichtons Büro benutzte.
»Jamieson«, antwortete er und steckte den Kopf zur Tür hinein. »Ich wollte bloß Bescheid sagen, daß ich wieder da bin.«
Crichton forderte ihn auf einzutreten und Platz zu nehmen; dann setzte er das Telefongespräch fort, mit dem er gerade beschäftigt war.
»Es tut mir leid, daß wir im Augenblick weiter keinen Kommentar

geben können«, sagte Crichton. »Nein, nichts.« Er legte auf und trommelte frustriert mit den Fingern auf die Schreibtischplatte.
»Probleme?«
Crichton blickte Jamieson direkt in die Augen und sagte: »Das kann man wohl sagen. Bisher ist eine Frau bei diesem letzten Infektionsausbruch gestorben; die anderen vier sind schwer krank. Jetzt haben die Zeitungen Wind davon bekommen und suchen einen Schuldigen, um zur Treibjagd blasen zu können. Die Gruppe der Konservativen im Stadtrat wirft dem Management vor, mit der Hygiene im Krankenhaus gehe es immer weiter bergab. Die Labourleute machen der Regierung die Kürzungen im Budget und den Personalmangel zum Vorwurf. Jedenfalls scheine ich für beide Gruppen das Hauptangriffsziel zu sein.«
»Ist der Laborbericht über die Salzlösung schon fertig?«
»Ja, vor einer halben Stunde ist er gekommen.«
»Und, was ist es diesmal: *Pseudomonas* oder *Staphylococcus*?«
»Weder noch«, sagte Crichton.
»Ich verstehe nicht.«
»Ich bin mir auch nicht sicher, ob ich es verstehe«, sagte Crichton und setzte eine gemarterte Miene auf. »Aber im Laborbericht heißt es, es handele sich wieder um einen völlig anderen Organismus.«
»Eine dritte Art von Bakterien!« rief Jamieson aus. »Aber das wird ja immer verrückter!«
»Das findet die Öffentlichkeit auch. Übrigens steht die Öffentlichkeit in Form einer kläffenden Reportermeute vorm Tor...«
»Ich habe sie beim Reinfahren gesehen«, sagte Jamieson.
»Für die ist die Klinik eine Brutstätte für Infektionskrankheiten, und wir, das Personal, tun alles, um das Ganze zu vertuschen.«
»Chirurgie und Gynäkologie sind ausgesetzt?«
»Selbstverständlich.«
Wieder klingelte Crichtons Telefon, und Jamieson stand auf, um zu gehen. »Wir sehen uns später«, flüsterte er, als Crichton den Hörer aufnahm.

Jamiesons bezogen wieder ihr altes Zimmer im Ärztehaus. Es gab nicht viel zu sagen, denn beide empfanden es als bedrückend, wieder hier zu sein. Es klopfte, und als Jamieson die Tür aufmachte, stand Clive Evans davor.

»Ich habe Ihren Wagen gesehen«, sagte Evans und kratzte sich beim Eintreten am Kopf.
»Es fängt also alles wieder von vorne an?« fragte Jamieson.
»Ich fürchte, ja. Sogar noch schlimmer als zuvor.«
»Irgendwelche Ideen?«
»Wir wissen, daß diesmal die Beutel mit der Salzlösung für den Tropf die Infektionsquelle waren. Das hat Dr. Morton rausgefunden, und zwar gottlob, bevor sich weitere Frauen infizierten.«
»Von Crichton habe ich gehört, es handelt sich um eine dritte Art?«
»Ja, das stimmt. Diesmal haben wir es mit einem *Proteus* zu tun, und...«
»Sie brauchen es mir nicht zu sagen. Die Biester sind gegen Antibiotika genauso resistent wie *Pseudomonas* und *Staphylococcus*.«
»Ich fürchte, so ist es«, pflichtete Evans bei.
»Und wie sieht es mit den Synergismus-Tests aus?«
»Wir sind noch dabei. Bis jetzt nichts.«
»Fordern Sie die bitte auch vom MedKa an, ja? Sie werden gleichfalls daran arbeiten.«
»Sehr gut.«
»Haben Sie die gesamten biochemischen Tests durch?« wollte Jamieson wissen.
»Bis jetzt nicht. Wir sind noch nicht dazu gekommen.«
»Auch das wird MedKa machen. Schicken Sie ihnen baldmöglichst Proben zu, dann können wir uns alle drei Berichte ansehen.«
»Drei?« fragte Evans.
»O ja, das hatte ich Ihnen noch gar nicht gesagt. Moira Lippman hat die Kokken von MedKa untersuchen lassen. Ich glaube, darüber hat sie mit uns reden wollen, bevor sie starb.«
»Wirklich?« fragte Evans. »Was steht denn in dem Bericht?«
»Es gibt verschiedene auffällige Diskrepanzen zwischen dem Bericht und dem, wie sich *Staphylococcus* dem Lehrbuch zufolge verhalten sollte. Ganz so, als ob es sich um einen völlig anderen Organismus handelte.«
»Haben Ihre Leute dazu irgend etwas zu sagen gehabt?«
»Bis jetzt habe ich sie noch nicht gefragt. Auch ich hatte mich einlullen lassen und geglaubt, die Sache wäre beendet. Aber wenn wir diesmal einen ähnlich lautenden Bericht erhalten, muß was daran sein. Irgend etwas, das uns entgangen ist.«

»Wenn Sie wollen, fahre ich rüber ins County-Labor und bitte sie, die Tests am *Proteus* durchzuführen. Vielleicht geht das schneller«, sagte Evans. »Wir würden dann einen Tag sparen.«

»Guter Gedanke«, sagte Jamieson. »Aber lassen Sie zweigleisig fahren. Ich möchte, daß auch der MedKa in bezug auf die Behandlung was tut. Ich selbst werde hier damit zu tun haben, den Weg der letzten Sendung Salzlösung nachzuvollziehen und herauszufinden, wie sie kontaminiert wurde.« Er wandte sich an Sue. »Hast du was dagegen, wenn ich dich jetzt allein lasse, Liebling?«

»Natürlich nicht. Kann ich mich denn irgendwie nützlich machen?«

»Im Moment glaube ich nicht«, sagte Jamieson. »Wie steht es mit Ihnen, Clive? Brauchen Sie Hilfe?«

»Wenn mir was einfällt, rufe ich Sie an«, sagte Evans. »Vielen Dank.«

Fünfzehntes Kapitel Evans und Jamieson ließen Sue allein zurück und gingen gemeinsam zum Labor hinüber, Evans, um das County-Labor anzurufen und sie über die Proben zu informieren, die er ihnen bringen wollte, und Jamieson, um in seinem kleinen Raum im Krankenhauslabor wieder mit der Arbeit anzufangen.

»Ich habe sämtliches Material über die kontaminierte Salzlösung gesammelt, von dem ich meinte, daß Sie es brauchen könnten«, sagte Evans, als sie die zur Mikrobiologie hinunterführende Treppe erreichten. »Es liegt auf Ihrem Tisch. Bloß: Bilden Sie sich nicht ein, daß Sie darin etwas finden. Ich habe das schon ziemlich gründlich durchgesehen. Falls Sie sonst noch was brauchen, bitten Sie einfach eine der Assistentinnen darum.«

Jamieson schloß die Tür des kleinen Raums hinter sich und zog sein Jackett aus. Langsam setzte er sich auf den Drehstuhl und spürte, wie die Niedergeschlagenheit ihn in seiner Arbeit zu lähmen drohte. Es kam ihm so vor, als sei er in einen schlechten Traum zurückgekehrt. Vor ihm auf dem Schreibtisch lag ein geschlossener Aktendeckel. Widerstrebend klappte er ihn auf. Er wußte, daß er sämtliche Unterlagen, die mit der kontaminierten Salzlösung zu tun hatten, durchsehen mußte; das gehörte nun mal dazu; gleichwohl hatte das ganze etwas von einem *déjà vu*. Er wußte genau, daß alle schriftlichen Unterlagen vollkommen in Ordnung sein würden, genauso wie bisher auch.

Eine Stunde später hatte sich erwiesen, daß Jamieson recht hatte. Die Sterilisationsvorgänge waren anscheinend fehlerlos verlaufen; alle vorgeschriebenen Tests waren durchgeführt worden, und es war in keiner Weise einzusehen, wie die Salzlösung überhaupt hatte verseucht werden können – ganz zu schweigen von todbringenden neuen Organismen. Die Partie mit Salzlösung gefüllter Beutel, um die es hier ging, war auf direktem Wege in die Gynäkologie gebracht worden; und einen Thelwell, der sie unterwegs hätte abfangen können, gab es nicht mehr. Trotzdem war die Salzlösung kontaminiert, und eine Frau war bereits daran gestorben.

Auf der Suche nach alternativen Theorien zog Jamieson auch die Möglichkeit in Betracht, daß mit der Salzlösung etwas gemacht worden sein könnte, während sie in der Gynäkologie im Schrank gelegen hatte. War es gar denkbar, daß die kontaminierte Salzlösung ein furchtbares Erbe von Thelwell darstellte? Hatte der sie womöglich vor seinem Tod kontaminieren können? Hatte man sie vorher einfach nicht verbraucht? Jamieson überprüfte die Daten der Sterilisation und der Auslieferung an die Gynäkologie. Die Antwort war klar. Es war unmöglich. Thelwell war bereits seit zwei Tagen tot gewesen, als die Salzlösung sterilisiert und in die Gynäkologie gebracht worden war. War sie während der Lagerung verseucht worden, hatte Thelwell jedenfalls nichts damit zu tun.

Jamieson wandte seine Aufmerksamkeit wieder dem vorläufigen Bericht über die neue Infektion zu und kam zu dem Schluß, daß er mehr über diesen Mikroorganismus erfahren mußte. Er ging daher in eines der benachbarten Labors hinüber und bat einen der Assistenten um die entsprechenden Nachschlagewerke. Der Mann griff in das Regal hinter ihm und holte eine Ausgabe von McLennans *Medizinische Mikrobiologie* herunter. »Wahrscheinlich finden Sie das, was Sie wissen möchten, hier drin«, sagte er und reichte ihm das Buch.

»Ich bringe es gleich wieder zurück«, sagte Jamieson.

»Das eilt nicht.«

Jamieson suchte im Inhaltsverzeichnis nach dem Stichwort und blätterte dann die Seiten durch. Schließlich fand er, wonach er suchte:

> **Proteus:** Ein gramnegativer, nicht Laktose spaltender Organismus, wie er sich häufig in Abwässern, im Ackerboden und in natürlichem Dünger findet. Er ist im allgemeinen an Harnwegerkrankungen beteiligt, oft jedoch auch an ernsthafteren Infektionen. Der Name leitet sich von dem griechischen Meeresgott Proteus her, weil er dazu neigt, in den Kulturen eine Reihe von veränderlichen Charakteristika aufzuweisen.

Was folgte, war eine Aufzählung der kulturspezifischen und biochemischen Details des Organismus. Daran schloß sich wiederum ein Abschnitt über die Behandlung des Organismus an. Besonders aufgeführt wurden vier Antibiotika. Jamieson hatte aber bereits erfahren, daß der im Augenblick in der Klinik virulente Stamm gegen alle vier

immun war. Er versuchte, sich zu erinnern, was er aus der griechischen Mythologie über Proteus wußte, da klingelte sein Pieper; Chefinspektor Ryan meldete sich.
»Ich habe gehört, Sie sind zurück«, sagte Ryan. »Vielleicht sollten wir uns noch mal unterhalten.«
»Ja, gern«, sagte Jamieson. »Ich bleibe noch eine Zeitlang im Labor. Kommen Sie doch einfach rüber.«

Es dauerte keine Viertelstunde, und Ryan klopfte; die beiden Männer gaben sich die Hand und tauschten Höflichkeiten aus. »Wie laufen denn die Ermittlungen?« erkundigte sich Jamieson.
Der Polizeibeamte zuckte mit den Achseln und sagte: »Wenn Sie fragen, ob wir die Ripper-Morde postum Thelwell anhängen können, lautet die Antwort: Nein. Wir haben keine handfesten Beweise, um ihn mit den Morden in Verbindung zu bringen. Höchstens Indizien. Doch soweit ich gehört habe, haben auch Sie Probleme.«
»Das mit den postoperativen Infektionen ist wieder losgegangen, und wir wissen nicht, warum«, sagte Jamieson.
»Und mit Gordon Thomas Thelwell kann es diesmal nichts zu tun haben?«
»Nein. Das ist mir natürlich nicht entgangen. Haben Sie denn mit der Überprüfung von Thelwells Chorproben Glück gehabt?«
»Die Daten stimmen so gut wie nie überein. Zu einem der Morde kam es an einem Abend, an dem Thelwell keine Probe hatte; zu Hause war er allerdings in dieser Nacht auch nicht.«
»Haben Sie denn rausgefunden, wohin er gegangen ist?«
»Das ja«, sagte Ryan. »Er hat in der Stadt an irgendwelchen Sitzungen teilgenommen, in seiner Eigenschaft als Rotarier.«
»Und?«
»Er hat teilgenommen.«
»Also konnte er den Mord an Moira Lippman in jener Nacht nicht begangen haben?«
Aufseufzend sagte Ryan: »Leider können wir das nicht mit Sicherheit ausschließen. Immerhin hätte er zwischendurch lange genug weggehen können, um es zu machen. Getroffen haben sich die Rotarier an einem Ort, der in Reichweite einiger der Orte lag, wo die Morde passiert sind. Eine halbe Stunde Abwesenheit hätte schon genügt. Trotzdem läßt das keine eindeutigen Rückschlüsse zu.«

»Ich darf wohl davon ausgehen, daß Thelwell in dem Gebäude, in das ich ihm in der Stadt gefolgt bin, weder eine Wohnung besessen noch gemietet hat, oder?«

Der Polizist schüttelte den Kopf. »Nein, das nicht. Wir haben sämtliche sieben Wohnungen überprüft, mit Eigentümern und Mietern gesprochen, aber irgendeine Verbindung mit Thelwell haben wir nicht herausfinden können. Das hätte ich Ihnen zwar auch schon früher sagen können, aber um ganz sicher zu sein, mußten wir bei einer Eigentümerin erst abwarten, bis sie aus dem Ausland zurück war. Den Bericht über ihn habe ich erst heute morgen erhalten.« Diesen Punkt unterstrich Ryan, indem er Jamieson ein zusammengefaltetes Stück Papier zeigte. »Alles läuft darauf hinaus, daß keiner der Leute, um die es geht, zugibt, Thelwell gekannt zu haben.«

»Schade«, sagte Jamieson. »Dann wissen wir also immer noch nicht, was er an diesem Abend gemacht hat?«

»Keine Ahnung.«

»Und was sagt Ihnen Ihr Gefühl?«

»In bezug auf Thelwell? Da bin ich mir nicht sicher. Ehrlich gesagt glaube ich, daß wir im Grunde genommen abwarten, ob das mit den Morden nun aufhört oder ob sie weitergehen.«

»Genauso wie mit den Infektionen.« Jamieson setzte ein verquältes Lächeln auf.

»Richtig«, stimmte Ryan ihm zu. »Und warten ab, was passiert.«

»Aber wenn er nicht der Mörder war, warum hat er sich dann umgebracht, und worum ging es dann in dem Abschiedsschreiben an seine Frau?«

»Sie haben recht«, sagte Ryan. »Es fällt schwer, an etwas anderes zu denken. Selbst seine Frau hatte ihre Zweifel in bezug auf das, was er vorhatte.«

»Sollte es jedoch zu einem weiteren Mord kommen…«, sagte Jamieson.

»Dann hätten wir es mit einem Psychopathen zu tun, und so jemand dingfest zu machen, ist für die Polizei für gewöhnlich ein Alptraum. Wahrscheinlich hat er dann weder eine klar definierte Gestalt noch ein erkennbares Motiv, nur irgendwelchen Unsinn, der allein für ihn selbst Sinn hat. Solche Leute sind von Natur aus meistens Einzelgänger, und es gibt weder Familienangehörige noch Freunde, sie von ihrem Tun abzuhalten. Vor allem aber sind solche Leute gerissen.«

»Gerissen?«

»Sie sind listig und verschlagen; sie genießen die Herausforderung, die sie darin sehen, betrachten das Ganze als Spiel, als intellektuelle Auseinandersetzung. Ironischerweise ist es meistens genau das, was später zu ihrem Fall führt. Sie werden überheblich, überschätzen ihr Selbstbewußtsein, treiben ihr Glück auf die Spitze, stürzen ab, und wir kriegen sie. Aber darauf zu warten, das spannt alle Beteiligten nervlich auf die Folter.«

»Das kann ich mir vorstellen«, sagte Jamieson.

»Wenn jemand anders als Thelwell der Mörder ist, würde ich meinen, hätten wir inzwischen irgendein Zeichen bekommen. Aber bis jetzt: Pustekuchen.«

»Was für ein Zeichen?«

»Psychopathen lieben den Schlagabtausch mit der Polizei. Sie geben gern kleine Hinweise oder legen eine Spur, damit wir näher an sie rankommen, bloß natürlich nicht zu nahe. Daraus ziehen sie irgendeinen Kitzel, das macht das Spiel für sie um so spannender.«

»Hoffentlich bekommen Sie ihn bald.«

»Fassen tun wir ihn mit Sicherheit«, erklärte Ryan. »Aber ich würde nicht gerade mein Gehalt darauf verwetten, daß es bald geschieht. Bevor es dazu kommt, könnte es in dieser Stadt noch eine Menge Leid geben.«

»Und was ist mit dem anderen Verrückten?« fragte Jamieson.

»Welchem anderen Verrückten?«

»Dem Mann, der meine Frau entführt hat?«

Ryan sagte: »Auch das ist kein Kinderspiel für uns. Sieht aus, als wär's eine einmalige Tat, und außerdem haben wir noch nicht einmal ein Motiv dafür. Ist Ihnen denn inzwischen irgendwas eingefallen?«

Jamieson schüttelte den Kopf. »Sue ist übrigens mit nach Leeds gekommen«, setzte er dann noch hinzu.

»Das hatte ich nicht gewußt«, sagte Ryan. Er wirkte sehr überrascht. »Möchten Sie, daß wir ein Auge auf sie haben?«

»Unauffällig«, sagte Jamieson.

»Dafür werde ich sorgen.«

Jamieson nahm sich vor, es Sue zu erzählen, und als Ryan sich zum Gehen erhob, schüttelte er ihm die Hand.

Jamieson überlegte, was er nun als nächstes tun sollte, da sah er auf dem Schreibtisch ein Stück Papier liegen. Ihm fiel ein, daß Ryan es hingelegt hatte, nachdem er es aus der Tasche gezogen hatte. Jamieson nahm es zur Hand und las es. Jetzt erinnerte er sich auch wieder daran, was es Ryans Worten zufolge war. Es handelte sich um die Durchschrift eines Gesprächs mit der letzten Wohnungsinhaberin, mit der man gesprochen hatte – derjenigen, die im Ausland gewesen war.
Die Wohnung der Frau war den ganzen Monat, während sie auf Teneriffa gewesen war, unbewohnt gewesen. Weder daran noch an den sonstigen Auskünften, die sie gegeben hatte, war irgend etwas Besonderes, doch blieb ihm beinahe das Herz stehen, als er am Ende des Berichtes den Namen der Besitzerin las: Jennifer Blaney.
Das konnte unmöglich ein Zufall sein. Blaney, so dachte Jamieson, war kein gewöhnlicher Name. Es mußte einfach eine Verbindung zwischen Jennifer Blaney und Oberpfleger Blaney geben, dem Leiter der Zentralsterilisation des *Kerr Memorial*. Jamieson dachte über Blaney nach und hatte das unheimliche Gefühl, einer schrecklichen Wahrheit näherzukommen. Als er sich danach erkundigte, was für ein besonderes Interesse Thelwell an der Zentralsterilisation nahm, hatte der Mann sich ihm gegenüber abweisend bis feindselig benommen, doch war Jamieson davon ausgegangen, daß es sich auf seiten Blaneys um nichts weiter als beruflichen Groll gehandelt hatte. Was er dabei nicht berücksichtigt hatte, war die Möglichkeit, daß es irgendeine Art von persönlicher Beziehung zwischen Blaney und Thelwell gegeben haben könnte. Dieser Gedanke erschien ihm auch jetzt noch ziemlich weit hergeholt, doch kannte er die beiden schließlich nur sehr oberflächlich. Jamieson sann über diese Dinge nach, da kam ihm ein weiterer Gedanke, der ihn vor Entsetzen schaudern ließ. Blaney war ein großer, kräftiger Mann – eine Beschreibung, wie sie auf den Mann paßte, der Sue entführt hatte.
Das Herz schlug Jamieson bis zum Hals herauf, als er erkannte, wie gewisse Tatsachen zusammenpassen konnten. Wenn es zwischen Blaney und Thelwell eine wie auch immer geartete Beziehung gegeben hatte, und sei diese auch noch so unwahrscheinlich, war es durchaus denkbar, daß Blaney ihn, Jamieson, für Thelwells Tod verantwortlich machte. Wenn das stimmte, hatte er ein mögliches Motiv für Sues Entführung entdeckt. Rache, hatte der Mann gesagt. Auge um Auge, Zahn um Zahn. Einen Liebhaber um einen Liebhaber?

Jamieson rief im Polizeipräsidium an und verlangte Chefinspektor Ryan zu sprechen. Der sei gerade gegangen, wurde ihm gesagt. Jamieson legte auf, ließ die Hand auf dem Hörer ruhen und sann noch einmal über alles nach. Alle möglichen Ideen und Motive gingen ihm dabei durch den Kopf.
Blaney war Leiter der Zentralsterilisation. Damit hatte er jede Möglichkeit, an sterilisierten Instrumenten und Verbänden oder sonstwas herumzupfuschen. Vielleicht hatte Thelwell in ihm einen willigen Komplizen gehabt? Das würde erklären, wieso Verbände und Salzlösung hatten kontaminiert werden können, nachdem sie ordnungsgemäß sterilisiert worden waren. Blaney hätte sich an ihnen zu schaffen machen können, bevor sie auf die einzelnen Stationen verteilt worden waren! Oder sollte es schon immer nur Blaney ganz allein gewesen sein? Vielleicht hatte Thelwell mit den ganzen Infektionen überhaupt nichts zu tun?
Jamiesons Gehirn arbeitete fieberhaft. Er brauchte etwas, um ruhiger zu werden, und deshalb versuchte er, sich darauf zu konzentrieren, wie Blaney an die tödlichen Organismen herangekommen sein könnte, um Verseuchung damit vorzunehmen. Aber es gelang ihm nicht, diesen Teil des Rätsels zu lösen. Soviel jedoch war sicher: Dieser Mr. Blaney mußte ihm gewisse Fragen beantworten, und wenn sich dann herausstellte, daß Blaney für das verantwortlich war, was Sue hatte durchmachen müssen, hatte er eine persönliche Rechnung mit diesem Herrn zu begleichen.

Jamieson wußte, daß es falsch war, zu versuchen, selbst mit Blaney fertigzuwerden. Er wußte genau, daß eigene emotionale Beteiligung keine gute Basis für vernünftiges Handeln abgab und daß er eigentlich warten sollte, bis Ryan auftauchte und er ihm die Tatsachen vortragen konnte. Obwohl ihm all dies klar war – das persönliche Motiv war zu stark für ihn. Infolgedessen erhob er sich von seinem Schreibtisch, zog sein Jackett über und machte sich auf den Weg in die Zentralsterilisation.
Die Arbeitsplatten, an denen die Helfer die Instrumente steril eintüteten, waren leer. Jamieson warf einen Blick auf die Uhr und sah, daß es Mittagessenszeit war. Vielleicht war auch Blaney in die Kantine gegangen. Jamieson ging an der Reihe der glänzenden Sterilisationsapparate entlang bis zu Blaneys Tür hinunter und stieß die Tür auf.

Blaney saß da und verzehrte ein Sandwich. Als er Jamieson sah, hielt er mitten im Kauen inne und in seinem Blick lag eine Mischung aus Ungläubigkeit und Überraschung. »Ja?«

Jamieson starrte Blaney einfach nur an und malte sich aus, wie er mit Perücke und angeklebtem Bart aussehen mochte. Dann fiel sein Blick auf die dicken Patschhände, die Sues Haar über Kabelstrippen mit dem Türmotor verbunden hatten.

»Was wollen Sie?« stammelte Blaney.

Jamieson las Schuldbewußtsein von Blaneys Gesicht ab und merkte, wie Wut in ihm aufstieg. »Schuft!« stieß er ganz bewußt eiskalt hervor.

Blaney erhob sich langsam von seinem Stuhl und wich zurück, doch wohin sollte er? Hinter ihm war die Wand. »Wovon reden Sie?« sagte er und blickte sich nach einem Fluchtweg um.

»Es ist aus, Blaney. Aber bevor ich Sie der Polizei übergebe, möchte ich für das, was Sie Sue angetan haben, etwas von Ihnen.«

Blaney hörte augenblicklich auf, den Unschuldigen zu spielen. Seine Unterlippe zitterte. »Sie haben Gordon Thelwell getötet!« sagte Blaney anklagend. »Sie haben ihn in den Tod getrieben! Sie haben ihn gehetzt, bis er selbst Hand an sich legte! Sie haben ihn umgebracht! Sie sind für seinen Tod verantwortlich! Ich habe ihn geliebt, und Sie haben ihn mir weggenommen! Sie haben verdient zu leiden! Sie haben verdient durchzumachen, was ich durchgemacht habe!«

Vom eigenen Redeschwall angefeuert, schüttete Blaney Jamieson den Inhalt seiner Kaffeetasse ins Gesicht.

Zwar war der Kaffee nicht besonders heiß, aber für den Moment blendete die Flüssigkeit Jamieson, und Blaney nutzte die Gelegenheit, um an ihm vorüber auf die Tür zuzustürzen. Jamieson ließ den Fuß vorschnellen, stellte ihm ein Bein, und Blaney wäre fast gestürzt, als er mit dem Kopf voran durch die Tür in den Sterilisationsraum hineinlief. Als Jamieson genügend geblinzelt hatte und wieder richtig sehen konnte, hatte Blaney sich bereits wieder hochgerappelt und eine Edelstahlschale samt Instrumenten und Desinfektionslösung darin ergriffen.

Jamieson riß die Hände hoch, um sich zu schützen, da hagelte es auch schon Skalpelle und Klammern auf ihn herab. Auf seinem Handrükken und auf der Kopfhaut sprangen ein paar kleinere Schnittwunden auf, doch kümmerte er sich nicht darum, sondern hechtete hinter Blaney her durch den Raum. Als er sah, daß Blaney ein Seziermesser ergriff, blieb er stehen. Jamieson war beim Anblick der langen Klinge, die aus dem schwarzen Horngriff herausragte, den Blaney fest in der Faust hielt, wie erstarrt.

Da er Jamieson gestoppt hatte, wirkte Blaney gleich wieder zuversichtlicher. Er verzog das Gesicht zu einem schiefen Grinsen und zischte höhnisch: »Kommen Sie doch, Doktor Neunmalklug Jamieson. Worauf warten Sie noch? Jetzt müssen Sie nach meiner Pfeife tanzen, nicht wahr?«

Doch Jamieson war mittlerweile klargeworden, wie töricht es gewesen war, Blaney aus lauter Wut und Eigensinn auf eigene Faust stellen zu wollen. Er starrte auf das rasiermesserscharfe Instrument in Blaneys Hand.

»Wer hat es getan, Blaney?« krächzte er. »Wer hat Instrumente, Verbände und Salzlösung kontaminiert? Sie? Sie oder Thelwell? Oder vielleicht Sie beide gemeinsam? So was ist doch hirnverbrannt!«

So etwas wie Verwirrung malte sich auf Blaneys Zügen. »Wovon reden Sie überhaupt?« verlangte er zu wissen.

»Ist es das, was Sie beide als Kitzel gebraucht haben? Ein paar alte Schwuchteln gegen alle Frauen dieser Welt?«

»Sie sind ja verrückt!« sagte Blaney und fuhr mit dem Messer auf Jamieson los. In genau diese Wutreaktion hatte Jamieson ihn steigern wollen. Jamieson trat behende zur Seite und packte, als Blaney das Gleichgewicht verlor, seinen Arm, mit dem er das Messer hielt. Er drehte Blaney den Arm auf den Rücken, doch als er versuchte, ihn zum Fallenlassen des Messers zu bringen, gab Blaney nicht nach.

Jamieson konzentrierte sich zu sehr auf das Seziermesser, als daß er darauf gefaßt gewesen wäre, daß Blaney sich plötzlich fallen lassen würde. Da Blaney ohnehin gebeugt dastand, war es für ihn ein leichtes, Jamieson über die Schulter rollen und ihn seitlich über die Fliesen auf einen an der Wand stehenden Tisch schlittern zu lassen. Der Tisch fiel um, Besteckschalen klirrten zu Boden, während Jamieson versuchte, sich wieder zu orientieren.

Er faßte sich gerade noch rechtzeitig, um zu sehen, wie Blaney, das Messer erhoben und mit irrsinniger Wut im Blick, auf ihn zustürzte. In einem verzweifelten letzten Versuch, sich zu schützen, riß Jamieson beide Füße hoch und traf Blaney mitten im Sprung. Der Schwung des Pflegers ließ diesen über Jamiesons Kopf hinwegfliegen, und er landete unter schrecklichem Krachen mit dem Schädel an der Wand.

Für einen Augenblick lag Jamieson nach Luft ringend still da. Daß Blaney jetzt noch eine Gefahr darstellte, war undenkbar. Nach diesem wuchtigen Aufprall auf dem Kopf mußte er bewußtlos sein, möglicherweise sogar tot. Langsam rappelte Jamieson sich hoch und ging zu Blaney hinüber, fühlte ihm den Puls, den er freilich mühelos feststellte. Das Herz des Mannes klopfte kräftig und regelmäßig. »Du mußt einen Schädel haben wie ein Stein, Blaney«, sagte er zu dem Bewußtlosen und fesselte ihm mit Verbandmull die Hände auf den Rücken. Als er glaubte, Blaney für den Moment außer Gefecht zu wissen, rief er die Polizei an.

Jamieson meinte, mindestens fünf Minuten zu haben, ehe die Polizei eintraf, wahrscheinlich sogar ein bißchen mehr. Er sah auf den am Boden liegenden Blaney nieder und kam sich sehr hilflos vor. Es gab so viele Dinge, die er wissen wollte, Dinge, von denen er überzeugt war, daß Blaney ihm darüber Auskunft geben könnte, wenn er bei Bewußtsein wäre. Er füllte eine Schale mit klarem Wasser und kippte Blaney dies ins Gesicht. Blaney rührte sich nicht, woraufhin Jamieson den Vorgang wiederholte, bis er sich bewegte.

Als das erste Stöhnen kam und Jamieson verriet, daß Blaney bei Bewußtsein war, fing er an, ihn in die Mangel zu nehmen. »Kommen Sie, Blaney, wie haben Sie es gemacht? Wie haben Sie Bestecke und Verbände kontaminiert?«

Blaney zerrte an seinen Fesseln und blickte benommen um sich. Jamieson wiederholte die Frage.

»Seien Sie doch nicht albern«, brachte Blaney ächzend hervor. »Das hat mit mir nichts zu tun.«

»Soll das heißen, es war Thelwell?«

»Sie Idiot! Glauben Sie das etwa? Sie glauben, Gordon und ich hätten die Patienten umgebracht?« Blaney stieß ein Schnauben aus und lachte dann schallend, aber ohne jeden Humor auf. »Verdammt noch mal, müssen Sie verzweifelt nach einer Lösung für Ihre Probleme suchen!«

»Sie haben Thelwell die Instrumente für die Gynäkologie ausgeliefert, statt sie durch jemand hinbringen zu lassen. Warum?«

»Das wissen Sie doch ganz genau, verdammt noch mal! Das hat Gordon Ihnen doch selbst gesagt. Er hatte Angst, daß an den Instrumen-

ten herumgepfuscht würde, deshalb hat er sie sofort nach der Sterilisation abgeholt, um sie sicher aufzubewahren, bis sie gebraucht wurden.«
»Oder bis er sie mit tödlichen Bakterien verseucht hatte«, sagte Jamieson.
»Tödliche Bakterien!« fauchte Blaney. »Woher, um alles in der Welt, hätten Gordon und ich tödliche Bakterien bekommen sollen? Er war Chirurg, kapieren Sie das doch endlich!«
Jamieson überging eine Frage, die sein Gegenüber nicht beantworten konnte. »Dann erzählen Sie mir, wieso Thelwell die Chorproben vorgeschoben hat, um das Haus zu verlassen?«
»Gordon und ich haben uns einmal in der Woche getroffen. Mehr konnten wir nicht riskieren; das hätte Verdacht erregt. Wir sind dann zu einem Hotel aufs Land hinausgefahren, aber als meine Schwester Ferien in Teneriffa machte, habe ich mir den Schlüssel zu ihrer Wohnung ausgeborgt, und wir haben die während des einen Monats ihrer Abwesenheit benutzt.«
»Warum hat Thelwell sich umgebracht, wenn nicht wegen der Morde?« fragte Jamieson.
»Weil er glaubte, daß das mit uns rauskommen würde! Nachdem Sie ihm bis zur Wohnung meiner Schwester gefolgt waren, hielt er das für unvermeidlich.«
»Wieso wußte er denn, daß ich ihm gefolgt war?«
»Wir beide haben Sie in dieser Nacht im Treppenhaus gehört. Sie riefen seinen Namen. Er war überzeugt, daß Sie alles über uns wüßten.«
»Nein, ich habe nichts davon gewußt.«
»Für einen Mann wie Gordon gab es keine Möglichkeit, sich einem solchen Skandal zu stellen und mit der öffentlichen Bloßstellung fertigzuwerden. Gordon war schließlich ein sehr empfindsamer Mensch!«
»Wie man gesehen hat!« sagte Jamieson trocken.
Der Nebelschleier auf Blaneys Augen war wie weggerissen. »Jawohl, Sie Schuft! Kein Mensch hat ihn wirklich verstanden!« Blaney zerrte an seinen Fesseln, was ihm jedoch nichts nützte. Die Polizei war eingetroffen.
Blaney wurde verhaftet und fortgebracht; als erstes in die Röntgenabteilung, wo man ihn auf einen möglichen Schädelbruch untersuchte. Chefinspektor Ryan blieb zurück, um mit Jamieson zu reden.

»Na ja, eines der Geheimnisse wäre damit gelüftet«, sagte Ryan. »Zumindest wissen wir, wer Ihre Frau angegriffen hat; und wenn wir uns erst einmal mit Mr. Blaney unterhalten haben, können wir vielleicht auch noch in andere Dinge Licht bringen.«
Jamieson nickte, war jedoch tief bekümmert.
»Stimmt irgendwas nicht?« fragte Ryan, als er merkte, daß Jamieson seine Begeisterung nicht teilte.
»Ehe Sie hier waren, habe ich mich mit Blaney über Thelwells Beteiligung an den Todesfällen hier im Krankenhaus unterhalten«, berichtete Jamieson. »Blaney behauptet steif und fest, weder er noch Thelwell hätten das geringste damit zu tun.«
»Na ja, das stand doch wohl zu erwarten, oder?« fragte Ryan.
Jamieson sah Ryan an und sagte: »Richtig, das schlimme ist nur: Ich glaube ihm. Er sagt, Thelwell hat sich umgebracht, weil er glaubte, ich würde seine schwule Affäre mit Blaney ausposaunen und damit seinen guten Ruf zunichte machen. Er glaubte, ich wüßte Bescheid...«

Jamieson blieb noch ein wenig in der Zentralsterilisation. Als er sich an dem Tisch neben den Autoklaven niederließ und müßig einen Stapel von Kontrollkarten durchsah, hörte er Ryan davonfahren. So groß seine Abneigung gegen Blaney auch war, er mußte zugeben, daß er den Eindruck hatte, der Oberpfleger hätte die Wahrheit gesagt. Doch wenn weder Blaney noch Thelwell beim Verbreiten der Infektion die Finger im Spiel gehabt hatten, wie hatten die Instrumente dann kontaminiert werden können? Es sei denn, sie wären überhaupt nie richtig sterilisiert worden. Doch das war lächerlich. Jamieson hatte schließlich selbst gesehen, daß die Steriblätter im Autoklav gewesen waren an dem Tag, an dem Thelwell die Instrumente und das Verbandzeug abgeholt hatte.
Er stand auf, ging zum Autoklav hinüber und blieb vor jenem stählernen Apparat stehen, von dem Blaney gesagt hatte, daß er der Sterilisation der für die Gynäkologie besitmmten Instrumente diene. Nicht nur war das Kontrollblatt drin gewesen, sondern Clive Evans hatte auch noch den wöchentlichen Test am Apparat vorgenommen, ehe der Autoklav eingeschaltet worden war. Langsam trat Jamieson neben den Apparat, besah sich die Zuführungen an der Seite und ließ die Hand müßig über die glänzenden Kupferrohre gleiten.

Um die Verhältnisse im Inneren der Dampfkammer zu überprüfen, wies dieser Apparat einige Extrarohre auf. Jamieson folgte dem Verlauf der dünnen Rohre und bemerkte dann, daß ein paar noch kleinere Rohre wieder zurückführten in den Apparat. Für einen Moment irritierte ihn das, weil er den Grund dafür nicht erkennen konnte, starrte sie eine geschlagene Minute lang an und suchte dann nach einem Schraubenzieher, um die Seitenverkleidung des Apparats abzunehmen. Er fand das Gesuchte in einer Schublade mit der Aufschrift WERKZEUG.

Nachdem er die Metallverkleidung abgenommen hatte, konnte Jamieson sehen, daß die kleinen Rohre an der Außenseite der Dampfkammer entlangliefen und mit den Ventilen vorn am Apparat verbunden waren. Aber wozu? Wieso sollte es nötig sein, die Anzeigen der Überwachungsvorrichtung an den Ventilen vorn am Apparat noch einmal zu wiederholen? Jamieson spürte, wie das Blut in seinen Ohren rauschte, als er die Röhre noch einmal zurückverfolgte und der Funktion der Ventile auf die Spur zu kommen suchte.

Der Anblick von zwei roten Ventilen der linken oberen Ecke ließ ihn erstarren. Das konnte doch nicht wahr sein; er mußte sich irren. Noch einmal verfolgte er den Kreislauf und kam zu derselben erschreckenden Schlußfolgerung. Bei diesem Apparat hier war es möglich, die Dampfkammer, in der der eigentliche Sterilisationsvorgang stattfand, von ihren Versorgungsröhren abzuschneiden und trotzdem Druck und Temperatur in den Rohren am Anzeiger vorn sowie an den vom Prüfkasten aufgezeichneten Linien auf den Kontrollblättern abzulesen. Das Thermometer der Dampfkammer konnte hundert Grad Celsius anzeigen, obwohl das Innere des Sterilisators völlig kalt war.

»Verdammt und zugenäht!« fluchte Jamieson halblaut, als er begriff, wie es gemacht worden war. Instrumente und Verbände waren kontaminiert worden, ehe sie in den Sterilisator gelegt wurden, hatten danach eine Pseudosterilisation durchlaufen und waren dann verteilt worden. Blaney hatte recht gehabt, als er ihn fragte, woher er oder Thelwell denn die tödlichen Bakterien gehabt haben sollten. Dazu brauchte es schon einen Spezialisten… Bei diesem Gedanken angekommen, überlief es Jamieson eiskalt. Um was für einen Spezialisten ging es hier denn? Um einen Mikrobiologen! Der Mann mußte Mikrobiologe sein! Ein Mann oder eine Frau, der oder die wußte, wie

man mit Viren oder Bakterien ungestraft umging, wie man sie züchtete, sie manipulierte... sie genetisch veränderte!
Drei Hauptpersonen waren es, die entscheidend an dieser Sache beteiligt waren und genau dazu imstande waren – und zwei davon waren tot, John Richardson und Moira Lippman. Blieb nur noch der dritte: Clive Evans.
Plötzlich paßte alles zusammen wie in einem höllischen Puzzle. Richardson und Moira hatten sterben müssen, weil ihr Spezialistenwissen es ihnen ermöglicht hatte, die Wahrheit über die seuchenverursachenden Organismen zu erkennen. Auch Sue hatte in diese Richtung gedacht. Evans stand nicht nur bei den Laboruntersuchungen an vorderster Front, sondern war auch noch verantwortlich für die Überwachung der Sterilisatoren selbst!
Dem äußeren Anschein nach war Evans in die Sterilisation gekommen, um die Apparate zu testen; in Wahrheit jedoch hatte er den Inhalt der Autoklaven kontaminiert! Von Anfang an war Evans es gewesen! Der Killer – das war Evans.
Jamieson schwindelte, als er durchschaute, wie gekonnt Evans den Verdacht auf den unglücklichen Thelwell gelenkt hatte. Evans war es gewesen, der die Untersuchungsergebnisse von Thelwells Abstrichen gefälscht und dabei ganz genau gewußt hatte, wie sich das auf die ohnehin angespannte Beziehung zwischen Thelwell und Richardson auswirken würde. Evans war es gewesen, der oben im OP dafür gesorgt hatte, daß die Instrumente auf den Boden fielen; dabei hatte er es so aussehen lassen, als wäre es Thelwells Schuld. Clever... aber völlig verrückt.
Dieser Gedanke brachte Jamieson auf *Costello Court*, jene Heil- und Pflegeanstalt, mit der Richardson vor seinem Tod in Kontakt getreten war. Jamieson griff nach dem Telefon und bat um die Nummer des MedKa in London.
»Was ich schnellstmöglich brauche, ist folgende Auskunft: Wiederhole: Schnellstmöglich. Ist ein gewisser Clive Evans jemals Patient des *Costello Court Hospital* gewesen, und wenn ja, warum? Ich brauche alle Einzelheiten der Krankengeschichte. Rufen Sie mich zurück unter...« Er gab die Nummer seines Apparats im *Kerr Memorial* an.
Es dauerte nur zwölf Minuten, bis MedKa den Anruf erwiderte. Es war Macmillan persönlich, der sich meldete.

»Ich habe mich Ihretwegen weit vorgewagt, Jamieson. Ich hoffe nur, Sie hatten einen guten Grund, um diese Information zu bitten.«

»Den habe ich.«

»Dr. Clive Linton Evans ist nach einem schweren Nervenzusammenbruch von Juli vorigen Jahres bis zum vierzehnten März dieses Jahres Patient im *Costello Court Hospital* gewesen. Zu dem Zusammenbruch war es gekommen, nachdem er sich von einer Prostituierten eine unheilbare Geschlechtskrankheit geholt hatte. Eigentlich war man der Meinung, daß er nicht wieder arbeiten könnte, doch hat ein altruistischer Chefarzt in einem der Krankenhäuser im Norden ihn unter seine Fittiche genommen und sich erboten, ihn während einer Periode der Rehabilitation zu beaufsichtigen. Die Meinungen der Ärzte im *Costello* gingen im Falle Evans offensichtlich weit auseinander. Ein Psychiater, der ihn behandelte, ging sogar so weit anzudeuten, daß Evans sie möglicherweise alle an der Nase herumführte. Die Bezeichnung ›Psychopath‹ fiel, doch wurde dieser Kollege überstimmt. Ich nehme an, Sie sind auf diesen Dr. Evans gestoßen?«

»Er gehört zu den Ärzten hier«, sagte Jamieson.

»Mein Gott!« entfuhr es Macmillan. »Und Sie glauben, daß . . . ?«

»Ich glaube nicht, ich weiß es und bin gerade dahintergekommen, wie er es gemacht hat. Ich lege jetzt besser auf und verständige die Polizei.«

»Gibt es irgend etwas, womit wir Ihnen helfen können?«

Schon wollte Jamieson Nein sagen, da kam ihm ein anderer Gedanke, und er fragte: »Wer war *Proteus* in der griechischen Mythologie?«

»Allmächtiger!« rief Macmillan aus. »Mal sehen . . . der Meeresgott, der seine Gestalt nach Belieben verändern konnte, wenn meine Erinnerung mich nicht trügt.«

»Genau das habe ich wissen wollen«, sagte Jamieson und legte auf. In der lautlosen Stille, die herrschte, als das Entsetzen vor Evans Vergehen seine eigene Glaubwürdigkeit bis an die Grenzen des Möglichen auf die Probe stellte, konnte er sich selbst atmen hören. Bei der *Proteus*-Infektion, um die es im Augenblick ging, handelte es sich um einen krankhaften Witz! Evans hatte die Infektion nach eigenem Belieben verändert! Er hatte die Bakterien mit voller Absicht verändert, ehe er sie benutzte, um Verbände und Instrumente damit zu kontaminieren, bevor sie die Stationen erreichten. Er hatte ihr Erbgefüge verändert, so daß sie jeder Behandlung gegenüber resistent waren. Einen

Proteus-Stamm zur Auslösung des letzten Infektionsausbruchs zu verwenden und die im Namen enthaltene Anspielung auf den griechischen Gott zu benutzen, war der Gipfel der Arroganz gewesen, genauso, wie Ryan gesagt hatte: die Arroganz eines durch und durch psychopathischen Irren!

Jetzt wurden Jamieson auch die früheren biochemischen Untersuchungsergebnisse klar. Die Biester waren deshalb so grundverschieden von den Lehrbuchwerten gewesen, weil Mutationen verursacht worden waren! Evans hatte mit voller Absicht genetische Veränderungen in den Bakterien vorgenommen. Hatte das gemacht, um sie virulenter und buchstäblich unangreifbar zu machen; dabei hatte der Vorgang in den Organismen gleichzeitig viele andere Mutationen in Gang gesetzt. Zu dieser Erkenntnis mußten Richardson und später auch Moira Lippman gekommen sein!

Endlich erreichte Jamieson Ryan. »Können Sie noch mal in die Zentralsterilisation des *Kerr Memorial* zurückkommen? Es ist äußerst dringend!«

Sechzehntes Kapitel Ryan war binnen zehn Minuten wieder da, und Jamieson erzählte ihm alles. Er zeigte ihm, was er am Autoklav an technischen Veränderungen entdeckt hatte. Die metallene Seitenverkleidung des Apparats hatte Jamieson nicht wieder angeschraubt, so daß Ryan dem Verlauf der Rohre mit der Hand folgen konnte; gleichzeitig hörte er sich an, was passierte, wenn die Rohre verändert wurden.

»Dieser Wahnsinnige!« murmelte Ryan.

Dann unterrichtete Jamieson Ryan über den Bericht, den er vom *Costello Court* bekommen hatte.

»Warum um alles in der Welt haben sie ihn dann nicht unter Verschluß gehalten?« fragte Ryan zornig. »Denn wenn es den leisesten Zweifel über seinen Geisteszustand gegeben hat, hätten sie ihn nicht vorsichtshalber dabehalten müssen?«

»Da muß ich Ihnen recht geben«, sagte Jamieson.

»Mir kommt es vor, als jagten wir die halbe Zeit hinter Leuten her, die im Grund gar nicht frei herumlaufen dürften!«

»Im Fall von Evans gingen die Meinungen der Ärzte auseinander«, sagte Jamieson.

Ryans Gesichtsausdruck verriet Jamieson, was er von den Ansichten von Medizinern hielt. »Und da macht man diesen Scheißkerl ausgerechnet zum Leiter eines Krankenhauslabors! Was sagen Sie dazu?«

Jamieson schaffte es nicht, irgendwelche Entschuldigungen oder Rechtfertigungen für das System ins Feld zu führen. Er hatte Verständnis für Ryans Wut und teilte sie sogar.

»Läßt sich sämtliches kontaminierte Material bis zu diesem Apparat zurückverfolgen?« fragte Ryan.

Jamieson nickte und sagte: »Das habe ich überprüft, als ich auf Ihre Ankunft wartete. Sowohl die Instrumente als auch die Verbände und die verseuchte Salzlösung wurden in diesem Autoklav sterilisiert, und zwar in jedem einzelnen Fall unmittelbar, nachdem Evans den Apparat ›überprüft‹ hatte.«

»Na ja, das wär's dann ja wohl!« sagte Ryan.

»Nun, das ist noch nicht alles«, sagte Jamieson und erklärte Ryan das mit den genetisch veränderten Bakterien. »Ich habe keine Ahnung, wo oder wie er es gemacht hat, aber das möchte ich gern herausbekommen.«

»Wie geht man denn vor, um Mutationen in Bakterien hervorzurufen?« fragte Ryan.

»Dazu gibt es mehrere Möglichkeiten. Sie können Sie mit chemischen Substanzen behandeln, man kann sie Röntgenstrahlen oder ultraviolettem Licht aussetzen. So schwierig ist das gar nicht...« Unvermittelt hielt Jamieson inne und rief: »Keine Bläschen!«

»Wie bitte?«

»John Richardsons Frau hat mir erzählt, ihr Mann wäre kurz vor seinem Tod äußerst besorgt gewesen. Sie hätte gehört, wie er immer und immer wieder vor sich hingesagt hätte: ›Keine Bläschen! Keine Bläschen!‹ Wovon er geredet hat, das war Evans Arm.«

»Tut mir leid. Aber das verstehe ich nicht.«

»Als ich hierher kam, hatte ich einen Unfall, bei dem es um einen Heizstrahler in meinem Bad ging. Heute allerdings frage ich mich, ob es wirklich ein Unfall war. Evans wohnte in dem Zimmer neben mir, und es ist durchaus möglich, daß er das Ganze inszeniert hat. Damals tauchte Evans als mein Retter auf der Szene auf, und später sah ich, daß er eine Brandnarbe an seinem Arm hatte. Natürlich ging ich davon aus, daß er sich die zugezogen hatte, als er mir ›half‹, und dahingehend habe ich mich auch John Richardson gegenüber geäußert. Bloß waren da keine Blasen! Nur ein rotes Mal. In Wirklichkeit handelte es sich um eine Verbrennung, die er sich durch Strahlung zugezogen hatte! Richardson mußte schon dahinter gekommen sein, daß es sich bei den Infektionsverursachern um mutierte Bakterien handelte, was ihn die Bedeutung von der Stelle an Evans Arm erkennen ließ.«

»Und da hat er Evans zur Rede gestellt, und Evans hat ihn ermordet.« Ryan erhob sich. »Hält Evans sich jetzt im Labor auf?«

»Nein, er ist zum County-Labor gefahren und kommt wahrscheinlich erst in einer Stunde wieder zurück.«

Ryan überlegte einen Augenblick und sagte dann: »Es hat keinen Zweck, einen Fahndungsbefehl für ihn herauszugeben. Bis jetzt ist nichts passiert, was seinen Verdacht erregt haben könnte. Deshalb warten wir, bis er zurückkommt, und dann schnappen wir ihn uns.

Während Jamieson einen der Schränke durchsuchte, kam der technische Assistent, der ihm das Buch *Medizinische Mikrobiologie* geliehen hatte, ins Labor.
»Kann ich Ihnen in irgendeiner Weise behilflich sein?« fragte er in vorwurfsvollem Ton.
»Gibt es hier im Labor irgendwo eine ultraviolette Lampe?« fragte Jamieson.
»Nein, warum?«
»Oder irgendeine Röntgenquelle?«
»Nein.«
»Gibt es noch einen Ersatzschlüssel für das Labor, das Dr. Evans benutzt?«
»In der Verwaltung haben sie einen Hauptschlüssel.«
»Ob Sie mir den wohl mal holen könnten?«
»Finden Sie es wirklich richtig, das zu tun?« fragte der Techniker, nachdem Jamieson Evans' Arbeitszimmer aufgeschlossen hatte und daranging, Schränke und Schubladen zu öffnen.
»Und ob ich das richtig finde«, antwortete Jamieson und setzte noch hinzu: »Sie können mir helfen, wenn Sie wollen. Wonach ich suche, das ist eine Strahlenquelle, höchstwahrscheinlich jedoch eine ultraviolette Lampe.«
Achselzuckend machte der Techniker sich daran, seinerseits Schranktüren aufzumachen.
Zehn Minuten später mußte sich Jamieson eingestehen, daß die Suche hier erfolglos war, und setzte sich auf Evans' Stuhl. »Nichts, verdammt!«
»Nichts«, pflichtete ihm der Techniker bei und machte die letzte Schranktür wieder zu.
»Womit aber hat er es dann gemacht, verfluchtnochmal!« murmelte Jamieson.
Der Techniker bewahrte Schweigen. Jamieson zog die Schreibtischschublade auf und wollte sie schon wieder zumachen, da sah er ein kleines braunes Fläschchen, oben auf einer Rechnung vom Elektrizitätswerk liegen. Er griff danach und ging davon aus, daß es Aspirin enthielt; dann las er auf dem Etikett: N-Nitrosoguanidin. Er sprach

den Namen laut aus und fragte dann: »Zu was brauchen Sie so was?«
»Wir benutzen es nicht«, erwiderte der Techniker. »Aber gehen Sie bloß vorsichtig damit um. N-Nitrosoguanidin ist ein hochwirksames Mutagen.«
»Das war schon die Antwort auf meine nächste Frage«, sagte Jamieson. »Trotzdem brauchen wir noch die Quelle der Strahlung.«
»Möchten Sie, daß ich in den anderen Labors weitersuche?«
»Ich wäre Ihnen dankbar dafür. Sobald Sie etwas finden, lassen Sie es mich bitte sofort wissen. Ich werde im Ärztehaus sein.«
»Und was soll ich sagen, wenn Dr. Evans zurückkommt?«
»Er kommt nicht zurück.«

Jamieson sauste die Treppe zu seinem Zimmer hinauf und war enttäuscht, dort niemand zu finden. Auf dem Couchtisch lag ein Zettel, und er wurde totenblaß, als er las: »Fahre mit Clive zum County-Labor. Bis nachher. Grußkuß, Sue.«
Jamieson mußte sich sehr zusammenreißen, um die Beherrschung nicht zu verlieren. Es lag kein Grund vor, sich Sorgen zu machen, sagte er sich; Clive Evans hatte keine Ahnung, daß sie hinter ihm her waren. Es gab keinen denkbaren Grund, warum Evans Sue etwas antun sollte; damit würde er nur die Aufmerksamkeit auf sich lenken. Die Tatsache, daß Sue das Haus in Begleitung eines Psychopathen mit ausgeprägtem Frauenhaß verlassen hatte, brauchte ihn nicht zu alarmieren. Und doch tat es das! Und wie! Sein Magen verkrampfte sich vor Angst, als er die Treppe wieder hinunterrannte und hinüberlief in die Zentralsterilisation, um es Ryan zu sagen.
»Immer mit der Ruhe!« versuchte Ryan ihn zu beschwichtigen und zählte all die Dinge auf, die er sich selbst schon gesagt hatte.
»Ich verlange, daß er festgenommen wird!« sagte Jamieson. »Sofort!«
»Wenn in seinem Rückspiegel plötzlich Polizeiautos auftauchen und er merkt, daß sie ihn verfolgen, ist Ihre Frau weit mehr in Gefahr als jetzt.« Ryan blieb fest bei seiner Meinung.
In diesem Punkt mußte Jamieson ihm recht geben, aber ihm war nicht nach klarem Menschenverstand zumute. Alles in ihm verlangte nach Handeln. Er war wie eine Katze auf heißen Ziegeln.
»Ich will Ihnen was sagen«, fuhr Ryan fort. »Rufen Sie im County-

Labor an, und wenn Evans noch da ist, bitten Sie, Ihre Frau zu sprechen. Liefern Sie Ihr irgendeinen Vorwand, nicht mit ihm zurückzufahren. Sagen Sie, Sie müßten selbst hinfahren und würden sie mit zurücknehmen.«

»Gute Idee«, sagte Jamieson, griff nach dem Telefon und bat die Vermittlung, ihn mit dem County-Labor zu verbinden. Ryan ansehend und ungeduldig auf die Schreibtischplatte trommelnd, wartete er.

»County-Laboratorien.«

»Hier spricht Dr. Jamieson vom *Kerr Memorial Hospital*. Sind Dr. Evans und meine Frau noch bei Ihnen?«

»Wie bitte?« fragte die Stimme.

»Dr. Evans hat Ihnen ein paar Bakterienkulturen rübergebracht, damit Sie sie analysieren. Das hat er heute vormittag mit Ihnen verabredet. Ich wollte gern wissen, ob er noch da ist.«

»Einen Augenblick, bitte.«

»Worin liegt das Problem?« fragte Ryan.

»Ich weiß es nicht«, sagte Jamieson achselzuckend. Ihm war ganz elend zumute. Er hörte, wie am anderen Ende der Hörer wieder aufgenommen wurde.

»Wir können nicht feststellen, daß Dr. Evans an uns herangetreten wäre«, sagte die Stimme.

Jamieson spürte so etwas wie Blutleere im Gehirn. »Sind Sie sich ganz sicher?« krächzte er.

»Völlig.«

»Dann ist er also nicht da?«

»Nein.«

Jamieson legte auf und war für einen Moment unfähig zu sprechen.

»Was ist?« drängte Ryan. »Was ist passiert?«

»Evans ist nicht da. Er ist heute überhaupt nicht dagewesen und hat noch nicht einmal dort angerufen. Er hatte nie vor hinzufahren. Er muß gewußt haben, daß ich ihm auf der Spur war, und jetzt hat er Sue in seiner Gewalt.«

»Okay«, sagte Ryan. »Dann gebe ich einen Fahndungsbefehl nach den beiden raus. Keine Sorge. Wir finden sie.« Ryan wurde tätig. Jamieson sackte auf einem Stuhl in sich zusammen, von einem neuerlichen Alptraum geplagt. Wohin mochte Evans mit ihr gefahren sein? Was machte er mit ihr? Auf die erste Frage wußte er keine Antwort,

doch als er über die zweite nachdachte, wurde seine Beklommenheit immer größer.
Er versuchte, logisch zu denken und sich zu vergegenwärtigen, was er bis jetzt über Evans erfahren hatte, und tat das in der Hoffnung, durch das Nachdenken auf irgendeinen Hinweis zu stoßen; dabei geschah nichts anderes, als daß seine Angst immer größer wurde. Ihm wollte partout nichts einfallen. Fast war er am Durchdrehen, als ihm aufging, daß da etwas war, was er wußte. Seine Suche nach der Strahlungsquelle hatte sich als fruchtlos erwiesen; folglich mußte Evans seine Laborarbeit mit den Bakterien irgendwo anders ausgeführt haben. Er mußte irgendwo in der Stadt eine Bleibe haben! Und er, Jamieson, mußte herausfinden, wo!
Er lief zurück ins Labor, um die technischen Assistenten zu fragen, ob sie von einer solchen Wohnung wüßten. Fehlanzeige! Soweit sie wußten, wohnte Evans im Ärztehaus.
»Ich habe im übrigen im ganzen Labor keine UV-Lampe gefunden«, sagte der Mann, der ihm vorhin bei der Suche geholfen hatte.
Jamieson nickte.
»Soll ich das wieder reinlegen?« Der technische Assistent hielt das kleine braune Fläschchen hoch, das Jamieson in Evans' Schreibtischschublade gefunden hatte.
Jamieson nickte wie abwesend, doch die Frage des Helfers beschwor die Erinnerung an das Fläschchen. Er sah es wieder in der Schublade liegen, und zwar oben auf... einer Stromrechnung! Wieso hatte Evans eine Stromrechnung, wenn er auf dem Krankenhausgelände im Ärztehaus lebte?
Jamieson sprang auf und schoß den Korridor hinunter. An den verdatterten Assistenten vorbei stürmte er in Evans' Arbeitszimmer, riß die Schreibtischschublade auf und holte die Rechnung heraus. Sie war an Evans gerichtet und es war eine Adresse in der Stadt angegeben.

Sue verstummte allmählich auf ihrer Fahrt durch die Straßen der Stadt. Sie mußte an ihre haarsträubende Fahrt mit dem Taxi denken. Als sie an dem geschäftigen Haupteingang von Marks and Spencer vorbeikamen, überlief es sie eiskalt.
»Ist Ihnen kalt?« fragte Evans und lehnte sich vor, um die Heizungshebel am Armaturenbrett anders einzustellen.

»Eigentlich nicht«, sagte Sue. »Jemand muß über mein Grab gegangen sein.«
»Komische Redensart im Englischen«, sagte Evans.
»Mhm.«
»Haben Sie eine Ahnung, woher sie kommt?«
»Leider nein.«
»Reden wir von Gräbern, Würmern und Grabinschriften.«
»Was soll denn das?«
»Shakespeare. Richard der Zweite.«
»Ach so.«
»Sie haben hoffentlich nichts dagegen, wenn wir einen kleinen Umweg machen. Ich möchte noch etwas aus meiner Wohnung holen.«
»Keineswegs. Mir war ja gar nicht klar, daß Sie eine Wohnung haben.«
»Im Grunde ist es auch mehr eine Art Atelier.«
»Sie sind Künstler?«
»Zumindest bilde ich mir das ein.«
»Wie interessant.«
Der Wagen fuhr langsamer. Evans bog von der Hauptstraße ab und rollte dann gemächlich durch ein paar Nebenstraßen, ehe er hielt.
»Hier ist meine Souterrainwohnung«, sagte Evans.
»Eine Souterrainwohnung? Ich dachte, Künstler wären besonders auf gutes Licht angewiesen.«
Schweigend sah Evans Sue an und sagte dann: »Wir müssen mit dem vorliebnehmen, was wir haben.«
»Natürlich.« Sue lächelte.
»Vielleicht möchten Sie sich ein paar von meinen bescheidenen Bemühungen ansehen?«
»Aber furchtbar gern, Clive. Leuten, die malen und zeichnen können, gehört meine ganze Bewunderung.«
»Leider sind sie nur nicht besonders gut, fürchte ich.«
»Nun mal nicht so bescheiden.«
Evans stieg vor Sue die Steintreppe hinunter, und sie wartete, während er sich umständlich an den Türschlössern zu schaffen machte. Aus dem Inneren wehte es sie kalt und feucht an, und für einen flüchtigen Augenblick erfüllte Sue eine böse Ahnung, ohne daß sie gewußt hätte, warum. Sie trat ein.
Das bißchen Helligkeit im Raum wurde unvermittelt noch dämmeri-

ger, als Evans die Tür hinter ihnen zumachte. »Ich muß erst die Hauptsicherung einschrauben«, sagte er.
»Ich zieh schon mal die Vorhänge auf, ja?« sagte Sue und trat zum Fenster.
»Nein! Auf keinen Fall!« sagte Evans hinter ihr. Seine Stimme hatte sich verändert, sie klang plötzlich leise, aber sehr bestimmt.
Als die Lampen angingen, drehte Sue sich um und sah wie Evans sich an den Türrahmen lehnte und sie betrachtete.
»Ich verstehe nicht«, sagte sie. »Wo sind die Bilder?«
»Es gibt keine Bilder«, sagte Evans mit gleichbleibender fester Stimme.
Sue sah Evans an und erkannte, daß auch seine Augen sich verändert hatten. Sie schienen aus grauem Glas zu bestehen, das bar jeden Ausdrucks war; sie konnte ihn atmen hören. Dabei entstand jedesmal, wenn er die Luft einsog und sie durch zusammengebissene Zähne wieder ausstieß, ein zischendes Geräusch.
»Wenn das ein Scherz sein soll, finde ich ihn geschmacklos«, sagte sie und bemühte sich, trotz der in ihr aufkeimenden Angst, forsch zu klingen.
»Kein Scherz«, flüsterte Evans. »Es ist todernst.«
Sue machte einen Schritt in Richtung Tür, doch Evans trat ein wenig vor, um sich ihr in den Weg zu stellen.
»Lassen Sie mich hier raus!« forderte Sue mit einer Stimme, die jetzt vor Angst zitterte.
»Sie werden nirgendwo hingehen«, fuhr die Stimme fort. »Erst werd ich mit Ihnen fertigwerden, und dann mit Ihrem Klotz von Mann, der nichts Besseres zu tun hat, als sich in alles einzumischen. Der wird mir nachgerade lästig.«
»Sich einmischt? In was einmischt?«
»In meine Arbeit, ja«, sagte Evans mit einer Stimme, die zum erstenmal an Lautstärke zunahm.
Sue bekam es angesichts der Veränderung, die mit Evans vor sich ging, mit der Angst. Maßloser Haß malte sich in seinen Augen, und seine Stimme bekam etwas Zeterndes wie von einem religiösen Eiferer. Ihr wurde übel vor Angst. »Was meinen Sie mit ›meine Arbeit‹?« stammelte sie.
»Ich habe vor, diese Stadt von weiblichem Schmutz zu befreien und die Verderbnis auszulöschen, die sie verbreiten. Nach außen hin seht

ihr alle schön aus, aber das ist nur die Fassade. Dahinter, in eurem Inneren seid ihr alle verdreckt. Verdreckt und verderbt!«
Sue schrie, als Evans auf sie zukam. Sie schob sich zurück, tastete mit nach hinten ausgestreckter Hand nach Hindernissen, ohne es indes zu wagen, den Blick von dem Wahnsinnigen abzuwenden, der da auf sie zukam. Fast wäre sie gestrauchelt, als ihr Bein an die Ecke eines Tisches stieß, und so änderte sie hastig die Richtung, um ihm aus dem Weg zu gehen.
»Hure!« zischte Evans. »Es gibt kein Entrinnen!«
Sue bewegte sich im Einklang mit Evans und versuchte, den Tisch zwischen sich und ihm zu halten, begriff jedoch, daß sie damit nicht weit kommen würde.
Das erkannte auch Evans, und so fegte er mit einer Fußbewegung das Hindernis beiseite. Er schoß auf Sue zu, die überstürzt versuchte, ihm zu entkommen, stolperte und rücklings auf dem Boden landete. Sie versuchte, wieder hochzukommen und hielt sich dabei am Griff des Eisschranks fest, woraufhin sich jedoch der Magnetverschluß löste, die Tür aufschwang und sie abermals zu Boden fiel. Das erleuchtete Innere hatte im unheimlichen Dämmer des Souterrains etwas merkwürdig Bannendes. Sue sah, was darin gelagert war, und ihre Einbildungskraft weigerte sich, noch weiteres Entsetzen zuzulassen. Sie fiel in Ohnmacht.
Als sie wieder zu sich kam, war es, als erwachte sie aus einem bösen Traum – freilich nur um festzustellen, daß sie Teil eines lebendigen Alptraums war. An Händen und Füßen gefesselt, lag sie auf einem Feldbett mit Holzrahmen. Man hatte ihr irgend etwas in den Mund gestopft und diesen Knebel dann mit einem Taschentuch, das ihr um den Kopf geknotet war, gesichert. Als sie den Kopf bewegte, fühlte sie, wie der Bausch in ihrem Mund weiter nach hinten rutschte und sie anfing zu würgen. Da sie plötzlich Angst hatte zu ersticken, bewegte sie den Kopf abermals in dem Bemühen zu verhindern, daß ihr die Luftwege verstopft wurden. Der Schrecken, der sie beherrschte, arbeitete gegen sie; denn das Blut, das durch ihre Adern raste, konnte nicht mehr mit Sauerstoff angereichert werden. In den Ohren hörte sie das immer schnellere Klopfen ihres Herzens. Daß sie sich bewegte, hatte zur Folge, daß Evans an ihr Feldbett eilte.
Aus ihrer Perspektive wirkte Evans über zwei Meter groß. Er trug eine lange Gummischürze, und in der Hand hielt er ein Skalpell.

»Wach? Das ist gut! Es ist wichtig, daß Sie im Augenblick Ihrer Reinigung bei Bewußtsein sind, dem Augenblick, da alles Böse aus Ihrem verderbten Körper herausgeschnitten wird.«

Mit entsetzensgeweiteten Augen sah Sue, wie Evans sich hinunterbeugte und anfing, ihr das Kleid vom Leib zu schneiden. Sie sah, wie sein Blick auf ihren Brüsten ruhte. Offenbar war er in einen verbissenen inneren Kampf verstrickt und fühlte sich hin- und hergerissen. Schweiß trat auf seiner Oberlippe aus, und seine pockennarbige Haut wurde leichenblaß. Leise murmelte er etwas Unverständliches. Seine Hände näherten sich ihren Brüsten, verharrten darüber, wurden dann jedoch, als er die Augen zur Decke wendete, als erflehte er von dorther Anleitung, was er tun sollte, zurückgezogen. Gleich darauf versuchte er, ihr den Rest der Kleidung herunterzureißen und wegzuschneiden.

Da sie in ihrer Verzweiflung den Kopf zurückriß, rutschte der Lappen in ihrer Mundhöhle noch weiter nach hinten; sie drohte zu erbrechen. Wenn das passierte, solange sie geknebelt war, würde sie das eigene Erbrochene in ihre Lungen hineinsaugen und daran ersticken. Kalt und leidenschaftslos überlegt, war das wohl dem vorzuziehen, was Evans mit ihr vorhatte, doch das Verlangen, sich ans Leben zu klammern, hat nichts Kaltes oder Leidenschaftsloses. So stieß Sue heftig mit dem Kopf vor, ein verzweifelter Versuch, sich von dem Knebel zu befreien.

Plötzlich wurde mit Fäusten gegen die Tür getrommelt. »Sue? Bist du da drin?«

Evans richtete sich auf und stand stumm da; Unsicherheit malte sich in seinen Augen. Das Skalpell hielt er noch immer erhoben in der Hand, während Sue verzweifelt nach Luft rang.

»Sue? Evans! Hören Sie mich?«

Evans stand regungslos da wie ein Standbild, bis man draußen Schritte die Treppe hinaufgehen hörte. Während er sich entspannte, senkte sich langsam seine Hand und durchteilte die Luft mit einem unsichtbaren Schnitt. Jetzt sah er wieder Sue an, das pockennarbige Gesicht war haßerfüllt. »Er weiß es also!« zischte er. »Der Idiot, der sich in alles einmischt, weiß Bescheid, aber er kommt zu spät.«

Als das Messer in Evans' Hand sich ihr näherte, hörte Sue vollends auf zu atmen. Ihr lautloser Schrei wurde unterbrochen von einem gewaltigen Krachen und dem Splittern von Glas; das Fenster wurde eingetreten. Der Lärm setzte sich fort, da noch mehrmals zugetreten wurde, um den Rahmen von den größten Scherben zu befreien. Evans ließ Sue liegen und lief quer durch den Raum, so daß er gerade noch Jamieson gegenübertreten konnte, als dieser durch die Fensteröffnung hindurchkam. Er vollführte einen Hieb und erwischte Jamieson an der linken Schulter; Blut entquoll einer Schnittwunde und tränkte das Jackett.

Die beiden Männer umkreisten einander, wobei Evans mit dem Skalpell hiebartige Gesten vollführte, um Jamieson nicht an sich herankommen zu lassen.

»Du Wahnsinniger!« flüsterte Jamieson. »Du wahnsinniger Irrer!«

»Sie verstehen nicht«, beteuerte Evans. »Sie ist böse. Sie sind alle böse. Sie haben sich bloß von ihrem Aussehen blenden lassen. Letztendlich wird sie Ihr Verderben sein.«

Ungläubig schüttelte Jamieson dem geistesgestörten Mann gegenüber den Kopf. Er wagte einen raschen Blick auf Sue und erkannte, daß ihre Haut sich blau verfärbte. Das versetzte ihm einen solchen Schrecken, daß er sich für einige Augenblicke nicht mehr auf Evans konzentrierte. Die Erregung und das panische Entsetzen, das sie angesichts des Kampfes zwischen Evans und ihrem Mann packte, hatte ihr den Lappen im Mund nach hinten in die Gurgel rutschen lassen.

Evans nutzte den Vorteil von Jamiesons Abgelenktsein voll aus. Er ergriff eine Ultraviolettlampe, die auf seiner Arbeitsplatte gestanden hatte, und warf damit nach Jamieson. Sie traf ihn ein Stück über der Schläfe und er ging, von Schmerz überwältigt zu Boden.

Jamieson war sich bewußt, daß Evans auf ihn zukam. Verzweifelt suchte seine Hand auf dem Boden nach etwas, das sich als Waffe gegen den Wahnsinnigen verwenden ließ. Seine Hand umschloß eine lange Glasscherbe, die aus dem eingetretenen Fenster stammte.

Im selben Augenblick, da Evans sich auf ihn warf, riß Jamieson die schartige Scherbe hoch und hielt sie fest in beiden Händen. Evans stürzte mit seinem ganzen Gewicht darauf; auf seinem Gesicht malte sich Fassungslosigkeit. Sein Körper wurde für einen Moment starr und erschlaffte dann langsam im Tod.

Jamieson wurde durch Evans' Körper so fest auf den Boden gedrückt, daß er außerstande war, sich zu bewegen. Dabei verlangte es ihn verzweifelt, zu Sue zu gelangen, doch schien es eine Ewigkeit zu dauern, bis er sich von dem ausgestreckt auf ihm lastenden Leichnam befreit hatte. Mit einem letzten verzweifelten Aufbäumen schaffte er es und eilte Sue mit weichen Knien zu Hilfe. Sie war ohnmächtig und durch den fehlenden Sauerstoff im Blut schlimm bläulich verfärbt. Er durchschnitt das Taschentuch und zog ihr den Knebel aus dem Mund, fühlte nach ihrem Puls, konnte aber keinen mehr feststellen. In seiner Verzweiflung blies er ihr sanft Luft in die Lungen, doch gab es keine Reaktion.

Als die Polizei eintraf und Chefinspektor Ryan das Souterrain betrat, war er noch immer mit der Mund-zu-Mund-Beatmung beschäftigt. Ryan erfaßte die Situation und ließ als erstes einen Krankenwagen rufen, ehe er irgend etwas anderes unternahm. Dann trat er neben Jamieson und blieb ruhig stehen. »Der Krankenwagen ist unterwegs. Wie sieht es mit ihr aus?« fragte er unaufgeregt. Jamieson schüttelte den Kopf, als gälte es, die Frage als unwichtig abzutun, und fuhr fort, Sue zu beatmen; es war, als lebte er in einer anderen Welt. Als ein Polizist im Hintergrund die Eisschranktür aufmachte, mußte er sich übergeben.

Sue fing an zu husten, und Jamieson fand, das sei der schönste Laut, den er je gehört hätte. Er tauschte einen Blick mit Ryan, und seine Backenmuskeln gerieten ins Zittern, als er zusah, wie Sue langsam wieder von selbst zu atmen anfing. Nach ein paar Minuten schlug sie die Augen auf. Sie schien Jamieson anzusehen, doch dann schloß sie sie wieder. Ryan wußte so gut wie Jamieson, daß die Gefahr einer Gehirnschädigung bestand; das hing ganz davon ab, wie lange das Gehirn nicht mit Sauerstoff versorgt worden war.

»Es ist vorbei, mein Liebling«, flüsterte Jamieson. »Du bist in Sicherheit. Kein Mensch wird dir jemals wieder was antun!«

Nach einer qualvollen Pause kam es schließlich von Sue: »Mir ist, als hätte ich das schon mal gehört.«

Lang aufseufzend ließ Jamieson die Luft aus seiner Lunge entweichen, und Ryan sah ihn lächelnd an. Sue würde keinen Schaden davontragen.

»Du hast recht, mein Liebling«, sagte Jamieson. »Wir fahren nach Haus!«

Zwei Tage später verließen Jamieson und Sue das *Kerr Memorial* zum letztenmal. Vielleicht lag es daran, daß die Sonne schien, doch kam es beiden so vor, als hätte das Krankenhaus sich in eine freundlichere

Stätte verwandelt. Phillip Morton war der letzte, der herunterkam, um sich von ihnen zu verabschieden; er konnte ihnen sogar noch sagen, daß die vier letzten *Proteus*-Patientinnen auf die von den MedKa-Labors heraufgeschickten Antibiotika gut ansprachen. Man könne davon ausgehen, daß sie wieder ganz gesund werden würden.

Als sie durch das Tor hinausfuhren, hatten jedoch weder Jamieson noch Sue das Verlangen zurückzuschauen. Sue stellte das Autoradio gerade rechtzeitig ein, so daß sie noch mitbekamen, daß der Regierungssprecher seinem Gegenüber versicherte, die Prüfung von Bewerbern für irgendwelche Posten an Krankenhäusern seien vollkommen ausreichend, und es gäbe keinerlei Anlaß, daß die Öffentlichkeit alarmiert wäre. Jamieson streckte die Hand aus und stellte das Radio wieder ab.

Ken McClure

Panik
Roman
Aus dem Englischen von Werner Peterich
Band 12811

Requiem
Roman
Aus dem Englischen von Werner Peterich
Band 11782

Der Schwarze Tod
Roman
Aus dem Englischen von Werner Peterich
Band 11675

Virusjagd
Roman
Aus dem Englischen von Werner Peterich
Band 12242

Fischer Taschenbuch Verlag

fi 1908 / 2

Anne Sievers

König, Dame, Läufer

Roman

Band 12470

Diego Diaz, einer der führenden Köpfe des kolumbianischen Medellín-Kartells, ist auf Europareise. Seine erste Station ist Frankfurt. Dort wird er bereits von einem Team internationaler Drogenfahnder erwartet. Es gibt Hinweise darauf, daß Diaz nach Europa gekommen ist, um eines der bisher größten Geschäfte im weltweiten Kokainhandel in die Wege zu leiten. Den Drogenfahndern gelingt es, bei dem schwer bewachten Diaz einen verdeckten Ermittler einzuschleusen. Diaz engagiert diesen Undercoveragenten Eddie als Bodyguard für seine junge, schöne Frau Helene. Helene ist eine Fitneß-Fanatikerin, eine exzellente und geradezu besessene Läuferin. Obwohl Eddie sie praktisch auf Schritt und Tritt begleitet, gibt sie ihm oft mit ihrem Verhalten Rätsel auf. Dieser Thriller, für den die Autorin umfassende Recherchen angestellt hat, bietet einen guten, aktuellen Einblick in die Hintergründe und das weltumspannende Netz des internationalen Kokainhandels und der Geldwäsche.

Fischer Taschenbuch Verlag

fi 2050 / 2

Ulrich Knellwolf

Roma Termini

Kriminalroman

Band 11796

Ein heißer Sommernachmittag im Tessin. Renato Bernhard und seine Freundin Maria Carmen liegen im Garten eines Hauses oberhalb des Luganer Sees. Plötzlich steht ein Unbekannter vor ihnen: Monsignore Domingo Federico Guzman y Oliveira, Zweiter Sekretär der Päpstlichen Kommission für Lateinamerika, angereist im Auftrag des Vatikans und des protestantischen Weltkirchenrates in Genf. Renato Bernhard, ehemaliger römisch-katholischer Priester und reformierter Pfarrer, ist für Rom und Genf kein unbeschriebenes Blatt. Seine aussichtsreiche theologische Karriere scheiterte vor zwanzig Jahren an einem römischen Grafen, dessen Tochter sich in den jungen Kleriker verliebt hatte. Renato fand sich eines Tages als Vikar in einem langweiligen Dorf in der Ostschweiz wieder. Bald aber ließ er sich als Missionar auf einem Amazonas-Schiff anheuern, ohne zu ahnen, welch heiße Ware sich an Bord befand... Nun wird er für eine heikle Mission ausgewählt: Er soll in einem zwischen Drogenkartell und Befreiungsfront zerrissenen südamerikanischen Land als Sekretär eines charismatischen, aber politisch unerfahrenen Erzbischofs der Kirche als Ordnungsmacht Geltung verschaffen. Und dies ausdrücklich auch mit dem Segen des Genfer Weltkirchenrates.

Fischer Taschenbuch Verlag

fi 1920 / 2

Jon Michelet

Hotel Coconut

Roman

Aus dem Norwegischen von Gabriele Haefs

Band 10034

Zwei Männer hat das Schicksal auf die scheinbar idyllische Insel Mauritius verschlagen. Jeder ist auf seine Weise ein Abenteurer: Charles, ein heruntergekommener Baron, der das ebenso heruntergekommene Hotel Coconut betreibt und Vadim, ein geheimnisvoller Norweger, der bald schon die Insel verlassen muß, weil er unter Mordverdacht gerät. Charles, ein Maulheld von der barocken Art, versteht sich außerdem als einer der letzten Kolonialherren eines Afrikas, das es nicht mehr gibt. Und von Vadim existieren nach seinem Verschwinden nur noch seine zurückgelassenen Notizen, die Charles von einer Norwegerin übersetzen läßt, weil er wissen will, was mit ihm passiert ist, passiert sein könnte. ›Hotel Coconut‹ ist ein Roman, der durch eine Vielzahl von Handlungsebenen und Sprachebenen überrascht und fesselt.

Fischer Taschenbuch Verlag

fi 1583 / 3

Gilbert Sorrentino

Steelwork

Ein Brooklyn-Roman

Aus dem Amerikanischen von Joachim Kalka

Band 11074

›Steelwork‹ (1970) von Gilbert Sorrentino ist ein Stadtteilroman - ›Ein Brooklyn-Roman‹ -, wie man ihn sich realistischer und härter auch 1993 nicht vorstellen kann. In 96 kurzen Kapiteln entsteht mit einem Personal von gut 30 immer wiederkehrenden Personen – Underdogs aus Brooklyn – ein bis zum Kaum-Erträglichen schrilles Bild vom Leben »in den verfaulten Straßen rund um die Achtundsechzigste« zwischen 1935 und 1951. Die zeitlichen Vor- und Rücksprünge sind sinnfälliger Ausdruck dieser chaotischen Szene, in der es keine Kontinuität, keine Perspektive, keine Hoffnung gibt – »...der Langzeiteffekt des Lebens in Amerika fraß die Seele auf, breitete sich von dort im ganzen Körper in Form von Alkoholismus oder anderen Spielarten gesellschaftlicher Verzweiflung aus«. All die Typen – chancenlos von Anfang an, gefangen in ihren Besessenheiten von Sexualität und Brutalität, in geilen Sehnsuchtsträumen und verzweifelter Gemeinheit – verkommen jeder auf seine Weise, allenfalls ist eine Karriere drin als Abtreibungsschwindler, Glückwunschkartenverkäufer, korrupter Unterbeamter oder psychisch ruinierter Veteran mit Dauerschmerz und Metallplatte im Kopf. Die Authentizität von Sorrentinos Roman ist überwältigend: sie ist im wesentlichen Ergebnis einer unglaublich zupackenden, Drastik und Poesie bis zum äußersten ausreizenden Sprache.

Fischer Taschenbuch Verlag

fi 1600 / 4

Rodney Hall
Gefangen
Roman

Aus dem Englischen
von Stefanie Schaffer-de Vries
Band 11257

Der Gatton-Mord ist ein in Australien berühmter historischer Fall, der nie vollständig aufgeklärt wurde. Er ist die Vorlage dieses Romans des australischen Schriftstellers Rodney Hall. Ausgehend von den Aussagen der damals Vernommenen, spürt er den inneren Geheimnissen der Familie Murphy nach und bereitet eine Geschichte von patriarchalischer Gewalt, Inzest und Mord aus, die zugleich eine Metapher für die gewaltsame Besiedlung des australischen Kontinents und die Unterdrückung der Urbevölkerung ist. Der Roman ist ein Meisterstück an sprachlicher Eleganz, denn Hall weist nie direkt auf den symbolischen Hintergrund seiner blutigen Geschichte hin, man kann sie durchaus sehr vordergründig als literarische Kriminalgeschichte lesen. Der Text beginnt mit einfachen klaren Sätzen, aber je komplizierter die Motive der Tat werden, desto vielschichtiger auch die Sprache - der Stil paßt sich virtuos dem Inhalt und der tiefen Emotionalität dieser australischen Fabel an. *Gefangen* ist in diesem Sinne auch ein großes Sprachspiel.

Fischer Taschenbuch Verlag

fi 1632 /1